Knaur

Über die Autorin:
Stella Cameron ist eine preisgekrönte Bestseller-Autorin der *New York Times* und von *USA Today*. Sie hat über 45 Romane und Erzählungen geschrieben. Stella Cameron wurde in England geboren, lebt aber jetzt mit ihrem Mann in Seattle, Washington. Sie hat drei Kinder.

Stella Cameron

Nackte Lügen

Roman

Aus dem Amerikanischen
von Kerstin Winter

Knaur

Die amerikanische Originalausgabe erschien 1995 unter dem Titel
»Sheer Pleasures« bei Zebra Books, New York

Besuchen Sie uns im Internet:
www.droemer-weltbild.de

Deutsche Erstausgabe 2001

Umschlaggestaltung: Werbeagentur ZERO, München
Satz: Ventura Publisher im Verlag
Druck und Bindung: Clausen & Bosse, Leck
Printed in Germany
ISBN 3-426-61320-4

5 4 3 2 1

PROLOG

Männer wie Roman Wilde wussten die Nacht zu schätzen.

Und diese Nacht war vollkommen. Der mexikanische Himmel verschmolz mit dem mexikanischen Land, und weder Mond noch Sterne verrieten die Gestalt in dunkler Tarnkleidung.

Roman suchte das Gebiet durch sein Nachtsichtgerät ab. Das Einzige, was sich regte, war eine schlaflose Wüstenechse, die einen Unterschlupf suchte. Es herrschte absolute Stille.

Dann hörte er den Motor. Tief, kraftvoll, gedrosselt.

Er zog das winzige Mikrofon an seinem Kragen an die Lippen. »Nasty?«

»Ich höre ihn«, drang die Antwort durch den Kopfhörer.

Zwischen Nasty Ferrito und Roman bedurfte es nicht vieler Worte. In den acht Jahren, die sie bei den SEALs waren, hatten sie zusammen schon genug Zwei-Mann-Misssionen durchgestanden, um die Gedanken des anderen über brennende saudi-arabische Ölfelder, einen Flugplatz in Panama oder über einige Meilen mexikanischer Wüste hinweg lesen zu können.

Roman schob die schwere Ausrüstung auf seinem Rücken zurecht und begann vorwärtszurobben. Seine Hand

griff nach der Beretta, die an seinem Oberschenkel befestigt war.
Die Stiefelspitzen in den Sand gestemmt und das Nachtglas vor den Augen, positionierte er sich am Rand einer Böschung, packte die Beretta mit beiden Händen und streckte die Arme aus. Unter ihm lag die Stelle, an der die Zielperson einen gewissen Gentleman abfangen wollte, den die Vereinigten Staaten nur ungern verlieren würden. Nasty und er sollten also nur das neue Empfangskomitee bilden und ihr Land glücklich machen, indem sie den Herrn wieder nach Hause begleiteten.
Der Wagen kam näher.
Roman spähte nach rechts und runzelte die Stirn. Aufgeblendetes Scheinwerferlicht tanzte über den Staub. Idioten! Oder wollten sie einfach besonders schlau sein? Immerhin – wer würde bei so viel Licht schon vermuten ... Er justierte das Nachtsichtgerät, um sich den Wagen genauer anzusehen. *Shit!* Irgendein Vollidiot in einem Wohnmobil. *Verdammt!* Roman drückte sein Gesicht in den warmen Sand. Wenn die Zielperson die Aktivität bemerkte, würde sie ihr Vorhaben mit Sicherheit schleunigst abblasen!
»Nasty«, sagte Roman ins Mikro. »Bleib ruhig. Nicht unser Mann.«
»Okay.«
Das Motorengeräusch veränderte sich. Roman blickte wieder hinunter. Im gleichen Moment wurde der Camper gedrosselt. Er verzog das Gesicht. Vielleicht ein kurzer Kartencheck? *Bist du sicher, dass wir hier richtig sind, Mabel?* – »*Aber ja doch, Artie. Sieh doch nur, der hübsche Kaktus da ... genau wie der, der auf der Landkarte eingezeichnet ist!*«

Die Scheinwerfer verloschen.
Roman schloss die Augen. Als Nächstes würden sie ein Lagerfeuer entzünden und Marshmallows aufspießen. Er zog das Mikro an seinem Kragen näher an die Lippen und … erstarrte.
Ein Geräusch drang an seine Ohren. Ein erstickter Schrei. Die Tür des Wohnmobils öffnete sich, und gedämpftes Licht fiel heraus. Eine gebückte Gestalt zerrte etwas aus dem Inneren des Wagens und hievte es über die Schulter. Ein weiterer Schrei ertönte. Er klang mehr wie der eines Tieres und ging in ein Stöhnen über, das nicht enden wollte. Am Rand eines Grabens schüttelte der Fahrer seine Last ab und versetzte ihr einen Fußtritt. In dem Bündel befand sich eine Person. Und diese Person war nicht tot – *noch* nicht.
Einen Augenblick später heulte der Motor des Gefährts auf, und die Scheinwerfer durchschnitten das Dunkel. Der Kerl setzte zurück. Sand und Kies spritzten auf, als er den Wagen wendete und in die Richtung davonjagte, aus der er gekommen war. So kurz der Stopp auch gewesen war – Romans Mann würde den fremden Wagen längst auf einem Scanner ausgemacht und die Mission abgebrochen haben.
Roman sprach ins Mikro. »Schluss für heute, Nasty.« Erklären würde er es später. »Sag den Jungs, sie sollen sich bereit machen, um uns aufzulesen.«
Was immer da im Graben lag, ging ihn nichts an. Er hatte nur seine Aufträge auszuführen und sonst nichts. In seinem Job durfte man das niemals vergessen.
Das Motorengeräusch war inzwischen zu einem fernen Summen verebbt.

Roman zögerte, dann schaltete sich sein Instinkt ein, und er schob die Beretta ins Holster zurück. Geduckt verließ er rückwärts die Böschung.
Das nächste Geräusch war weder ein Schrei noch ein Stöhnen. Das verzweifelte Schluchzen traf ihn irgendwo tief in der Magengrube. »Verdammte Scheiße«, flüsterte er.
Beinahe lautlos und die Beretta wieder in den Händen, hastete er zum Graben hinüber und spähte hinein. Unten entdeckte er eine dunkle Masse, die sich bewegte.
Wenn das eine Falle für ihn und sein Team sein sollte, dann war es geschickt gemacht. Er blickte sich um, sah aber niemanden herankommen. Die Waffe auf den Körper unter ihm gerichtet, sprang er hinab und richtete sich breitbeinig auf. »Wer sind Sie?«, presste er zwischen den Zähnen hervor.
Das Wimmern ließ ihn zusammenfahren.
Mit der Waffe in der einen Hand bückte Roman sich und löste einen von den Stricken, die um das Bündel festgezurrt waren. Dann schlug er das schwere Öltuch zurück.
Das Nachtglas verlieh dem blonden, blutverklebten Haar einen grünlichen Schimmer.
Der Kopf der Frau, deren Gesicht kaum noch zu erkennen war, rollte von einer Seite zur anderen. Ihre Augen waren zugeschwollen.
Roman schob das Nachtsichtgerät auf den Kopf, steckte die Waffe zurück und befreite sie aus dem Tuch. »Es ist alles in Ordnung«, flüsterte er der Frau ins Ohr. »Es ist alles okay.« Das Licht seiner winzigen Taschenlampe glitt über sie. Es war nichts okay.
Das plötzliche Aufbäumen ihres Körpers lenkte seine Aufmerksamkeit von ihrem Gesicht ab. Welche Farbe das

Kleid früher auch einmal gehabt haben mochte – jetzt war es rot. Blutrot. Blut überall.
Mit geübtem Griff fühlte er nach ihrem Puls an der Kehle. Ihr Atem war flach. Er musste herausfinden, aus welcher Wunde sie das meiste Blut verlor, und den Fluss stoppen. Im Licht der Lampe entdeckte er frisches Blut, das durch den Stoff an ihrem Unterleib sickerte. Roman verengte die Augen, hob den langen, durchtränkten Rock an – und stieß geräuschvoll den Atem aus.
»Billy!«
»Ich bin nicht Billy.« Er blickte von den Messerwunden in ihrem Bauch zu ihren farblosen Lippen. »Wer sind Sie? Wie heißen Sie?«
Ihr Körper verkrampfte sich wieder. Roman legte ihr behutsam eine Hand auf die Wunden und spürte, wie die nächste Wehe ihren gewölbten Bauch zusammenzog. Der Kopf des Babys war schon zu sehen.
Er empfand einen plötzlichen Hass, der ihm Übelkeit verursachte. Noch nie war es ihm gelungen, das Entsetzen oder den Abscheu, den er über die Grausamkeit anderer Menschen verspürte, zu verbergen. Der Wunsch, die Opfer zu rächen, drohte ihn stets zu überwältigen.
»Sie machen das gut«, murmelte er. »Wir haben es bald geschafft.«
Sie verharrte reglos und schlug mühsam die zugeschwollenen Augen auf. Die Berührung ihrer Finger auf seinem bloßen Unterarm ließ ihn zusammenzucken. »April«, sagte sie klar und deutlich. Blut rann aus ihrem Mundwinkel.
»Sie heißen April?« Er lächelte und betete, dass die Dunkelheit sein rußgeschwärztes Gesicht verbarg.
»April«, flüsterte sie wieder. Ihr Körper bäumte sich unter

einer weiteren Wehe auf. »Helfen Sie mir. Helfen Sie meinem Baby. Bitte!«

Roman riss seinen Blick von ihrem schmerzverzerrten Gesicht los und umfasste vorsichtig den Kopf des Babys. Die nächste Wehe brachte winzige Schultern zu Tage.

»Weiter«, sagte er. »Sie machen das ganz fantastisch.«

Sie gab etwas von sich, was er verblüfft als Lachen identifizierte.

»So ist es gut«, sagte Roman, während er einen Fluch unterdrückte. Die Bauchwunden bluteten unaufhörlich. »Halten Sie sich bereit. Sie müssen noch einmal pressen, dann ist der Bursche hier draußen.«

Er spürte, dass die Frau den Atem anhielt.

»Sehr gut. Braves Mädchen.« Vage erinnerte er sich an die Anweisungen, die sie für solche Fälle erhalten hatten. Vielleicht war manches einfach eine Frage des Instinkts. Er konnte es nur hoffen. »Und jetzt pressen!«

Sie tat es und das Baby rutschte in seine Hände. Ein Schwall frischen Blutes folgte.

»Sie haben es geschafft«, flüsterte er. Sie würde verbluten. »April?«

»Ja. Das Baby?«

Nachgeburt. Was zum Teufel sollte er wegen der Nachgeburt unternehmen? Das Baby begann zu schreien.

»Ein Mädchen«, sagte er automatisch. »Ein wunderschönes kleines Mädchen.«

Hastig legte er das Baby bäuchlings auf die Brust der Mutter und trennte die Nabelschnur mit einem Stück Zwirn durch, das er bei sich hatte.

So viel Blut.

Er rollte das Öltuch zusammen und schob es unter Aprils

Hüften. Und dann fiel ihm wieder ein, was bei exzessiven vaginalen Blutungen nach Abtreibungen – und vermutlich auch nach Geburten – zu tun war.

Er schluckte und blickte einen Moment zur Seite. Sie hatte genug Schmerzen erleiden müssen. Und litt immer noch.

»Past Peak.«

Er sah aufmerksam in ihr Gesicht. »Was? Was haben Sie gesagt?« Ihre Augen waren wasserblau.

»Die Stadt. Past Peak. In Washington.«

In seinem Kopfhörer knisterte es. Nastys Stimme meldete sich. »Wo zum Teufel bleibst du?«

Roman wandte den Kopf ab. »Warte auf mich. Geh nicht ohne mich. Ich werde Hilfe brauchen.«

»Was?«

»Out«, fauchte er und unterbrach die Verbindung.

»Ich muss die Blutung stoppen«, sagte er. »Es wird nicht leicht werden, April. Sie müssen mir vertrauen.«

»Kümmern Sie sich um mein Baby.«

»Sie kümmern sich selbst um Ihr Baby.« Mit zusammengebissenen Zähnen senkte er sein Knie auf ihren Bauch und übte Druck aus.

Sie bäumte sich auf. Mit beiden Händen packte sie ihr Kind und presste es sich an den Körper.

»Es tut mir Leid«, flüsterte Roman.

»Sie … Sie müssen sich um mein Baby kümmern.«

»Mach ich. Aber im Moment halten Sie es doch bitte für mich fest.« Er gab mehr Druck.

»Er hat gelogen!«

»Wer?« *Bitte, Gott, mach, dass ich das Richtige tue. Mach, dass sie überlebt.* »Wer hat gelogen, April?«

»Past Peak. Der … Club. *Billy!*«
Er spürte die klebrige Feuchtigkeit durch sein Hosenbein. Die Blutung hörte nicht auf.
»Past Peak.« Ihre Stimme versagte. »Club … Seien Sie vorsichtig. Billy!« Sie ließ das Baby los.
Roman packte das Kind, bevor es zu Boden rutschte, knöpfte sein Hemd auf und schob es an seine Brust. »Ich bringe Sie weg von hier«, sagte er zu April.
Er packte die Ecken des Öltuchs, das noch immer unter ihr lag, und begann, sie anzuheben. »Kommen Sie schon, Mama. Sie sind stark. Und tapfer.« Roman kam so behutsam wie möglich auf die Füße. »Ich bringe Sie zu einem Arzt.«
»Kümmern Sie sich um sie.«
»Wir kümmern uns beide um sie, bis Sie es allein schaffen.« Wenn er sie erst einmal aus diesem Graben geholt hatte. »Ich hieve Sie jetzt hoch, okay, Mädchen?«
Roman spürte, wie das Gewicht in seinen Armen schwerer wurde. Sie war ohnmächtig geworden. Umso besser.
Er blickte auf sie herab. Ihr Kopf war zurückgefallen, ihr Mund stand offen.
Roman leckte sich nervös über die Lippen. Nein. Er durfte sie nicht bewegen. Sie hatte schon zu viel Blut verloren. Sehr vorsichtig legte er sie wieder hin und leuchtete ihr ins Gesicht.
Etwas krampfte sich in seiner Brust zusammen. Noch während er nach ihrem Puls suchte, wusste er, dass er nichts mehr finden würde.
Er legte seine Lippen auf ihre und hauchte ihr seinen Atem ein. Mit beiden Händen übte er Druck auf ihr Herz

aus. Er atmete und pumpte. Atmete und pumpte. Das Baby wimmerte leise an seiner Brust.

Schweiß trat auf seine Stirn.

»Komm schon, April!«

»Roman?«, brüllte Nasty ihn über Kopfhörer an. »Wir müssen hier weg!«

Roman sank auf die Fersen zurück. »Ja.« Sie war tot. »Ich komme.«

Kleine Arme und Beine zappelten in seinem Hemd. Das winzige Gesicht presste sich an seine Brust.

»Roman! Du musst dich beeilen, Kumpel.«

»Ja doch!« Er zog das Öltuch über den leblosen Körper vor. »Bin schon unterwegs.«

EINS

Meine Freunde nennen mich Phoenix.« Und wenn einer von ihnen sie nun gesehen hätte, hätte er sie zweifellos als lebensmüde Vollidiotin bezeichnet. Sie schloss leise die Bürotür und wartete darauf, dass die Person im Zimmer reagierte.

Die Frau erhob sich majestätisch aus dem crèmefarbenen Sessel. Ihr schwarzes langes Haar glänzte wie lackiert. Ihre schräg stehenden Augen schienen keine Pupillen zu haben. Der sorgsam aufgetragene Lippenstift konnte nicht ganz über die dünnen Lippen hinwegtäuschen, ließ jedoch ihren porzellanweißen Teint beinahe durchscheinend wirken.

Phoenix war plötzlich an Morticia von der Addams Family erinnert und unterdrückte ein nervöses Grinsen.

»Wie sind Sie hierher gekommen ... *Phoenix*?«

Jetzt kam es. Jetzt würde sich entscheiden, ob man sie sofort hinauswerfen würde oder noch Schlimmeres mit ihr anstellen. »Ich habe von dem Club gehört«, erwiderte sie munter. »Na ja, in gewisser Hinsicht sozusagen. Jedenfalls, ähm ... liebe ich den Staat Washington und möchte unbedingt in diesem Teil des Landes bleiben. Aber in so einem Ort wie Past Peak gibt es nicht gerade viele Arbeitsplätze für eine Masseuse.«

Das graue Seidenkostüm der Frau raschelte leise, als sie wie beiläufig um Phoenix herumging. »Wissen Sie, wer ich bin?«

Manche Dinge konnte man nicht vortäuschen. »Nein«, gab Phoenix zu.

»Das dachte ich mir schon. Ich bin die Gräfin von Leiden.«

Neugierig betrachtete Phoenix sie. Sagte man einfach ›Hi, Gräfin‹ oder musste man einen Knicks machen oder vielleicht sogar salutieren? »Freut mich, Sie kennen zu lernen, Ma'am.«

»Gräfin.«

Das beantwortete die eine Frage. »Freut mich, Sie kennen zu lernen, Gräfin.«

»Und mich würde es freuen, wenn Sie mir eine Erklärung geben würden. Wir stellen keine Leute ein, die unangemeldet hier eindringen.«

»Ich wollte ja anrufen, aber ich konnte die Nummer in keinem Telefonbuch finden. Also bin ich einfach von der Straße eingebogen und –«

»Man kann nicht *einfach* von der Straße einbiegen. Es gibt Wachhunde und verschlossene Tore.«

»Ja, das ist mir aufgefallen. Ist es nicht schlimm, was man heutzutage alles unternehmen muss, um den Pöbel draußen zu halten? Man kann wirklich keinem Menschen mehr trauen, nicht wahr? In meiner letzten Wohnung …«

»Wie sind Sie durchs Tor gekommen?«

Phoenix verlagerte ihr Gewicht von einem Fuß auf den anderen. »Zufällig wollte gerade jemand kurz vor mir durch.« Dieser Jemand war zwei Stunden, nachdem Phoenix sich auf die Lauer gelegt hatte, eingetroffen. »Ich bin einfach hinterhergegangen.«

»Man hätte Sie aufhalten müssen. Diese Nachlässigkeit ist unverantwortlich.«

Phoenix hatte sich auf schlichtes Glück verlassen, und es hatte geklappt. »Ich hoffe nur, dass ich Ihnen keine Ungelegenheiten bereitet habe, ähm, Gräfin. Als ich dem netten Mann am Enpfang sagte, dass ich wegen eines Termines gekommen bin, führte er mich zu Ihnen.« Sie lächelte gewinnend. »Wahrscheinlich hat er geglaubt, ich hätte bereits einen Termin mit Ihnen ausgemacht. Oje, darüber hab ich mir gar keine Gedanken gemacht!« Mit der naiven Tour ging sie sich langsam selbst auf die Nerven.

Die Gräfin sah sie ausdruckslos an. »Wer hat Ihnen vom Peak Club erzählt?«

Phoenix betete, dass sie nicht in Schweiß ausbrechen würde. »Mort und Zelda, denk ich mal.«

Die Gräfin zog die glatte Stirn zusammen. *»Mort und Zelda?«*

»Ihnen gehört das *Round the Bend*. Sie wissen schon. Der trendigste Laden im Westen.« Sie rollte die Augen und lachte. Vielleicht war es doch nicht so klug, die leicht Beschränkte zu spielen.

»Sie meinen das schäbige Etablissement am alten Eisenbahndepot?«

Es sah nicht so aus, als würde die Gräfin jemals zu Phoenix' dicksten Freundinnen gehören. »Man kann das Depot von dort aus sehen. Mort und Zelda waren früher beim Zirkus. Trapezkünstler. Überall hängen die alten Zirkusposter, die ...«

»Und Mort und Zelda haben über den Peak Club geredet?«, unterbrach die Gräfin.

Phoenix befeuchtete die Lippen. »Sie haben ihn mal erwähnt. Ihr Neffe hat diese Fernfahrerraststätte außerhalb der Stadt. Auf der Strecke nach Fall City. Die kennen Sie sicher.«

»Wohl kaum.«

»Man kann sie nicht verfehlen. Len – das ist der Neffe – war früher Jockey, bis ein böser Sturz seine Karriere zerstört hat.«

»Faszinierend.«

»Auch Len hat den Club erwähnt.«

»Und in welchem Zusammenhang?« Die Nasenflügel der Gräfin blähten sich. »Was sagen diese Leute denn?«

Sie hätte auf Mort hören sollen. Er, Zelda und Len hatten sie angefleht, ihren Plan aufzugeben. »Sie sagten, dass es sich um einen sehr exklusiven und schicken Club handelt. Ich habe für Mort und Zelda gearbeitet, aber ich brauche mehr Geld, als sie mir zahlen können, also dachte ich, ich komme mal vorbei und schaue, ob Sie nicht noch jemanden brauchen.«

»Leider finden sich bei uns weder Burger noch Fernfahrer.«

Phoenix spürte, wie sie rot wurde. »Ich wollte fragen, ob Sie eine Masseuse brauchen.«

Das Lächeln der Gräfin war kein beruhigender Anblick. Ihre Augen verengten sich, und Phoenix erhaschte einen kurzen Blick auf spitz zulaufende Eckzähne.

»Sie entsprechen zumindest dem Klischee der temperamentvollen Rothaarigen. Es gibt Männer, die so etwas mögen. Wo haben Sie gelernt?«

Phoenix schluckte. »In Schweden.« Sie hatte einem Masseur in Stockholm drei Monate lang den Haushalt geführt

und dabei mehr über Massage gelernt, als ihr lieb gewesen war.
»Tatsächlich?« Die exakt nachgezogenen Brauen hoben sich. »Und was machen Sie hier in Past Peak?«
Das Lügen fiel ihr nicht leicht. »Ich suche nach einem Ort, an dem *ich* mich niederlassen kann. Einem ruhigen Ort. Der jedoch auch ein bisschen Aufregung zu bieten hat.« Sie warf der Gräfin einen bedeutungsvollen Blick zu. »Na ja, ich will sagen, dass ich meine Fähigkeiten dort einsetzen möchte, wo man sie zu schätzen weiß – und das an einem Ort, den ich schätze! Und mir ist es wichtig, das Geschäftliche von den anderen Bereichen meines Lebens zu trennen.«
In den zwei Jahren, die vergangen waren, seit sie Oklahoma City verlassen hatte – und das Anwaltsbüro, in dem sie als junge Rechtsanwältin eine strahlende Zukunft vor sich gehabt hätte –, hatte sie alles in ihrer Macht Stehende getan, um nicht zu vergessen, dass man arbeitete, um zu leben – nicht umgekehrt. Sie hatte sich an dem Gesetz, für das sie gearbeitet hatte, die Finger verbrannt, und die Wunden waren noch nicht vernarbt.
Phoenix zuckte zusammen, als die kalten Finger der Gräfin ihre Wange berührten. »Hmm«, machte die Frau und drehte den Kopf der Jüngeren zur Seite. »Vielleicht …« Ihr Mund blieb leicht geöffnet, als sie über Phoenix' Wange strich.
Phoenix hatte Mühe zu atmen. »Vielleicht?«
»Wir sind hier im Peak Club sehr wählerisch. Unsere Mitglieder sind einflussreich – ausgesprochen einflussreich. Sie zahlen viel Geld und erwarten dementsprechend viel. Wir können uns keine Fehler erlauben – am wenigsten in

der Personalwahl! Wer hier arbeitet, gehört zu einem Elite-Team.«

Und was, wenn sie meine Angst wittern kann? Phoenix starrte der Frau mit unbewegter Miene in die dunklen Augen. »Brauchen Sie eine gute Masseuse? Die beste Masseuse, die Sie sich vorstellen können?«

»Und Sie sind diese beste Masseuse?« Dieses Mal waren es die Fingerknöchel, die über Phoenix' Gesicht glitten.

»Ich bin gut.«

»Hmm. Nun, das muss sich zeigen. Normalerweise betreiben wir bei der Rekrutierung unseres Personals einen enormen Aufwand. Aber … nun ja. Warum sich eine gute Gelegenheit entgehen lassen?« Schweigend ertrug Phoenix die streichelnden Finger. »Selbstverständlich werden wir Ihre Referenzen genauestens prüfen.«

»Selbstverständlich.« In Oklahoma City war gerade ein alter Freund dabei, diese »Referenzen« – zwar widerwillig, aber doch gewissenhaft – zusammenzustellen.

»Woher kommen Sie?«

»Ursprünglich aus New York. Aber die letzten Jahre war ich überall.«

»Fällt es Ihnen schwer, sich irgendwo niederzulassen?« Feine Falten kräuselten die Stirn der Gräfin.

»Sagen wir, ich hatte einen Punkt erreicht, an dem ich mich auf den Weg machen musste, wenn ich jemals die Welt sehen wollte. Das habe ich nun hinter mir.«

»Das klingt –« Die Finger glitten an Phoenix' Hals abwärts. »Das klingt, als hätten wir noch eine Menge zu bereden. Ja … ja, ich denke, Sie und ich könnten uns noch eine ganze Weile unterhalten. Lebt Ihre Familie noch immer in New York?«

Nur unter Anstrengung gelang es Phoenix, sich ihren Widerwillen nicht anmerken zu lassen. »Ich fürchte, ich bin das schwarze Schaf der Familie.« Das war beinahe wahr. »Wir haben keinen Kontakt mehr.« Ganz und gar wahr.

Die Frau bedachte Phoenix mit einem weiteren spitzzahnigen Lächeln. »Sie stehen also praktisch allein?«

»Ja. Und das gefällt mir.«

»Starke Frauen sprechen mich an, Phoenix.«

»Das freut mich.«

»Glatte Haut. Und so viele Sommersprossen.«

Phoenix konnte nicht verhindern, dass sie wieder errötete. »Tja, auch so ein typisches Charakteristikum von Rothaarigen.«

»Faszinierend.«

Phoenix atmete den Shalimar-Duft der Frau ein, als diese die Sommersprossen aus nächster Nähe musterte. »Makellose Haut. Herrlich glatt. Wo haben Sie sie noch?«

Phoenix schluckte. »Wie bitte?«

»Die Sommersprossen. Wo haben Sie sie noch? Auf den Brüsten?«

Roman war zu sehr damit beschäftigt, die Hängeregister durchzugehen, als dass er Vanessas Gespräch mit einer offenbar leicht minderbemittelten Frau mehr als nur flüchtig verfolgt hätte. Doch die letzte Frage der Gräfin weckte seine Aufmerksamkeit.

Er drückte die Schublade, die er gerade durchsucht hatte, behutsam zu und blickte zu der Reihe von Monitoren und Lautsprechern, die oberhalb eines Tisches voller elektronischem Schnickschnack angebracht waren. Der Tisch

nahm die ganze Breite des Raumes ein, in dem sich ansonsten nur Aktenschränke befanden – einmal abgesehen von der Treppe, die zu der Falltür in der Decke führte.
Es hatte ihn ganze zwei Monate gekostet, diese verdammte Tür zu finden; so lange hatte er gebraucht, bis ihm klar geworden war, dass diese exklusive Villa zwischen zwei Räumen entweder eine Wand von etwa zwölf Fuß Dicke besaß oder dass sich zwischen eben diesen Räumen noch ein weiterer befinden musste, zu dem es keinen sichtbaren Zugang gab.
»Ist die Frage Ihnen peinlich?« Vanessas humorloses Lachen hatte den üblichen Effekt auf Roman: Er hatte das Gefühl, als würden sich ihm die Zehennägel aufrollen. »Nun, vergessen Sie es. Wo wohnen Sie?«
Roman schob den Stuhl zu dem Lautsprecher, aus dem das Gespräch drang. Per Knopfdruck ließ er das Bild auf dem Schirm heranzoomen und grinste, als er das Mausoleum erkannte, das Vanessa als ihr Büro bezeichnete. Er war überzeugt gewesen, dass es irgendwo in diesem Club eine solche Überwachungsstation geben musste. Und nun hatte er nicht nur etwas gefunden, das dem Paradies eines Voyeurs verdammt nahe kam, sondern wurde auch noch Zeuge eines Gesprächs, das ganz bestimmt nicht für seine Ohren gedacht war – ein solches Glück gleich zweimal an einem Abend konnte einem Menschen den Glauben an den Weihnachtsmann zurückgeben.
»Rose Smothers?«, sagte Vanessa gerade. »Es kommt mir vor, als hätte ich den Namen schon mal gehört.«
Geoffrey Fullerton – *Sir* Geoffrey Fullerton, ehemals

Welsh Guards, würde es vermutlich nicht mögen, mit dem Weihnachtsmann verglichen zu werden, doch er hatte Roman unbeabsichtigt in diese verwunschene Höhle geführt. Ganz offensichtlich hatte er Vanessa beobachtet und vergessen, den Lautsprecher auszuschalten, bevor er wieder ging.

Die Rothaarige war nicht mehr so jung, wie er gedacht hatte. Vielleicht um die dreißig. Sehr intelligent wirkte sie nicht.

»Rose Smothers ist ein echter Schatz. Wirklich lieb«, sagte sie nun. »Etwas verrückt, aber ein echter Schatz.«

Romans Finger glitten über die Tastatur und holten sich das Gesicht der Rothaarigen näher heran. Sie hatte Angst. Er sah es in ihren grünen Augen. Verdammt, Vanessa von Leiden war ein Vampir. Welche Befriedigung zog sie daraus, mit diesem Hühnchen zu spielen, das sich versehentlich in ihre Gruft verirrt hatte?

»Und wo kann man diese Rose Smothers finden?«

»Tja … sie mag keine Fremden.« Aber da war noch etwas anderes in diesen schräg stehenden grünen Augen. »Obwohl … wenn ich bei ihr bin, würde sie wahrscheinlich mit anderen reden. Es ist schon komisch, aber sie vertraut mir, obwohl ich erst seit einem Monat da wohne. Mort und Zelda meinten, ich sollte mal hingehen und nach einem Zimmer fragen. Ich habe eine kleine süße Wohnung oberhalb der Garage. Sie hat da einen Wagen stehen, der nie bewegt wird, können Sie sich das vorstellen?«

Roman schüttelte leicht den Kopf. Da stimmte irgendetwas nicht. Diese Frau wollte etwas, und er hätte einen Jahreslohn gewettet, dass es nicht der Job war – jedenfalls nicht allein.

Er beugte sich vor, um den Zoom zurückzufahren, bis er Vanessa, die sich mit ihrem breiten Hintern auf dem Schreibtisch niedergelassen hatte, wieder im Bild hatte. Die Gräfin von Leiden streckte den Arm aus, drehte die Handfläche nach oben und bewegte die Finger. »Ich will Ihre Hände sehen.« Sie wartete, bis die jüngere Frau gehorchte. »Gut. Kräftig. Ich mag kräftige Hände. Man kann sehr schöne Dinge damit tun, nicht wahr?«

Roman erlebte gleichzeitig zwei Reaktionen. Die sexuelle Erregung angesichts der Rothaarigen war in Ordnung. Der bittere Geschmack der Galle, die ihm hochkam, war es nicht. Vanessa von Leiden verursachte ihm Übelkeit. Nicht, dass ihre kleinen Hobbys ihn etwas angingen.

»Ein Aston Martin. Ein DB2. Können Sie sich das vorstellen? Ein wunderschöner Aston Martin DB2, und er ist nicht bewegt worden, seit er geliefert wurde. Sie kauft alles, was sie braucht, aus dem Katalog. Ihre ganzen Klamotten – alles. Sie geht niemals aus, redet aber unheimlich gerne. Verrückt, aber –«

»Ein echter Schatz, ja«, beendete Vanessa den Satz. »Sie sind ihre erste, ähm, Mieterin?«

»Oh, nein, nein. Das bin ich nicht.«

Roman zoomte ihr Gesicht erneut heran und betrachtete die grünen Augen und die vollen, ungeschminkten Lippen, die kaum merklich bebten. Er verengte die Augen. Mochte Vanessa das Spiel auch genießen, sie kaufte der Rothaarigen nicht ab, was diese ihr zu vermitteln versuchte.

Die Frau lächelte.

Und Roman schluckte.

Das Lächeln eines Engels. Breit, mit hochgezogenen

Mundwinkeln und Grübchen in weichgeschwungenen Wangen. Was hatte sie hier zu suchen? Was wollte sie in einem Etablissement wie dem Peak Club, in dem nichts so war, wie es zu sein schien?

»Rose meinte, dass die ehemalige Mieterin vielleicht zurückkommt, aber darüber mache ich mir Gedanken, wenn es so weit ist.«

»Sehr klug. Nun … meine Partner und ich haben es uns zur Regel gemacht, niemanden ohne eine Überprüfung seines Könnens einzustellen.« Vanessa lachte kurz und humorlos. »Es war ein langer, sehr anstrengender Tag. Warum schauen wir nicht, ob Sie mich entspannen können?«

Phoenix' Hände lagen immer noch in Vanessas. »Sie meinen, ich soll Sie massieren?«

»Vielleicht. Aber zuerst möchte ich noch mehr über Ihre Unterkunft wissen. Wir laden nicht oft dazu ein, auf diesem Gelände hier zu wohnen, aber wenn wir einen Angestellten besonders schätzen und er keine geeignete Unterkunft hat, nun …«

In der Pause, die dem folgte, betrachtete Roman die Neue ausgiebiger. So weit er es beurteilen konnte, entsprach die schlanke Rothaarige mit ihren sanften Rundungen nicht unbedingt dem Geschmack der Gräfin, die jungenhafte, muskulöse Typen bevorzugte.

Phoenix machte keine Anstalten, die strategischen Lücken in dem Vortrag der Gräfin zu füllen, und Roman konnte Vanessas Verärgerung förmlich spüren. Er musste ihre Augen nicht sehen, um zu wissen, dass sie langsam zu blitzen anfingen.

»Wie steht es mit Männern?«

Roman grinste und lehnte sich in seinem Stuhl zurück. Er konnte sich denken, wie das Gespräch nun weitergehen würde.
»Ich mag Männer.«
Roman stützte sich auf die Armlehnen und beugte sich interessiert vor. Eine solche Bemerkung hatte er nicht erwartet.
Vanessas Givenchy-Kostüm spannte plötzlich an den Schultern. »Sie mögen Männer«, wiederholte sie tonlos.
»Sehr sogar.« Die Rothaarige nickte heftig. »Im Grunde genommen war es meine Rettung, Masseuse zu werden.«
Roman beugte sich noch ein Stück vor.
»Würden Sie das etwas näher erläutern?«, fragte Vanessa.
»Na ja … ich habe Sie doch nicht schockiert, oder?«
Roman gluckste und schüttelte den Kopf. Nun hätte er doch gerne Vanessas Gesicht gesehen.
»Sie faszinieren mich, Phoenix. Bitte fahren Sie fort.«
Phoenix zog ihre rötlichen Brauen zusammen und senkte ihre Stimme zu einem vertraulichen Ton. »Dadurch habe ich ein Ventil für meinen, nun ja, manchmal sehr extremen Sexualtrieb gefunden. Ich habe die Erfahrung gemacht, dass es mir gut tut, meine Energie darauf zu verwenden, Männern Vergnügen zu bereiten. So muss ich nicht immer nur *daran* denken. Sie wissen schon.«
»Ich bin mir nicht sicher. Erklären Sie es mir doch bitte.«
»Ja«, murmelte Roman, »bitte.«
Phoenix entzog Vanessa die Hände und schob ihr lockiges Haar zurück. Ihre Brüste unter dem dunklen, weiten T-Shirt hoben sich. Hübsche Brüste. Kein BH.

Sie lachte ein wenig verlegen und sagte: »Ich halte Sex für gesund, Sie nicht auch?«
»Doch«, antwortete Roman im gleichen Moment wie Vanessa.
»Und manche Leute brauchen eben mehr davon. Ich habe ziemlich viel über Sexsucht gelesen und denke manchmal, ich finde mich da wieder.«
»Willkommen in deinem ganz privaten Paradies«, flüsterte Roman lautlos und dachte flüchtig daran, wie es wohl sein müsste, Phoenix in ihrer Sucht zur Verfügung zu stehen.
Vanessa derweil schien offenbar einen raren Moment der Sprachlosigkeit zu durchleben.
»Aber Sie können mir glauben«, beeilte Phoenix sich mit ernsthafter Miene zu beteuern, »dass ich in einer solchen Anstellung die perfekte Besetzung bin. Sehen Sie, ich weiß, wie man andere verwöhnt – ehrlich. Und es ahnt ja niemand, wie viel Spaß ich selbst dabei habe – wenn Sie wissen, was ich meine. Es sei denn natürlich, ich habe das Gefühl, dass es dem Betreffenden wichtig ist …«
Dieses Mädchen war wirklich ein Fall für sich.
Das Pfeifen aus dem Lautsprecher musste von Vanessas Atem herrühren. »Was ist mit Frauen?«
»Oh, es macht mir nichts aus, auch Frauen zu massieren.«
Roman erstickte ein Lachen, bis ihm einfiel, dass er nicht leise zu sein brauchte. Er hatte den Raum bereits nach Wanzen abgesucht.
»Und verschafft es Ihnen …« Vanessa stand auf und drehte sich direkt der Kamera zu. »Erregt es Sie sexuell, wenn Sie mit Frauen arbeiten?«
Vanessas Augen verengten sich. Roman sah die Zungen-

spitze zwischen ihren Zähnen und das seltsame Funkeln in ihren Augen, das er zu verabscheuen gelernt hatte.

Er wandte seine Aufmerksamkeit wieder Phoenix zu, die ihre Hände zu Fäusten geballt hatte. Er runzelte die Stirn. Entweder hatte sie Mühe, ihren Abscheu zu verbergen, oder sie litt ganz plötzlich an einem akuten Brechdurchfall. Jedenfalls sah die Frau aus, als wäre ihr schlecht.

»Frauen?«, wiederholte Vanessa.

Phoenix wischte sich die Hände an ihrer Jeans ab. »Ich mag Frauen.«

Aber nicht als Bettgefährtinnen, dachte Roman.

»Was bedeutet das genau? Mögen?«

»Ich bewundere schöne weibliche Körper. Und mir macht es selbstverständlich nichts aus, an einem weiblichen Körper zu arbeiten. Aber Frauen sind keine … Lösung für mein Problem.«

Vanessa, die Phoenix noch immer den Rücken zugekehrt hielt, lächelte dünn. »Haben Sie schon mal mit einer Frau geschlafen?«

»Nein!«

»Zu schnell, meine Liebe«, murmelte Roman.

Vanessas Lächeln wurde diabolisch. »Gut. Wie ich Ihnen schon sagte – wie suchen unsere Leute hier sehr sorgfältig aus.«

Roman wusste, was Vanessa mit »sorgfältig« meinte. Und er ahnte, dass sie sich gerade überlegte, wie sich Phoenix' sexuelle Erfahrung erweitern ließ. Vanessa schlief mit Männern und Frauen, aber sie machte keinen Hehl aus ihrer Vorliebe für Letztere – die sie wiederum besonders genoss, wenn sie noch keine diesbezüglichen Erfahrungen gesammelt hatten.

»Vielleicht sollten wir ja noch einmal offiziell einen Termin ausmachen? Wenn es Ihnen besser passt?«
Phoenix, die Nymphomanin, verlor offenbar die Nerven. Roman sah sie sich noch einmal genauer an. Intelligente Augen. Irgendetwas stimmte da nicht. Jahrelange Erfahrung darin, seinen Instinkten zu vertrauen, gekoppelt mit der härtesten Ausbildung der Welt, hatten ihm ein beinahe untrügliches Gespür für Täuschungen und Schauspielerei verschafft. Phoenix war nicht wirklich das, was sie zu sein vorgab. Sie spielte ihnen etwas vor.
»Ich denke, wir können schon einen Schritt weitergehen«, meinte Vanessa und drehte sich endlich wieder zu ihrem Gast um. »Ich vertraue gewöhnlich meiner guten Menschenkenntnis, und mein Instinkt sagt mir, dass Sie genau das sein könnten, wonach wir suchen.«
Roman spürte ein seltsames Unbehagen.
»Ja, Sie könnten genau die Richtige für uns sein. Ich muss zwar noch mit meinen Partnern darüber sprechen, aber ich ergreife gerne Gelegenheiten beim Schopf.«
Roman bleckte die Zähne. »Lauf, Baby, lauf«, knurrte er. Mit Hilfe sehr überzeugender »Spenden« war er kürzlich vom einfachen Clubmitglied zu Geoffreys und Vanessas neuster Partner-Errungenschaft geworden. Der Ehrenwerte Miles Wilberton, ehemaliger Captain der English Horse Guards, und Pierre Borges, Ex-Offizier des erlesenen Schweizer Alpin-Corps und Sohn des französisch-schweizerischen Bankiers Borges, vervollständigten die exklusive Gesellschaft der fünf Geschäftspartner, doch Geoffrey und Vanessa standen ihnen allen vor. Roman hatte bereits einmal erlebt, wie man sich auf eine neue Angestellte geeinigt hatte. Die Kandidatin, eine Karten-

legerin aus Las Vegas, hatte sich willig auf einige ausgesprochen interessante und lukrative Glücksspielchen eingelassen … und hatte mit Bravour bestanden. Phoenix – wer immer sie auch sein mochte – war aus anderem Holz geschnitzt.

»Wie ernst ist es Ihnen damit, hier zu arbeiten, Phoenix?«

»Sehr ernst.«

»Gut. Wird man Sie vermissen, wenn Sie heute Nachmittag nicht in die Stadt zurückkehren?«

Ein oder zwei Herzschläge lang zögerte Phoenix, dann sagte sie: »Nein.«

»Fein. Das macht alles viel einfacher.« Vanessa war nun wieder ganz Geschäftsfrau. »Überlegen Sie sich, ob Sie nicht sogar hier übernachten wollen. Dann könnten wir gleich *alles* regeln!«

Die Aussicht, eine bekennende Sexsüchtige zur lesbischen Liebe zu bekehren, hatte Vanessa unvorsichtig gemacht. Sie wollte diese Frau, und sie war in ihrer Gier zu schnell vorgegangen.

»Klingt toll.« Phoenix' Miene machte deutlich, dass sie log. »Aber ich muss heute Abend bei Rose vorbeischauen. Sie macht sich Sorgen, wenn ich es nicht tue.«

»Ich dachte, Sie sagten, sie wäre eine alte Irre, die Sie kaum kennen.« Vanessas sonst so gepflegte Ausdrucksweise litt, wenn sie verärgert war.

»Nein, sie ist nur ein wenig verrückt«, erwiderte Phoenix schnell. »Aber lieb.«

»Dies hier ist wichtiger.« Vanessa trat an die Wand hinter ein Standbild aus zwei kopflosen, geschlechtslosen, aber in ausgesprochen intimer Umarmung verschlungenen Körpern und öffnete ein Türchen in der Holztäfelung. Sie warf einen Blick auf Phoenix und wählte einen der knöchellangen Sarongs und eins von den rückenfreien Tops mit Spaghettiträgern aus, die die weiblichen Angestellten des Clubs gewöhnlich trugen. »Grün müsste Ihnen gut stehen.« Sie schloss die Klappe und kehrte zu Phoenix zurück.

»Rose wird nervös werden, wenn ich mich nicht blicken lasse.«

»Warum? Und was kümmert Sie das?«

Vanessa schob ihr die Kleider in den Arm, und Phoenix hielt sie vor sich wie einen Schutzschild. »Na ja, ich habe meine ganzen Sachen und meinen Kater da.«

»Nun, dann holen Sie Ihre Sachen eben morgen früh.«

Phoenix schien zu überlegen. »Hören Sie, ich fühle mich wirklich geschmeichelt. Und ich will den Job unbedingt. Aber ich denke, ich werde meine Wohnung behalten. Mel – das ist mein Kater – isst nur, wenn ich ihn füttere. Und Rose erinnert mich an die einzige Tante, die ich hatte. Sie war sehr gut zu mir. Sie starb vor einiger Zeit.«

Vanessa stieß einen ungeduldigen Laut aus.

»Rose sagt, dass ihre vorherige Mieterin bestimmt irgendwann zurückkommen wird. Wissen Sie … irgendwas an der Sache ist komisch.«

»Aha?«

»Ja. Sie scheint praktisch gar nichts mitgenommen zu haben, als sie ging. Ich musste in Schubladen und Schränken Platz für meine Sachen machen, und im Badezimmer habe ich ihre Toilettensachen und Make-up gefunden. Und Schmuck, den andere Leute wegschließen würden.«

Romans Gedanken wanderten zurück zu den Aktenschränken. Bei den kläglichen Hinweisen, die er besaß, würde er zwangsläufig jede einzelne Akte durchsehen müssen. Die Arbeit würde mühsam werden, doch er war ein geduldiger Mensch ... zumindest dann, wenn ihm so viel an einer Sache lag wie an dieser Mission, der er sich selbst verschrieben hatte.

»Rose redet sich da was ein, da bin ich mir sicher.«

Er hörte kaum noch hin. Falls Geoffrey zurückkommen würde, musste er eine gute Ausrede parat haben.

»Einreden? In welcher Hinsicht?«, fragte Vanessa.

»Dass die Mieterin zurückkommen wird. Sie ist immerhin schon anderthalb Jahre fort.«

Roman drehte sich langsam zum Bildschirm zurück.

Vanessa ließ sich wieder auf die Tischkante nieder. »Achtzehn Monate? Und sie hat nichts von ihr gehört?«

Phoenix zögerte einen Moment. Dann: »Ich glaube nicht. Aber Rose hat sich irgendwie in den Kopf gesetzt, dass das Mädchen eines Tages wiederkommmen wird.«

Vanessa stützte die Hände hinter ihrem Rücken auf die Tischplatte. »Aber Sie glauben das nicht?«

»Ich weiß nicht genau. Rose redet die ganze Zeit von ihr. Eine blonde Schönheit sei sie gewesen, sagt sie. Aber sie weiß eigentlich gar nichts über sie, außer, dass sie aus einer reichen Familie stammt und nur aus Vergnügen arbeitet. Und dass sie April Clark heißt.«

ZWEI

Sie verlor langsam die Nerven. Anders war es nicht zu erklären, wieso sie in einem so ungeschickt gewählten Moment mit Aprils Namen herausgeplatzt war. Sie hatte unbedingt irgendeinen Hinweis erhalten wollen, der sie auf die Spur ihrer Freundin führen würde.

Ihre Wangenmuskeln drohten unter dem Dauerlächeln zu ermüden. »Die Hauptsache aber«, sagte sie, ohne die Gräfin aus den Augen zu lassen, »ist Mel. Ohne ihn gehe ich nirgendwo hin. Ich nehme meine Fürsorgepflicht sehr ernst. Ich finde, dass man Menschen danach beurteilen kann, wie sie mit Tieren umgehen. Das ist übrigens eine Sache, die ich an den Briten so bewundere. Sie –«

»Es freut mich, dass Sie sich die Zeit genommen haben, bei uns vorbeizuschauen«, unterbrach die Gräfin sie, als hätte sie Phoenix' Gestammel nicht gehört. »Ich denke, wir werden uns schon einigen.«

Phoenix hatte Mühe, das Lächeln beizubehalten. Entweder versuchte die Gräfin verbissen, das Gespräch in der Hand zu behalten, oder sie war ein ausgesprochen wechselhafter Mensch. Nun troff ihre Stimme förmlich vor Freundlichkeit.

»Selbstverständlich sollen Sie sich in Bezug auf die Unterkunft in erster Linie wohl fühlen. Uns wird noch eine befriedigende Lösung einfallen. Was Sie da von der ehemaligen Mieterin – dieser April – erzählen, ist wirklich seltsam. Hat Ihre Vermieterin noch irgendetwas über sie gesagt?«

Freundlichkeit stand der Gräfin nicht. Je breiter das Lächeln, desto mehr erinnerte sie Phoenix an eine fauchende Raubkatze. Aber wenigstens wusste sie jetzt mehr. Die Nennung von Aprils Namen hatte definitiv Wirkung gezeigt.

»Nicht wirklich«, antwortete Phoenix. »Und es steht mir ja auch nicht zu, Fragen zu stellen. Aber manchmal überlege ich, ob man nicht die Polizei benachrichtigen sollte.«

Ihr Herz hämmerte immer heftiger.

»Ach, das denke ich nicht. Wenn es einen Grund gäbe, sich Sorgen zu machen, dann hätte diese reiche Familie bestimmt schon alle notwendigen Schritte unternommen.«

Die reiche Familie, die nur erfunden war. Als Pflegekind aufgewachsen in einem lieblosen Zuhause, war April weggelaufen, sobald es ihr möglich gewesen war. Phoenix war die einzige Konstante in ihrem Leben gewesen, der einzige Mensch, an den sie sich geklammert hatte, auch wenn die Perioden, in denen sie keinen Kontakt gehabt hatten, oftmals sehr lang gewesen waren. Und dann war da dieser letzte Anruf gewesen, bei dem April ihr aufgeregt erzählt hatte, sie habe endlich die Liebe ihres Lebens getroffen – den Mann, der sie vollkommen und für immer und ewig glücklich machen würde.

Der Anruf war aus Past Peak gekommen. Ungefähr in der Zeit, als April hier zum letzten Mal gesehen worden war. Dann nichts mehr.

Phoenix klammerte sich an Rock und Top, die die Gräfin ihr gegeben hatte. Innerlich bebte sie. Mort und Zelda und auch Len machten sich ernsthafte Sorgen um April. Sie glaubten, dass sie hier im Peak Club jemanden getroffen hatte, über den sie nicht hatte sprechen wollen. Und dieser Jemand würde etwas über ihr Verschwinden wissen.

Oder besser – ihr augenscheinliches Verschwinden. Phoenix rief sich immer wieder in Erinnerung, dass April schon oft genug für eine Weile untergetaucht war. Allerdings noch nie so lange, und die vorherigen Male hatte sie ihrer Freundin wenigstens eine Nachricht zukommen lassen. Wenn Phoenix nicht von Land zu Land gehetzt wäre, um zu vergessen, dass sie wegen Aufrichtigkeit gefeuert worden war, hätte sie sich schon viel früher auf die Suche nach April gemacht.

»Oh, das hätte ich fast vergessen.« Der Lärm ihres Herzschlags wurde ohrenbetäubend. Sie hatte versprochen, sehr vorsichtig vorzugehen. »April Clark ist manchmal im *Bend* gewesen, um einen Kaffee zu trinken. Zelda erinnert sich an sie, weil sie so hübsch war.«

»Ah.«

»Habe ich schon erwähnt, dass mich das auf den Gedanken gebracht hat, mal vorbeizuschauen und zu fragen, ob Sie mich brauchen können?« Mort wusste, wo sie war. Wenn sie sich heute nicht mehr blicken ließ, würde er sie suchen komme, das wusste sie.

Die Tür ging auf, und ein großer, dunkelhaariger Mann trat ein.

»Ich habe dich nicht klopfen hören!«, fauchte die Gräfin. »Ich bin beschäftigt.«

Wenn sich der Mann durch den Tadel getroffen fühlte, so zeigte er es nicht. Er schloss die Tür und stellte sich gut gelaunt neben die Gräfin. »Bob sagte, dass du ein Bewerbungsgespräch hättest.« Er lächelte Phoenix gewinnend an. »Ich dachte, das seh ich mir mal an.«
Und das tat er dann ausgiebig. Er verschränkte die braun gebrannten, muskulösen Arme vor der Brust, verlagerte sein Gewicht auf ein Bein und musterte Phoenix von Kopf bis Fuß. Dabei lächelte er.
Phoenix hatte in der Vergangenheit erfahren müssen, dass man attraktiven Männern nicht über den Weg trauen durfte. Und dieser Kerl dort wäre noch in einer kompletten Mannschaft aus Traummännern aufgefallen.
»Bob hat übrigens nicht gesagt, für welche Stelle Sie vorsprechen«, sagte er nun.
»Sie ist Masseuse«, erwiderte die Gräfin knapp. »Bob konnte das auch nicht wissen. Das ist Phoenix. Ich denke, dass sie für unseren Club eine Bereicherung sein könnte.«
»Tatsächlich?« Seine Augen hatten dieselbe Farbe wie die von Phoenix' Katze. Mel war ein schlanker schwarzer Kater, dessen hellblaue Augen einen siamesischen Vorfahren im Stammbaum verrieten. Mel war ihr zugelaufen, kurz nachdem sie einen der »Lethal Weapon«-Filme gesehen hatte. Damals war sie mit angenehmen Visionen von unglaublich blauen Augen unter dichten, dunklen Wimpern aus dem Kino gekommen.
»Eine Masseuse also, hm?« Kräftige, weiße Zähne und ein breiter Mund. Feste, volle, aber nicht *zu* volle Lippen. Der Kerl hatte seinen Teil an Lebenserfahrung gesammelt, und nicht alle Erlebnisse waren schön gewesen.

Seine Gesichtszüge waren ausgeprägt und hart, die Falten und die Grübchen in den Wangen markant.
Er musste um die eins neunzig groß sein, und seine Schultern wirkten so breit, als ob er nicht durch jede Tür hindurchpasste. Das dunkelblaue Polohemd stand am Hals offen und zeigte eine Brustbehaarung, die genauso dunkel war wie das Haar, das er kurz und aus der Stirn gekämmt trug. Hemd, ausgewaschene Jeans und die Sportschuhe hätten bei manchen Männern für eine entspannte Ausstrahlung gesorgt, doch Phoenix dachte bei ihm ganz und gar nicht an Ruhe und Gelassenheit. Dieser Mann wirkte, als wäre er jederzeit bereit anzugreifen.
»Recht schweigsam«, bemerkte er, immer noch lächelnd. »In manchen Situationen kann das höchst nützlich sein, Vanessa.«
Phoenix riss sich zusammen. Sie hatte den Weg einmal eingeschlagen und konnte ihn jetzt ebenso gut weiterverfolgen. Blieb nur zu hoffen, dass sie früh genug merkte, wann sie sich zu weit vorwagte. »Ich bin noch ziemlich neu in der Branche«, sagte sie. »Ich habe bisher nur hin und wieder in einem Laden in der Stadt gearbeitet, aber man sagte mir, ich könnte es vielleicht hier versuchen.«
»Das ist Roman Wilde.« Die Gräfin hatte sich wieder ein wenig gefasst. »Er ist einer meiner Partner. Junior-Partner. Sie werden ihn später noch näher kennen lernen.« Sie betonte das Wort »später«.
Kein allzu unangenehmer Gedanke, fand Phoenix. Offenbar unterhöhlte ihr denkwürdiger Einfall, auf Sexsucht zu plädieren, ihre gewöhnliche Reserviertheit Männern gegenüber. »Die Leute, denen der Laden unten gehört,

haben mir erzählt, dass sie jemand anderen kannten, der hier gearbeitet hat.«

»Das haben Sie noch gar nicht erwähnt.«

Phoenix sah die Frau mit aufgesetztem Erstaunen an. »Oje! Hab ich das tatsächlich vergessen!« Sie kicherte verlegen und schlug sich die Hand vor den Mund. »Es ging um April. Eben dieses Mädchen, das vor mir bei Rose gewohnt hat! Wahrscheinlich find ich all dies hier –« Sie deutete mit einer umfassenden Geste auf die Einrichtung. »– doch viel beeindruckender, als ich dachte.«

Roman Wilde rieb sich mit einer Hand den Nacken und streckte sich. »Von wem ist die Rede, Vanessa?« Die Ausdehnung seiner Brust war eine Sache, die man gesehen haben musste.

Die Gräfin hatte die Brauen zusammengezogen. »So wie ich das sehe, ist von einem Mythos die Rede«, antwortete sie. »Irgendeine Frau, die Phoenix gekannt hat. Sie hat nie hier gearbeitet.«

»Aber –«

»Nein!«, unterbrach die Gräfin Phoenix. »Ich kann Ihnen versichern, dass wir hier noch nie eine April Clark hatten. Im Übrigen scheint mir, dass es sich um eine sehr unzuverlässige Person handelt, und unzuverlässige Personen stellen wir sowieso nicht ein.«

Das Lächeln auf Roman Wildes kantigem Gesicht schwand. »Wir stellen die Leute sogar erst dann ein, wenn sie verdammt noch mal bewiesen haben, dass sie zuverlässig *sind*!« Er sah Phoenix mit einem durchdringenden Blick an. »Hatten Sie einen Termin bei uns?«

Bei dem leicht drohenden Unterton stellten sich Phoenix' Nackenhaare auf. »Nein.« Aber sie dachte nicht daran, sich einschüchtern zu lassen. »Ich wusste nicht, wie ich es hätte anstellen sollen, bei Ihnen einen Termin zu kriegen. Aber das, was ich mache, kann ich verflixt gut, und ich würd mich freuen, wenn Sie mich einstellen. Und alles, was ich über April Clark weiß, ist, dass sie die Wohnung, in der ich jetzt wohne, vor mir hatte und dass sie 'ne Menge Leute hier in Past Peak gekannt hat.«

Seine Mundwinkel zuckten und seine Grübchen erschienen wieder. »Temperamentvoll«, bemerkte er, an die Gräfin gewandt, die ihre Hände fest verschränkt hielt. »Habt ihr schon darüber geredet, wie eine Anstellung in diesem Club aussieht?«

»Noch nicht wirklich. Ich hatte ihr allerdings bereits gesagt, dass wir – die Partner, meine ich – uns einig sein müssen, bevor wir neues Personal einstellen.« Die Gräfin wanderte zu der Marmorstatue und streichelte die kalten Körper. »Miles und Pierre sind in Paris, sodass wir ein paar Tage warten müssen, um die Formalitäten zu erledigen. Ich werde jetzt ein wenig Zeit mit Phoenix allein verbringen, dann können wir anschließend bereden, wann sie wiederkommt.«

Roman warf Phoenix einen gleichgültigen Blick zu. »Warst du nicht mit Geoffrey verabredet? Ich dachte, ich hätte gehört, dass heute Abend irgendetwas Besonderes sein sollte.«

Die Gräfin runzelte die Stirn und trat an den Tisch, um in einem aufgeschlagenen Buch nachzusehen. »Sehr untypisch, dass ich es vergessen haben sollte. Phoenix, lassen Sie mir Ihre Telefonnummer da. Ich melde mich.«

»Ich habe kein Telefon«, log Phoenix. »Rose mag keine modernen Erfindungen.«

»Moderne Erfindungen?« Die Gräfin von Leiden rümpfte die Nase. »Das ist ja wohl ein Scherz. Nun, dann müssen wir eben einen Termin ausmachen und …« Sie brach ab und drehte sich zu Roman Wilde um. »Es sei denn, du hättest Zeit, die Sache für mich zu übernehmen, Roman.«

Er schlenderte durch den Raum und pustete ein imaginäres Stäubchen von einer Speckstein-Skulptur, die irgendetwas Unidentifizierbares darstellte.

»Roman?«, drängte die Gräfin.

»Und an was genau hast du gedacht?«

»Ich bin sicher, dass du dir das schon denken kannst«, erwiderte sie und schenkte ihm ein verkniffenes Lächeln. »Eine vorläufige Bewertung ist alles, was wir benötigen. Du weißt, was ich meine?«

Er lächelte schwach und verbeugte sich. »Allerdings. Das Vergnügen wird ganz auf meiner Seite sein.«

Phoenix empfand plötzlich reine Panik. Am liebsten wäre sie weggelaufen, doch sie wusste, dass sie nicht weit kommen würde, wenn diese beiden es nicht wollten.

Die Gräfin von Leiden glättete erst ihren Rock, dann ihr Haar. »Ich sollte jetzt besser gehen. Roman.« Sie winkte Wilde näher heran, schob einen Arm unter seinen und zog ihn ein Stück von Phoenix fort. »Es gibt da etwas, das ich dir unbedingt sagen sollte.« Sie stellte sich auf Zehenspitzen und flüsterte ihm etwas ins Ohr.

Er blickte über von Leidens schwarzen Kopf hinweg auf Phoenix und hob plötzlich die Augenbrauen. »Ernsthaft?«

»Ja. Und ich muss dich ja sicher nicht daran erinnern, dass es von unserer Seite kein unprofessionelles Verhalten geben darf.«

»Nein, sicher nicht.«

Das Glitzern in diesen erstaunlich blauen Augen ließ das Blut in Phoenix' Wangen steigen. Sie brauchte nicht erst zu raten, was die Gräfin ihm ins Ohr geflüstert hatte. Der Mann war tatsächlich vor sexuellen Übergriffen gewarnt worden. Vor ihr – Phoenix!
Die Gräfin sah Romans gleichermaßen neugierigen wie amüsierten Blick. »Das Äußere kann täuschen. Man sollte nie zu voreilig urteilen. Wenn du meinst, dass du der Sache nicht gewachsen –«
»Schon gut, mach dir keine Gedanken«, erwiderte er. »Ich werde das schon schaffen.«

Zu leicht, dachte Roman. *Fast reibungslos.* Er führte Phoenix durch die Korridore, deren Wände mit zitronengelber Seide bespannt waren. Ein weicher, elfenbeinfarbener Teppich schluckte jeden Laut.
Geoffrey hatte sich nicht einmal umgesehen, als er den geheimen Raum verlassen hatte. Wäre es nicht logisch gewesen, sich zu vergewissern, dass er nicht beobachtet worden war? Hatte er Roman möglicherweise absichtlich auf die Spur geführt und den Lautsprecher keinesfalls aus Nachlässigkeit angelassen? Hatte Roman nicht bloß schlichtes Glück gehabt, sondern war in eine geschickt angelegte Falle getappt?
»Wohin gehen wir?«
»In eins der Behandlungszimmer«, erwiderte er knapp.
Sie konnte ein Köder sein. Ein Test, um festzustellen, wie er auf die Nennung von Aprils Namen reagierte. Und wenn dem so war, dann gab es jemanden, der Grund hatte zu glauben, dass Roman nicht der war, der er zu sein vorgab. Jemand, der ahnte, dass Roman nur deswegen

Partner in diesem Club geworden war, um dem Mörder von April – oder dem, der den Mord in Auftrag gegeben hatte – auf die Spur zu kommen.

Die Fenster neben der Treppe, die hinabführte, boten einen Ausblick auf den Snoqualmie River und die massiven grauen Felsen, die mit hellgrünem Moos und hohen Kiefern bewachsen waren. Auf den Berggipfeln lag noch Schnee, der sich blendend weiß gegen den sich verdunkelnden Abendhimmel abhob.

Unten angekommen, blieb er stehen und bedeutete ihr voranzugehen. Mit einem raschen, misstrauischen Blick gehorchte sie und blickte kein einziges Mal über die Schulter zurück, was sie einiges an Beherrschung kosten musste.

Aber was, wenn Geoffrey es nur eilig gehabt hatte? Das wichtige »Meeting« war schließlich nicht erfunden. Roman hatte den Hubschrauber landen sehen. Er hatte beobachtete, wie eine untersetzte Gestalt geduckt auf den Eingang des unterirdischen Baus zugehastet war, der eine Abteilung des Clubs beherbergte, die nur wenigen Eingeweihten zugänglich war.

Sir Geoffrey Fullerton und die Witwe Vanessa Gräfin von Leiden hatten den Club ins Leben gerufen, um reiche Amerikaner mit interessanten Persönlichkeiten zusammenzubringen, die ihnen wiederum exklusive Nervenkitzel – und absolute Diskretion! – garantierten.

Monatelange Ermittlungen hatten Roman letztendlich zu dem Club geführt. Ein dankbarer Bekannter aus dem Mittleren Osten hatte ihm eine Mitgliedschaft besorgt. Roman hatte schnell erkannt, dass er nur weiterkommen würde, wenn er sich mitten hinein begab.

Nachdem er die Partner – eine Gräfin, zwei adelige Ex-Mitglieder prestigeträchtiger britischer Militärabteilungen und ein Schweizer, der sowohl über Bank- als auch militärische Verbindungen verfügte – genau unter die Lupe genommen hatte, wusste Roman, wie er sein Ziel erreichen konnte. Zunächst war sein Antrag zurückgewiesen worden; das »Management« suchte keinen neuen Partner. Doch mit Geduld und Hartnäckigkeit hatte er sie schließlich davon überzeugt, dass er in seiner Rolle als hochrangiges, geheimnisumwittertes Ex-Mitglied der berühmt-berüchtigten Navy SEALs viele Männer und Frauen anziehen würde, die von der Illusion der heimlichen Macht, die der Truppe anhaftete, fasziniert waren.
So weit, so gut. Die Army zu verlassen hatte Zeit gekostet und war die schwerste Entscheidung gewesen, die er je getroffen hatte, doch als alles erledigt war, hatte er eine Art Frieden verspürt – und das wahrscheinlich zum ersten Mal in seinem Leben. Sein neues Dasein erfüllte ihn auf eine Art und Weise, die das alte ihm niemals hatte bieten können. Auch als Zivilist hatte man seine Schlachten zu schlagen.
»Hier sind wir«, sagte er, griff an Phoenix vorbei und öffnete eine Tür. »Wir geben uns sehr viel Mühe, dass unsere Mitglieder jeden erdenklichen Komfort – und noch ein bisschen mehr – vorfinden.«
Vorsichtig trat sie ein, als erwartete sie, dass jeden Moment ein Schurke hinter der Tür hervorspringen würde. Misstrauisch betrachtete sie die Massageliege, die mit echtem Zobelfell bezogen war.
Roman schloss die Tür und verriegelte sie.
Ihre Arme schlossen sich enger um das Stoffbündel

aus Seide, das Vanessa ihr in die Hand gedrückt hatte.
»Wir testen immer unter Arbeitsbedingungen«, kündigte er an. Es war anzunehmen, dass die Kamera hier direkt über der Liege befestigt war. »Falls vom jeweiligen Mitglied nicht anders gewünscht, werden die Türen während der Sitzungen abgeschlossen. Die Privatsphäre unserer Gäste hat absoluten Vorrang. Es sind wichtige Personen. Aus unterschiedlichen Welten, aber alle wichtig. Und wir stellen auch keine Fragen, es sei denn, jemand möchte über sich reden.«
»Sie kommen her, um sich fit zu halten«, meinte Phoenix, während sie die goldgerahmten Spiegel betrachtete, die in die Holztäfelung eingelassen waren.
Roman musterte sie nachdenklich. Wenn sie spielte, tat sie es gut. »Sie kommen her, um sich unterhalten zu lassen«, erwiderte er. »Um das abzuschütteln, was sie sonst darstellen müssen. Sie wollen hier ihren Körper benutzen oder aber ihn benutzen lassen. Und zwar so, wie sie es nur können, solange ihnen absolute Diskretion sicher ist. Wenn Sie verstehen, was ich meine.«
Phoenix hatte die helle Haut, die echten Rothaarigen eigen ist. Nun überzog eine tiefe Röte ihre Wangen.
»Sie wollen doch nicht behaupten, dass Sie den Club hier für ein schickes Fitness-Institut gehalten haben, oder?«
Sie zog die Schulter hoch und lachte. »Nein, natürlich nicht.«
Er war nicht überzeugt, ging aber nicht weiter darauf ein.
»Die Leute kommen her, um ihre Fantasien auszuleben.«
Vorsicht, ermahnte er sich. Geh langsam vor, denn alles wird aufgezeichnet. »Sie zahlen verdammt viel. Wir sor-

gen dafür, dass sie für ihr Geld einen Gegenwert bekommen, und mein augenblicklicher Job ist es, sicherzustellen, dass Sie in unser Programm hineinpassen. Wie alt sind Sie?«

»Dreißig. Und Sie?«

Er grinste. »Ich stelle hier die Fragen.«

»Es ist gegen das Gesetz, einen Bewerber nach dem Alter zu fragen.«

»Diese Frage war inoffiziell. Ich bin sechsunddreißig. Sind Sie verheiratet?«

»Nein.«

»Waren Sie es schon mal?«

»Nein. Sie?«

»Wollen Sie diesen Job hier?«

»Ja.«

»Wie sehr?«

Sie leckte sich die Lippen. »Wirklich sehr gerne.«

»Fein. Dann stelle ich auch weiterhin die Fragen, während Sie antworten.« Geoffrey und Vanessa würden so etwas mögen. »Wo haben Sie zuletzt gearbeitet? Als Masseuse?«

»In Stockholm. Ich bin erst seit vierzehn Monaten zurück in den Staaten und war noch nirgendwo lange genug, um etwas anderes als Gelegenheitsjobs zu machen.«

»Ich habe gehört, dass Sie gerne massieren.«

In ihren grünen Augen flackerte es kurz. Sie wusste, was Vanessa ihm ins Ohr geflüstert hatte.

»Die Gräfin meinte, Sie hätten ihr versichert, dass Sie Ihren … – Appetit unter Kontrolle halten könnten?«

Die Röte vertiefte sich. »Ich hatte noch niemals in meinem Leben Schwierigkeiten, mich unter Kontrolle zu halten.«

»Tatsächlich? Und ich dachte, Sie hätten gerade in diesem Bereich Probleme.«

Sie wandte sich von ihm ab, wobei sie offenbar vergaß, dass er sie in den Spiegeln beobachten konnte. Aber vielleicht war es auch nur eine gute Show, wie sie sich nun die Faust gegen die Lippen presste und die Augen schloss.

»Nun, dann sehen wir doch mal, wie Sie arbeiten. Ich bin relativ groß, aber das sind viele unserer Mitglieder auch. Und außerdem ziemlich verspannt. Kommen Sie damit klar?«

Sie ließ die Faust sinken und nickte. »Ja, sicher.«

Er zog sich das Hemd über den Kopf. »Ich mag es fest und tief. Viel Druck. Kann ich von Ihnen kriegen, was ich will?«

»Wo finde ich die Tücher?«

»Wir brauchen hier keine Tücher.«

»Okay«, sagte sie, ohne zu zögern. Sie straffte die Schultern und legte das Kleiderbündel auf ein Regalbrett neben die Gläser mit Massageöl. »Möchten Sie Musik?«

Statt zu antworten, klappte er einen Spiegel beiseite und bediente die Stereoanlage, die sich dahinter befand. Whitney Houston ertönte. »Die Gräfin kann Größen gut einschätzen. Die Sachen müssten passen.«

Phoenix blickte zu den abgelegten Kleidern. Dann schob sie entschlossen ihr Kinn vor. Als sie begann, ihr T-Shirt über den Kopf zu ziehen, zwang er sich, sich darauf zu konzentrieren, seine Jeans auszuziehen. Er war auch nur ein Mann. Und zwar einer, der schon viel zu lange nicht mehr mit einer Frau nach seinem Geschmack zusammen gewesen war.

Als er wieder aufschaute, zog sie gerade das Top nach unten. Ihre Brustspitzen drückten sich durch das dünne Material. Sie schlang den Sarong um die Hüfte und streifte dann die Jeans ab, sodass er einen kurzen Blick auf lange, weiße, schlanke Beine erhaschte.

»Schöne Beine«, bemerkte er.

Sie betrachtete die Etiketten auf den Gläsern. »Danke.«

»Ist das eine neue Methode?«

»Hm?«

»Intuitive Behandlung?«

Sie nahm, offenbar zufrieden, ein Schraubglas in die Hand und öffnete es. »Was meinen Sie?«

»Ich dachte immer, ein Masseur sollte sich seinen Kunden erst einmal ansehen.« Er legte sich bäuchlings auf die Liege und stützte sein Kinn auf die übereinander gelegten Hände. Was er nun tun würde, gefiel ihm nicht, aber welche Wahl hatte er schon? Angriff war die beste Verteidigung. Er würde sie locken, verführen und versuchen, sie aus der Fassung zu bringen. Wenn sie ihm standhielt, dann hatten sie beide wenigstens ihren Spaß gehabt, die Kleine hätte sich bewährt, und er hätte seinen Job erledigt, ohne seine Deckung aufzugeben. Und wenn nicht, würde er dafür sorgen, dass sie den Club unbeschadet verlassen und niemals wiederkommen würde.

Doch was auch geschah, er würde sich an sie kleben wie ein zweiter Schatten. Natürlich durfte sie nicht merken, dass er ständig da war, doch zum Glück war das immer schon Romans Spezialität gewesen.

Phoenix schraubte den Deckel wieder fest, stellte das Glas zurück und nahm sich ein anderes.

Sie versuchte, Zeit zu schinden.

»Was ist? Ihre Marke nicht dabei?«
»Ich mache mich immer erst mit dem Handwerkszeug vertraut.«
Na, sicher. Stunden später …
Das clubeigene System, neue Leute einzustellen, war erschreckend narrensicher. Wenn der jeweilige Kandidat erst einmal mitten in dem Spielchen steckte, das sich Geoffrey und Vanessa ausgedacht hatten, war die versprochene Belohnung so verlockend und die Bedrohung einer öffentlichen Bloßstellung derart abschreckend, dass es keiner weiteren Argumente bedurfte. Soweit Roman wusste, hatte es noch nie einen Ausreißer gegeben.
Bis auf April.
Seine Überzeugung, dass April in diesem Club gearbeitet hatte und zu einer Bedrohung für die Eigner geworden war, festigte sich immer mehr. Er würde das, was aus diesem Grunde mit ihr geschehen war, sein ganzes Leben nicht vergessen.
Phoenix ließ sich zu viel Zeit. »Kommen Sie endlich!«
Sie stellte erneut ein Glas ab. »Wir nehmen am besten dies.«
»Kommen Sie einfach her und geben Sie mir Ihre Hände. Ich will mich vergewissern, dass sie warm sind.«
»Sie werden schon gleich warm werden.«
»Klar, aber nicht auf meinem blanken Hintern. Kommen Sie.«
Sie wandte sich zu ihm um, und alle Farbe wich aus ihrem Gesicht. Ihr Blick wanderte über seinen Körper. Ihr Mund öffnete sich und blieb offen stehen. Sie schluckte laut.
Roman stützte sich auf die Ellenbogen und streckte ihr

seine Hand entgegen. »Langsam, Lady«, sagte er. »Nur Geduld. Sie bekommen Ihren Anteil, nachdem ich meinen bekommen habe. Hilft es Ihnen, wenn wir die strategischen Teile bedecken?«
Sie schloss den Mund und holte tief Luft. Hübsche kleine Brüste. Aber sie bebten. Das ganze Mädchen bebte, und er konnte bloß hoffen, dass es die Erregung war.
»Im Badezimmer liegen Handtücher. Holen Sie welche und bedecken Sie alles, was Sie ablenkt. Okay?«
Sie schüttelte den Kopf. Ihr Blick wanderte erneut über seinen Rücken, seine nackte Kehrseite, seine Beine. »Ich habe ein Gedächtnis wie ein Elefant, Mr. Wilde. Und alles, was bei mir Eindruck gemacht hat, bleibt mir für immer sehr klar in Erinnerung. Ein Handtuch hilft nicht mehr. Fangen wir an?«
»Aber bitte«, erwiderte er, dankbar, dass er auf seiner Erektion lag. »Fangen wir an.«

DREI

Er war nackt.
Unglaublich attraktiv.
Und gefährlich.
Phoenix sah in seine wachsamen Augen. Trau dich, schienen sie zu sagen.
Nun, sie würde sich trauen. Für April würde Phoenix sich trauen.
»Sind Sie sicher, dass Sie es nicht einfach wie ein Mann nehmen wollen?« Sie gab etwas aus einem Glas in die hohle Hand. »Kalte Hände eingeschlossen? Augen zu und durch?«
»Nicht einzusehen«, sagte er humorlos. »Stellen Sie das ab und kommen Sie her. Das Erste, was Sie lernen sollten, ist, dass Sie tun, was immer das Mitglied will. Niemals werden Sie nachfragen, in Frage stellen oder hinterfragen, was er oder sie will. Denn ihr oder sein Wunsch ist Ihnen Befehl, ist das klar?«
Phoenix stellte das Glas zurück.
»Wie heißen Sie weiter?«, wollte er wissen.
»Gar nicht.«
»Jeder Mensch hat mehr als einen Namen!«
Sie trat einen Schritt auf ihn zu. »Meiner bedeutet mir aber nichts. Meine Eltern waren Sadisten.«

Auch das entlockte ihm kein Lächeln. »Phoenix ist Ihr Nachname?«
Sie streckte ihm langsam eine Hand entgegen. »W.G. Phoenix. Dreißig. Single. Gebürtige New Yorkerin. Ständig unterwegs und auf der Suche nach einer Heimat.«
Kühle, schwielige Finger schlossen sich um ihre und zogen sie näher heran. »Die andere auch noch, W.G. Phoenix.« Statt zu warten, dass sie gehorchte, griff er nach der anderen Hand und rieb die beiden Innenflächen gegeneinander.
Der Schauder begann in ihrem Nacken und wanderte ihr Rückgrat hinab. Mr. Wilde war ihr ein Rätsel. Und er war verdammt sexy, so verdammt sexy.
»Kalt«, murmelte er. Seine Daumen rieben leicht über ihre Daumen. »Kalte Hände können Böses anrichten. Das wollen wir doch nicht.«
Jähe Hitze durchströmte sie. An diesem Tag wurde sie öfter rot als in den vergangenen zehn Jahren!
»Und? Sind sie jetzt warm genug?« Sie versuchte, ihm die Hände zu entziehen.
»Noch nicht.« Er führte ihre zusammengepressten Hände an die Lippen und blies sacht hinein. »Kennen Sie das noch aus Ihrer Kindheit, wenn Sie von draußen aus dem Schnee reingekommen sind?«
Phoenix konnte nicht antworten. Ihre Kopfhaut kribbelte. Und ihr Gesicht. Und ihre Brustspitzen.
Seine Hände rutschten herab, bis sie um ihre Handgelenke lagen. Noch einmal blies er seinen heißen Atem zwischen ihre Handflächen und lächelte, als sie sie unwillkürlich zu Fäusten ballte. Zum Glück sah er nicht, was sie mit ihren Zehen machte.

»Sie werden mit den Ellenbogen arbeiten müssen. Um tief genug zu dringen.«

Goran, der Schwede, war ein großer Fan der Ellenbogen gewesen. Er war ein Fan von allem gewesen, was ihm einen Strom glücklicher Kundinnen bescherte, die mehrmals die Woche zu ihm kamen. »Ellenbogen. Natürlich«, erwiderte Phoenix. Vielleicht hatte sie Glück und hörte sich nonchalant an. Ohne nachzudenken fügte sie hinzu: »Wenn nötig auch mit den Knien.«

»Ja, Ma'am. Ich glaube, ich bin jetzt bereit für Sie!«

Er nahm sich Zeit, ihre Brüste und den Effekt, den sein Blick auf sie hatte, zu betrachten. Hätte er in sie hineinsehen können, hätte er gewusst, wie verheerend seine Wirkung auf sie tatsächlich war. Phoenix, die Kühle, wie ihre Kollegen in Oklahoma City sie so gerne genannt hatten, war im Eilverfahren vom Eisblock zu weichem Wachs geschmolzen. Innerlich wie äußerlich.

Wieder stieg ihr diese verdammte Röte in die Wangen.

Er ließ ihre Handgelenke los, legte seine Wange auf die Liege und die Arme an die Seiten. »Dann los«, murmelte er.

Phoenix blickte zu der verschlossenen Tür. Dann spreizte sie ihre Finger und holte eine Portion der vaselineartigen Substanz aus dem Glas, das sie sich ausgesucht hatte. Zögernd strich sie ihm über die linke Schulter, deren harte Muskeln kein bisschen nachgaben, obwohl sie einiges an Druck ausübte.

Warm und unnachgiebig. Sie glättete erst die eine, dann die andere Schulter und ging dann zu den Oberarmen über. Er drehte den Kopf, und sie sah, dass seine Augen geschlossen waren.

Vergiss den Kerl. Sie musste an April denken. April hatte gesagt, dass sie einen wunderbaren Menschen getroffen hatte, einen, der sie unbedingt hatte heiraten wollen. Der Mann hatte irgendetwas mit diesem Club zu tun gehabt. April hatte ihr verboten, im Club mit ihr Kontakt aufzunehmen, da die Angestellten keine privaten Anrufe tätigen durften. Phoenix hatte ein ungutes Gefühl gehabt, als sie das gehört hatte, doch April hatte bloß gelacht. Da sei nichts, über das man sich Sorgen zu machen brauchte.

Seine Haut glänzte. Wie Gold.

Mit zwei Fingern strich Phoenix sein Rückgrat abwärts bis zur Lendenwirbelsäule. Anschließend tat sie dasselbe mit den Knöcheln, wobei sie mehr Kraft einsetzte.

Er seufzte genießerisch.

Ein Mann, der irgendetwas mit dem Club zu tun gehabt hatte. Er hatte keinerlei Reaktion auf die Nennung von Aprils Namen gezeigt. Aber das hieß ja nichts.

Sie strich die Muskeln vom Rückgrat nach außen hin aus. Ein breiter, schöner, kräftiger Rücken.

Die Gräfin hatte von vier Partnern gesprochen. Wie viele davon waren männlich? Und welcher davon hatte etwas mit April gehabt? Sie hatte erzählt, dass sie diesen Mann in dem Fitness-Club in San Francisco kennen gelernt hatte, in dem sie als Personal Trainer gearbeitet hatte. Er hatte sie überredet, dort zu kündigen und in den Peak Club zu kommen. Also konnte sie doch eigentlich nur einen der Besitzer gemeint haben!

Vielleicht war es Roman Wilde gewesen, dessen Namen April nicht hatte preisgeben wollen! Zwar war Phoenix sich bewusst, dass April sich in puncto Männer und deren Absichten immer gerne etwas vorgemacht hatte. Doch

dieses Mal war es anders gewesen: April hatte sich aufgeregt angehört, so jung und so … hoffnungsvoll! Phoenix hatte ihre Freundin noch nie so hoffnungsvoll erlebt!
Mit beiden Händen griff sie in Wildes Haut über den Rippen und arbeitete sich langsam zu den Hüften hinab. Er hatte ganz nackt in der Sonne gelegen.
»Ich glaube, ich habe noch nie mit einer Nymphomanin zu tun gehabt.«
Phoenix fuhr zusammen und riss die Hände zurück.
Er grinste zufrieden. »Heißt das, dass Sie klammheimlich schon abgehen und ich Sie gerade auf frischer Tat ertappt habe?«
»Sie tun sich zu viel Ehre an.«
»Erzählen Sie mal. Wie ist es denn so, sexsüchtig zu sein?«
»Na ja …« Mit frischer Energie bearbeitete sie seine Muskeln und sah mit Befriedigung, wie Wilde zusammenzuckte.
»Manche Leute holen sich ihren Kick aus dem Schmerz … indem sie ihn zufügen oder hinnehmen. Ist das bei Ihnen so?«
Phoenix setzte ihren Ellenbogen auf seinen rechten Trapezius und bohrte ihn mit Nachdruck in sein Schulterblatt.
»Oha, nicht schlecht, Ihr Ellenbogen. Tut fast weh. Aber auf angenehme Art und Weise. Sodass man mehr will. Törnt Sie das an?«
Als Antwort wiederholte sie den Prozess auf der anderen Seite.
Er bewegte sich so schnell, dass sich seine Arme schon um ihre Taille schlangen, bevor sie überhaupt noch reagieren konnte. »Will nur helfen«, murmelte er mit

einem Grinsen, die Augen noch immer geschlossen.
»Geht's Ihnen gut?«
»Lassen Sie mich los.«
»Ah, ah, der Gast hat immer Recht, schon vergessen? Sein Wunsch ist Ihnen Befehl!«
Verflucht. Was sollte sie tun? »Sein Wunsch ist mir Befehl«, wiederholte sie brav. Wieder warf sie einen Blick zur Tür.
Er schob die Finger unter den Bund ihres Rocks. »Sie fühlen sich gut an.«
Sie war unter Garantie nicht sein Typ – aber warum nicht auf sein Spiel eingehen? »Sie fühlen sich auch gut an.«
Er öffnete die Augen. »Erzählen Sie mir, was Sie dabei empfinden! In Einzelheiten!«
»Was meinen Sie?«
»Ich will wissen, was geschieht. Während Sie mich massieren. Ich bin der Gast und ich will wissen, was eine Sexsüchtige empfindet, wenn sie Männer massiert. Oder Frauen. Wir haben hier ein, zwei Mitglieder, die es garantiert anmacht, wenn sie hören, dass es *Sie* anmacht!«
Oh, verflixter Mist! Ihr Magen ballte sich zusammen. »Frauen haben keinerlei Wirkung auf mich, Mister!«
»Schnippisch«, sagte er. »Nicht gut. Sie sollten ganz schnell lernen, nett zu sein. Sehr nett!«
»Nett«, murmelte sie. »Ich bin sehr nett.«
Seine Hand glitt zu ihrem nackten Rücken und begann, ihn zu kneten. »Ja, so ist's brav, Phoenix. Inzwischen habe ich auch schon eine klare Vorstellung von dem, was Sie für mich tun sollen. Mach ich Ihnen Angst?«
Und wie. »Ich bin kein Kind mehr, Mr. Wilde. Und mir sind gewisse Dinge auch nicht neu.«
»Und jetzt die andere Seite.«

Sie machte Anstalten, um die Liege herumzugehen, doch er hielt sie auf. »Bleiben Sie da. Sie kommen auch von dieser Seite dran.«

In dem Moment, in dem sie sich über seinen Rücken beugte, berührte er ihre Oberarme und begann, hauchzart darüber zu streichen.

Phoenix erstarrte.

»Was empfinden Sie dabei?«, fragte er.

Mistkerl. »Es kitzelt. Und was empfinden *Sie* dabei?«

»Es weckt in mir den Wunsch herauszufinden, ob Sie überall so weich sind.«

»Sie sind es jedenfalls nicht.«

»Erzählen Sie mir mehr.«

»Ihr Nacken ist vollkommen verspannt.« Sie zeigte es ihm. »Aber Sie haben erstaunlich weiches Haar.« Phoenix berührte geistesabwesend das leicht gewellte Haar. »Sie sind nicht locker, Mr. Wilde. Entspannen Sie sich. Atmen Sie in den Bauch.«

»Ja, Ma'am.«

Seine betörenden Fingerspitzen glitten von ihren Armen zu den Achseln, dann abwärts, bis sie die Seiten ihrer Brüste streiften. Einen Augenblick lang strichen seine Daumen unterhalb ihrer Brustspitzen entlang und wanderten dann tiefer zu ihrer Taille.

»Langsam entspanne ich mich. Und Sie?«

»Nicht reden.«

Das Stückchen Haut zwischen dem knappen Top und dem Rock faszinierte ihn. Er befühlte es mit seinen Fingern, seinen Knöcheln und mit der Handinnenfläche, bevor er ihre Taille mit beiden Händen umfasste.

»Tiefer«, murmelte er.

Tiefer bedeutete, dass sie sich über ihn beugen musste, bis ihr Brustkasten auf seinen Schulterblättern ruhte. »Es wäre einfacher, wenn ich nicht hier oben stehen würde.«

»Einfacher für wen?«

»Für beide.«

Seine Hände legten sich auf ihren Po, und sie hatte plötzlich Schwierigkeiten zu denken. Er zuckte leicht zusammen, als ihre Hände um seine Hüften zu seinem Bauch glitten.

»Gut, sehr gut, Phoenix. Was empfinden Sie?«

Viel zu viel! »Hier geht es um Sie!«

»Ich wette, Sie fühlen sich überall so seidig und warm an.«

»Es ist gut, sich etwas vorzustellen.« Wenn sie April erst einmal gefunden hatte, würde ihre Freundin dafür büßen müssen! »Das vertieft die Erfahrung.«

»Hm. Ich würde die Erfahrung wirklich gerne vertiefen!« Er packte ihre Pobacken fester und zog sie noch ein Stück näher. »Weckt das eine Sehnsucht in Ihnen?«

Sie schloss die Augen. *Das kann man wohl sagen.* »Ich empfinde meine Arbeit als sehr befriedigend!« Tatsächlich empfand sie etwas, das sie seit einer Ewigkeit nicht mehr empfunden hatte – und bestimmt nicht unter solchen Umständen!

»Befriedigend?« Er schaffte es irgendwie, jenes Stück Haut mit dem Mund zu berühren. Und bei jedem Massagegriff spürte sie seine heißen Lippen, seine Zungenspitze, das Knabbern seiner Zähne. »Es würde viel mehr Spaß machen, wenn wir beide nackt wären.«

Beinahe hätten Phoenix' Knie nachgegeben. Hastig arbeitete sie sich wieder zurück zum Nacken, doch das war

ein Fehler. Er hob den Kopf, lächelte sie an, und legte eine Hand auf ihre Brust.
Sie starrte in seine strahlend blauen Augen.
Das Lächeln nahm seinem attraktiven Gesicht die Härte. Und versetzte Phoenix' ohnehin schon ausgefransten Nervenenden beinahe den Todesstoß.
»Was denken Sie?«, fragte er.
»Was denken *Sie*?«
»Sie sind ziemlich mutig.«
Was immer das heißen mochte. »Tja … vielen Dank.«
»Und verdammt sexy!«
Sie blickte weg. »Soll ich mir jetzt Ihre Beine vornehmen?«
»Soll ich mir Ihre vornehmen?«
Sie hasste den Frosch in ihrem Hals. »Wie viele Leute arbeiten hier?«
»Oho, abrupter Themawechsel? Nicht viele jedenfalls … Wir sind hier sehr wählerisch.«
»Bewerben sich viele?«
»Hier bewirbt sich keiner. Wir werben das Personal an.«
»*Ich* habe mich beworben!«
Er fand die Öffnung im Sarong und schob die Hand hinein.
»Sie sind ein Fall für sich.«
Phoenix verharrte reglos.
»Wunderschöne Beine.« Um seine Aussage zu unterstreichen, tastete er mit der Hand ab, was er nicht sehen konnte. »Tanzen Sie?«
Bestimmt nicht auf Tischen. »Manchmal.«
»Ich wette, Sie können sich gut bewegen.«
»So heißt es, ja.«
Seine Hand nahm wieder ihre Wanderung auf und glitt

von einem Bein über ihre Scham zum anderen. Phoenix stieß unwillkürlich einen kleinen Schrei aus und fuhr zurück. »Oh, sind wir da empfindlich?«
»Ist das nicht jeder?«
»Und schon wieder eine Gegenfrage auf meine Frage. Sehr ungezogen.«
Er fand den Spitzensaum ihres Slips.
Phoenix hielt den Atem an. Ihre Nägel gruben sich in seine Haut, aber das hinderte ihn nicht daran, mit dem Haar zu spielen, das er unter dem Stoff ertastet hatte.
»Ist das auch rot?«
Wenn sie diese Prüfung erfolgreich hinter sich hatte, würde alles andere bestimmt ein Kinderspiel werden.
»Dunkelrot.«
»Hm. Netter Gedanke. Kommen Sie auch manchmal, während Sie arbeiten?«
Phoenix wurde langsam wütend. »Ständig. In der Zeit, in der ich Sie geknetet habe, bin ich schon zweimal gekommen.«
»Uh-oh, wirklich mutig, die Kleine.« Sein Finger schob sich ein Stück weiter. »Ich glaube, Sie lügen, aber es scheint nicht viel zu kosten, Ihre Träume wahr zu machen.«
Sie spürte, wie ihr Inneres zu pulsieren begann. Das Ausmaß ihrer plötzlichen Begierde raubte ihr den Atem. *Rein körperlich,* versicherte sie sich. Dieser Mann war vielleicht der, den April liebte. Und sie war ohnehin kein Typ für schnellen, anonymen Sex.
Er zog seine Hand zurück und stützte sich auf die Ellenbogen. Sein Haar war wirr, seine Augen wirkten seltsam verschleiert, dunkler. Die Muskeln in seinen Schultern zuckten.

Sie holte tief Luft. »Drehen Sie sich auf den Rücken. Ich will sehen, ob sie an anderen Stellen auch so verhärtet sind.«
»Ich bin ausgesprochen verhärtet«, sagte er leise. »So sehr, dass ich jeden Moment platzen könnte.«
»Nun, um das zu ändern, bin ich hier. Umdrehen.«
Er grinste. »Entweder sind Sie furchtbar naiv oder genau die Frau, die dieser Club braucht.«
Sie würde jetzt keinen Rückzieher machen. »Vielleicht werden Sie das ja noch rausfinden. Los, umdrehen jetzt.«
Er tat, wie sie geheißen. Der Anblick ließ ihr alles Blut aus dem Gesicht weichen. Der Tag war voller neuer Erfahrungen … und Schrecksekunden. Und dieser Mann verschaffte ihr von beiden jede Menge. Ganz abgesehen von dem, was er ihr noch so verschaffte!
Phoenix trat an seine Seite. Sie legte ihm die Hand auf den Bauch und spreizte die Finger.
Er ließ sie nicht aus den Augen. »Haben Sie mit erotischen Massagen viel Übung?«
Sie wusste nicht einmal, was genau das war. »Ja.« Aber sie konnte es sich vorstellen.
Er verengte die Augen. »Und? Gefällt es Ihnen?«
»Es ist eine Kunst. Ich bin Künstlerin. Wenn ich mich ausdrücken kann, bin ich glücklich.«
Wilde legte ihr eine Hand an den Hinterkopf und zog ihr Gesicht an seines. Sie schloss die Augen und wartete auf den Kuss.
»Was empfinden Sie jetzt?«, flüsterte er. »Sie sind scharf auf mich, oder?«
Sie hielt die Lider geschlossen.
Seine Zunge glitt langsam über ihre Unterlippe und sie ließ sich gegen ihn sinken.

»Tja«, murmelte er. »Sie haben den Test bestanden, W.G. Phoenix.«
Sie riss die Augen auf und starrte ihn an. Seine Züge waren angespannt. »Bestanden?«, fragte sie atemlos.
»Sie sind eine verdammt gute Masseuse.« Er schob sie in aufrechte Position und kam gleichzeitig hoch. »Wir wären dumm, wenn wir Sie nicht einstellen würden.«
Verdattert trat Phoenix einen Schritt zurück.
Wilde stand auf, streifte seine Sachen über und schlüpfte in seine Schuhe. »Ich lasse Sie rausbringen. Wir hören voneinander. Und sparen Sie sich in Zukunft den Mr. Wilde. Ich heiße Roman.«

VIER

Rose Smothers Alter war ein Geheimnis, das sie für niemanden zu lüften gedachte. Ihr faltenloses Gesicht wirkte frisch, ihre hübschen braunen Augen waren klar und leuchtend. Ihr blondes Haar trug sie ausschließlich zu einem schweren Knoten geschlungen – wenigstens hatte Phoenix, die vor etwa drei Wochen in die Wohnung über der Garage gezogen war, es noch nie anders gesehen.

An diesem Abend saß Rose mit verschlossener Miene im Wohnzimmer ihres stattlichen Hauses drei Meilen außerhalb der Stadt. Ihre weichen Lippen waren zusammengepresst, die ebenso weichen Hände lagen fest verschränkt im Schoß. Der Duft der Rosen, die wöchentlich geliefert wurden, hing in der Luft.

»Sie haben mir gesagt, Sie wären sicher, dass April zurückkommen würde«, sagte Phoenix noch einmal. Ihre ersten beiden Versuche, Rose eine Antwort zu entlocken, hatten nichts erbracht. Nach ihrer Rückkehr aus dem Club war Phoenix fester denn je entschlossen gewesen, April aufzustöbern, um dann so schnell, wie ihr klappriger Chevy es zulassen würde, das Weite zu suchen.

»Sie wird auch zurückkommen. Das hat sie jedenfalls gesagt. Sie sind ihre Freundin, Sie müssten doch wissen, dass man sich auf ihr Wort verlassen kann.«

Rose stand auf und nahm einen Katalog von einem der drei Stapel, die vom Boden bis zur Armlehne des Sofas reichten, auf dem sie gesessen hatte. Sie blätterte, bis sie eine bestimmte Seite gefunden hatte, und hielt Phoenix das Heft entgegen. »Sieht dieses Kleid an mir auch so aus?«

Das abgebildete Model, Hände in die Hüften gestemmt und das Kinn trotzig erhoben, trug ein enges, knöchellanges Paillettenkleid mit engen Ärmeln und einem gewagten Ausschnitt.

Phoenix blickte von dem Bild zu Rose. »Besser«, sagte sie aufrichtig. »Sie sind eine eindrucksvolle Schönheit!« Und eine verschwendete dazu.

Rose lächelte entzückt. »Und die Schuhe?«

Sie trug dieselben Schuhe wie das Model auf dem Foto – schwarzer Satin mit strassbesetzten Absätzen. An ihren Ohren baumelten dieselben Strasssteine, die passende Kette schmiegte sich um ihren Hals.

»Die Schuhe sind fantastisch. Das ganze Outfit ist fantastisch. Jetzt brauchen wir nur noch jemanden, der Sie standesgemäß ausführt!«

Wie vorauszusehen war, wandte Rose sich ab und begann, in dem Katalog zu blättern. Schließlich setzte sie sich auf die Bank vor dem großen weißen Flügel, auf dem silbergerahmte Fotos standen. Es war, als hätte sie Phoenix vergessen.

Zeit war zu einem wichtigeren Faktor geworden, als Phoenix es gedacht hatte. Sie musste nicht nur April finden, sondern sich auch darüber klar werden, was sie mit ihrem Leben anstellen wollte. Das viele Herumreisen, die Einsamkeit hatten sie verwundbar gemacht. Der Nachmittag hatte ihr das in aller Deutlichkeit gezeigt.

Sie erhob sich aus dem Sessel und trat hinter Rose.
»Wie ist es draußen?«, fragte diese unvermittelt.
»Herrlich. Überall sind Knospen zu sehen. Die Krokusse blühen schon.«
»So was. Ist es schon wieder so weit?«
»Wie lange leben Sie schon hier?« Mort und Zelda hatten Phoenix davor gewarnt, Rose Fragen zu stellen, doch die Neugier siegte einmal mehr.
»Ich bin in Georgia geboren.« Der leichte Südstaatenakzent war noch immer zu hören. »Aber als Mama starb, wollte Daddy dort nicht mehr bleiben. Also kamen wir hierher. Es ist schon lange her.«
Zelda hatte Phoenix erzählt, dass man über die Smothers' eigentlich nicht viel wusste – bis auf die Tatsache, dass Roses Vater sehr reich und sie die einzige Erbin gewesen war.
»Gingen Sie noch zur Schule, als Sie und Ihr Vater nach Washington zogen?«
Rose strich mit den Fingern über den Deckel der Tastatur. »Daddy kaufte mir dieses Klavier, als ich acht war. Er hatte immer Angst, dass er nicht genug für mich tun konnte.«
»In welcher Hinsicht?«
»Es gibt so viel Schlechtes in dieser Welt, so viele Faktoren, die einen guten Menschen böse machen. Daddy wollte mich vor alldem schützen.«
Phoenix fröstelte. »Gestern sah ich, wie jemand sich um Ihren Wagen kümmerte. Ein tolles Ding!« Das noch niemals gefahren worden war.
»Daddy hat ihn mir zu meinem sechzehnten Geburtstag gekauft«, sagte Rose mit einem verträumten Lächeln.

»Und Ihr Vater hat nie daran gedacht, noch einmal zu heiraten?«

Rose schlug den Katalog mit einer resoluten Bewegung zu. »Evangeline hat etwas gekocht, das verboten köstlich duftet. Haben Sie Lust, zum Essen zu bleiben? Ich glaube, ich könnte jetzt einen Happen vertragen.«

Mit anderen Worten – Rose hatte fürs Erste genug Details aus ihrem Leben verraten.

»Ich habe versprochen, mich im *Bend* blicken zu lassen.«

Rose neigte den Kopf. »Aber Sie sprechen dort doch nicht mit Fremden, oder?«

»Na ja, manchmal schon«, erwiderte Phoenix amüsiert. »Ich bin Kellnerin.«

»Ich muss Zelda, wenn sie das nächste Mal vorbeikommt, unbedingt sagen, dass sie gut auf Sie Acht geben soll. Vor Fremden sollte man sich immer hüten. Ein Fremder kann Sie dazu bringen, Dinge zu tun, die Sie sonst niemals tun würden.«

Phoenix' Lächeln schwand. Wie Recht Rose doch hatte. Heute hatte ein Fremder es geschafft, aus Phoenix ein vollkommen triebgesteuertes Wesen zu machen – etwas, das sie noch nie gewesen war!

Und dann hatte er ihr gesagt, sie solle verschwinden, er würde sich schon wieder melden, wenn er etwas von ihr wollte.

»Und steigen Sie vor allem niemals zu einem Fremden ins Auto«, fuhr Rose fort. »Heute ist schon geschehen, dass gute Christen es getan haben und nie wieder gesehen wurden!«

»Ich steige schon nicht zu Fremden ins Auto«, erwiderte Phoenix geistesabwesend. »Erzählen Sie mir von April!«

»Warum?« Rose sah sie mit ihren leuchtenden Augen an. »Da Sie ihre Freundin sind, werden Sie doch ohnehin schon alles über sie wissen.«

Phoenix zuckte die Achseln, verfluchte sich jedoch innerlich. Das war unbedacht gewesen. »Ich habe sie schon lange nicht mehr gesehen. Und ich möchte wissen, was ihr in der Zwischenzeit so alles passiert ist.« Mort, Zelda und Phoenix waren übereingekommen, dass sie mehr erreichen würden, wenn Rose nicht ahnte, dass Phoenix sich Sorgen wegen Aprils Verschwinden machte. Die Besitzer des *Round the Bend* hatten Rose in gewisser Hinsicht unter ihre Fittiche genommen und sorgten dafür, dass Evangeline, Roses Gesellschafterin, stets die nötigen Lebensmittel bekam. Mort und Zelda wussten, wie ängstlich und verletzlich Rose war; sie fürchtete die Außenwelt, wenn sie sie auch faszinierte, und April hatte ihr immer von »draußen« berichten müssen.

»April ist im Mittelwesten.«

Phoenix starrte Rose an. »Ernsthaft? Woher wissen Sie das?«

»Die Postkarten kommen von dort. Und es überrascht mich, dass sie Ihnen nicht geschrieben hat!«

»Ich reise gewöhnlich viel herum.« Phoenix wusste aus Erfahrung, dass Rose sofort das Thema wechseln würde, wenn sie zu großes Interesse zeigte.

Als Phoenix auf der Suche nach April zum ersten Mal in Morts und Zeldas Restaurant aufgetaucht war, hatten die beiden sich sehr verschlossen gegeben. Nach und nach waren sie jedoch etwas aufgetaut und hatten zugegeben, dass eine April Clark zu ihnen gekommen war, um sich nach einer Bleibe zu erkundigen. Die beiden waren der

Meinung gewesen, dass es Rose gut tun würde, etwas Gesellschaft zu haben, und sie hatten Recht gehabt. Rose hatte April die Wohnung vermietet und sie rasch in ihr Herz geschlossen. April ließ sich das ganze folgende Jahr immer wieder im *Bend* blicken, bis ihre Besuche irgendwann ohne Vorwarnung aufhörten. Mort und Zelda hatten begonnen, sich Sorgen zu machen, konnten jedoch nichts unternehmen: Rose hatte ihnen versichert, April habe ihr gesagt, dass sie für eine Weile fort sein würde.

Und dann war Phoenix mit Aprils Adresse bei Rose im *Round the Bend* aufgetaucht. Die drei hatten beschlossen, dass Phoenix sich bei Rose einmieten sollte, ohne ihr jedoch zu verraten, dass sie um Aprils Wohlergehen fürchtete. Zeldas dunkle Augen hatten sich traurig umwölkt, als sie von April erzählte; sie war der Meinung, dass April unglücklich gewesen sei und nur deswegen ins *Bend* gekommen war, um Freunde zu finden, die nichts von ihr erwarteten, aber zuhören konnten.

Worüber hatte April gesprochen? Über ihre Träume. Über die Ehe, Kinder, ein Zuhause … über all das, was sie bald haben würde, wenn sie nur ein wenig Geduld hatte.

Warum hatte Rose nichts von Aprils Job im Peak Club gewusst? Weil April ein einfühlsamer Mensch war und Rose sehr mochte. Rose war viel zu unbedarft, um zu verstehen, warum es einen Club wie diesen geben konnte … und dann auch noch buchstäblich vor ihrer Tür! Sie hätte alles versucht, um April zur Kündigung zu bewegen.

»Wollen Sie die Karten sehen?«, fragte Rose ängstlich. Manchmal dachte Phoenix, dass Rose mit ihrem Leben zufrieden war. Andere Male jedoch war sie sicher, dass diese Frau sich danach sehnte, an der Welt, die sie so fürchtete, teilzuhaben.

»Wenn Sie mir sie tatsächlich zeigen wollen, würde ich mich sehr freuen«, antwortete Phoenix vorsichtig. Sie durfte nicht zu begierig erscheinen.

Rose stand auf, trat zu einem kostbaren weißen Sekretär mit Rolldeckel und öffnete ihn. Sie zog eine Schublade auf, holte einen Stapel Postkarten heraus und löste das Band darum. Mit leicht bebender Hand reichte sie Phoenix die oberste Karte. »Da. Das ist von meiner April. Sie ist ein so lieber Mensch. Sie wird zurückkommen, Sie werden schon sehen!«

Weizenfelder unter einem leuchtend blauen Himmel.

»Das ist Kansas«, meinte Rose. »Schauen Sie, was sie geschrieben hat.«

Phoenix hielt den Atem an. »Sind Sie sicher, dass ich die Karte lesen darf?«

»Ja. Ich mag Sie. Sie sind ein guter Mensch. Sie verurteilen mich nicht für das, was ich bin.«

Die Bemerkung verblüffte Phoenix. »Rose, Sie sind wundervoll. Großzügig und aufrichtig und – anständig!« Sie drehte die Karte um und las. *Hi, Rose. Hier würde es Dir gefallen. Die Gegend ist schlicht, die Leute auch. Soll heißen, dass sie sind, was sie zu sein scheinen. Keine Arroganz, keine Lügen. Manchmal denke ich, dass es auf der Welt keine ehrlichen Leute mehr gibt, doch zum Glück stimmt das nicht. Pass auf Dich auf. In Liebe, April.*

Phoenix blinzelte die Tränen zurück und sah sich den Poststempel an. Kansas City im Frühling letzten Jahres. Ihr Inneres zog sich zusammen.

»Weinen Sie?«, fragte Rose ruhig.

Phoenix schaute auf. »Ein bisschen. Was sie schreibt, klingt so traurig. Als hätte sie zu viele Menschen getroffen, die es nicht gut mit ihr gemeint haben.« Was, wie Phoenix wusste, zutraf.
Rose biss sich auf die Unterlippe und nickte. »Das Gefühl hatte ich bei ihr immer.« Sie nahm die Karte, ohne Anstalten zu machen, Phoenix noch weitere zu zeigen. »Danke für die netten Dinge, die Sie gesagt haben.«
»Sie sind die Wahrheit.«
»Wollen Sie nicht doch zum Essen bleiben?«
»Danke, aber heute nicht. Morgen würde ich gerne kommen. Kann ich etwas mitbringen?«
Rose schloss den Schreibtisch und schüttelte den Kopf. »Ich habe alles, was ich brauche, Liebes.«
Phoenix wandte sich zum Gehen, blieb aber plötzlich noch einmal stehen. Es war ein Risiko, aber sie musste es eingehen. »Rose, auch ich … auch ich war in den vergangenen Jahren nicht besonders glücklich.«
Rose sah sie aufmerksam an. »Ich weiß. Auch das habe ich genau wie bei April gespürt. Und ich nehme an, das war es auch, was Sie beide zusammengeführt hat, nicht wahr? Dieses beiderseitige Bedürfnis, sich bei jemandem geborgen zu fühlen?«
Diese Frau hatte in ihrem Kopf doch nicht nur Katalogseiten abgespeichert. »In gewisser Hinsicht. Es gibt Leute, die ich lieber auf Abstand halte. Keine Sorge – sie wollen mir nichts tun.« *Das hoffe ich jedenfalls inständig.* »Aber ich will eigentlich nichts weiter als meine Ruhe. Falls jemand kommt und Fragen über mich – oder auch über April – stellt, dann wäre ich sehr froh, wenn Sie sagten, dass Sie überhaupt nichts wüssten.«

Rose erstarrte. »Wird denn jemand kommen?«

»Nein! Nein, höchstwahrscheinlich nicht. Ich möchte wirklich nur meine Ruhe – sonst nichts!«

»Stecken Sie in Schwierigkeiten, Phoenix?«

Diese Frage hatte sie nicht erwartet. »Unsinn.«

Rose sah sie unsicher an. »Ich bin nicht ganz so zart besaitet, wie es den Anschein hat, wissen Sie? Wenn Sie irgendetwas auf dem Herzen haben, dann helfe ich Ihnen.«

Einen Moment lang hatte Phoenix das dringende Bedürfnis, diese Frau zu umarmen. Stattdessen aber sagte sie nur: »Vielen Dank, aber da ist wirklich nichts.«

»Also gut.« Rose glättete das Paillettenkleid über ihren schmalen Hüften. »Und was April angeht … Sie machen sich doch keine Sorgen, dass ihr etwas passiert ist, oder?«

»Nein.« Phoenix räusperte sich. »Ich will einfach nur, dass sie bald zurückkommt. Sie fehlt mir.«

»Mir auch, aber ich weiß einfach, dass mit ihr alles in Ordnung ist. Sie hat ein gutes Herz, und solche Menschen haben einen Schutzengel.« Der eiserne Wille, die eigenen Worte zu glauben, durchdrang Roses Stimme.

»Sie haben sicher Recht.«

»Aber Sie möchten nicht, dass ich mit irgendjemandem über Sie oder April rede.«

»Genau.« Am liebsten hätte sie auch noch hinzugefügt, dass am besten auch niemand von der Verbindung zwischen ihr und April wusste, aber sie wagte nicht, Rose darauf anzusprechen. »Jetzt machen Sie sich darüber keine Gedanken mehr. Ich gehe jetzt mal besser. Man erwartet mich im *Bend*.«

Sie verließ das Haus über die breite Veranda, die sich an der Front des »Belle Rose« entlangzog. Roses Vater hatte

weder Kosten noch Mühen gescheut, seiner kleinen heiß geliebten Tochter das Gefühl zu geben, sie sei etwas Besonderes – doch leider war das große Anwesen im Südstaatenstil mit dem riesigen Waldgrundstück auch Roses Gefängnis geworden.
Phoenix schauderte und lief die Treppe hinab zu der Kiesauffahrt, die von sorgsam getrimmten Büschen gesäumt war. Rose besaß ein treues Personal, das das Haus und die Umgebung tadellos in Schuss hielt.
Die Dunkelheit hatte sich über die Bäume und Hecken gesenkt. Die Nacht duftete nach feuchten Nadelbäumen und den ersten Vorboten des Frühlings. Es war noch sehr kühl. Ein Schleier aus Wolken bedeckte den Mond und verbarg die Sterne. Nur hier und da wurde die Stille durch ein Rascheln im Unterholz unterbrochen.
Bald hatte sie die Lichter des Hauses hinter sich gelassen. Die Garage mit ihrer Wohnung darüber, in der einst der Chauffeur gewohnt hatte, befand sich auf einer Lichtung nicht weit vom Eingangstor entfernt. Neben dem traumhaften Aston Martin beherbergte die Garage noch einen tadellos gepflegten schwarzen Rolls Royce, den Roses Vater zu Lebzeiten benutzt hatte.
Phoenix hatte ihren Chevy am Ende des Weges, der zur Garage führte, geparkt.
Sie begann zu laufen.
Wo war April? Ihre Kleider hingen noch in der Wohnung. Und wenn sie auch einen Teil mitgenommen haben mochte, hatte sie doch genug zurückgelassen, dass man den Eindruck bekommen musste, sie hätte beabsichtigt zurückzukehren.
Und warum hatte die merkwürdige Gräfin von Leiden so

getan, als hätte sie noch nie von April gehört? Phoenix wusste definitiv, dass April im Club gearbeitet hatte.
Phoenix blieb stehen. April war schon immer ein wenig verrückt gewesen, und dass sie nun für eine Weile verschwunden war, war typisch für sie. Nichts war passiert. Sie würde schon wieder auftauchen.
Irgendetwas bewegte sich.
Phoenix sog die Luft ein. Jetzt wurde sie vollkommen paranoid.
Aber doch, da hatte sich etwas bewegt. In den Büschen auf der anderen Seite der Auffahrt. Na und? Ein Waschbär? Oder sogar ein Bär?
Ein Knacksen.
Phoenix wirbelte herum, wich zurück und starrte angestrengt auf die dunkle Reihe von Büschen am Rand des Weges.
Ihr Herz hämmerte wild und ihre Kehle zog sich zusammen. Das war doch albern! Sie hatte erlebt, was echte Gefahr war, und sie hatte es *über*lebt. Hier aber war nichts Gefährliches, nichts Böses. Selbst dieser anrüchige Club war nichts weiter als eine teure Spielwiese für reiche Spinner.
Es nützte nichts – Phoenix rannte die letzten Meter bis zu ihrem Auto. Sie entriegelte die Tür und sah auf den Rücksitz, bevor sie einstieg. Der Wagen war seit viel zu langer Zeit schon das einzige Dach über dem Kopf, das ihr niemals seinen Schutz verweigert hatte.
Phoenix startete und bog auf die Hauptauffahrt ein. Vor den Toren musste sie anhalten, um sie zu öffnen, und plötzlich fiel ihr Aprils Auto ein.
Wieso hatte sie bisher keinen Gedanken daran ver-

schwendet? April hatte mit Sicherheit einen Wagen gehabt, mit dem sie auch in Richtung Westen gefahren war. Aber was wollte ein Großstadtmädchen wie April im Mittelwesten?

Phoenix schwang die schweren weißen gusseisernen Tore auf und arretierte sie, bevor sie sich wieder hinters Lenkrad setzte. Aus Gewohnheit blickte sie in den Rückspiegel … und schrie auf. Instinktiv löste sie die Handbremse und trat das Gaspedal durch.

Der Wolkenschleier über dem Mond hatte sich verzogen. Es war kein Bär, den sie gehört hatte. Auf der Auffahrt stand eine Gestalt und beobachtete sie mit etwas, das wie ein Nachtsichtgerät aussah …

FÜNF

Len war schon unterwegs«, sagte Mort. Die tiefen Sorgenfalten zogen sich von den buschigen Augenbrauen bis hinauf zu seiner rasierten Glatze. »Hab ihn über Funk erwischt. Er fährt bei Rose vorbei und sieht nach, ob alles in Ordnung ist.«

Phoenix zitterte noch immer. »Ich hätte umkehren müssen.«

Zelda stellte einen Becher vor sie auf die polierte Theke in der Lounge im *Round the Bend*. »Kaffee mit Brandy«, sagte sie. »Das baut auf.« Ihr New Yorker Akzent passte weder zu ihrem exotischen Namen noch zu ihrem Aussehen. Sie machte keinen Hehl aus ihren siebzig Jahren, konnte sich jedoch mit ihrer schlanken, noch sehr biegsamen Gestalt den dunkelgrünen Body und die engen Hosen ohne weiteres leisten. Ihr glänzendes schwarzes Haar trug sie zu einem Zopf geflochten, der ihr bis zur Taille herabhing.

Phoenix nippte am Becher und verzog das Gesicht. »Und wo ist der Kaffee?«

»Trink. Du bist ja völlig fertig. Tu, was man dir sagt. Diese Kids von heute wissen einfach nicht mehr, dass man Älteren Respekt zu erweisen hat.«

Der Geruch von Zigarettenrauch und Bier stach Phoenix

in die Nase. »Ich hätte noch mal umkehren müssen«, wiederholte sie düster.

»Ja, klar.« Mort verdrehte die Augen. »Wahrscheinlich war überhaupt keiner da. Wahrscheinlich bist du plötzlich bloß 'n bisschen schreckhaft, okay? Aber nehmen wir doch mal an, dass *doch* jemand da rumgelaufen ist. Was hättest du tun sollen? Ihn mit ein paar Karateschlägen außer Gefecht setzen?«

Phoenix schüttelte den Kopf, fühlte sich aber nicht besser.

»Eben«, sagte Mort. »Es war schon richtig, sofort zu uns zu kommen. Wir kümmern uns um Rose, seit sie uns nach dem Tod ihres Dads den Laden verkauft hat.«

»Ich habe mich schon gefragt, woher ihr euch kennt.«

Zelda drängte ihr erneut den Becher auf. »Warum fragst du uns dann nicht direkt? Da seid April und du verschieden. Sie fragt immer – hemmungslos.«

Das Telefon klingelte. Mort nahm den Hörer auf und bellte seinen Namen hinein. Er lauschte und legte nach ein paar Grunzern wieder auf. »Das war Len. Er ist jetzt bei Rose. Sie ist okay. Er will draußen noch mal 'ne Runde machen.«

»Und wenn doch jemand da ist?« Phoenix mochte Len, Morts und Zeldas Neffen. »Wenn ihm etwas passiert? Sollen wir nicht doch lieber die Polizei rufen?«

»Uh-oh.« Mort schüttelte seinen polierten Schädel. »Rose würde völlig ausflippen. Stimmt's nicht, Zelda?«

»Allerdings.« Zelda wandte sich ab, um drei Stammgäste zu bedienen, die sich lautstark unterhielten.

»Vorhin war ein Typ hier«, sagte Mort laut, um Garth Brooks zu übertönen. »Hat dich gesucht.«

Beinahe wäre ihr der Becher aus der Hand gefallen. »Mich?«
»Ja.« Er sah sie an. »Cool down. Sagt man das noch? Na ja, reg dich jedenfalls ab. Er meinte, er würde später wiederkommen.«
»Keiner weiß, dass ich hier bin.«
Er schwieg eine Weile nachdenklich, dann schüttelte er den Kopf. »Das war keiner von den Typen, wegen denen du dir Sorgen machst. Glaub mir – ich kenne mich da aus. Hatte nichts Verstohlenes an sich. Meinte, du hättest vergessen, 'ne Adresse dazulassen. Natürlich hab ich sie ihm nicht weitergegeben.«
Phoenix blies sich eine widerspenstige Locke aus der Stirn. Sie hatte sich schon gefragt, wie Roman Wilde mit ihr Kontakt aufnehmen wollte, da sie ihm weder Adresse noch Telefonnummer gegeben hatte.
Nervös blickte sie über die Schulter. Eine weitere Begegnung mit Wilde war mehr, als sie ertragen konnte. Auf der anderen Seite war der Gedanke, ihm niemals wieder zu begegnen, auch nicht besser …
Oh, Himmel. Er hatte splitternackt vor ihr gelegen und sie aufgefordert, ihn zu massieren. Und sie hatte es getan, während seine verflixten Hände sie auf eine Art und Weise berührt hatten …
Phoenix spürte die Röte in ihre Wangen steigen und war dankbar für das Halbdunkel.
Warum wurde sie bloß dauernd rot? Sie war eine zynische, abgeklärte Rechtsanwältin und kein naives Mädchen. Sie war eine erwachsene Frau von dreißig Jahren, die ihren lukrativen Job wegen eines eifersüchtigen Jungsstaatsanwalts verloren hatte. Er hatte verraten, dass

sie der Staatsanwaltschaft einen Hinweis auf belastendes Beweismaterial gegen ihren eigenen Klienten gegeben hatte. Dieser Klient, ein angesehener Psychiater, der wegen wiederholter Belästigung einer Patientin unter Hypnose angeklagt war, war zu einer Haftstrafe verurteilt worden. Als der Psychiater, die typische Stütze seiner Gemeinde und stinkreich, Phoenix – seiner Anwältin! – gegenüber zudringlich geworden war, hatte sie Bescheid gewusst. Natürlich – sie hätte ihren Sinn für Gerechtigkeit nicht über die Rechte ihres Klienten stellen dürfen, und in dieser Hinsicht war ihr Rauswurf verdient gewesen .... aber nur in dieser Hinsicht!

»Ist hier noch frei?«

Sie fuhr zusammen und blickte in Roman Wildes Gesicht.

Er ließ sich auf dem Barhocker neben ihr nieder. »Scotch«, bestellte er, als Mort erschien. »Pur.«

Mort sah sie mit hochgezogenen Brauen an. »Geht das in Ordnung? Oder –«

»Nein, schon okay«, sagte Phoenix hastig. »Mister ... äh, wir kennen uns schon.«

Roman grinste – zu verführerisch! – und meinte: »Wir kennen uns sogar sehr gut. Etwas zu trinken, meine Liebe?«

Phoenix konnte plötzlich nicht mehr denken.

»Jetzt geht das schon wieder los«, sagte Roman fröhlich. »Sie wird in den unpassendsten Momenten stumm. Bringen Sie ihr doch bitte noch einmal das, was immer sie da gerade trinkt.« Er warf einen Schein auf die Theke.

Mort ging, und Phoenix spürte Zeldas Blick, die am anderen Ende der Theke arbeitete.

»Ich habe Sie gesucht.« Sein Blick begegnete dem ihren in dem matten, fleckigen Spiegel hinter der Theke.

Phoenix dachte nicht daran, zuerst wegzusehen. »Sieht so aus.«
»Sie haben uns keine Telefonnummer gegeben.«
»Ich habe keine.« Mit etwas Übung log es sich immer leichter.
»Jeder hat ein Telefon.«
»Falsch gedacht.«
»Wie Sie wollen, W.G. Phoenix. Ich habe Sie jedenfalls als neue Angestellte empfohlen.«
Komm in mein kuscheliges Netz, sagte die Spinne …
»Danke.«
»Sie klingen nicht sehr dankbar.«
»Ich bin's aber.« *Und misstrauisch, verlass dich drauf!*
Mort brachte den Scotch und schenkte Phoenix Kaffee nach. Beinahe hätte sie nach einer weiteren Ration Brandy gefragt.
Roman ließ den Whiskey im Glas herumwirbeln. »Ich habe gehört, dass Sie hier arbeiten«, bemerkte er.
»Das stimmt«, antwortete sie. »Und vielleicht muss ich gleich auch noch ran. Noch ist ja nicht viel los.« Zum Glück, denn sie war sich überhaupt nicht sicher, ob sie würde aufstehen können.
»Wie kamen Sie denn auf die Idee, einfach in den Club zu marschieren und nach einem Job zu fragen?«
»Das hatten wir alles schon.«
»Wie bitte?«
»Die Gräfin hat mir diese Fragen alle schon gestellt. Aber um Sie aufzuklären: Ich brauche mehr Geld, als Mort und Zelda zahlen können. Und als ich von dem Club hörte, dachte ich, dass Sie dort vielleicht eine gute Masseuse gebrauchen könnten.«

»Sie sind besser als gut.« Er nahm einen guten Schluck aus seinem Glas. »Sie sind fantastisch, W.G. Phoenix. Sie haben Dinge für mich getan, die noch keine Masseuse für mich getan hat.«
Der Kaffee geriet Phoenix urplötzlich in die Luftröhre.
»Oh, war eine Gräte drin?« Er klopfte ihr auf den Rücken und beugte sich näher an ihr Ohr. »Wir erwarten Sie morgen um zehn im Club. Kleine Führung und eine Chance, einige der Angestellten kennen zu lernen. Na, wie klingt das?«
Es klang, als würden die Wände immer mehr zusammenrücken. »Fein. Ich komme.«
»Die Art von persönlicher Zuwendung, die Sie mir haben zuteil werden lassen, ist nicht gerade billig – für unsere Gäste. Meistens werden Sie das ganz normale Programm abspulen.«
»Meistens? Ich denke nicht daran, mich von den Gästen anfassen zu lassen, Mr. Wilde … Roman!«
Er verzog zynisch den Mund. »Nicht? Komisch. Ich hatte den Eindruck, dass Sie jede Sekunde genossen haben.«
O nein! Sie würde ihm nicht die Genugtuung geben und eifrig protestieren – es wäre ohnehin nicht ehrlich gewesen!
Er drehte sich zu ihr und legte seine Hand auf die niedrige Lehne ihres Barhockers. »Ich war sogar beinahe sicher, dass Sie nichts dagegen gehabt hätten, wenn ich weitergemacht hätte. Na ja, vielleicht habe ich Sie einfach überrumpelt. Das wird's wohl gewesen sein.«
Phoenix konnte ihren Blick nicht von seinen Lippen wenden.
»Ja, ich würde Sie auch gerne küssen«, sagte er leise. Er

strich ihr leicht mit dem Knöchel über das Kinn. »Sie sind sehr leidenschaftlich, nicht wahr?«

Es war wie eine Hypnose. Er beugte sich vor, stützte einen Ellenbogen auf die Theke und ließ die andere Hand hinter ihrem Rücken. Und plötzlich hatte sie das Gefühl, als wäre sie allein mit ihm.

Mit dem rechten Daumennagel folgte sie einer Seitennaht ihrer Jeans über ihre übereinander geschlagenen Beine.

»Was meinen Sie?« Roman begegnete ihrem Daumen mit einem Zeigefinger, der langsam über ihren Schenkel glitt. »Sie haben schöne Beine.«

Phoenix fiel plötzlich ein, dass man atmen musste. »Sie auch.«

Er schloss lächelnd die Augen. »Was bringt eine Frau wie Sie dazu, Fett und Muskeln von Fremden zu kneten?«

»Geld.« Sie mochte selbst nicht, wie ihre Antwort klang. »Man schaltet das Hirn ab und bearbeitet irgendwas Unbelebtes – Fleisch oder Brotteig vielleicht.«

Er legte den Kopf schief und wartete, bis sie ihn ansah. Seine Zunge glitt an der oberen Reihe seiner strahlend weißen Zähne entlang. »Das haben Sie also heute Nachmittag gemacht? Das Hirn abgeschaltet und mich als Teig betrachtet?«

Was wollte er? »So war es wohl.«

»So war es wohl?« Sein Blick hing an ihren Lippen, als er noch ein Stück näher kam. »Teig? Mehr nicht?«

Mr. Brooks aus der Lautsprecherbox besang die Schwächlinge, die nichts wagten. Phoenix wandte den Blick von Romans Gesicht ab.

»Hören Sie dem Burschen zu«, sagte er. »Vielleicht meint er ja Sie!«

»Er singt von einer Sache, um die es hier nicht geht.«
»Ein Risiko eingehen? Sich zu engagieren?«
Von Liebe. Und nichts hatte weniger mit dem zu tun, was hier in der Bar zwischen ihr und Roman Wilde geschah.
»Warum sind Sie hergekommen?«, fragte sie. »Wirklich, meine ich?«
Er strich ihr über die Schläfe bis zum Kinn. »Ich wollte Ihnen bloß sagen, dass wir Sie morgen früh erwarten.«
»Das haben Sie jetzt.«
Jetzt war er an ihrem Ohr. »Stimmt. Habe ich, ja.«
»Aha. Nächste Ausrede?«
Eine Haarsträhne wand sich um seinen Finger. »Nichts Besseres vor?«
»Vielen Dank.«
Sein breites Grinsen verstärkte ihr Gefühl, sehenden Auges in die Falle zu tappen. Und das Schlimmste war, dass sie es auch noch genoss!
»Tolles Haar. Es ist *rot!*«
»Ach was.«
»Sind Sie echt?«
Ihr Herz setzte einen Schlag aus. »Was soll das heißen?«
»Irgendetwas stimmt mit Ihnen nicht. Als Schauspielerin sind Sie nicht schlecht, aber man kann es trotzdem spüren.«
Mit anderen Worten – sie hatte ihn doch nicht überzeugt. Oder die abstoßende Gräfin von Leiden. Warum also luden sie sie ein? Und boten ihr einen Job an?
»Habe ich einen Nerv getroffen?«
»Mehr als einen.« Sie würde dieses Spiel schon durchziehen. »Hören Sie, wir haben doch schon darüber gesprochen. Ausführlich.«

»Aber wohl nicht ausführlich genug, meine Liebe. Sagen Sie mir, wie Sie sich die Arbeit im Peak Club vorstellen.«

Phoenix spürte, dass Mort herankam. Er stemmte seine massigen Arme auf die Theke vor ihnen. »Alles okay hier?« Seine steifen Halswirbel waren der einzige Hinweis auf den Unfall, der seine Karriere als Trapezkünstler beendet hatte.

»Wir unterhalten uns nur.« Romans weiße Zähne blitzten auf. »Phoenix und ich wärmen alte Zeiten auf, nicht wahr, Phoenix?«

Wenn sie nein sagte, wäre Mort augenblicklich auf der anderen Seite der Theke, und sie würde sich im Club nicht mehr blicken lassen können. So sehr ihr diese Alternative gefiel, so gut wusste sie auch, dass sie sich damit die einzige Möglichkeit, April auf die Spur zu kommen, verbauen würde.

»Phoenix?«, drängte Mort.

Ihr Finger pulte an einem tiefen Kratzer im Holz der Theke. »Roman und ich haben viel aufzuholen. Du brauchst mich doch noch nicht, oder, Mort?« Sie sah sich um und entdeckte, dass in der Zwischenzeit nur ein paar wenige Stammgäste eingetrudelt waren.

Mort folgte ihrem Blick. »Ruhiger Abend. Wir schaffen es auch ganz gut allein.« Aber seine geschürzten Lippen verrieten, dass er sie und ihren Begleiter im Auge behalten würde.

»Also. Ich hatte eine Frage gestellt«, sagte Roman und präsentierte Mort demonstrativ seinen Hinterkopf. »Nun?«

Sie wartete, bis Mort gegangen war. Langsam wurde sie ärgerlich. »Was für Spielchen treiben Sie eigentlich? Sie sind gekommen, um mir zu sagen, dass ich einen Job habe. Fein. Ich sehe keinen Grund, warum ich mich jetzt dieser Befragung aussetzen sollte.«

»Nicht?«

»Nein.«

»Nennen Sie es Überstunden. Oder sagen wir, wir haben heute Nachmittag etwas angefangen, das wir jetzt zu Ende bringen sollten.«

»Unfug.« Sie schlang die Arme um ihre Mitte. »Sagen wir doch, dass Sie mich aus irgendeinem Grund ködern wollen.«

»Falsch. Hören Sie zu, Phoenix. Keine Spielchen, keine Tricks, keinen Blödsinn. Wir nehmen die Sache mit dem Club sehr ernst. Mit Ihnen gehe ich ein Risiko ein, aber –«

»Ach, und weshalb? Sie –«

»Lassen Sie mich ausreden!« Er packte ihr Handgelenk. »Wenn Sie sagen wollen, dass ich Sie doch gar nicht kenne, dann haben Sie Recht. Aber Sie haben etwas an sich … zum Teufel, ich weiß auch nicht. Sie haben mir gut getan … und zwar nicht nur in dieser einen Hinsicht. Hören Sie, ich weiß nicht, wie ich es anders ausdrücken soll, aber so schwer ist es doch nicht zu begreifen, oder? Ich will Sie im Club haben. Außerdem werden eine Menge Mitglieder von Ihnen entzückt sein. Sie sind anders – frisch. Das wird ihnen gefallen.«

Sie war so angespannt, dass ihre Muskeln zu schmerzen begannen. Sie hatte seine Worte gehört, wusste jedoch, dass sie noch eine ganz andere Bedeutung hatten. »Ich bin keine Prostituierte«, brachte sie hervor.

»Glauben Sie, ich wüsste das nicht?«

Sie schüttelte den Kopf.

»Können wir uns woanders unterhalten?«

An einem Ort, wo ihr niemand zur Hilfe kommen konnte?
»Wir sitzen hier doch wunderbar!«
»Wie Sie wollen. Passen Sie auf, ich schlage Ihnen etwas vor. Sie kommen als meine Freundin in den Club! Verstehen Sie, was ich meine?«
Sie zerrte am Ausschnitt ihres schwarzen Sweatshirts.
»Verstehen Sie?«, fragte er wieder.
»Ich weiß nicht.«
»Vielleicht brauche ich Sie.«
»Aber Sie sind doch einer der Partner.«
»Ja.«
»Sie können einfach so entscheiden, dass jemand … als Freundin dazukommt?«
Er lachte leise. »Ich kann entscheiden, jemanden einzustellen, der nur bestimmte Aufgabenbereiche erfüllt.«
Phoenix verengte die Augen. »Tut mir Leid, aber Sie werden es wohl Ihren Mitmenschen, die nicht ganz so schnell kapieren, noch einmal langsam und deutlich erklären müssen, Mr. Wilde.«
Als seine Lippen ihre berührten, wäre Phoenix beinahe vom Hocker gefallen. Sie griff instinktiv nach seiner Jeansjacke, erkannte jedoch, dass sie ohnehin nicht gefallen wäre. Roman zog sie so nah an sich, dass sie fast auf seinem Schoß saß.
»Nicht schreien«, flüsterte er. »Wenn Sie das hier nicht mögen, dann sagen Sie es, und ich höre auf.«
Phoenix schwieg.
»Hm.« Er presste seinen Mund auf ihren und teilte ihre Lippen gerade so weit, dass sie sich darauf vorbereitete, seine Zunge zu spüren.
Doch diese kam nicht. Roman küsste sie wie ein viel ver-

sprechender, überaus engagierter Pfadfinder. Seine Hände an ihren Wangen, zog er den Kopf zurück und sah ihr in die Augen. »Ich weiß, dass da etwas in Ihnen steckt, Liebes. Genug, um uns beide für lange Zeit glücklich zu machen.«

Sie riss den Kopf zurück und stieß sich von ihm ab. »Sie wissen gar nichts, Roman Wilde. Ich suche einen Job. Und ich will mich nicht ständig umdrehen müssen, um zu sehen, ob Sie sich hinter mir anschleichen.«

Er zog die Brauen hoch. »Oh, jetzt wird mein Liebling bissig.«

»Sparen Sie sich den ›Liebling‹. Und ›Liebes‹ am besten auch gleich.«

»Okay.« Er hielt beschwichtigend die Hände hoch. »Reden wir Klartext. Morgen früh möchte ich meinen Partnern gerne sagen, dass Sie die neue Masseuse sind. Nicht mehr, nicht weniger. Ist das okay?«

»Und wo ist der Haken?«

»Kein Haken. Ich sage einfach die Wahrheit. Zwischen uns ist heute Nachmittag etwas geschehen, und ich habe keine Lust, es mit anderen zu teilen.«

Phoenix glitt langsam von ihrem Hocker.

Augenblicklich wechselte Roman auf ihren Platz und klemmte sie so zwischen Hocker und Theke ein. »Oder können Sie sich dann nicht mehr richtig entfalten? Vanessa hat mir gesagt –«

»Ich kann mir denken, was sie gesagt hat.«

»Sie wollen doch damit nicht andeuten, dass es nicht stimmt, oder? Wir können niemanden einstellen, der uns anlügt, das ist Ihnen doch klar? Sie mögen gerne Sex, und ich mag gerne Sex. Ich mag's aber gar nicht, wenn jemand mit seiner Vorliebe zu verschwenderisch umgeht. Ist das deutlich genug?«

Phoenix fehlten die Worte.

»Ja, ich denke schon. Sie kneten einfach Fett und Muskeln und machen auf Partys die Kerle scharf, wenn man Sie dazu anhält. Aber der Rest ist für mich. Abgemacht?«

Das war doch wohl nicht sie, der das hier passierte. Wenn sie nur genug blinzelte, würde er sich in Nichts auflösen.

Er zog sie zwischen seine Schenkel und knabberte an ihrem Hals. »Abgemacht?«

Sie musste etwas sagen. Oder tun. Irgendetwas in Bewegung setzen, ohne alles zunichte zu machen, was sie sich bisher mühsam erarbeitet hatte. »Ich … ich bin es gewohnt, meine Wahl selbst zu treffen. Mir die Zeit zu nehmen, bis ich weiß, was ich will. Verstehen Sie?«

Nun setzte er seine Zunge ein … und leckte über die empfindliche Haut unterhalb ihres Ohres. Sie atmete schneller.

»Sie tauen langsam auf, hm?«

Phoenix wandte abrupt den Kopf ab.

»Oh, okay. Wie Sie wollen. Ich kann sehr geduldig sein. Ich werde Sie nicht drängen. Sagen Sie mir nur Bescheid, wenn Sie bereit sind, da weiterzumachen, wo wir aufgehört haben.«

Wenn sie besser hätte atmen können und nicht an gewissen intimen Stellen feucht und heiß geworden wäre, dann wäre es ihr bestimmt leichter gefallen, seine Argumentation zu durchblicken.

»Sind wir uns einig, W.G. Phoenix? Ich passe auf Sie auf und mache Sie glücklich. Und Sie machen *mich* glücklich … wenn Sie dazu bereit sind. Okay?«

Sie hatten sich erst am Nachmittag kennen gelernt. Und nun bot er ihr eine Affäre an!

»Natürlich würde ich es verstehen, wenn Sie sich lieber mit der Gräfin einigen wollen.«

»Das ist ja widerlich!« Am liebsten hätte sie ihm eine Ohrfeige verpasst. »Okay. Sehen wir mal, wie es weitergeht. Aber ich weiß immer noch nicht, wieso Sie ausgerechnet mich ausgesucht haben.«

Er stand auf und legte ihr eine Hand auf die Schulter. »Sagen wir einfach, dass wir beide gut zueinander passen.« Er sah auf seine Uhr und wirkte plötzlich sehr geschäftsmäßig. »Morgen früh, okay?«

»Okay.«

»Gut. Bis dann.« Er schenkte ihr ein hinterhältiges Grinsen. »Und bitte lass mich nicht warten, nur weil du denkst, dass es sich so gehören würde, Süße.«

Bevor sie etwas sagen konnte, drehte er sich um und ging zur Tür.

»Mort.« Phoenix rannte förmlich die Theke entlang. »Könnt ihr heute auf mich verzichten?«

»Warum?« Er warf Roman, der die Tür beinahe erreicht hatte, einen misstrauischen Blick zu. »Wer war das?«

»Ein alter Freund.«

»So, wie er an dir geklebt hat, hätte man denken können, dass ihr verheiratet seid.«

Sie zog die Nase kraus. »Du bist altmodisch, aber das ist auch eine deiner Stärken. Roman und ich haben uns noch viel zu erzählen. Du hast gesagt, dass es ruhig ist. Ich brauche höchstens eine Stunde. Ich lass mich in jedem Fall noch blicken, bevor ihr zumacht. Okay?«

»Und es ist wirklich alles in Ordnung?«

Sie sah ihn mit gespielter Empörung an. »Aber natürlich.«
Wenn sie jetzt nicht ging, war es zu spät. »Bis dann.«
»Bevor wir zumachen!«
Phoenix rannte zu der Tür, die in den dunklen Restaurantbereich führte, durchquerte ihn und stieß die Eingangstür auf, als die Bartür hinter Roman zufiel. Ohne zu wissen, was sie eigentlich vorhatte, folgte sie ihm auf den Parkplatz. Er stieg in irgendein robustes Fahrzeug mit Vierradantrieb ein und fuhr vom Platz.
Im nächsten Moment saß Phoenix hinter dem Steuer des Chevy Nova. Als der Motor direkt ansprang, schickte sie ein Dankgebet zum Himmel.
Er fuhr den Highway 202 in Richtung Peak Club. Wenn er sich direkt dorthin begab, würde sie eine Weile warten und dann zum *Bend* zurückkehren. Vielleicht würde sie einen zweiten Zugang zum Club entdecken, was sich als nützlich erweisen konnte. Aber wenn Roman ein anderes Ziel hatte, dann wollte sie wissen, welches.
Sie ließ sich noch ein Stück zurückfallen.
Die Beschreibung, die April ihr gegeben hatte, konnte auf Roman Wilde passen. Es war möglich, dass er zu ihr fuhr. Und das war auch der einzige Grund, warum Phoenix zu dieser Zeit die menschenleeren Serpentinen den Berg hinauffuhr … oder etwa nicht?
Morgen würde sie beginnen, im Club nach jemandem zu suchen, dem sie vertrauen konnte und der etwas über April wusste. Aber je mehr sie über die Leute herausfinden konnte, desto besser, und Roman gehörte dazu.
Andererseits war es vielleicht gesünder, wenn sie augenblicklich kehrtmachte und die ganze Geschichte vergaß.
Nein. Sie war kein Feigling! Und schließlich folgte sie ja

nur einem Auto, um zu sehen, wohin es fuhr. Wenn Roman am Ziel war, würde sie einfach an ihm vorbeirauschen, und er würde niemals wissen, dass man ihm gefolgt war. Erstens war es stockfinster, und zweitens kannte er ihr Auto nicht.
Phoenix blickte hinauf zu den Baumwipfeln – schwarze Umrisse vor einem schwarzen Himmel. Die Rücklichter vor ihr waren die einzigen Anzeichen von Zivilisation.
Phoenix strich sich über die Stirn und spürte Schweiß. Als Kind war immer April diejenige gewesen, die die Initiative ergriffen hatte. Sie waren in eine Welt hineingeboren worden, in der die Reicheren automatisch die wichtigeren Menschen gewesen waren, doch April hatte sich geweigert, dieses ungeschriebene Gesetz zu akzeptieren. Sie hatte sich für sich selbst und für Phoenix durchsetzen wollen, deren Eltern selten nüchtern genug gewesen waren, um sich um ihr Kind zu kümmern.
Phoenix hatte seit ihrem dreizehnten Lebensjahr gejobbt, doch das war Hedda und John Phoenix nicht genug gewesen. Je eher und je mehr sie zum Familieneinkommen beitragen würde, desto besser. In ihren Augen war die Schule nur eine Zeitverschwendung, eine staatliche Verschwörung, die die Eltern daran hinderte, aus dem Eigentum »Kinder« den verdienten Nutzen zu ziehen.
Die Rücklichter verschwanden hinter einer Biegung.
Phoenix gab mehr Gas.
»Was willst du?« Das rote Gesicht ihres Vaters verdunkelte sich, und er rieb sich über das schmutzige T-Shirt, das sich straff über seinem Bierbauch spannte. »College? Was glaubst du eigentlich, wer du bist? Das Töchterchen von Rockefeller?«

»Nein, Dad.« Sie zeigte ihm das Zeugnis aus dem letzten Jahr der Highschool. »Ich habe nur gute Noten. Ich kriege finanzielle Hilfe. Es gibt Geld für –«

»Ich denke nicht daran, mich zu einem Fall für die Wohlfahrt machen zu lassen!« Die Wucht seiner Faust ließ sie rückwärts über einen Stuhl stürzen. Sie krachte gegen die Wand der winzigen Küche ihrer Wohnung in der Bronx. Das Letzte, was sie sah, bevor sie bewusstlos wurde, war der Ketchup-Fleck an der Wand, die einmal blassgrün gewesen war.

Die Narbe über ihrer Lippe war verblasst, aber sie spürte sie immer noch. Als sie an jenem Abend aus der Wohnung kroch, in der ihr Vater betrunken über dem Küchentisch zusammengesunken war, hatte April sie in die nächste Notfallambulanz gebracht.

April war auch diejenige gewesen, die Phoenix so lange zugesetzt hatte, bis diese sich an den besten Hochschulen der Ostküste beworben hatte.

»Sie werden dich nehmen.« Aprils leuchtend blaue Augen strahlten vor Zuversicht. »Das steht fest. Du bist die Beste aus unserer Schule. Und du wirst dein Stipendium bekommen!«

Und tatsächlich war es so geschehen – Phoenix war nach Georgetown gegangen.

Sie lächelte voller Bitterkeit. Damals war es wieder April gewesen, die Phoenix vor ihrem Vater gerettet hatte, der sie mit Schlägen hatte zurückhalten wollen. April war mit einem Sozialarbeiter aufgetaucht, und John Phoenix war aus der Stadt geflohen, um der Haftstrafe zu entkommen. Georgetown, dann Harvard. Und dann hatte sie alles verpatzt. Dennoch stand Phoenix tief in Aprils Schuld.

Eigentlich verdankte sie ihr alles, und es war überfällig, dass Phoenix es wieder gutmachte.
Die roten Rücklichter waren deutlich zu sehen, als der Wagen am Peak Club vorbeifuhr und erneut hinter einer Kurve verschwand. Phoenix umklammerte das Lenkrad fester und verdrängte die alten Erinnerungen. Sie musste sich ausschließlich darauf konzentrieren, April zu finden.
Die Rücklichter verschwanden hinter einer Doppelkurve. Phoenix erreichte die zweite Biegung und sog scharf die Luft ein. Der Wagen verließ die Straße und bog auf einen Pfad, der durch dichtes Unterholz führte.
Sie verlangsamte das Tempo, fuhr rechts ran und würgte den Motor ab. Arme und Stirn auf das Lenkrad gestützt versuchte sie, sich schlüssig zu werden, was sie tun sollte.
Nichts.
Dreh um. Fahr zurück zum Bend.
Schau dich um, damit du die Stelle wiederfindest, und dann hau ab.
Sie hob den Kopf und entdecke an den Lichtern in der Ferne, dass er die Straße nicht wirklich verlassen hatte, sondern parallel dazu gefahren war. Sie startete ihren Wagen, fuhr zögernd an und sah, dass sein jeepähnliches Fahrzeug nun stand.
Und sie sollte machen, dass sie weiterkam.
Man parkte nicht irgendwo in den Bergen mitten in der Nacht abseits der Straße – es sei denn, man hatte etwas zu verbergen. Und zwar mehr als nur den Wagen.
Mit heftig hämmerndem Herzen stieg Phoenix aus ihrem Nova. Kies knirschte unter ihren Füßen. Der Wind wehte ihr das Haar ins Gesicht, und als sie über die Straße eilte, schlotterte ihr das Sweatshirt lose um den Körper.

Als sie das Unterholz erreicht hatte, bückte sie sich und begann auf das Auto zuzuschleichen. Was wollte er hier? Hatte er April hier irgendwo versteckt?
Sie hatte die Stelle, an der er geparkt hatte, erreicht und ging in die Hocke. Von ihrer Position im hohen Gras aus konnte sie einen Land-Rover in dunkler Farbe ausmachen. Geduckt kroch sie vorwärts, bis sie auf die Fahrerseite spähen konnte. Leer. Er hatte seinen Wagen hier verlassen, weil der Pfad zu Ende war und man zu Fuß besser vorankam.
Sie musste Hilfe holen.
Aber wenn sie Alarm schlug, ohne genau zu wissen, wohin Roman gegangen und ob April bei ihm war, konnte sie unter Umständen großen Schaden anrichten. Entweder sie vertat die Chance, ihre Freundin je wiederzufinden, oder aber sie machte sich zum kompletten Deppen.
Nein, sie musste jetzt handeln, und zwar allein.
Sie richtete sich auf – und wurde bäuchlings gegen das kalte Metall des Land-Rover gestoßen. Sie schrie auf, als Hände ihre Handgelenke packten und ein schwerer Körper sie gegen die Wagenseite presste. Übelkeit ließ sie würgen.
»Zeit, dass du die Regeln lernst, Liebes. *Jetzt!*«
»Bitte –« Sein Gewicht presste ihr die Luft aus den Lungen, und ihre Sicht verschwamm. »Bitte!«
»Bitte was?« Er verstärkte den Druck. »Spar es dir, W.G. Du wirst jetzt lernen, dass man seine Nase nicht in die Angelegenheiten von Leuten steckt, die gewitzter sind als du. Du wirst jetzt lernen, dass man gewissen Leuten nicht nachspioniert!«

SECHS

Parker Nash: Investment-Banker, Ehemann, Familienvater, prominenter Bürgerrechtler im Kampf für Menschenrechte und gegen Frauenfeindlichkeit, außerdem den Gerüchten nach heißer Anwärter für das Gouverneursamt des Staates Washington.
Etwas über fünfzig, silbergraues Haar, leicht untersetzt, zuvorkommend und sanftmütig. Der Mann der Mega-Deals und einer der wenigen, von denen es hieß, sie seien absolut skandalfrei.
In diesem Moment rackerte sich der sanftmütige Parker Nash auf einer Blondine schwitzend dem Höhepunkt entgegen. Seine blauen Augen waren zugekniffen, seine perfekt überkronten Zähne entblößt, die Adern an seinem Hals traten dick hervor.
Nackt bis auf eine weiße Satinrobe, die locker um ihre Taille gegürtet war, schlenderte Vanessa von Leiden an der runden Couch vorbei, auf der sich das Paar befand. Sie nahm einen tiefen Zug von dem Joint, den Sir Geoffrey Fullerton ihr gegeben hatte. Geoffrey beobachtete ihre Gäste mit der für ihn charakteristischen Gleichgültigkeit.
Vanessa begegnete Geoffreys Blick und spürte, wie erneut die Wut in ihr aufstieg. Geoffrey musste endlich begreifen, wer hier das Sagen hatte, denn *er* war es nicht!

Zu lange schon war sie zu nachgiebig gewesen, hatte ihm zu viel durchgehen lassen.
»O Gott«, keuchte Parker. Seine bleichen Hinterbacken pressten sich mit jedem Stoß zusammen. Seine Hände umklammerten je eine Brust, die von den Wundern der Schönheitschirurgie zeugten.
Das Wummern der Drums aus den Lautsprechern stimmte nicht mit Parkers Rhythmus überein.
»Oh-oh, Gott!« Er war wieder ein glücklicher Mensch. Er war immer ein glücklicher Mensch, wenn er jemanden vögeln konnte, dessen Gesicht er auf der Leinwand gesehen hatte. Das war Parkers Schwäche – Stars vögeln!
Geoffrey wartete, bis Vanessa an ihm vorbeiging, und nahm den Joint zurück. Er klemmte ihn zwischen die Zähne und beugte sich wieder über die spiegelnde Oberfläche des Glastisches, der ihm bis zur Brust reichte. Auf der Tischplatte blitzten exakt gezogene weiße Linien.
Nachdem sie eine weitere Runde durch den unterirdischen Raum gegangen war, blieb Vanessa neben Geoffrey stehen. »Wie lange noch?«, murmelte sie, wobei sie auf Parker deutete.
Geoffrey zog eine helle Braue hoch und strich sich mit der Hand über das sich lichtende weißblonde Haar. »Du hättest selbst Lust auf Sabrina, was?«
Sie riss ihm den Joint aus dem Mund. »Falls du es vergessen hast – ich hatte bereits die Gelegenheit! Und du auch! Wir beide haben zu reden!«
»Machen wir uns über irgendwas ins Höschen, Liebes?«
Sein Tonfall brachte sie augenblicklich in Rage. Er deutete auf das Kokain. »Hier. Geh einmal von deinen Prinzipien ab und werd lockerer. Tu dir etwas Gutes.«

Vanessa sog noch einmal an dem Joint, während sie ihn nachdenklich musterte. Dann zog sie am Gürtel seines roten Morgenmantels. »Parker scheint auf dicke Plastiktitten zu stehen«, sagte sie, während sie den Gürtel öffnete und Geoffreys glatte Brust musterte. »Und du?«
Geoffrey zuckte die Achseln. »Das ist es nicht, was einen Mann noch interessiert, wenn er gerade voll dabei ist, Herzchen. Parker will nichts weiter als seinen Schwanz in eine Frau stecken, für die Millionen Männer schwärmen.«
Männer. Alles Schwächlinge. Nur dazu gut, benutzt zu werden. »Sie ist out. Ihr letzter Film war ein Flop.«
»Umso besser für uns, Süße.« Er ließ seinen roten Mantel auf den dicken Teppich fallen.
Wenn es etwas gab, was sie an Sir Geoffrey Fullerton zu schätzen wusste – abgesehen von seinem totalen Mangel an Gewissen und seinem Talent, stinkreiche Kunden mit kostspieligen Schwächen an Land zu ziehen –, dann war es sein wirklich attraktiver Körper. Aber im Augenblick hatte selbst dieser seine Schwachstelle. Nachdem sie seinen schlappen Penis eine Weile betrachtet hatte, begegnete sie wieder seinem Blick.
Er grinste schief und hob beinahe entschuldigend die Hände. »Tja, da musst du dich doch wohl mit dem Koks zufrieden geben, Partner. Zumindest bis bei mir die Wirkung nachlässt.«
»Vielleicht sollten wir Parker noch mehr von dem Zeug geben.«
»Ich habe ihm schon so viel davon eingeflößt, dass er im Koma liegen müsste. Der Kerl ist nicht normal.«
Sie lachte laut. »Dafür solltest du verdammt dankbar sein – und dafür, dass diese Tiere niemals aussterben!

Jetzt hilf mir, ihn zu überreden, nach Hause zu gehen.«
Geoffrey war spät gekommen, und sie hatte noch keine der Fragen stellen können, die ihr auf der Seele brannten, seit sie ihre appetitliche potenzielle Neuanstellung bei einem nur allzu willigen Roman Wilde zurückgelassen hatte.
»Ich kann den Mann nicht drängen«, sagte Geoffrey. Er entblößte eine von Vanessas Brüsten und bückte sich, um an der Warze zu saugen.
Sie betrachtete leidenschaftslos seinen Hinterkopf. Es gab Augenblicke, wo sie dankbar für so etwas war, aber dieser gehörte nicht dazu. Seine Zunge kreiste um die dunkle Haut. Sie genoss die Hitze, die durch ihre Adern schoss, doch als seine Finger sich zwischen ihre Schenkel schoben, presste sie die Beine zusammen.
»Geoffrey!« Parkers Bariton dröhnte durch den Raum. »Gib mir noch mehr von dem Zeug. Komm schon – her damit.«
Geoffrey hob den Kopf, während Vanessa die Augen verdrehte. »Gibt der Aussage, dass man immer nur besser statt älter wird, ganz neue Bedeutung«, murmelte sie und stieß Geoffrey zur Seite. »Kommt gleich, Parker.«
Sie brachte ihrem Kunden das Gewünschte auf einem Stück Papier, während Parker sich schweißglänzend und keuchend von seiner Gespielin hievte.
Sabrina Lane stützte sich auf die Ellenbogen und warf ihre Mähne aus künstlich verlängertem blondem Haar zurück. Ihre von dichten schwarzen Wimpern umrandeten grünblauen Augen waren umwerfend, ihre vollen Lippen – noch von Parkers Küssen geschwollen – so verlockend wie immer. Vanessa erwiderte das verführe-

rische Lächeln des Filmstars und beschloss, Sabrina diese Nacht im Club zu behalten.

»Parker möchte noch mehr über das Filmemachen erfahren«, sagte Sabrina mit ihrer etwas atemlosen Stimme. »Ich kann ihm da noch ein paar interessante Dinge beibringen, nicht wahr, Parker?«

»Oh … ja.«

Das reichte aus, um Parkers wichtigstes Stück wieder in Topform zu bringen.

»Parker und ich werden einen Film zusammen machen, nicht wahr, Parker?«

»Oh, und ob. Her damit!«

Parker nahm Vanessa das Blatt ab. Er stieß Sabrina zurück auf die Couch und drückte ihr die Knie auf die Brust. Sie quiekte protestierend, doch ihre Einwände klangen nicht echt.

Er schob ihr ein Bein unter die Hüften, drehte das Papier zu einem schmalen Trichter, spreizte ihre Schamlippen und klopfte das weiße Pulver behutsam in ihre Öffnung.

Geoffrey lachte leise. »Parker, alter Junge, du hast es wirklich drauf!«

Parker führte den Strohhalm ein und sog das Pulver durch die Nase ein.

»O Gott!«, keuchte Sabrina. »Gott, ich komme!«

Geoffrey stöhnte, stieß Parker beiseite und nahm seinen Platz ein. Das Tempo der Musik steigerte sich mehr und mehr. Ohne die Augen von dem Trio zu lassen, schlenderte Vanessa zur Anlage, um lauter zu machen.

Während sie sich auf einer anderen Couch ausstreckte, bekam Parker, was er am liebsten hatte. Er und Geoffrey

nahmen die willige Sabrina gleichzeitig von beiden Seiten, während Vanessa der Darbietung zusah.
Eine weitere Stunde verging, bis der widerstrebende Parker sich schließlich wieder in seinen Hubschrauber begeben und Vanessa Sabrina in ein Zimmer geschickt hatte, das sie später aufsuchen würde.
»Was zum Teufel ist eigentlich mit dir los?«, fragte Geoffrey, während er neben ihr durch den Korrdior ging, der zum Hauptgebäude des Clubs führte. »Seit ich angekommen bin, benimmst du dich, als hättest du eine Biene im Hintern.«
»Es fällt mir schwer zu glauben, dass du dich um meinen Hintern sorgst. Jetzt halt den Mund und warte, bis wir im Überwachungsraum sind.«
Sie hatten die Falltür erreicht, und sie stieg als Erste die Treppe hinunter. »Schließ uns ein«, sagte sie, als die Lichter angingen.
Als sie sich vor den dunklen Bildschirmen gegenüberstanden, sog sie bebend die Luft ein und schlug zu. Sie schlug ihm mit all der ihr zur Verfügung stehenden Kraft ins Gesicht.
»He, bist du –« Er packte ihr Handgelenk, taumelte rückwärts. »Bist du verrückt geworden? Was zum Teufel soll dieser Mist?«
Sie zitterte jetzt am ganzen Körper. »Du musstest dir unbedingt um jeden Preis deinen Spaß holen, nicht wahr? Du warst so wild darauf, dass du dich noch nicht einmal ausreichend abgesichert hast!«
Er schüttelte, vollkommen verdattert, den Kopf. »Ich verstehe kein einziges Wort. Und verdammt, Vanessa, du weißt, wie sehr ich Gewalt verabscheue.«

»Gewalt?« Sie hob den Kopf und lachte böse. »Gewalt? Du magst nur dann keine Gewalt, wenn sie sich gegen deinen hübschen Körper richtet! Jemandem Schmerzen zufügen kannst du dagegen doch besonders gut!«
Seine Finger wühlten sich in ihr Haar und packten fest zu. »Und du? Wie steht's mit dir?«
»Ich streite es wenigstens nicht ab!«, brüllte sie.
Er riss an ihrem Haar, bis ihr Gesicht ganz nah an seinem war. »Was zum Teufel ist in dich gefahren? Oder ist das ein Spiel? Okay, ich spiele mit, Herzchen. Sag mir nur, wie du's haben willst. Sollen wir es gleich hier machen?«
»Nein, du verdammtes Schwein. Du hast mir gesagt, dass wir niemals mehr von diesem Mädchen hören werden. Du hast gesagt, dass alles vorbei ist. Dass du dich um alles gekümmert hast. Aber du hast gelogen!«
»Mädchen?« Er blinzelte, und sein Griff lockerte sich ein wenig. »Was für ein Mädchen?«
»Du hast gesagt, dass sie niemanden mehr habe. Du hast gesagt, dass kein Mensch sich überhaupt an ihren Namen erinnern würde.«
»O mein Gott!« Er ließ sie los und wich langsam zurück.
Sie trat an ihm vorbei und schaltete verschiedene Instrumente ein. Ein Band wurde zurückgespult, dann erschien ihr Büro auf einem der Schirme. »Hör genau hin, *Geoff*. Hör genau hin und streng dein Hirn an. Wir müssen uns sehr genau überlegen, was nun zu tun ist!«
Der Anfang ihres Zusammentreffens mit der Frau namens Phoenix war von keinem besonderen Interesse. Vanessa betätigte den schnellen Vorlauf, bis die Szene kam, die er hören sollte.
»Rose redet die ganze Zeit von ihr.« Phoenix sah Vanessa

mit großen, unschuldigen Augen an. Rose. »Eine blonde Schönheit sei sie gewesen, sagt sie. Aber sie weiß eigentlich gar nichts über sie, außer, dass sie aus einer reichen Familie stammt und nur aus Vergnügen arbeitet. Und dass sie April Clark heißt.«
Aus dem Augenwinkel sah Vanessa, wie Geoffrey nach einem Stuhl tastete und sich darauffallen ließ. Sie spulte noch ein Stück vor.
»Rose redet sich da was ein, da bin ich mir sicher.«
Vanessa sah sich selbst zu, wie sie sich auf die Tischkante hockte und fragte: »Einreden? In welcher Hinsicht?«
»Dass die Mieterin zurückkommen wird. Sie ist immerhin schon anderthalb Jahre fort.«
»Wer ist das?«
Vanessa bedeutete Geoffrey mit einer Geste zu schweigen.
»Achtzehn Monate? Und sie hat nichts von ihr gehört?«
»Ich glaube nicht. Aber Rose hat sich irgendwie in den Kopf gesetzt, dass das Mädchen eines Tages wiederkommmen wird.«
Vanessa drehte die Lautstärke herunter und wirbelte zu Geoffrey herum. »Hast du alles mitgekriegt?«
Sein Kiefer hing herab. »Was hat das zu bedeuten? Wer ist das?«
»Diese Frau ist unsere neue Masseuse.«
Er packte die Armlehnen des Sessels.
»Du hast mir nie erzählt, dass es da eine Rose gibt, die sich ihr Maul über April zerreissen könnte. Und du hast mir versichert, dass April dort, wo immer sie gelebt hat, keine einzige Spur hinterlassen hat.«
»Das stimmt auch.« Als er aufstehen wollte, stieß sie ihn

zurück, und einen Moment lang sah es beinahe so aus, als würde er in Tränen ausbrechen.

»Nein, das stimmt *nicht!* Die Rothaarige sagt, dass sie jetzt in der Wohnung lebt, in der April ein paar Sachen zurückgelassen hat – viele Sachen sogar.«

»Das war das Erste, was ich sie gefragt habe, als sie mich anrief«, sagte Geoffrey. »Ob sie auch wirklich nichts zurückgelassen hat und niemand Bescheid wüsste. Sie hat mich angelogen. Das Miststück hat mich *angelogen!*«

Vanessa drückte erneut ein paar Knöpfe, bis das Bild der Rothaarigen, die sich mit Roman Wildes Körper beschäftigte, erschien. Sie hatte sich das Band bereits einmal angesehen und jedem Wort, das zwischen den beiden gefallen war, gelauscht.

»Also wohnt sie da, wo April gewohnt hat«, bemerkte Geoffrey. »Zufall.«

»Zufall?« Vanessa hätte am liebsten wieder zugeschlagen. »Zufall, dass sie in derselben Wohnung wohnt? Zufall, dass sie von irgendwelchen Pennern in der Stadt erfährt, dass sie hier gearbeitet hat? Zufall, dass sie herkommt, sich als Masseuse ausgibt und ganz beiläufig den Namen dieser kleinen Hure fallen lässt?«

»Was hast du ihr gesagt?«

»Was wohl? Natürlich, dass ich noch nie von einer April Clark gehört habe.«

»Vielleicht war das keine gute Idee. Klüger wäre es gewesen, wenn du zugegeben hättest, dass sie hier gearbeitet hat. Du hättest sagen können, dass wir über ihr plötzliches Verschwinden genauso erstaunt gewesen sind.«

»Um auf diese Art zu riskieren, dass Beamte hier rumschnüffeln, falls es je zu einer offiziellen Untersuchung kommt?«

»Guter Gott.« Er legte Daumen und Zeigefinger an seine Nasenwurzel. »Und du meinst, diese Frau gibt sich bloß als Masseuse aus?«

»Schau sie dir doch an.« Vanessa deutete wieder auf den Schirm. »Sie hat sicher schon mal eine Massage bekommen. Wahrscheinlich hat sie auch schon zugesehen, wie ein anderer eine bekommt. Aber ich habe doch Augen im Kopf. Sie hat Mumm in den Knochen, verlass dich drauf, aber bis zu diesem Nachmittag hat sie noch nie im Leben massiert!«

»Aber wer ist sie dann?« Sir Geoffreys Stimme klang plötzlich gefährlich nach Wimmern.

Sie hob die Schultern. »Ich würde sagen, eine Art Spion. Für wen oder was, weiß ich nicht. Jedenfalls müssen wir sehr vorsichtig sein und schnellstens herausfinden, was hinter der ganzen Sache steckt.«

»Aber vielleicht ist sie nichts weiter –«

»Nein!« Vanessa schüttelte heftig den Kopf. »Ich glaube nicht an Zufälle, und du auch nicht. Wir können nur hoffen, dass sie nicht von den Bullen kommt. Was ich übrigens nicht glaube. Ich denke eher, dass sie entweder auf eigene Faust hier ist oder was mit den Spinnern aus dem Restaurant zu tun hat.« Sie legte sich eine Hand auf den Bauch. »Mein Gefühl sagt, sie ist allein.«

»Wie wollen wir –«

Wieder schnitt sie ihm das Wort ab. »Kein Problem, solange wir keine Zeit verlieren!«

»Und falls sie doch mit jemandem zusammenarbeitet?«

»Mein Gefühl sagt *nein*, habe ich gesagt.« Sie blickte auf

den Bildschirm, auf dem Roman Wilde gerade seine beachtliche Ausstattung zeigte. »Zuerst finden wir heraus, wer sie wirklich ist. Dann sorgen wir dafür, dass sie das Interesse an dem, was hier vor sich geht, verliert.«

Geoffrey nagte an der Innenseite seiner Wange, während er Roman und Phoenix betrachtete. »Die Kleine scheint zu mögen, was sie sieht, Vanessa. Sie wendet den Blick nicht ab.«

»Schön dumm, wenn sie's täte«, murmelte Vanessa.

»Wenn sie wirklich auf der Suche nach April ist – und davon bin ich noch nicht überzeugt! –, dann wird sie sich wohl kaum davon ablenken lassen, nur weil du das so willst!«

»Nicht?« Das Band schaltete sich automatisch ab, als es zum Ende gekommen war. »Vertrau mir. Sie *wird* das Interesse verlieren!«

SIEBEN

Entweder hatte Phoenix Todesangst oder sie war eine verdammt gute Schauspielerin. »Wer hat dich zu uns geschickt?« Er riss sie herum und stieß sie wieder gegen den Land-Rover. Jedes Wort musste das richtige sein. Er durfte sich nicht verraten.

Sie stieß einen würgenden Laut aus und ließ den Kopf nach vorne fallen.

Roman schüttelte sie. »Wer?« Frauen einzuschüchtern war nicht sein Ding, aber er hatte sich geschworen, in Past Peak etwas zu erledigen, und diese Frau hier schien ihm partout in die Quere kommen zu wollen.

Eine Windbö peitschte Zweige gegen die Seite des Land-Rovers. »Sieh mich an«, befahl Roman. In ihrem weiten, billigen Sweatshirt fühlten sich ihre Schultern zart und zerbrechlich an. »Sieh mich an, verdammt noch mal.«

»Mir ist schlecht«, presste sie hervor. »Mein Magen hat was abgekriegt.«

Das bisschen, das er in der Dunkelheit von ihrem Gesicht sehen konnte, ließ darauf schließen, dass sie ihm nichts vormachte. Sie war leichenblass. Aber er konnte sich kein Mitleid leisten. Die Leute, für die sie arbeitete, waren Mörder, und wenn sie das nicht wusste, war das nicht seine Schuld.

»Mir ist schlecht«, wiederholte sie.
»Leute, die gefährliche Jobs annehmen, wissen normalerweise, dass ein Risiko dabei ist.« Wieder dachte er an einen anderen zerbrechlichen, zarten Körper, das bleiche gequälte Gesicht. Wer zum Teufel spielte welche Rolle in dieser Geschichte? Er musste Geduld haben. »Mach den Mund auf«, befahl er.
Sie zeigte keinerlei Reaktion.
»Atme durch den Mund. Tief. Das hilft gegen die Übelkeit!«
Sie öffnete die Lippen und legte den Kopf zurück an das Blech des Rovers.
»Besser?«, fragte er nach ein paar Minuten.
»Hm. Ich glaube, ich habe mich am Kopf verletzt.« Sie klang verwirrt.
Roman neigte den Kopf, um besser sehen zu können, und strich ihr das Haar aus dem Gesicht. Tatsächlich rann Blut aus einer Schramme auf der Stirn. Er fluchte innerlich, dass er nicht besser aufgepasst hatte. Aber er war davon ausgegangen, dass sie … stabiler sei. »Konzentrier dich, W.G. Je schneller du meine Frage beantwortest, desto schneller gibt's ein Schokolädchen.«
»Niemand hat mich geschickt.«
»Na klar. Fangen wir noch mal von vorn an. Wer schickt dich und warum?«
»Niemand.«
»*Wer?* Und was sollst du herausfinden? Kommst du von der Konkurrenz?« Über diese Idee musste er beinahe grinsen.
»Ich war unterwegs nach Hause.«
Roman lächelte dünn. »Fällt dir nichts Besseres ein?

Ich habe durchaus bemerkt, dass du mich verfolgt hast.«

Seine Hand lag um ihren Hals, und sie versuchte, sich loszumachen.

»Vergiss es«, zischte er. »Ich lasse dich los, wenn *ich* es will.«

»Ich bin versehentlich an meiner Abfahrt vorbeigefahren!«

»Schöne Idee.« Die ersten Regentropfen drangen durch die Baumwipfel und trommelten auf das Wagendach. »In einigen Minuten werden wir beide pitschnass sein. Ich würde gerne nach Hause fahren – und du?«

»Ich auch!« Ihre Stimme klang nun kläglich. Die Tränen begannen zu laufen. »Du hast also keine Panne? Und brauchst keine Hilfe?«

Wirklich einfallsreich, das musste man ihr lassen. »Du meinst, ob ich einen platten Reifen habe? Phoenix, ich verliere langsam die Geduld. Du solltest mir folgen, richtig? Du solltest irgendetwas über mich herausfinden und dann Bericht erstatten, ist es nicht so?«

»Nein. Denk doch mal nach. Ich wusste doch gar nicht, dass du zu Mort und Zelda kommen würdest. Ich wusste bis heute Nachmittag nicht mal, dass du existierst.«

Ein Punkt für sie. »Und wieso hast du den Laden direkt nach mir verlassen?«

»Es gab nichts zu tun.«

»Das sagtest du vorhin schon mal. Auch, dass du später trotzdem noch arbeiten wolltest.«

»Und du wolltest erst, dass ich mit dir gehe, bis dir plötzlich einfiel, dass du noch dringend woanders hin musstest«, konterte sie. Mit dem Handrücken wischte sie sich über das tränennasse Gesicht.

Er lachte und legte ihr einen Finger unter das Kinn. »Das hat dich geärgert, nicht wahr? So sehr, dass du rausfinden wolltest, mit wem ich verabredet war?«

»Du machst dich absolut lächerlich.« Wieder versuchte sie, seine Hand von ihrer Kehle zu lösen. »Wenn ich morgen in den Club komme, wirst du dir wünschen, dass diese Begegnung nie stattgefunden hat.«

»Und du glaubst, du könntest dich noch so ohne weiteres bei uns blicken lassen? Du hast die Sache verdorben, Liebchen … es sei denn, du kannst mit einer plausiblen Erklärung für all das hier aufwarten. Na komm schon, W.G. Schlag dich auf unsere Seite und ich kann vielleicht die Partner überzeugen, dass du eine wertvolle Ergänzung für unser Geschäft bist.«

»Ich habe keine Ahnung, wovon du sprichst. Ich dachte, ich hätte morgen einen Termin bei euch. Bist du nicht extra ins *Bend* gekommen, um mir das mitzuteilen? Oder war das gelogen?«

»Nein.«

Wieder begann sie, sich zu wehren. »Lass mich jetzt los!«

Reflexartig riss er sein Knie hoch, als sie das Gleiche tat, um seine Weichteile zu treffen. »Hör auf damit«, knurrte er. »Sonst tu ich dir weh.«

Sie hörte nicht. »Lass mich endlich los!« Ihr Zappeln wurde heftiger. »Oder ich schreie!«

»Oh, bitte schön«, erwiderte er ruhig, während er sie fest an seinen Körper zog. »Sollte die eine oder andere Eule in der Nähe sein, hört sie dir sicher gerne zu.«

Ihre nächste Attacke zielte auf seine Schienbeine – und traf. »Nicht schlecht, W.G. Phoenix. Aber hör auf damit, oder das wird ein Abend, den du lieber vergessen würdest.«

»Das ist er schon. Ich zeig dich an.«

»Wofür? Dass ich mich verteidige?«

Sie wand sich in seinem Arm, bis er sie vom Boden hob. »Ich habe dir doch schon gesagt, dass ich meine Abfahrt verpasst habe. Ich wohne erst ein paar Wochen hier.«

»Aber ja.«

»*Ja!* Ich habe überhaupt keinen Orientierungssinn! Ich bin zu weit gefahren, und nachdem ich gewendet hatte, sah ich dein Auto.«

»So. Du siehst also hier mitten in der Pampa ein Auto und fährst rechts ran? Und was, wenn ich jemand anderes gewesen wäre?«

»Du meinst, einer, der keinen Spaß daran hat, Frauen herumzustoßen?« Ihre Zähne klapperten jetzt.

»Das nennt man Selbstverteidigung!«

Sie schnaubte. »Lächerlich. Gegen jemanden, der gerade halb so groß ist wie du?«

»Na na, untertreib mal nicht!«

Er ließ sie los, begann jedoch augenblicklich, ihren Körper von oben bis unten abzutasten, ohne sich von ihrer Gegenwehr beirren zu lassen.

»Unbewaffnet«, verkündete er schließlich und trat zurück.

»Wie kannst du es wagen!« Ihr Versuch, ihn zu schlagen, bewegte die Luft neben seinem rechten Ohr.

»Na, na, na«, machte er und drohte ihr mit dem Zeigefinger. »Meine Vermutung war nur logisch. Zumal es ziemlich leichtsinnig ist, Spielchen, wie du sie spielst, unbewaffnet anzugehen.«

»Ich hasse Waffen«, fauchte sie und trat drohend einen Schritt vor. »Ich hasse überhaupt Gewalt!«

»Oh, ich auch, W.G. Ich auch!«

»Schau an. Auf die Idee wär ich nicht gekommen.«

»Lass mich noch einmal zusammenfassen: Du hast deine Abfahrt verpasst, hast gewendet und sahst einen Wagen, der abseits der Straße in den Büschen parkte. Du hast angehalten, um nachzusehen, war es so?«

»Genau.«

»Ziemlich blöd.«

Sie riss am Saum ihres inzwischen ausgeleierten Sweaters. »Vielen Dank. Ich dachte nur .... ach, vergiss, was ich dachte!«

»Aber nie im Leben. Um des zukünftigen harmonischen Miteinanders willen möchte ich sichergehen, dass du auch wirklich die bist, die zu sein du vorgibst.«

»Wer sonst?«

»Vielleicht eine Spionin im Auftrag der Konkurrenz!«

Sie war regennass und wurde immer nasser, doch ihre trotzige Haltung verriet, dass ihr Temperament wieder vollkommen restauriert war. »Vielleicht bin ich einfach ein anständiger Mensch«, sagte sie widerspenstig. »Vielleicht bin ich einfach ein guter Mitbürger, der geglaubt hat, dass jemand in Schwierigkeiten stecken könnte.«

Er blickte zum Himmel und blinzelte gegen den Regen. »Wenn es wirklich so war, wie du sagst, bist du eine dumme Kuh!«

Sie seufzte. »Okay. Ich wusste, dass du es bist!«

Langsam senkte er den Kopf und blickte sie an. Seine Augen funkelten in der Dunkelheit. »Was soll das heißen? Gibt das jetzt eine Art Geständnis?«

»Nicht eins von der Art, wie du es erwartest. Ich bin keine Geheimagentin, keine Spionin der Konkurrenz. Aber ich bin dir gefolgt. Und ich bin rechts rangefahren.«
Er pfiff lautlos. »Und warum bist du mir gefolgt?«
»Ich weiß nicht genau.«
»Och, komm schon. Nicht wieder *die* Tour.«
Er hörte, wie sie den Atem ausstieß. »Manchmal bin ich ziemlich impulsiv.«
Er lachte fröhlich. »Und deine Mama hat dir nicht beigebracht, dass man vorsichtig sein muss, richtig?«
»Meine Mama hat mir gar nichts beigebracht. Ich bin dir gefolgt, weil ich dachte, dass du nach Hause fährst. Ich wollte wissen, wo das ist, dein Zuhause, falls ich einmal Lust haben sollte, bei dir vorbeizuschauen. Ich sage zwar immer, dass ich gern allein bin, aber selbst solche Frauen können sich mal einsam fühlen.«
»Ich hab ja schon einiges gehört, W.G., aber das schlägt dem Fass den Boden aus.« Falls es nicht schlichtweg stimmte. Denn warum sollte sie sonst ganz plötzlich zugeben, dass sie ihm tatsächlich nachgefahren war?
»Warum bist *du* hier abgefahren?«
»Der Ruf der Wildnis, was meinst du?«
Sie schnaubte wieder. »Ich habe *dich* gefragt!«
»Ich habe gemerkt, dass du mir gefolgt bist, Phoenix. Ich bin hier eingebogen, weil ich sehen wollte, was du tust. Ehrlich gesagt habe ich nicht erwartet, dass du so hartnäckig sein würdest.«
»Okay.« Sie wandte sich ab und setzte sich in Richtung Auto in Bewegung. »Dann haben wir ja jetzt alles geklärt!«
»Jap.« Er war mit wenigen Schritten an ihrer Seite. »Genau. Alles geklärt. Du stehst auf mich.«

Sie begann zu laufen.
Roman trabte weiter neben ihr her. »Ich rede ja ungern in abgedroschenen Phrasen, aber – zu dir oder zu mir?«
Phoenix hatte die Hauptstraße erreicht und lief hinüber, ohne sich umzusehen.
»Pass doch auf, Frau!« Roman hatte sie erreicht, als sie gerade die Fahrertür aufriss. »Willst du plattgefahren werden?«
»Sparen Sie sich Ihre Sorge um meinen Hals, Mr. Wilde!«
Er hielt die Tür fest, die sie mit Nachdruck zuziehen wollte. »Morgen früh um zehn, W.G. Bis dahin werde ich an deinen Hals denken. Und an ein paar andere Körperteile. Und du tust garantiert dasselbe. So, jetzt warte, bis mein Wagen hinter deinem steht. Ich will sichergehen, dass du unbeschadet zu Hause ankommst!«
Sie warf ihm einen ungläubigen Blick zu. »Gute Nacht!« Dummerweise konnte sie ihm die Tür nicht entreißen. »Bitte lass los.«
»Was für ein Abschied! Du bist diejenige, die mir in die Wildnis gefolgt bist, hast du das vergessen?«
»Ich dachte, du wärest etwas Besonderes. Deswegen habe ich so impulsiv gehandelt. Aber ich hab mich geirrt.«
»Trotzdem fahre ich hinter dir her.«
»Das wirst du nicht.« Sie griff nach dem Schlüssel im Zündschloss. »Der Motor läuft nicht.«
»Wie wär's, wenn du ihn startest?«
»Ich hatte ihn gar nicht abgeschaltet.«
Er legte seine Oberarme auf den Türrahmen. »Abgesoffen.«
»Was würde ich nur ohne dich tun!«
»Im Moment? Sehr wenig.«

Sie beugte sich über das Lenkrad und drehte den Schlüssel. Ein tonloses Klicken ertönte. Dann noch einmal. Und noch einmal.
»Die Batterie ist leer«, bemerkte er.
Phoenix legte die Stirn auf das Lenkrad, zuckte jedoch rasch zurück.
»Die Beule, was?« Er öffnete die Beifahrertür weit. »Komm. Ich habe einen Erste-Hilfe-Kasten drüben.«
»Nein … oh, Mist! Und ich habe neulich noch die blöden Überleitungskabel mit Mels Käfig aus dem Kofferraum genommen!«
Ihm fiel wieder ein, dass sie Vanessa von einem Kater namens Mel erzählt hatte. »Bitte?«, fragte er.
»Meine Katze. Ich hatte die Kabel in seinen Transportkäfig gelegt. Willst du nicht heute mal etwas Nettes tun und mir Starthilfe geben, hm?«
»Das würde ich, ehrlich«, sagte er mit aufgesetzter Aufrichtigkeit. »Aber leider habe ich *meine* Kabel einem Freund geliehen. Blieb hier. Ich hole meinen Wagen und fahr dich nach Hause!«
Durch den Regen, der seine Kleidung längst vollkommen durchnässt hatte, joggte er zu seinem Land-Rover, startete und setzte auf die Straße zurück. Kies flog in alle Richtungen, als er hinter ihrem Nova bremste.
Sie saß, wo er sie zurückgelassen hatte. Wenigstens wusste sie, wann man aufgeben musste. So wie er es sah, waren sie an diesem Punkt bei einem Unentschieden angekommen. Beide hatten sie dem anderen einen Haufen Lügen aufgetischt, ohne das Geringste preiszugeben.
Und nun würde er Aprils Wohnung betreten!
Während er zusah, wie Phoenix langsam ausstieg und

ihren Wagen abschloss, spürte er beinahe schmerzhaft das heftige Hämmern seines Herzens. Seit mehr als einem Jahr suchte er nach Informationen über eine Frau namens April. Dass er heute herausgefunden hatte, wie ihr Nachname lautete, war bisher sein größter Erfolg gewesen. Natürlich konnte es sein, dass es sich keinesfalls um »seine« April handelte, aber es gab zu viele Einzelheiten, die ins Bild passten.

Er streckte sich, um die Beifahrertür zu öffnen und Phoenix hereinzuhelfen. Sie zögerte einen kurzen Moment, dann nahm sie seine Hand und schlüpfte in den Wagen.

»Du tropfst«, bemerkte er, als sie die Tür zuzog.

»Tut mir Leid«, murmelte sie. Sie klang besiegt. »Die Wasserflecken müssten aber relativ leicht wieder rausgehen aus den Sitzen.«

Er fuhr an. »Es waren nicht die Sitze, über die ich mir Sorgen gemacht habe.«

Sie warf ihm einen Blick zu, sagte aber nichts.

»Wo wohnst du?«

»Ich fahre ins *Bend* zurück. Len kann mir helfen, meinen Wagen abzuholen.«

Sie schien ihm immer einen Schritt voraus zu sein. Er sah übertrieben lange auf die Uhr und machte: »Hm. Mein Freund wird sich langsam Sorgen machen.«

Sie verschränkte die Arme.

»Er sorgt sich immer sofort, wenn ich später komme.«

»Er?«

»Der Typ, mit dem ich meine Wohnung teile.«

»Wo wohnst du denn?«

»Wo wohnst *du?*«

»Du kannst mich am Stadtrand rauslassen.«

»So weit fahre ich nicht.« Die Scheibenwischer gaben sich alle Mühe, die Regenmassen zu bewältigen. »Offenbar lebst du also auf dieser Seite von Past Peak. Können wir uns die Spielchen sparen und du gibst mir einfach deine Adresse?«

Sie schwieg.

»Ich habe dich nicht gebeten, mir nachzufahren und mich zu Tode zu erschrecken.«

Sie schnaubte wieder. »Dich erschrecken? Das ist wohl ein Witz.«

Er zwang sich, aufrichtig zu klingen. »Würde es dir keine Angst machen, wenn du merkst, dass du verfolgt wirst? Insbesondere, wenn du versuchst zu entkommen, aber der Verfolger hartnäckig hinterherkommt?«

»Nicht, wenn ich weiß, dass –« Sie räusperte sich. »Ach, ich geb's auf! Bieg in die Mill Pond Road ein. Ich wohne in Belle Rose. Über den Garagen.«

Roman hatte gedacht, dass er jeden Meter dieser Gegend erforscht hatte, doch ein Anwesen namens Belle Rose war ihm nicht bekannt. Die Mill Pond Road war ihm allerdings ein Begriff. Dort bog er ein.

»Fahr die Straße bis zum Ende«, sagte Phoenix. »Das Haus liegt ein bisschen versteckt.«

Sie fuhren schweigend durch die Nacht, bis Phoenix ihm auf den Arm tippte. »Das weiße Tor da vorne. Vielen Dank. Tut mir Leid für die Umstände.«

Als er abbremste, öffnete sie die Tür. Er drückte die Verriegelung herunter und schoss durch das offene Tor, bevor sie reagieren konnte. »Ganz hoch zum Haus?«

»Nein! Nein, auf keinen Fall. Rose geht immer schon früh

ins Bett. Lass mich hier raus. Der Weg da führt zu den Garagen.«

»Ich fahr dich.«

»Nein –«

»Doch. Bitte fang keine Diskussion an. Ich setze dich nicht einfach hier raus, okay? Ich will sehen, dass du sicher in deiner Wohnung ankommst!«

»Es ist schon spät.«

»Wie wahr. Spät und stockfinster. Ich lasse dich hier nicht allein zurück, Partner.«

Sie stieß einen wütenden Seufzer aus. »Also gut. Wenn du unbedingt warten willst, wink ich dir, wenn ich drin bin.«

Na prima. Er grunzte, als er vor einer großen weißen Garage mit Platz für drei Fahrzeuge vorfuhr. Auf der linken Seite befand sich eine Treppe, die zum ersten Stock hinaufführte.

Roman bremste an der Treppe und entriegelte die Türen. »Home sweet home. Trockne dich gut ab. Morgen ist der große Tag.«

»Ja.« Die plötzliche Furcht in ihrer Stimme überraschte ihn. »Um zehn bin ich da.«

»Hey.« Sie war schon draußen, als er sich über den Beifahrersitz beugte. »Soll ich dich abholen?«

»Nein, ich fahre selbst. Aber danke.«

»Womit willst du fahren?«

»Na, in –«

»Eben. Du wirst die Kiste wohl kaum noch diese Nacht wieder in Gang bringen.«

Er sah, wie sie verzweifelt nachdachte. »Kein Problem. Meine Vermieterin wird mir sicher helfen.«

Komisch, aber noch keine Frau vor ihr hatte sich so ange-

strengt, seiner Gesellschaft aus dem Weg zu gehen. Eigentlich hätte er beleidigt sein sollen.
Phoenix schlug die Tür zu, rannte die Treppe hinauf und schloss ihre Tür auf. Sie war drin, ohne sich auch noch einmal nach ihm umzusehen.
Mit einem grimmigen Lächeln wendete Roman im weiten Bogen und fuhr zur Straße zurück. Ein paar hundert Meter weiter schaltete er den Motor ab, stieg aus und steckte die Schlüssel in die Tasche.
Kurz darauf war er wieder bei den Garagen. Die Treppe knarrte, als er hinaufging. Licht drang durch die angelehnte Tür ins Dunkel, und er runzelte die Stirn. Sogar die impulsive Phoenix hätte in einer solchen Nacht die Tür hinter sich verschlossen.
Kein Laut drang aus dem Inneren.
Romans Nackenhaare stellten sich auf. Verdammt – er hätte darauf bestehen sollen, sie hineinzubringen.
Flach an die Wand gedrückt, schob er sich an die Tür und stieß sie behutsam mit einem Fuß auf. Die Beretta im Anschlag, trat er blitzschnell ein und schwang die ausgestreckten Hände nach rechts und links.
»Phoenix!«
Keine Antwort.
Er packte die Klinke und zog die Tür leise zu. Er befand sich in einem großen Raum mit einer Balkendecke. Holzdielen bedeckten den Boden, auf denen bequeme, altmodische Möbel standen. Niedrige Bücherregale säumten die Wände bis hin zu einer Nische, in die eine winzige Küche gequetscht worden war.
Möglich, dass Phoenix direkt in die Dusche gegangen war.

Er konnte sich nicht verkneifen, einen Blick auf die Bücherreihen zu werfen. Ob sie April gehört hatten? Als nicht ganz stilecht erschien ihm eine glitzernde Kristallvase, in der frische Zweige mit zarten Knospen standen. Ein paar Teddybären auf der braunen Couch verursachten ihm einen Kloß im Hals. Phoenix' – oder Aprils?

In einer Ecke, die mit Terracotta-Fliesen ausgelegt war, befand sich ein alter blaugekachelter Ofen, daneben ein Weidenkorb mit Holzscheiten. Ein großer Patchwork-Teppich bedeckte die Bohlen zwischen Herd und Couch.

»Phoenix!« Stirnrunzelnd trat er an eine Tür auf der anderen Seite des Raumes. Er legte ein Ohr ans Holz und lauschte. Nichts. Kein Wasserrauschen.

Roman klopfte. »Phoenix?« Sie hätte sich davonstehlen können, als er zurück zur Straße gefahren war, aber das glaubte er nicht. Wo hätte sie hingehen sollen? Na ja – vielleicht hinauf zum Haus. »Bist du da drin?«

Er drehte den Knauf, stieß die Tür auf und trat mit gezogener Waffe in den Türrahmen. Doch die Vorsicht hätte er sich sparen können.

Die beiden Gestalten, die sich im Schlafzimmer befanden, stellten keine Bedrohung dar.

Phoenix saß im Schneidersitz neben dem Bett und hatte den Kopf in die Hände gestützt. In der Mitte des Bettes lag eine Katze. Sie blinzelte mit ihren blauen Augen in Romans Richtung, stand auf und ließ sich mit dem Rücken zu ihm erneut auf der Decke nieder.

Eindeutig abgewiesen – von einer Katze.

»Die Eingangstür stand offen«, bemerkte er. »Hat man dir noch nie gesagt, dass so was gefährlich werden kann?«

»Ich habe kurzfristig andere Sorgen«, murmelte sie. »Schau dich doch um.«
Roman tat es. Nach einem Moment lehnte er sich gegen die Wand und schnalzte mit der Zunge. »Anscheinend hast du Besuch gehabt!«
Sie hatte die Augen geschlossen. Falls sie ihn gehört hatte, zeigte sie keine Regung.
»Hey«, sagte er sanft, während er seine Waffe hinter der Hüfte versteckte. »Schau mich an. Ich bin ein Freund, kein Feind.«
Sie schlug die Augen auf, und ihr Anblick trieb ihm plötzlich und vollkommen unerwartet die Hitze in gewisse intime Körperteile. Ihr rotes Haar lag in wilden, üppigen Locken um das wunderschöne Gesicht mit dem Porzellanteint. Ihre Blässe ließ die Sommersprossen deutlich hervortreten.
In ihrem Schoß lag ein großer gelber Teddybär, an einigen Stellen schon blankgeschmust. Um sie herum war der Inhalt von verschiedenen Schubladen und zwei umgekippten Regalen verstreut. Neben der Spiegelkommode befand sich ein Chaos aus zerbrochenen Bilderrahmen, Parfumflaschen, ausgeleerten Puderdosen und Wäschestücken. Aus einer Truhe war Bettwäsche gezerrt worden.
»Das Wohnzimmer sieht aber ziemlich gut aus«, versuchte er sie aufzumuntern. Nachdem er sich vergewissert hatte, dass der Eindringling nicht noch irgendwo lauerte, ging er um Phoenix herum und betrat das Badezimmer, das nicht größer war als ein durchschnittlicher Wandschrank. Das Durcheinander hier bestand aus zerbrochenen Apothekergläsern, Pillen, zerquetschten Tuben und anderem

und lag zum Teil in dem angeschlagenen Email-Waschbecken; der Wassertank der Toilette war in drei Teile zerlegt worden.

Roman schob die Waffe in seinen Hosenbund und zog die Jeansjacke darüber, dann kehrte er ins Schlafzimmer zurück. »Hast du eine Idee, wer das gewesen sein könnte?«

Sie schüttelte den Kopf.

Er ließ sich neben sie auf ein Knie sinken. »Hör mal … verdammt! Es tut mir Leid. Wir sollten die Polizei rufen!«

»Nein!«

»Das musst du aber. Du musst Anzeige erstatten, damit –«

»Ich weiß das alles«, sagte sie gedämpft, den Plüschkopf des alten Teddybärs direkt an ihren Lippen. »Aber was soll ich denn anzeigen, wenn nichts fehlt?«

»Teufel, das weiß ich auch nicht. Hausfriedens… Nichts fehlt? Woher weißt du das?«

Als sie ihn ansah, schwammen ihre Augen in Tränen. »Ich besitze nichts. Jedenfalls nichts von Bedeutung.« Sie deutete mit dem Kopf auf einen Kleiderhaufen. »Das meiste davon liegt da. Keinen Cent wert. Niemand würde sich die Mühe machen, das Zeug zu stehlen.«

Es juckte ihn in den Fingern, in den Sachen zu wühlen und nachzusehen, wer April Clark gewesen war, bevor sie als frisch gebackene Mutter in einem mexikanischen Graben in seinem Arm starb. »Und was ist mit Schmuck?«

»Der gehört nicht mir. Der Schmuck und ein paar der guten Sachen, die sie … Die Person, die vor mir hier gewohnt hat, hat eine ganze Menge Dinge hiergelassen.«

Sie vergrub ihren Kopf wieder in dem alten Teddy.

Oh, fantastisch. Zum ersten Mal seit weiß Gott wie lange

spürte er, dass er sich wirklich für eine Frau interessierte. Und dann musste er sich ausgerechnet eine schlecht angezogene, offensichtlich verarmte Masseuse mit wilder roter Mähne aussuchen, die manchmal in einem Mittelklasse-Imbiss Hamburger wendete … wenn sie ihm nicht gerade hinterherspionierte!

»Na ja, immerhin hast du eine anständige Bärensammlung!« Roman fühlte sich unbehaglich. »Sind die denn alle noch vollzählig?«

»Das sind auch nicht meine.«

Eine seltsame Kälte schlich sich sein Rückgrat empor. Noch ein winziges Teil im Puzzle, aus dem April Clarks Geschichte bestand. Sie hatte Teddybären gesammelt – und dies anscheinend über längere Zeit.

»Phoenix, du musst Anzeige erstatten. Die Polizei muss Bescheid wissen.«

»Muss sie nicht.«

»Doch«, erwiderte er geduldig. »Was ist denn, wenn es eine Reihe von Einbrüchen gibt? Du kannst mit deiner Meldung möglicherweise andere Straftaten verhindern.«

»Okay. Ich ruf die Polizei an, sobald du weg bist.« Sie lächelte ihn aufgesetzt fröhlich an, erhob sich und setzte den Bären behutsam auf das Bett. »Vielen Dank, dass … Wieso bist du überhaupt zurückgekommen?«

Er konnte förmlich sehen, wie ihre Gedanken die verschiedenen Möglichkeiten kombinierten. »Ich hatte nur so ein seltsames Gefühl – das passiert mir manchmal. Ich wollte sichergehen, dass mit dir alles okay ist.« Das schien ihm am glaubhaftesten.

Phoenix zog am Saum ihres unmöglichen Sweatshirts und versuchte vergeblich, ihr wildes Haar zu glätten.

Er legte ihr einen Arm um die Schultern, darauf gefasst, dass sie ihn zurückweisen würde, doch sie tat es nicht. »Mein Gefühl hatte Recht«, sagte er. »Was mir Leid tut.« Er führte sie hinaus ins Wohnzimmer und deutete auf die Bücher und die Deko-Stücke. »Ist das auch alles noch von deiner Vormieterin?«

Sie nickte, bückte sich unter seinem Arm hindurch und trat zu der Kristallvase. »Waterford. Sie hat sie –«

Sie sprach den Satz nicht zu Ende. Er beobachtete, wie sie schluckte und ihre Mundwinkel ganz leicht bebten, als sie über das dicke Glas strich. Seine Instinkte hatten ihn durch eine Reihe von kniffligen Situationen gebracht. Seine Instinkte waren der Grund, warum er noch immer am Leben war. Entweder konnte er sich auf seine Instinkte nicht mehr verlassen – oder W.G. Phoenix gehörte zu den Guten!

Und langsam kam er zu dem Schluss, das sie vielleicht mehr über April Clark wusste als nur die Tatsache, dass diese Frau vor ihr hier gewohnt hatte.

Sie würde in jedem Fall mehr wissen, falls seine »Geschäftspartner« sie dazu benutzten, ihn aus der Reserve zu locken. Aber – wieso sollten sie das tun? Niemand konnte wissen, dass es irgendeine Verbindung zwischen ihm und einer April Clark gab. Er hatte sich erst als Gast, dann als Mitglied und schließlich als Partner in den Club eingeschlichen; die Art von Kitzel, die manche Leute mit seiner Spezialeinheit assoziierten, war sein Einsatz gewesen. Und natürlich Geld. Er hatte Geld eingebracht – einen Teil seines Erbes, das er niemals vorher hatte anrühren müssen. Niemand konnte etwas erahnen oder sogar wissen.

»Deine Vermieterin wird sicher Anzeige erstatten wollen. Wenn du willst, gehe ich mit dir zum Haus, damit du von dort telefonieren kannst.«

»Rose würde sich nur aufregen.« Immer noch hing ihre Aufmerksamkeit an der Vase. Nicht einmal die Ankunft der schwarzen Katze, die ihr um die Beine zu streichen begann, konnte sie ablenken.

»Ich habe ein Handy im Auto«, sagte er. »Ich hole es. Nach diesem Vorfall solltest du besser ein Telefon hier haben.«

Sie kam ganz plötzlich in Bewegung, drehte sich zu ihm um und hastete auf ihn zu. »Gute Idee.« Sie nahm seinen Arm. »Ich habe dir heute Abend schon genug Ärger gemacht. Wenn es dir nichts ausmacht, würde ich jetzt lieber ins Bett gehen und morgen früh telefonieren. Wenn du nicht zurückgekommen wärst, hätte ich das sowieso so gemacht.«

»Ich bin aber zurückgekommen.«

Sie schob ihn in Richtung Tür. »Es ist wirklich lieb von dir, dass du dir um mich Sorgen machst, aber das war bestimmt bloß das Werk von irgendeinem Halbstarken.«

»Ein Halbstarker, der sich bloß umsieht? Und nichts mitnimmt? Und das denkst du wirklich?«

»Ja, sicher. Wir sehen uns morgen.«

»Aber du wirst dich um ein Telefon kümmern?«

Sie hatte ihn tatsächlich bis zur Tür gedrängt. »Versprochen.«

Roman öffnete selbst die Tür. Und da sah er es. Ganz oben auf einem Bücherregal in der Nähe des Herdes stand ein schwarzes Telefon.

Er begegnete Phoenix' Blick. Sie sah weg.

Er löste ihre Hand von seinem Arm, ging zu dem Gerät und tippte auf die Tastatur. »Kein Telefon, hm?«

Ihre Wangen färbten sich tiefrot. »Ich … ich mag meine Privatsphäre.«

Roman nahm den Hörer ab und reichte ihn ihr. »Fein. Ich frag dich ja auch nicht nach deiner Nummer. Aber du wirst jetzt die Polizei anrufen. Dann kann ich guten Gewissens gehen.« Es war kein Verbrechen, seine Nummer geheim halten zu wollen.

Phoenix ließ besiegt den Kopf hängen. »Okay.«

Er tippte die Nummer ein und nahm den Apparat, um das dahinter feststeckende Kabel zu befreien.

»Polizei«, sagte Phoenix in den Hörer. »Nein, kein Notfall.«

Scheinbar beiläufig drehte Roman den Apparat in seiner Hand um. Bevor Phoenix reagieren konnte, drückte er die Gabel nieder.

»He. Warum hast du das getan?«

Er hielt ihr das Telefon hin. »Weißt du, was das ist?«

»Nein, was?«

Er zeigte auf ein kleines, rundes Objekt. »Das. Dein Telefon ist verwanzt.«

ACHT

Verwanzt.

Phoenix rieb sich die schweißfeuchten Hände an der Jeans ab. Dann besah sie sich die Oberfläche des Bücherregals. Seit sie eingezogen war, hatte sie kein einziges Mal Staub gewischt, und so waren dort, wo das Telefon gestanden hatte, vier deutliche Kreise zu sehen. Falls es nicht eine Möglichkeit gab, ein Telefon zu verwanzen, ohne es zu bewegen, war es schon lange zuvor manipuliert worden – vermutlich, bevor sie überhaupt eingezogen war.

»Ich habe es noch nie benutzt«, murmelte sie.

Auch Roman hatte die Abdrücke in der Staubschicht gesehen. »Bist du sicher?«

»Ja. Ich habe es einfach nicht gebraucht.« Wieso hatte er überhaupt unter den Apparat gesehen? Hatte er gewusst, dass die Wanze da war? Aber wieso hatte er sie ihr dann gezeigt? »Woher wusstest du, was das ist?«

Er zuckte die Achseln. »Ich war beim Militär. Da lernt man so was.« Er ließ die kleine Scheibe in seine Tasche fallen.

Phoenix holte tief Luft. »Wusstest du, dass sie da war?« Es war vielleicht nützlich, noch eine Weile die Naive zu spielen.

»Wusste ich, dass sie da war?«, wiederholte er. »Fragst du, ob ich sie dort angebracht habe?«
»Ehrlich gesagt, weiß ich das nicht. Es kommt mir auf jeden Fall seltsam vor, dass du das Telefon hochgenommen und zielsicher nachgesehen hast. Mir kommt heute übrigens vieles seltsam vor. Vielleicht hast du das Ding ja draufgeklebt, während ich telefonierte, und hast sie mir gezeigt, damit ich dir vertraue.«
Seine Augen verdunkelten sich im Eiltempo. »Aus welchem Grund sollte ich mir dein Vertrauen erschleichen?«
Sie nahm Mel auf den Arm, sah ihm in die Augen und entschied, dass diese nichts mit denen von Roman Wilde gemein hatten. »Manchmal rede ich einfach bloß so dahin«, sagte sie in beiläufigem Ton. »Es muss nicht unbedingt etwas bedeuten. So, und nun kümmere dich nicht mehr um das Chaos hier. Ich werde aufräumen, sobald du weg bist.« Wie lange schon war das Telefon verwanzt gewesen? Schon zu Aprils Zeiten?
Er stemmte die Hände in die Hüften und sah sie prüfend an.
»Wenn ich morgen in den Club komme, wird mich also jemand einweisen?« Sie hasste sich selbst für ihr Geschwafel, redete aber weiter. »Ich meine, wird man mir zum Beispiel erklären, zu welchen Zeiten ich arbeite? Und was genau ich tun soll?«
Er betrachtete seine Schuhe, und sie hatte das dumpfe Gefühl, dass er ausnahmsweise um eine Antwort verlegen war.
»Im Club laufen doch keine krummen Sachen, oder?«
Sein Kopf fuhr hoch. »Wie meinst du das?«
Sie schmiegte sich an Mel und zog die Schultern hoch.

»Na ja, du weißt schon. Ist es wirklich nur ein teurer Fitnessclub oder so? Oder ist es vielleicht … komm, du weißt, was ich meine.«

Er schüttelte entnervt den Kopf. »Nein. Ich weiß gar nichts. Nur, dass du in deinem Benehmen plötzlich wieder eine Kehrtwendung gemacht hast und ich nicht begreife, was das alles soll.«

Sie tat erstaunt. »Ich bin, wie ich bin.« Immerhin schien sie ihn von der Tatsache, dass sie ihn wegen des Telefons angelogen hatte, abgelenkt zu haben. Und wenn sie Glück hatte, glaubte er langsam vielleicht wirklich, dass sie nur eine etwas unterbelichtete Masseuse war, die auf seinen Body stand.

O Mann! Ihr Timing in Bezug auf sexuelle Gefühle war wirklich ganz schlecht. Und ihr Geschmack in der Wahl potenzieller Partner desgleichen.

Schwere Schritte donnerten die Treppe draußen herauf und eine dröhnende Stimme rief: »Phoenix! Phoenix! Alles klar bei dir?«

Sie wusste genug über die andere Seite des Gesetzes, um zu bemerken, wie Romans Hand hinter seine Hüfte glitt. Er war bewaffnet.

»Wer ist das?«

Bevor sie antworten konnte, flog die Tür auf, und Len Kellys blonde, drahtige Gestalt erschien im Türrahmen. Seine gewöhnlich freundlichen grauen Augen glitzerten gefährlich, als er von Roman zu Phoenix und zurück blickte.

Er trat einen Schritt in die Wohnung und entdeckte sofort die offene Schlafzimmertür. Das Chaos war deutlich sichtbar. »Scheiße«, murmelte er. »Was will dieser Mistkerl? Geh aus dem Weg, Phoenix.«

Bevor sie sich noch bewegen konnte, stürzte Len – nicht größer als Phoenix und zudem gehandicapt durch ein kürzeres Bein – sich bereits furchtlos auf seinen vermeintlichen Gegner. »Du Scheißkerl!«, brüllte er, als sich seine Arme um Romans starke Beine schlangen.

Mel heulte auf, sprang von Phoenix' Arm und floh unter die Couch.

»Len!«, krächzte Phoenix. »Len, um Gottes willen, hör auf damit!«

»Elender Feigling!«, schrie Len. »Harmlose Frauen anzugreifen!«

Wie es geschah, hätte sie nicht sagen können, doch plötzlich hing Len kopfüber in der Luft. Roman hielt den zappelnden Mann an den Schienbeinen. »Roman, nicht! Du bringst ihn ja um! Du bringst euch beide um«, verbesserte sie sich hastig.

Lens Gesicht nahm eine dunkelrote Färbung an. Seine Arme ruderten wild.

»Feigling, hm?«, sagte Roman ruhig. Er hielt Len weiterhin fest, bis dieser zu stöhnen begann. »Wer zum Teufel sind Sie denn, Sie Clown? Los, reden Sie, oder ich sehe jetzt schon das tiefe Loch, das Sie machen, wenn Sie gehen, ohne die Treppe zu benutzen!«

»Nein!«, schrie Phoenix. »Das ist Len. Morts und Zeldas Neffe! Er ist ein Freund.«

»Oh, wenn das so ist –« Roman ließ Len zu Boden plumpsen, »– kann er bleiben! Vielleicht hat er ja eine Idee, wer sich daran aufgeilen könnte, deine Unterwäsche zu durchwühlen, Phoenix!«

Taumelnd und die Hand im Nacken, kam Len auf die

Füße. »Unterwäsche? Wer geht an deine Unterwäsche, Phoenix? Etwa dieser kranke Mistkerl hier?«

Phoenix blickte Roman bewundernd an, erkannte plötzlich, dass sie davon abgestoßen sein sollte, wie er mit dem armen Len umgegangen war, und senkte die Augen. »Jemand ist hier eingebrochen, während ich unterwegs war. Es ist aber nichts gestohlen worden.«

Len warf Roman einen bösen Blick zu. »Er hat etwas von deiner Unterwäsche gesagt. Das mag ich nicht!«

»Und ich mag Sie nicht!«, erwiderte Roman. »Wenn Sie der Welt weiterhin aufrecht ins Auge blicken möchten, sollten Sie Ihre Fixierung auf Unterwäsche unbedingt woanders ausleben. Waren Sie heute schon mal hier? Sind Sie dafür verantwortlich?« Er deutete auf das Schlafzimmer.

Lens wutverzerrtes Gesicht wurde erneut rot. »Was für ein abgefucktes Ding läuft … Tut mir Leid, Phoenix.« Verlegen fuhr er sich durchs Haar. »Web rief mich an. Er meinte, er würde Licht sehen, dein Auto aber nicht.«

»Ich habe Sie etwas gefragt«, sagte Roman. »Haben Sie das Durcheinander veranstaltet?«

»Wer ist der Kerl?« Len deutete mit dem Daumen auf Roman. »Kennst du den schon lange?«

Phoenix schüttelte den Kopf, besann sich dann aber und nickte. Sie hatte Mort etwas anderes erzählt. Irgendwann rächten sich alle Lügen!

»Scheiße.« Lens Haltung wurde wieder drohend. »War er hier, als du nach Hause kamst?«

Erneut schüttelte Phoenix den Kopf. Roman setzte wieder seine gleichgültige Miene auf, die Phoenix längst nicht mehr dazu verleitete, in ihrer Wachsamkeit ihm gegenüber nachzulassen.

»Hat Mort dir gesagt, dass ich vorhin nach Rose gesehen habe?«, fragte Len.
»Hm-hm.« Romans Reglosigkeit machte Phoenix nervös. »Das war nett von dir, Len.« Sie konnte die Spannung in dem Mann spüren – als würde er nur darauf warten, blitzartig zuzuschlagen.
»Mort hat mir von dem Typ an der Auffahrt erzählt.«
Roman wandte sich ab und schlenderte zu einem der Bücherregale hinüber. Er schien das Interesse an der Unterhaltung verloren zu haben. Nach einem Augenblick nahm er sich ein Buch heraus, schob ein paar Teddybären zur Seite und ließ sich auf der Couch nieder.
Phoenix empfand die dumpfe Vorahnung wie eine kalte Faust in ihrem Bauch. »Du hast nichts gefunden, habe ich gehört?«
»Nein, gar nichts. Und ich habe mich gründlich umgesehen. Phoenix. Web war bei mir.«
»Danke –«
»Ja«, unterbrach Roman sie, ohne den Blick von dem Buch zu heben. »Danke, Len. Und passen Sie doch auf, dass Sie auf dem Weg hinaus nicht noch einmal stolpern, ja?«
»He!«, Len machte ein paar Schritte auf Roman zu, stoppte jedoch, bevor er zu nah kam. »Ich gehe, wenn Phoenix es sagt, klar?«
»Okay.« Romans lange Finger blätterten durch die Seiten von *Alice im Wunderland*. »Phoenix sagt danke. Und Sie möchten doch bitte aufpassen, dass Sie auf dem Weg hinaus nicht stolpern.« Er schenkte ihr ein strahlendes Lächeln. »Nicht wahr, Phoenix?«
Len schob die Hände in die Hosentaschen. »Wer ist der Kerl?«

Sie räusperte sich und löste widerstrebend ihren Blick von Roman. »Äh … mein neuer Boss.«
»Hä? Du arbeitest doch für Mort und Zelda.«
»Auch.« Stumm betete Phoenix, Len würde sich endlich zurückziehen. »Mr. Wilde und seine Partner haben eine Stelle für mich, die mir gut zupass kommt.«
»Weiß Mort Bescheid?«
»Mort weiß Bescheid.«
»Mort weiß Bescheid«, wiederholte Roman geistesabwesend.
Phoenix warf ihm einen wütenden Blick zu. Sie konnte wirklich keinen Mann gebrauchen, der ihre Hormone jedes Mal, wenn sie in seine Richtung sah, durcheinander brachte … zumal diese Hormone auch noch ihren Verstand vernebelten.
»Du willst wirklich nicht, dass ich ihn an die Luft setze?«, fragte Len.
Roman belohnte ihn mit einem kleinen amüsierten Schmunzeln. »Möchtest du, dass Len mich an die Luft setzt, Phoenix?«
»Nein. Nein, das will ich nicht.« Warum benahmen sich Männer so dämlich, wenn sie eine Frau beeindrucken wollten? Roman konnte Len pulverisieren – das hatte er bereits bewiesen. »Roman und ich müssen noch ein paar Dinge besprechen, bevor er geht. Würdest du mir einen Gefallen tun und auf dem Weg zurück kurz im *Bend* reinschauen?«
Len öffnete den Mund zum Protest.
»Sag Mort, dass mein Wagen liegen geblieben ist. Mit mir ist aber alles okay. Sag ihm, dass ich heute nicht mehr komme. Würdest du das tun, Len?«

»Ich will dich hier nicht mit ihm allein –«
»Würden Sie das tun, Len?«, fragte Roman voller Liebenswürdigkeit. »Wir wären Ihnen unendlich dankbar!«
Len schob das Kinn vor. »Ist wirklich alles okay, Phoenix? Wenn nicht –«
»Wirklich.« Solange jemand wusste, das Roman hier bei ihr war, konnte ihr nichts passieren. »Es ist lieb, dass du dir Sorgen machst.«
Er errötete erfreut. »Du sagst aber Bescheid, wenn –«
»Bestimmt. Bitte sag Mort, dass ich morgen Abend vorbeikomme. Und wenn Nellie da ist, sag ihr bitte, dass ich unsere Verabredung morgen Nachmittag im *Cheap Cuts* nicht vergessen habe.«
Len nickte noch einmal, dann wandte er sich um und polterte draußen die Treppe hinunter.
Phoenix wandte sich an Roman. »Du hättest nicht so mit ihm umspringen müssen!«
»Der Kerl hat sich förmlich um meine Beine gewickelt. Komm und setz dich zu mir.«
Ein Blitz erhellte das Zimmer und lenkte Phoenix einen Moment ab. »Len ist ein sehr lieber und unkomplizierter Mensch.«
»Und er ist so scharf auf dich, dass man es riechen kann.«
Wütend funkelte sie ihn an. »Wie schaffst du das nur, dass sich bei dir alles immer irgendwie schmutzig anhört? Typen wie Len gibt es viel zu selten.«
»Die Welt ist böse, Phoenix.« Er klopfte auf das Polster der Couch neben sich. »Und voller lüsterner Monster wie mich. Komm. Ich lese dir eine Geschichte vor.«
Ihre Nerven lagen blank, ihre Hormone spielten verrückt. Er benahm sich, als wären sie alte Freunde. »Es ist schon

spät. Ich weiß es zu schätzen, dass du mich nach Hause gebracht hast.«

»*Ich* weiß es zu schätzen, dass ich dich nach Hause gebracht habe. Du hast ziemlich viele Bücher.«

»Es sind nicht meine, wie ich bereits sagte.«

»Ach ja. Eingelagerte Schätze. Wer ist Web?«

»Der Hausmeister. Er kümmert sich um die Reparaturen rund um das Anwesen.«

»Und Rose ist deine Vermieterin?«

In der Ferne grollte der Donner. »Ja«, antwortete Phoenix. »Eine ganz liebe.«

»Und vorhin hat irgendjemand dich beobachtet?«

»Ich glaube schon. Es war, als ich aus der Ausfahrt fahren wollte. Er hatte so was wie ein Nachtglas auf.«

»Schick.«

Sie wollte nicht noch einmal darüber nachdenken. »Ich fand es beängstigend, nicht schick.«

»Komm her.«

Sein Tonfall ließ sie still verharren.

Er streckte die Hand aus. »Wir könnten die Zeit nutzen und noch ein paar Dinge besprechen. Ganz wie du Len eben erklärt hast.«

Der Ausdruck seiner Augen war beunruhigend. Sie ging zur Couch und ließ sich so weit von ihm entfernt wie möglich nieder.

Ein schwaches Lächeln huschte um seine Lippen. »Was ich vorhin gesagt habe, hat Gültigkeit. Ich pass auf dich auf.«

Als Gegenleistung dafür, dass sie mit ihm ins Bett ging. Mel stakste über die Rückenlehne und ließ sich hinter ihr nieder.

»Die Katze steht dir.«

Sie hob fragend die Brauen.

»Anmutig und sinnlich. Du bist sehr sexy, Phoenix.«

»Und bestimmt bist du jeden Tag mit sexy Frauen zusammen. Man hat mich noch nie gefragt – … Noch nie hat mir jemand so einen Vorschlag gemacht. Muss ich damit rechnen, im Club tätlich angegriffen zu werden?«

Seine Hand legte sich über ihre. »Der Club besteht aus fünf Partnern. Jeder bringt etwas in das Geschäft mit ein - etwas, was einen bestimmten Typ Mensch anzieht.«

»Und *was genau* bringt ihr ein?« Dumme Frage.

»Vanessa ist eine echte Gräfin. Die Witwe eines europäischen Grafen. Es gibt Männer – und Frauen –, die es genießen, mit dem Adel zusammen zu sein – selbst wenn es nur niederer Adel ist. Und natürlich hat sie auch noch ihre Verbindungen.«

»Die Leute zahlen also dafür, in die Welt der Aristokratie eingeführt zu werden?«

»Vereinfacht ausgedrückt – ja. Sir Geoffrey Fullerton, Miles Wilberton – der Ehrenwerte Miles Wilberton – und Pierre Borges sind die anderen Teilhaber. Frauen ohne Partner zahlen ein Vermögen dafür, zu wichtigen Anlässen am Arm eines Sirs zu erscheinen, der gleichzeitig Ex-Mitglied der Welsh Guards ist. Dasselbe gilt für einen Ehrenwerten, der Captain bei den English Horse Guards war, oder einen ehemaligen Offizier des Schweizer Alpin-Corps, der nebenbei auch noch der Sohn der schweizerisch-französischen Bankiersfamilie Borges ist.«

Phoenix brauchte eine Weile, um diese Informationen zu verdauen. »Das heißt, es ist nichts weiter als ein Elite-Begleitservice?«, fragte sie schließlich.

Er lächelte. »Weit, weit mehr als ein Elite-Begleitservice. Wir bieten ganz spezielle … nun ja, Dienste an! Viele unserer Mitglieder wollen beispielsweise Leuten aus bestimmten Gesellschaftsschichten näher kommen. Und wir können das für sie arrangieren – das und gewisse andere sehr spezielle Sachen.«
Sachen, die er ganz augenscheinlich nicht näher erläutern wollte. Wie hatte April da hineingepasst? »Und was hast du zu bieten? Ich meine«, sie grinste ihn kokett an, »was ist das Besondere, das du in diesen Club mit einbringst?«
Sein Kiefer spannte sich so abrupt an, dass sie die Muskeln hervortreten sah. »Ich habe zu den Navy SEALs gehört.«
Phoenix' Knie wurden weich, obwohl sie sich alle Mühe gab, sich nichts anmerken zu lassen. Also gut – sie hatte sich ohnehin schon gedacht, dass sie kein verweichlichtes Aristokratensöhnchen vor sich hatte.
Er lachte. »Wie ich sehe, bist du beeindruckt. Dabei sind wir im Grunde nichts weiter als ein Kommandotrupp. Ein verrückter Haufen, der sich miss- und *ge*brauchen lässt, um zu beweisen, was für harte Jungs es gibt.« Er legte das Buch auf den Schoß und bewegte die Finger auf ihrem Handgelenk. »Wir haben bestimmte Fähigkeiten und einen Ruf, der manche von uns leicht größenwahnsinnig werden lässt. Und das sind dann die Jungs, die gerne mit Söldnern gleichgesetzt werden.«
»Aber für gewöhnlich seid ihr keine Söldner?«
Er rutschte ein wenig tiefer in die Couch, und seine Augen wurden zu schmalen Schlitzen. »Da wir nur für unser eigenes Land arbeiten, wohl nicht.«

Phoenix wusste über Männer seines Typs Bescheid. Es waren gefährliche Männer, Männer, die lautlos kamen und wieder verschwanden. Männer, die zum Töten ausgebildet waren. Männer, die eingesetzt wurden, wenn alle anderen Mittel nicht mehr fruchteten.
Sie betrachtete ihn aus den Augenwinkeln. Die Falten in seinem harten, attraktiven Gesicht zeugten von dem, was er erlebt hatte. Seine entspannte Haltung war nicht echt. Um zu werden, was er heute offensichtlich war, hatte Roman Wilde lernen müssen, wachsam zu sein, selbst wenn er sich im Tiefschlaf befand. Hatte stundenlang in Kampfstiefeln und mit einer Zusatzlast von mehreren hundert Pfund über Sand rennen müssen. Hatte in voller Montur zu schwimmen gelernt. Hatte zig Sit-ups gemacht, wobei ein Mann auf seinem Bauch gestanden hatte. Phoenix konnte sich nicht mehr an alles erinnern, was sie gelesen hatte, denn damals war es nicht wichtig gewesen. Doch nun lagen die Dinge anders. *Wenn es nicht mehr zu ertragen war, konnte man den Kram hinschmeißen und gehen. Konnte einfach sagen »Ich steige aus« und es tun. Keine Frage. Doch man konnte dann nicht mehr zurückkehren. Und man würde niemals vergessen, dass man es nicht geschafft hatte.*
»Wie lange warst du bei den SEALs?«
»Zu lange.«
»Und das ist es, was die Leute an dir interessiert? Ich meine, wenn sie, ähm, deine Gesellschaft suchen?«
Ein Ausdruck von Verachtung huschte über sein Gesicht. »Das ist es, was sie an mir interessiert. Manche wollen sich sogar verkleiden und mit einem IBS losziehen.«

Sie berührte seinen Handrücken und wartete, bis er sie ansah.
»IBS?«
Er stieß den Atem durch die Zähne aus. »*Inflatable Boat Small* – ein Schlauchboot. Ich fahr sie dann in die Elliott Bay bei Seattle raus, wo sie um die alten Tanker, die dort liegen, herumpaddeln und so tun können, als ob sie sich auf geheimer Mission befinden.«
Sein Abscheu drehte ihr den Magen um. »Und was wird meine Rolle sein?«
Als er sie näher zu sich zog, ließ sie es geschehen. Er wandte sich ihr zu und begann, mit einer Haarsträhne zu spielen. »Du«, sagte er und sah sie eindringlich an, »wirst Mitgliedern zur Verfügung stehen, die die anderen Serviceleistungen des Clubs in Anspruch nehmen wollen. Meistens vor irgendeinem größeren Ereignis. Make-up. Garderoben-Beratung. Manche Leute kommen wegen kleinerer Schönheitsoperationen oder zur Erholung. Uns stehen verschiedene Privattrainer zur Verfügung, außerdem eine Wahrsagerin.«
»Dann kommen also hauptsächlich Frauen?«
»Genauso viele Männer. Oder vielleicht sogar mehr.«
Sie biss sich auf die Unterlippe.
»Du hast nichts zu befürchten, Phoenix. Darauf gebe ich dir mein Wort.«
Warum? »Warum kümmerst du dich um mich?«
»Ich glaube, das weißt du bereits.«
»Warum ich?«
Er rollte sich zur Seite und zog eine Karte aus der Gesäßtasche seiner Jeans. »Das ist meine Nummer in Seattle. Wenn ich nicht da bin, kannst du eine Nachricht hinter-

lassen. Ich hör den Apparat regelmäßig ab, bin aber meist erst spät abends da.«
»Wie viele Angestellte wohnen im Club?«
»Eigentlich keiner außer Vanessa und Geoffrey. Aber jedes Mitglied kann bleiben, und dann wird das nötige Personal dazu angehalten, zur Verfügung zu stehen.«
Ihre Nerven fühlten sich wie zerfasert an. »Du hast meine Frage nicht beantwortet.«
»Was war es noch?« Er kam mit katzenhafter Anmut auf die Füße.
»Warum willst du ausgerechnet … Ach, vergiss es.«
»Warum ich ausgerechnet dich will?« Mit geschmeidigen Bewegungen begann er, durch den Raum zu gehen. Erneut musste Phoenix an eine große Katze denken. Er blieb vor Aprils Vase stehen und betrachtete das Licht, das sich in den Facetten brach.
Wieder zuckte ein Blitz draußen über den Himmel und tauchte Romans Gesicht für einen kurzen Moment in einen funkelnden weißen Schimmer. In der Ferne grollte der Donner.
Er schaute auf und sah ihr direkt in die Augen. »Ich will dich tatsächlich. Ich wollte dich vom ersten Moment an, in dem ich dich gesehen habe. Und als du mich dann berührt hast, dachte ich, dass ich explodieren müsste. Ich bin noch nie so schnell so hart geworden.«
Phoenix wollte sich abwenden, musste aber feststellen, dass sie es nicht konnte.
»Es tut weh, dich jetzt anzusehen. Verstehst du, was ich meine?«
Sie schüttelte den Kopf und versuchte vergeblich, Luft zu holen.

»Dann werde ich es dir übersetzen.« Er trat näher, bis er nur noch ein winziges Stück von ihr entfernt war. »Ich bin *jetzt* hart. Ich möchte meine Jeans loswerden und in dir versinken, Phoenix. Ich will so tief in dich stoßen, dass ich nicht mehr weiß, wo du anfängst und ich aufhöre. Und dann ist es mir auch egal, ob ich nie wieder rauskomme.«

»Nicht«, presste sie mühsam hervor. Plötzlich schien sie in Flammen zu stehen – ihre Kehle, ihre Innereien, ihre Brüste glühten, und sie spürte, wie sie zwischen den Beinen immer feuchter und heißer wurde.

»Du hast mich gefragt.«

Sie wich zurück.

Roman trat vor.

Phoenix stieß mit der Eingangstür zusammen.

Roman trat zu ihr, packte ihre Handgelenke und drückte sie über ihrem Kopf gegen das Holz der Tür. Sein Körper presste sich gegen ihren, sodass sie sich nicht mehr bewegen konnte.

»Spürst du jetzt, was ich meine?« Er schob seine Hüften vor. »Sag es mir!«

Die harte Schwellung seines männlichsten Körperteils brannte sich in ihren Bauch.

»*Sag* es mir!«

»Ich spüre es.«

»Und ich spüre dich!« Er umfasste beide Handgelenke mit einer Hand und schob mit der nun freien ihr Sweatshirt hoch. Kühle Luft strich über ihre nackten Brüste.

»Sag mir, dass ich aufhören soll. Ich tu's.«

Phoenix pulsierte. Die Stellen, die er berührte und die er nicht berührte, pochten.

Er senkte den Kopf und rieb sein raues Kinn erst über eine Brust, dann über die andere. Phoenix schrie auf.
»Sag, dass ich aufhören soll!«, murmelte er heiser.
Bitte hör nicht auf! Hör bloß nicht auf! Sie bog sich ihm entgegen und stöhnte, als seine Zungenspitze über ihre Brustspitze fuhr.
Geschickte Finger, die wahrscheinlich in stockfinsterer Nacht Waffen laden konnten, öffneten mühelos Knopf und Reißverschluss ihrer Jeans. Sie spürte die Wärme seiner Hände auf der Haut ihrer Hüften, als der Stoff über ihre Schenkel glitt.
»Du sagst nicht viel, Phoenix«, hauchte er in ihren leicht geöffneten Mund, bevor seine Zunge und seine Zähne ihre Lippen zu necken begannen. »Sprich mit mir.«
»Du … hör nicht auf.«
Ein leises Lachen ertönte. »Keine Angst, das tu ich nicht. Es sei denn, du sagst es mir.«
Ein Finger glitt durch das drahtige Haar zwischen ihren Beinen und schob sich zwischen ihre Schamlippen. Reibend und kosend drang er ein, nahm einen zweiten, einen dritten Finger hinzu.
»Warum?« Phoenix schauderte und sank schwer gegen ihn. Die Spannung in ihrem Inneren wuchs unaufhörlich. »Du hast mir nicht gesagt, warum ausgerechnet ich es bin. Oder sind es Frauen allgemein?« War sie denn vollkommen verrückt? Wieso stellte sie ihm so dumme Fragen?
Sein Atem strich über ihr Ohr. »Willst du hören, dass ich auf Frauen allgemein abfahre?«
»Wir sind uns doch vollkommen fremd!«
»So? Sollte ich so was schon mal bei einer anderen Frau

empfunden haben, dann kann ich mich jedenfalls nicht erinnern.«

Glaub ihm, und du bist die Vollidiotin, für die gewisse Leute dich sowieso halten. »Du kennst mich doch gar nicht.«

»Ich werde dich noch kennen lernen. Ich werde dich so gut kennen lernen, als ob ich in deiner Haut steckte, Phoenix. Und du wirst immer noch meine Haut auf deiner spüren, selbst wenn wir nicht einmal im selben Bundesstaat sind.«

Warum?

Sie hörte das Geräusch seines Reißverschlusses, dann spürte sie seinen Penis, der sich suchend, drängend gegen ihr Schambein presste, während seine Zunge in ihren Mund stieß und seine Hände ihren Kopf festhielten.

»Mein Gott, du machst mich so an«, murmelte Roman. »Ich will mich in dir verlieren. Ich will, dass du vergisst, wer du bist und wo du bist. Komm, öffne dich für mich.«

Ihr Herz schlug wild, als sein Schwanz sich zwischen ihre Beine schob und sich verlangend an ihrer nassen, geschwollenen Klitoris rieb. Sie wollte nichts weiter, als die Jeans um ihre Schenkel loswerden, ihre Beine um seine Hüften schlingen und sich von seiner Kraft, seiner Männlichkeit aufspießen lassen.

Wieder biss er ihr in die Lippe, während eine Hand ihre Hose hinunterschob, die andere Hand dabei ihre Brust knetete.

Ihre suchenden Hände legten sich auf seine festen, muskulösen Hinterbacken.

»Komm«, murmelte er. »Hilf mir.«

Hilf ihm. Hilf ihm, dich an ihn zu binden. Hilf ihm, dich

zu einer Verbündeten zu machen, die sich niemals gegen ihn wenden wird.

Phoenix versteifte sich.

Augenblicklich verharrte Roman. Eine Hand noch auf der Brust, die andere auf einem Schenkel, stand er erstarrt wie eine Statue, während die Luft um sie herum mit unglaublicher Geschwindigkeit kälter wurde. Wieder zuckte ein Blitz über den Himmel. Dieses Mal folgte der Donner beinahe sofort.

Sie konzentrierte sich auf die Kälte um sie herum und darauf, wie das Verlangen, das sie niemals so heftig und auf diese Art und Weise verspürt hatte, abebbte. Noch immer schlug ihr Herz heftig, doch die Intensität ließ nach.

Ohne ein Wort ließ Roman seine Hände sinken. Er schob sein Hemd in seine Jeans und machte den Reißverschluss zu.

Heiße Röte stieg Phoenix in die Wangen. Unbeholfen zerrte sie ihr Sweatshirt über ihre Brüste und zog ihre Jeans hoch.

Roman hob seine Pistole auf, die sie nicht hatte fallen hören, und steckte sie in den Bund seiner Hose. Schließlich sah er ihr direkt in die Augen. »Verzeihung.«

»Es war auch meine Schuld.«

»Schuld?« Langsam knöpfte er sein Hemd zu. »Ich meine, Verzeihung – du blockierst die Tür.«

»Oh.« Sie trat hastig zur Seite. »Tut mir Leid.«

Als er hinausging, hörte sie ihn sagen: »Ich möchte mir niemals sagen lassen, dass ich nicht zu meinem Wort stehe. Gute Nacht.«

Das Krachen des Donners verschluckte die Schritte, als er die Außentreppe hinunterlief.

NEUN

Der rotbraun karierte Bademantel, den Dusty Miller trug, hatte einst seinem Großvater gehört. Roman wusste das, weil Dusty es ihm gesagt hatte. Dusty war einundsechzig.

»Und wie alt ist dann der Bademantel?«, wollte Roman wissen.

Die Frage brachte ihm einen ausdrucklosen Blick aus blassblauen Augen unter buschigen weißen Brauen ein. Das dichte Haar auf Dustys Kopf war ebenfalls weiß und in jenem exakten Bürstenschnitt getrimmt, den Dusty trug, seit er mit siebzehn der Marine beigetreten war.

»Nun?« Roman streckte sich auf dem buttergelben Teppich aus, den Dusty im Wohnzimmer seines Hauses in Issaquah liegen hatte. »Wie alt ist das Ding? Wie alt war dein Großvater, als er starb?«

»Früher haben sie die Dinger noch so gemacht, dass sie lange gehalten haben.«

»Hah!« Roman beschattete die Augen mit dem Handgelenk. »Früher? Um siebzehnhundert, meinst du?«

»Jetzt halt deinen ungewaschenen Mund«, fuhr Dusty ihn an. »Kommst du jetzt endlich zum Thema?«

Roman schloss die Augen.

»Na los«, knurrte Dusty. »Entweder du sagst mir jetzt,

warum du mich um zwei Uhr morgens aus dem Bett schmeißt, oder du siehst zu, dass du deinen nichtsnutzigen Hintern hier rausschaffst. Ich brauche meinen Schönheitsschlaf!«

»Muss ich jetzt schon einen Termin machen, wenn ich vorbeikommen will?«

»Komm zur Sache, sage ich!«

»Ich bin müde. Ich brauche ein Nickerchen, bevor ich nach Seattle fahre.«

»Oh, für die fünfzehn Minuten Fahrt zu deiner Weichei-Eigentumsbude? Klar, du brauchst unbedingt ein Nickerchen. Ich geb dir noch eine Chance. Entweder du sagst mir jetzt etwas, was Sinn macht. Oder du verschwindest. Sofort.«

»Ich bin ziemlich daneben, Dusty!«

»Nur noch *eine* Chance!« Dusty hustete. »Scheiße. Man sollte meinen, ich würd rauchen oder so«, murmelte er.

»Du hast fünfundvierzig Jahre geraucht und erst vor einem Jahr aufgehört. Und du bist erkältet. So was passiert – ob man nun raucht oder nicht! Und hast du mir nicht auch gesagt, dass du das Fluchen aufgehört hast?«

»Hab ich auch. Aber manchmal vergess ich mich. Das ist nur menschlich. 's liegt an diesem behüteten Leben, das ich führe. Das macht mich noch bescheuert. Ich brauch mal wieder 'n bisschen Action.«

Roman breitete Arme und Beine aus und stöhnte.

Sofort rutschte Dusty nach vorne zur Sesselkante. »Was ist los mit dir? Bist du krank oder was?«

»Vielleicht.«

»Du kannst doch nicht einfach krank hier reinschneien. Wer weiß, was du alles für Bazillen mitbringst.«

Roman grinste. »Kein Bazillus würde es wagen, sich auf all diesen Rüschen und Fransen niederzulassen. Ganz zu schweigen, dass kein Bazillus so viel Gelb ertragen könnte.«

»Ich mag Gelb. Ich hab immer schon gesagt, dass ich viel Gelb um mich haben will, wenn ich einmal in Rente bin.«

»Und den Wunsch hast du dir erfüllt.« Er stöhnte wieder und rieb sich den Bauch. Tatsächlich kam es ihm vor, als wäre jemand über ihn drüber gelaufen. Sexuelle Frustration von solch einem Ausmaß, wie er es erlebt hatte, konnte einem Mann so ein Gefühl vermitteln.

»Du hörst dich wirklich krank an.« Dusty stand auf und gewährte Roman einen Blick auf seine haarigen, dünnen Fußknöchel, die zwischen antikem Bademantel und gelben Plüschpantoffeln in Form riesiger Tweeties hervorlugten. »Ich geb dir ein Aspirin und schmeiß dich dann raus. Das ist nicht persönlich gemeint, aber ich muss an gewisse Dinge denken.«

»Ich bin nicht krank. Ich bin frustriert.«

Dusty legte einen Tweetie über den anderen. »Irgendwas macht dich also fertig?«

»Sehr scharf beobachtet. Ich bin frustriert – sexuell frustriert. Weil ich ohne etwas auskommen muss, das ich noch nie zuvor so sehr begehrt habe wie jetzt gerade. Kann natürlich sein, dass du gar nicht mehr weißt, wie es sich anfühlt, wenn –«

Ein Fuß, hart trotz Tweeties dick gepolsterter Unterseite, presste Roman die Luft aus den Lungen. »Schwing in diesem Haus nicht solche Reden!«

Roman hielt abwehrend die Hände hoch. »Tut mir Leid. Ich vergaß, dass du ja bekehrt bist. Hör zu, ich bin gekommen, weil ich Mitgefühl wollte. Ich bin gekommen, weil ich wusste, dass ich mich dann besser fühlen würde. Ich schwöre dir, Dusty, dass ich nicht daran denke, mein Vorhaben aufzugeben – das kann ich nicht, und wir beide wissen, warum. Aber je tiefer ich in die Sache hineingerate, desto dreckiger fühle ich mich. Und ich denke, ich habe jemanden getroffen, der das Beste sein könnte, was mir jemals passiert ist – falls sie nicht schon von demselben Virus infiziert wurde, das letztendlich April umgebracht hat!«

Dusty drückte seinen Fuß fester in Romans Bauch. Stöhnend schaute Roman auf und sah seinem alten Freund ins Gesicht. Dustys Augen wirkten plötzlich hellwach.

»Du hast eine Frau kennen gelernt?«

»Ja. Nimm deinen großen Fuß von mir!«

»Eine Frau mit Identität?«

»Runter!«

Dusty gehorchte langsam. »Du hast ein Mädchen mit Persönlichkeit kennen gelernt.«

»Jeder Mensch hat eine Persönlichkeit.«

»Davon weiß ein gewisser Roman Wilde aber gewöhnlich nichts.«

Roman betastete seinen Bauch, dann richtete er sich auf. »Du tust gerade so, als wäre ich ein Womanizer.«

»Nettes Wort dafür.« Dustys Lippen verwandelten sich in einen dünnen Strich. »Was ich meinte, war, dass du noch nie zuvor nach Hause gekommen bist und mich um Erlaubnis gefragt hast.«

Roman zog die Beine an und schlang seine Arme darum. »Kannst du einen Moment ernst sein? Oder ist das zu viel verlangt?«

»Du bist durcheinander. Irgendein Weiberrock hat einen Korkenzieher aus deinem Schwanz gemacht, um dann mit der Flasche abzuhauen. Jetzt glaubst du, dass du dich in die Flasche verknallt hast. Das geht vorbei. Es gibt noch mehr Flaschen.«

»Ich stecke in Schwierigkeiten, Dusty. In richtig fetten Schwierigkeiten. Ich kann mich nicht ausstehen. Ich mag nicht, wie ich mich verhalte .... *Zum Teufel!* Dusty, ich will, dass du mir zuhörst. Spar dir einfach deine dummen Sprüche und denk eine Weile über das nach, was ich dir sagen will, okay? Am besten, du wartest, bis ich nach Hause gefahren bin.«

»Wild Turkey?«

Roman schüttelte den Kopf. »Nimm du dir einen. Eine Frau namens Phoenix ist im Club aufgetaucht. Sucht angeblich einen Job als Masseuse.«

Dusty schenkte sich zwei Finger breit Bourbon in ein Glas und hielt es gegen das Licht. »Ist das nicht so, als wollte sie einen Job in einem Bordell?«

»*Nein!* Bei dieser Frau nicht! Verdammt, Dusty, hör mir zu! Hör mir einfach zu und spar dir deine Kommentare für später auf!«

Als Antwort kippte Dusty seinen Drink in einem Schwung herunter und wischte sich den Mund mit dem Handrücken ab.

»Schön«, sagte Roman. »Danke. Da ist irgendwas im Gang.«

»Abgesehen von der Tatsache, dass du sie vögeln willst?«

»Dusty!«, knurrte Roman.

»Schon gut.« Dusty ließ sich in einen Sessel fallen, der mit gelbem Chintz bezogen war. »Phoenix, hm? Komischer Name.«

»Mir gefällt er. Aber was immer sie vorhat – sie hat mich angelogen!«

»Die perfekte Basis für eine funktionierende Beziehung.«

Roman knirschte mit den Zähnen. »Sie könnte eingesetzt worden sein, um herauszufinden, ob mit mir alles stimmt.«

»Von wem?«

»Von meinen geschätzten Partnern natürlich.«

»Du hast mir doch gesagt, dass sie keinen Verdacht schöpfen könnten.«

»Können sie auch nicht. Zumindest denke ich das. Dachte das.«

»Nun, dann werd dir mal langsam klar.«

»April hieß Clark mit Nachnamen.«

Roman sah zufrieden, wie Dusty die Armlehnen packte. Plötzlich war er ganz bei der Sache. »Wie hast du das herausgefunden?«, flüsterte er.

»Ich habe einen geheimen Beobachtungsraum gefunden und mitgehört, wie Phoenix ganz deutlich April Clark nannte. Sie hat beiläufig von ihr gesprochen, als ob sie sie nicht gekannt hätte. Aber sie hat der Gräfin erzählt, dass sie nun in der Wohnung wohnte, die April ursprünglich gemietet hat. Das Mädchen sei vor achtzehn Monaten verschwunden und nie wieder aufgetaucht. Ich denke, es handelt sich um unsere April.«

Dusty zog die Stirn in Falten.

»Tja, es gibt eigentlich keinen Grund zu glauben, dass ich nicht bloß einfach großes Glück gehabt habe, als ich diesen Raum entdeckte. Und der, der vorher drin war, hat wahrscheinlich nur vergessen, die Anlage auszuschalten. Aber als misstrauischer Mensch, der ich bin, frage ich mich doch, ob ich nicht sehen *sollte*, wie Sir Geoffrey den Beobachtungsraum verließ. Und ob ich nicht ganz zufällig mithören *sollte*, wie Phoenix Aprils Namen fallen ließ. Wenn das der Fall ist, dann könnte Phoenix – die mir anschließend eine Massage verpasste, um mir zu zeigen, wie kompetent sie ist – die dümmliche Rothaarige nur mimen, um auf diese Art und Weise herauszufinden, ob es vielleicht etwas gibt, das meine Partner noch nicht über mich wissen.«

»Puh!« Dusty hielt eine Hand hoch. »›Etwas‹ ist gut. Sie wissen gar nichts.«

»Genau. Der Punkt ist, dass sie sich noch nicht mal *fragen* sollten!«

»Ich dachte, du magst diese Frau.«

In seinem Kopf begann es zu pochen. »Ich möchte es. Ich möchte sie wirklich mögen können, Dusty.«

»Komisch. Ich hätte nie gedacht, dass dumpfe Rothaarige dich anmachen – abgesehen von deinen unteren Körperregionen, versteht sich.«

»Sie tut nur so, als wäre sie dumm – manchmal tut sie so.«

»Tut mir Leid, das ist mir zu hoch.« Dusty widmete sich wieder der Whiskyflasche. »Fang noch mal von vorne an. Von dem Moment, in dem du Phoenix getroffen hast. Die dumpfe Rothaarige. Oh, tut mir Leid – *manchmal* dumpfe Rothaarige. Und dann bitte ganz langsam Wort für Wort. Ich bin kein Schnelldenker, wie du weißt.«

»Weiß ich, ja.«

Als Roman ihm alles berichtet hatte, sah Dusty ihn überrascht an. »Und diese Schnecke macht dich wirklich an?«

»Frau«, korrigierte Roman ihn. »Ja, tut sie. Außerdem lebt sie mitten in Aprils Sachen. Dusty, ich hatte eine Ausgabe von *Alice im Wunderland* in der Hand! Sie gehörte April. Kannst du dir vorstellen, was das für ein Gefühl war?«

»Oh, ja.« Dusty verdrehte die Augen. »War bestimmt 'ne ganz und gar überirdische Erfahrung.«

Roman sprang auf die Füße. »Weißt du, was aber auch sein könnte?«

»Du wirst es mir sicher sagen.«

»Das ist meine andere Theorie. Zumindest die, über die ich lieber nachdenken möchte. Phoenix tut vielleicht genau dasselbe wie ich. Es könnte sein, dass sie nach Spuren sucht. Sie will etwas über April erfahren.« Sein Herz begann heftig zu schlagen, als er sich bewusst machte, was er gesagt hatte. »Himmel, ja. Ich denke, das ist es!«

»Momentchen!« Dusty schenkte Whisky nach und drückte Roman das Glas in die Hand. »Da sprechen die unteren Körperregionen. Die Stimme erkenne ich überall! *Oh, komm, Baby, gib's mir, ohhhh, ja!*«

Der Alkohol brannte sich seinen Weg direkt in Romans Eingeweide. Mit oder ohne Alkohol – er fand Dustys Bemerkung nicht besonders komisch. »Es passt alles. Wenn du sie gesehen hättest, wüsstest du, dass sie nicht zu *denen* gehören kann. Riesige grüne Augen. Ehrliche Augen wie blankes, grünes Glas. Nachdenklich. Und sie gibt sich alle Mühe, als Dummchen aufzutreten.«

»Vielleicht braucht sie sich ja keine große Mühe zu geben.«

»Rotes Haar. Völlig wild. Als ob sie es mit einem Schneebesen frisiert.«

»Still, mein unruhiges Herz!«

»Sie ist keine Frau, die als Mata Hari für Arme durchgehen könnte.«

»Hatte Mata Hari nicht rotes Haar?«

»Ich … Oh, Herr im Himmel, Dusty! Sie ist okay, glaub mir.«

»Sie vielleicht. Du aber nicht.« Dusty seufzte und nahm Roman das leere Glas ab. »Ich will, dass du mir etwas versprichst.«

»Was soll das? Ich will nicht –«

»*Ich* will, dass du mir etwas versprichst, und zwar bedingungslos! Ich will, dass du tust, was ich sage, ohne es in Frage zu stellen. Weil du genau weißt, dass ich dich niemals in die falsche Richtung leiten würde.«

»Dusty –«

»Dein Wort!«

Roman wusste, dass Dusty nicht nachgeben würde, bis er hatte, was er wollte. »Okay, mein Wort. Ich verspreche es. So – und was hab ich jetzt versprochen?«

»Dir von dieser rothaarigen Spionin nicht in die Karten sehen zu lassen, bis wir sicher sein können, dass sie nicht doch auf eine Chance wartet, dir die Eier abzuschneiden.«

Roman legte instinktiv seine Hände über seine Weichteile.

Dusty wedelte mahnend mit seinem arthritischen Finger. »Ganz recht, mein Junge. Pass gut auf deinen Familienschmuck auf. Sie hat eine Show für dich abgezogen. Denk an das arme Mädchen im Graben in der Nähe von Tijuana. Sie stand in Verbindung mit diesen hochnäsigen Leuten, die Miss Wundervoll geschickt haben.«

»Ich denke jeden Tag an April«, sagte Roman ruhig. »Du kannst sicher sein, dass ich sie niemals vergesse.«

»Das bin ich. Sie war eine Heldin – hast du das nicht gesagt?«

»Ja.« Er hatte sich schon oft gewünscht, er müsste sich nicht immer wieder so deutlich an ihr zerschlagenes Gesicht erinnern.

»Tsk. Ich hab noch nie begriffen, wie Frauen so hart sein können. Sammy hat immer gesagt, dass wir Memmen sind. Man müsste eine Möglichkeit finden, Männer schwanger zu kriegen, hat sie immer gesagt. Man müsste eine Pille draus drehen, allen männlichen Deppen füttern, und Juppieh! – keine männlichen Deppen mehr! Sie würden sofort beim Einsetzen der Wehen krepieren!« Er lächelte und der harte Ausdruck in seinen Augen wurde milder. »Sie konnte einen immer zum Lachen bringen.«

Roman lächelte traurig. »Vor allem konnte sie *dich* zum Lachen bringen, du alter Griesgram. Das hast du mir oft genug gesagt. Ich werde ja nie verstehen, was sie an dir gefunden hat!«

»Es ging um meine inneren Werte.« Dusty hob sein Kinn. »Und natürlich um meinen umwerfenden Charme. Wir hätten Kinder gehabt. Und sie wären wunderschön gewesen.«

»Wie Sammy.« Er hatte Fotos gesehen. »Sie war wirklich etwas Besonderes. Ihr zwei habt schöne Zeiten miteinander verlebt.«

»Nur leider nicht genug. Es war einfach nicht genug Zeit.« Das Lachen verschwand aus Dustys Augen, und Roman wusste, dass er die zarte Vietnamesin vor sich sah, die ihn so geliebt hatte, wie er nie zuvor und nie danach geliebt worden war. »Sie ist übrigens immer noch bei mir. Manchmal spricht sie auch mit mir. Und du denkst jetzt sicher, dass ich nicht mehr alle Tassen im Schrank habe.«

»Nein, denk ich nicht!«

»Ich wünschte –«

»Nein!«, unterbrach Roman ihn, bevor sein alter Freund mit den Selbstvorwürfen beginnen konnte. »Du hättest es nicht ändern können. Und sie hat nicht mal gewusst, was passiert. Die Granate hat die ganze Umgebung in Fetzen gerissen. Niemand hat Angst haben oder Schmerzen erleiden müssen!«

Dusty schüttelte den Kopf. »Was ist bloß los mit mir? Werd auf meine alten Tage noch ganz rührselig. Wahrscheinlich weil du anscheinend gerade den Kopf verlierst. Block nicht ab, was viel versprechend aussieht, aber spiel auch nicht mit einem Feuer, das dir mehr als nur die Finger verbrennen könnte.«

»Danke für die Warnung. Also – denkst du über das, was ich dir erzählt habe, nach?«

»Wenn ich Zeit dazu habe.«

»Sei offen. Zieh alles in Betracht. Im Abwägen bist du immer schon gut gewesen.«

Dusty rieb sich den Nacken. »Ich habe schon angefangen. Aber du fährst jetzt besser nach Hause – falls sie dich anruft.«

Roman lächelte. »Ich muss vorher noch einen Zwischenstopp machen.«

»Ah, ah.« Dusty schüttelte vollkommen ernst den Kopf. »Heute Nacht nicht.«

»Ich muss.«

Er betrat den Korridor, von dem eine Treppe nach oben

führte. Dusty folgte ihm. »Dann mach es kurz und sei leise.«
Roman stieg die Treppe hoch und hielt an einer Tür an. Leise drückte er die Klinke herunter und betrat den dicken gelben Teppich. Lautlos schlich er zu der weißen Wiege, die in das weiche Licht einer Winnie-the-Pooh-Lampe getaucht war.
Roman stützte sich auf den Rand der Wiege und legte den Kopf schief, um das Gesicht des schlafenden Kindes betrachten zu können. Das Mädchen schlief mit angewinkelten Ärmchen auf dem Rücken. Die goldenen Wimpern auf den rosigen Wangen flatterten.
Sie seufzte. Ein Daumen suchte und fand ihren Mund. Roman berührte eine beinahe weiße Haarsträhne, die ihr feucht an der Schläfe klebte. Dann legte er einen Finger auf ihre winzige Handfläche und grinste, als sie reflexartig zupackte.
»Raus«, raunte Dusty von der Tür aus. »Wenn du sie aufweckst, kriege ich heute Nacht kein Auge mehr zu.«
Widerwillig zog Roman seine Hand zurück. Er beugte sich in die Wiege hinein und küsste das Kind auf die Stirn. Sie seufzte wieder und regte sich. Hastig richtete Roman sich auf und verließ das Zimmer.
Dusty zog die Tür zu. Er lehnte sich an die Wand und sah Roman an. »Nun?«
»Nun was?«
»Du hast mich noch gar nicht auf die Hausschuhe angesprochen.«
Roman rieb sich die Nasenwurzel. »Sie sind niedlich.«
»Sie mag die Pantoffeln. Und wenn sie mir von den Knien

rutscht, wenn wir »Hoppe, hoppe, Reiter« machen, dann tut sie sich wenigstens nicht weh.«

»Du bist ein wunderbarer Ersatz-Opa!« Roman lächelte wehmütig. »Der beste, den man sich vorstellen kann.«

»Ich habe eine wundervolle Enkelin. Ich hätte das nie gedacht, aber sie macht es für mich erträglich, dass ich nie eigene haben kann. Es würde mir nichts ausmachen, alles einzupacken und mit ihr von hier zu verschwinden. Sofort!«

Sie hatten schon viel zu oft darüber gesprochen. »Jeder Mensch hat ein Recht darauf zu erfahren, wo er herkommt. Wer er ist.«

»Sie wird es schon erfahren. Sie weiß schon, wer sie ist. Sie ist vierzehn Monate alt, vergiss das nicht. Sie lebt in ihrer eigenen kleinen sicheren Welt, und nichts wird das ändern. Nichts!«

»Keine Sorge.«

»Sie ist hier, weil ein harter, skrupelloser Kerl eines Nachts beschlossen hat, sie mitzunehmen.«

»Hätte ich sie zurücklassen sollen?«

»Das ist kein Scherz.«

»Wünschst du dir heute, dass ich getan hätte, was ich zuerst vorhatte? Sie der ersten Vermittlungsagentur zu übergeben, die zu erreichen war?«

Dusty kratzte sich am Kopf. »Lass das Psychologisieren. Und versuch nicht, mir Worte in den Mund zu legen. Ich will auf etwas hinaus, und du hörst nicht zu.«

»Okay. Tut mir Leid. Ich höre jetzt zu.«

»Gut.« Dusty sah Roman direkt in die Augen. »Das Mädchen zu behalten und ihr eine falsche Identität zu verpassen ist aus einem Impuls heraus geschehen.«

»Ich bereue es nicht.«
»Ich auch nicht. Sie ist deine bessere Hälfte, mein Junge. Vergiss das ja nicht. Und tu ja niemals etwas, was das Leben, das sie verdient hat, gefährdet!«
Roman trat unbehaglich von einem Fuß auf den anderen. »Was willst du mir eigentlich sagen?«
»Phoenix, das rothaarige Dummerchen mit der Schneebesen-Frisur. Das will ich dir sagen! Wenn du so blauäugig in diese Sache reinschlidderst, riskierst du deinen Ruf als kaltblütiger Bastard. Und die guten Zeiten für unser kleines Mädchen vielleicht gleich mit.«
»Das wird nicht passieren!«
»Fein. Ich brauche gar nicht lange über das nachzudenken, was du mir erzählt hast. Ich kann dir jetzt schon etwas sagen. Trau weder dieser Phoenix noch sonst wem über den Weg, bis du dir zweihundertprozentig sicher bist, dass du keinen Fehler machst.«
Roman nickte langsam.
»Das letzte Mal, als du impulsiv gehandelt hast, war ein Glücksfall. Und wahrscheinlich Zufall. Nichts Unüberlegtes mehr, bis du weißt, wie es ausgehen wird, klar?«
»Ja, Sir!« Was Roman insgeheim ärgerte, war die Tatsache, dass Dusty Recht hatte. »Ich werde nichts tun, was deinen Alltag durcheinander bringt. Schließlich hat es mich genug Mühe gekostet, dich zu überreden, als Amme zu fungieren!«
»Vergiss meinen Alltag!« Dusty konnte seinen Ärger nicht verbergen. Er deutete mit dem Daumen auf die Zimmertür hinter sich. »Ihr Alltag ist es, der zählt. Tu, was du musst, aber vergiss nicht, dass du für eine sterbende Frau einen Job übernommen hast. Dieser Job ist – zumindest

vor dem Rest der Welt – deine Tochter. Wir sind hier, um ein Unrecht auszugleichen, oder besser: *Du* bist hier, um das zu tun. Ich bin die Versorgungsbasis und das, was du Amme nennst. Wenn ich an Gott glauben würde, dann würde ich Ihn bitten, sich um die Gerechtigkeit zu kümmern, damit wir mit dem Leben weitermachen könnten.«

»Ich weiß. So wäre es mir auch am liebsten.«

»Gut. Die kleine Miss Wilde verdient nämlich nur das Beste, und es ist unser Job, es ihr zu verschaffen!«

ZEHN

Pierre Borges. Zu Ihren Diensten, Phoenix.«

Der Schweizer verbeugte sich zackig und richtete sich lächelnd wieder auf. Kein Anblick, der zum Entspannen einlud. In den grauen Augen glitzerte eine Kälte, die Phoenix beinahe frösteln ließ.

Er legte ihr eine Hand auf die Taille und ging mit ihr die drei Stufen hinab, die zum Schwimmbecken im Untergeschoss des Clubs führten. »Wir werden gut miteinander auskommen«, sagte er zur Gräfin von Leiden, die Phoenix zu ihm gebracht hatte. »Wir sprechen später miteinander, Vanessa.«

Phoenix hörte die Gräfin davongehen, verspürte jedoch nur einen kurzen Moment Erleichterung. Borges' leichte Berührung konnte sie nicht täuschen. Obwohl er nur durchschnittlich groß war und sein dunkles Haar an den Schläfen bereits grau zu werden begann, verströmten sein kräftiger Körper und seine Haltung doch genau jene Aura von Macht und Einfluss, die gestandene Männer das Fürchten lehren konnte.

»Was hat man Ihnen denn bisher über uns erzählt?« Er sprach fließend Englisch, doch mit einem leichten, kultivierten Akzent, der vermutlich eine Menge Frauen in lüsterne Weibchen verwandeln konnte. »Ich habe gehört,

dass Vanessa schon ein längeres Gespräch mit Ihnen geführt hat.«
»Ja, gestern.«
»Und Roman?«
»Er hat mich herumgeführt. Allerdings nicht bis hier unten.«
»Augenscheinlich haben Sie beide beeindrucken können. Genug jedenfalls, dass sie Sie eingestellt haben.« Sein Lachen klang unangenehm schrill. »Und *das* beeindruckt *mich*, meine Liebe. Wir suchen unsere Mitarbeiter überaus sorgfältig aus und engagieren niemanden ohne ausgiebige Gespräche untereinander. Sie müssen wirklich etwas ganz Besonderes sein.«
»Ich bin eine gute Masseuse.« Und eine todmüde und verängstigte dazu. Nun … genau genommen war sie *keine* Masseuse, was sie im Augenblick nur noch mehr verängstigte. »Ich mache meine Arbeit sehr gerne.«
»Das hat Roman mir bereits gesagt.«
Und was hatte Roman ihm noch gesagt? Phoenix warf ihrem Begleiter einen Seitenblick zu, sah, dass er sie beobachtete, und blickte verlegen zur Seite.
Eine Bewegung ließ sie aufschauen. Jenseits des blau gekachelten Schwimmbeckens befand sich ein Fitness-Bereich mit einer riesigen Auswahl an Geräten. Eine Frau, offenbar ein Clubmitglied, stemmte Gewichte. Sie trug einen rosafarbenen Stretchbody und das dazu passende geflochtene Haarband, um das blonde Strähnen gewunden waren, sodass es wie eine Krone auf ihrem Kopf saß. Rosafarbene Socken saßen perfekt geschoppt oberhalb der modischen Sportschuhe, und die massigen Schenkel steckten in braunen Leggings.

Selbst aus der Entfernung konnte Phoenix sehen, dass die Frau kunstvoll geschminkt war … und dass sie beim Lächeln ein winziges Stück ihrer Zungenspitze zeigte. Das Lächeln galt dem hoch gewachsenen, braun gebrannten Trainer, der gerade ihre Haltung korrigierte und dabei seine Hand viel zu weit unten auf ihrem Bauch liegen hatte.

»Die Lady bereitet sich gerade auf einen Besuch in Schottland vor«, erklärte Pierre. »Dank Miles Wilberton, einem meiner Partner, wird sie Hausgast eines Lords mit einem modrigen Schloss sein.«

»Tatsächlich. Klingt nicht sehr einladend.«

»Wenn der schottische Lord ein Vermögen benötigt, um sein marodes Gemäuer zu retten, und die überaus reiche Lady unbedingt eine … *Lady* werden will …« Er lachte wieder. »Nun … eine wahrlich göttliche Fügung, finden Sie nicht?«

»Wahrscheinlich schon«, antwortete Phoenix höflich.

Hinter dem Gewichte stemmenden Paar war plötzlich noch eine Bewegung zu sehen; eine große, vertraute Gestalt schlenderte mit geschmeidigen Bewegungen am Rand des Trainingsbereiches entlang.

Und beobachtete Phoenix.

Sie drehte Roman Wilde den Rücken zu und trat entschlossen an den Rand des Pools. »Wie ich gehört habe, gibt es auch einen Whirlpool?«

»Dort drüben, hinter der Scheibe.« Pierre deutete mit dem Kopf auf eine Wand aus Rauchglas, die verbarg, was immer sich dahinter befand. »Groß genug, um darin zu schwimmen. Groß genug, um fast alles darin zu tun.« Er gluckste anzüglich.

Phoenix rümpfte unwillkürlich die Nase. Das letzte Mal, dass sie jemanden so glucksen gehört hatte, war sie noch auf der Highschool gewesen.
In diesem Moment kam Roman in schwarzem Pullover und schwarzer Jeans die Treppe herab. Am Beckenrand streifte er seine Leinenschuhe ab, zog den Pullover über den Kopf und stieg aus Jeans und Slip.
Phoenix hielt den Atem an, als sie sah, wie sich Sehnen und harte Muskeln unter seiner gebräunten Haut bewegten.
Er ging zum Sprungbrett und vollführte einen makellosen Kopfsprung. Unter Wasser wirkten seine Pobacken nur wenig heller als der Rest seines nackten Körpers.
Applaus und bewundernde Pfiffe der Lady in Pink entlockten Pierre ein weiteres Glucksen. Und Phoenix empfand plötzlich etwas, das sie nicht empfinden wollte, mit dem sie sich nicht identifizieren wollte, was sie nicht einmal kennen wollte.
Eifersucht.
Roman kraulte mit der mühelosen Kraft eines Profischwimmers durch das Becken. Am Ende angekommen, vollführte er eine Wende und blieb die halbe Beckenlänge unter Wasser, bevor er wieder zu kraulen begann.
Borges stieß einen Laut aus, der diesmal eher etwas Höhnisches hatte. »Mr. Wildes Darbietung ist zwar nicht besonders ausgeklügelt, beeindruckt aber die Massen. Ein gewisser Menschenschlag ist immer wieder fasziniert von dem Ruf der Gewalttätigkeit, der Männern wie ihm vorauseilt. Meistens sind es schwache Typen. Sie wollen sein wie er. Ein Wunsch, der sich meinem Verständnis entzieht.«

Sie überlegte, ob sie ihn fragen sollte, ob alle hier nackt schwammen, entschied dann aber, dass sie die Antwort gar nicht hören wollte. »Ich sehe hier gar keine Massageliegen.«

»Nein. Wir haben Extra-Zimmer dafür.« Die Hand an ihrer Taille bewegte sich ein wenig. »So ist es doch viel intimer.«

Roman schwamm noch eine weitere Bahn und stieg dann aus dem Pool. Er strich sein Haar zurück und ging unverschämt locker am Rand entlang, um sich ein Handtuch zu nehmen.

Er rieb sich zuerst das Gesicht trocken, dann rubbelte er das Handtuch über sein Haar. Nachdem er den Stoff über seine Schulter drapiert hatte, begann er, die Hände in die Hüften gestemmt, ein paar Stretching-Übungen zu machen.

Wieder ertönte Applaus aus der Miss-Piggy-Ecke.

Phoenix knirschte mit den Zähnen.

Roman sah sie an, lächelte – und winkte! Mit einer Nonchalance, für die sie gemordet hätte, schlenderte er auf sie zu und begrüßte sie. »Und? Zeigst du ihr die Einrichtung, Pierre?«

»Du hast ja schon die interessantere Einführung vorgenommen, wenn ich das richtig verstanden habe.« Pierre klang tatsächlich ein wenig beleidigt.

Falls Roman es bemerkte, ließ er sich nichts anmerken. »Phoenix ist eine exzellente Masseuse. Das nächste Mal, wenn du verspannt bist, solltest du ihre Künste unbedingt in Anspruch nehmen.«

Phoenix errötete und trat an den Beckenrand. Am liebsten hätte sie ihm gesagt, er solle sich gefälligst anziehen.

Es ging doch nicht an, dass jeder, der vorbeikam, seinen Körper betrachten konnte, wo sie doch … alleiniges Recht darauf hatte? Jetzt drehte sie augenscheinlich vollkommen durch!
»Übergib sie mir, Pierre. Ich bringe sie zu Ilona. Oder ist das schon passiert?«
»Nein.« Pierre schien nicht begeistert. »Aber das kann warten.«
»Ich denke nicht«, sagte Roman höflich, aber bestimmt. »Ilona ist nur wegen eines bestimmten Kunden von Geoffrey und Vanessa hier. Ich habe gerade mit ihr gesprochen. Sie ist in etwa einer Stunde wieder weg und hat noch eine ganze Menge zu tun. Aber sie macht gerade eine kurze Pause, sodass wir zu ihr gehen könnten.«
Pierre ließ die kräftigen, kompakten Schultern unter seinem blauweiß gestreiften Hemd kreisen. »So langsam fühle ich mich wirklich ziemlich verspannt. Meinen Sie, wir könnten heute Nachmittag einen Termin machen, Phoenix?«
Sie sah Roman an.
»Ich sorge dafür, dass du sie wiederkriegst«, sagte er.
Während sie ihm hinterherging und den Blick nicht von seinem unglaublichen Körper nehmen konnte, kochte sie innerlich. Dieser arrogante Mistkerl. Er wollte dafür sorgen, dass der schmierige Pierre sie zurückbekam? Das würde sich ja wohl noch zeigen!
Sie hatten seine Kleider erreicht, und er drehte sich zu ihr um, während er sich anzog … aufreizend langsam anzog.
Phoenix konnte nicht verhindern, dass ihr immer wärmer wurde. Das Ziehen zwischen den Beinen verstärkte sich.

Und sie konnte – und wollte! – einfach ihren Blick nicht abwenden.
»Kannst du schwimmen?«
»Nicht so wie du.«
»Dann werde ich dir Nachhilfeunterricht geben müssen.«
»Aber wenn möglich nicht in der Elliott Bay.«
Er lachte und zeigte dabei seine weißen, kräftigen Zähne. »Wie bitte? Du willst keine Sprengsatz-Attrappen in Schiffswracks deponieren? Och, komm schon. Wo ist denn deine Abenteuerlust geblieben!«
Phoenix war nicht nach Scherzen zumute. »Meine Abenteuerlust konzentriert sich auf andere Bereiche.« Hatte sie das wirklich gerade gesagt?
Roman ließ seinen Hosenbund offenstehen und bückte sich, um den Pullover aufzuheben. Die Muskeln auf seinem Rücken traten hervor.
»So? Und auf welche Bereiche genau?«
»Wer ist diese Ilona?«
»Du wechselst das Thema.«
»Mit dir zu reden ist, als ob man im Dunkeln über ein Minenfeld gehen müsste.«
»Schwierig, aber nicht unmöglich.«
Sie warf ihm einen raschen Blick zu und erkannte, dass er es ernst meinte. »Für dich vielleicht, für mich aber nicht.«
»Oh, okay. Komm in mein Minenfeld, aber sieh zu, dass du Stiefel trägst. Feste Stiefel!«
»Solltest du dir nicht den Pullover überziehen?«
»Muss ich?«
Die Wortgefechte mit diesem Mann machten ihr entschieden zu viel Spaß. »Von mir aus nicht. Aber ich dachte, wir würden irgendwo hingehen.«

»Ilona kennt mich auch ohne Pullover.«
»Das tun wahrscheinlich die meisten Frauen.«
Er legte ihr einen Finger auf die Lippen. »Tsk, tsk, sehr unhöflich. Und auch nicht wahr. Warum ziehst du nicht deinen Pulli auch noch aus? Dann gehen wir im Partnerlook.«
Sie errötete wieder – diesmal aus Wut. Was sie nur noch wütender machte. »Tolle Idee. Schade nur, dass ich so leicht friere.«
»Macht nichts. Ich wärm dich schon.« Er blickte sie an und strich sich wie beiläufig über den Unterbauch. »Deine Brüste glauben mir«, murmelte er. »Sie sprechen zu mir, Phoenix.«
Phoenix schlang die Arme um den Oberkörper, doch die Reibung machte alles noch schlimmer. »Ich verstehe dich einfach nicht«, fauchte sie. »Muss denn alles, was du sagst, mit Sex zu tun haben?«
»Oh, ich dachte, du seist eine weltliche Frau. Welche Wörter verstehst du nicht?«
»Welche Rolle spielt diese Ilona?«
Endlich zog er sich den Pullover über. »Ilona ist eine wunderbare Frau. Sie ist Wahrsagerin. Wir haben eine Reihe von Kunden, die morgens erst aufstehen, wenn Ilona sie angerufen hat.« Er bedeutete ihr voranzugehen, und als sie sich an ihm vorbeischob, beugte er sich vor und flüsterte: »Was kann ich dafür, wenn du mich so anmachst?«
Ihr wütender Blick ließ ihn grinsen.
»Weißt du, Phoenix, gestern Abend habe ich etwas Interessantes herausgefunden.«
Phoenix ging ungerührt weiter. Sie dachte nicht daran, auf ihn einzugehen.

»Willst du nicht wissen, was?«
Sie schüttelte den Kopf.
Der attraktive Trainer grüßte, als sie vorbeikamen. »Sind Sie Phoenix?« Als sie nickte, deutete er mit beiden Daumen nach oben. »Willkommen im Club.«
»Erfrischend«, fand Phoenix, als sie außer Hörweite waren. »Endlich ein gut aussehender Mann, der nicht gleich zu baggern anfängt.«
»James wäre gern mit mir befreundet«, sagte Roman beiläufig. »Sehr eng befreundet!«
Phoenix beschloss, den Mund zu halten.
»Ich habe gestern Abend herausgefunden, dass ich ein besseres Gedächtnis habe, als ich dachte«, setzte Roman wieder an.
»Das freut mich für dich.«
Sie hatten eine Reihe von Türen erreicht, und Roman öffnete eine davon. Sie betraten einen Raum, in dem sich eine großzügige, in den Boden versenkte Sitzecke befand, in deren Zentrum ein Rosenholztisch stand.
»Mach es dir bequem.« Er schaltete das Licht an, das sich hinter Stuckleisten in der Decke verbarg. »Als ich in meinem Bett lag und mein ganz privater Zeltmast dafür sorgte, dass meine Decke mich nicht erstickte, konnte ich mich detailliert daran erinnern, wie du aussiehst, dich anfühlst und schmeckst, W.G.«
»Du bist widerlich!« Sie wäre beinahe gestolpert, als sie zur Sitzgruppe hinabstieg und sich unsicher auf einem der dicken Lederkissen niederließ. »Aber wahrscheinlich darf ich so was überhaupt nicht sagen, nicht wahr?«
»Richtig. Du darfst nicht vergessen, dass ich Teilhaber des Clubs bin, während du nur eine einfache Fast-Angestellte

bist, die eine Abmachung getroffen hat, mit der sie nun leben muss.«

Einen Moment lang wusste sie nicht, wovon er sprach.

»Sag mir nicht, dass du unsere Vereinbarung vergessen hast.«

»Natürlich nicht«, sagte sie. »Wir schubbeln uns gegenseitig den Rücken.«

Roman ließ sich neben sie fallen. »Keine schlechte Idee, aber ich würde lieber nicht so viel Zeit darauf verwenden.«

In diesem Moment kam Phoenix eine Idee. »Wir haben überhaupt nicht über Geld gesprochen«, sagte sie. Am liebsten hätte sie sich beglückwünscht. Er war sich offenbar so sicher, dass sie auf ihn abfuhr, dass er wahrscheinlich dachte, sie würde ganz umsonst für ihn da sein.

»Wie viel brauchst du?« Sein Gesicht zeigte keinerlei Regung.

Mist! »Im *Bend* kriege ich sieben.« Sie hätte sich vorher etwas überlegen müssen. Sicher, sie hatte eine Mission zu erfüllen, aber sie war ebenfalls ziemlich abgebrannt. »Und man hat mir gesagt, dass ich bald mehr bekommen würde.«

Unter dem Platz, auf dem er saß, befand sich eine Schublade, die er nun herauszog. Darin befanden sich Mineralien und Kristalle. »Ilona soll dir die Dinger zeigen. Sie sind faszinierend, wenn man so was mag. Die Woche?«

»Äh, wie bitte?«

»Kriegst du siebenhundert die Woche?«

Sie schluckte. »Also –«

»Schon gut. Du wirst ein Pauschalgehalt haben. Und zusätzlich noch einen Bonus für jedes Mal, wenn du herkommst. Es dürfte nicht schwer sein, damit auf zweihunderttausend im Jahr zu kommen.«

»Danke.« Zweihunderttausend? »Im Jahr?«

»Reicht dir das nicht?«

Zweihunderttausend im Jahr! »Oh, damit komme ich schon hin. Und wenn ich in Schwierigkeiten gerate, kann man sich sicher noch einmal neu einigen.« Als Rechtsanwältin hatte sie fünfzigtausend im Jahr bekommen und sich bereits wie eine reiche Erbin gefühlt! Nicht, dass es eine Rolle spielte – sie würde vermutlich keinen Pfennig vom Peak Club bekommen. Wenn sie Glück hatte, stieß sie bald auf eine heiße Spur und würde verschwunden sein, bevor die Leute hier den ersten Gehaltsscheck unterzeichnen konnten.

»Du bist wunderschön.«

Sie legte die Hände vors Gesicht.

»Tu das nicht. Ich seh dich gerne an.«

»Du bringst mich total durcheinander.«

»Warum? Ich bin wohl kaum der erste Mann, der dir etwas Nettes sagt.«

»Roman, noch kein Mann hat sich mir gegenüber so benommen wie du.«

»Vielleicht hat das eine besondere Bedeutung«, sagte er. »Vielleicht sind wir füreinander bestimmt.«

Sie verdrehte die Augen. »Kannst du denn nie ernst sein?«

»Du faszinierst mich. Und ich könnte dich den ganzen Tag anschauen. Das meine ich sehr ernst. Soll ich weitermachen?«

In seiner Nähe konnte sie einfach nicht vernünftig denken – sie hasste so etwas! Als sie wieder ein Wort heraus-

bekam, sagte sie: »Gestern Abend konntest du nicht schnell genug verschwinden.«
»Lady, ich hab dir einen Gefallen getan. Noch zehn Sekunden länger, und ich hätte mein Wort nicht mehr halten können. Du weißt schon … ich hatte versprochen, sofort aufzuhören, wenn du es mir sagst.«
»Ich habe aber nichts gesagt.«
Er betrachtete seinen Daumennagel. »Für manche Dinge braucht es keine Worte. Eine ganze Weile warst du heiß und wild, und plötzlich war alles aus. Ein Schneekönigin, die mir mit jeder Faser ihres Körpers sagte, dass ich mich so schnell wie möglich davonmachen sollte.«
»Ich bin kein Typ für One-Night-Stands.«
»Ich auch nicht.«
Sie starrte auf die Beule in seiner Hose.
Roman drehte sich leicht. »Du glaubst mir nicht?«
»Sagen wir einfach, dass ich Schwierigkeiten habe, das jetzt zu schlucken.«
»Ja, das hättest du wahrscheinlich. Aber wenn mein Gedächtnis auch nur halb so gut ist, wie ich mir einbilde, dann hast du gestern noch nicht einmal den Versuch unternommen, das zu schlucken.«
Die Tür ging auf und bewahrte ihn vor Phoenix Reaktion, die gewiss ziemlich heftig ausgefallen wäre. Mit einem Lächeln wandte er sich an die Frau, die nun den Raum betrat. Sie trug einen schwarzen Kaftan, der mit Goldfäden durchwirkt war.
»Roman!« Die Freude, die sie bei seinem Anblick zeigte, war nicht gespielt. »Und wen hast du mir mitgebracht?« Die Wärme ihres Lächelns bezog Phoenix mit ein, als sie sich ihr zuwandte.

»Das ist W.G. Phoenix. Sie wird für uns arbeiten.«
Ilonas Lächeln verschwand. Die langen Finger ihrer weißen Hände verschränkten sich vor ihrem Körper. Sie erholte sich rasch, doch einige Sekunden lang spürte Phoenix eine Abwehrreaktion, die sie sich nicht erklären konnte.
Roman stand auf. »Ich habe noch etwas zu tun. Kann ich Phoenix eine Weile bei dir lassen?«
»Sicher.« Ilona nickte ihm zu, als er zur Tür ging. »Schaffst du es gelegentlich, auf dein Herz zu hören, Roman?«
Er grinste und schüttelte den Kopf. »Du gibst auch nie auf, was, Ilona?«
»Ich mache mir einfach nur Gedanken. Obwohl du immer sehr offen bist, traust du dich nie, auch mal verletzlich zu sein. Und das ist wirklich beklagenswert!«
Ilona war eine imposante Frau. Sie stieg würdevoll in die Sitzecke hinab und ließ sich Phoenix gegenüber nieder. »Er ist ein guter Mann«, sagte sie, als ob er den Raum schon verlassen hätte. »Und ein gerissener dazu. Er hat gelernt, sein Ich zu verstecken, um das zu tun, was in seinen Augen nötig ist.«
»Ilona!« Mit einer Mischung aus Verärgerung und Erstaunen sah Roman die Frau an. »Ich weiß nicht, was du da redest, aber ich denke, das ist weder der richtige Ort noch die richtige Zeit für so etwas!«
»Doch«, erwiderte sie ruhig und wandte sich um, um ihn anzusehen. »Hier und jetzt ist es genau richtig. Dinge geschehen. Verändern sich. Hör auf mich, mein Freund, oder du triffst eine falsche und dumme Entscheidung. Du hütest etwas Kostbares, das spüre ich. Etwas, das du mit deinem Leben beschützen würdest. Doch irgendeine

Macht bedroht dies, und du beginnst, unaufmerksam zu werden. Dann ist da ein neues Element – ich sehe es verschwommen, doch es wird bald deutlicher werden. Es wird dich verwirren, vielleicht sogar zu Boden zwingen. Aber es kann dich auch aufbauen und unterstützen. Sei offen, Roman. Sei immer offen für alles.«

Er hörte ihr stumm und mit leicht geöffneten Lippen zu. Als sie fertig war, zog er eine Braue hoch, warf ihr einen Handkuss zu und verschwand ohne ein weiteres Wort.

Ilona wartete, bis er die Tür zugezogen hatte. »Und Sie sind also das neuste Mitglied unserer glücklichen Familie.«

»Ja.« Phoenix entging nicht, dass der Bemerkung der Frau jeglicher Humor fehlte.

»Ich habe Sie erwartet.«

Phoenix glaubte zuerst, sich verhört zu haben. Sie schauderte und spürte, wie sich die Haare auf ihren Armen aufrichteten.

Ilona öffnete die Schublade mit den Mineralien, wählte einen blassgrünen Stein aus und legte ihn auf ihre Handfläche. Sie deckte ihn mit der anderen Hand zu. »Grüner Granat«, sagte sie. »Die Farbe Ihrer Augen. Ein lichtes, fast durchsichtiges Grün. Man findet ihn in Ägypten, Burma und Brasilien. Dieser hier stammt aus Ägypten. Ich hatte ihn vergessen, bis ich entdeckte, dass Sie bald kommen würden.«

Phoenix versuchte zu schlucken. »Die Gräfin hat es Ihnen erzählt.«

»Die Gräfin erzählt mir nichts.« Eine harte Linie bildete sich um die weichen Lippen der Frau. »Sie sind von sich aus zu diesem Club gekommen, nicht wahr?«

»Ja.«
»Aber Sie sind nicht hier, weil Sie etwas für sich selbst erreichen wollen.«
O nein! Wie war denn das zu verstehen? »Natürlich wollte ich etwas für mich selbst. Ich wollte einen Job. Bisher bin ich –«
»Herumgereist«, beendete Ilona den Satz. Plötzlich klang sie sehr müde. »Es war Pech, dass Ihre Reisen Sie nicht früher zu uns gebracht haben.«
»Ich verstehe nicht.« Oder besser: Sie hatte Angst zu verstehen.
»Natürlich nicht. Und ich müsste dumm sein, wenn ich weiterrede, nicht wahr? Sie könnten in der Zwischenzeit genug Kräfte sammeln, um mich zu vernichten.«
»Nein!« Phoenix sprang aufgeregt auf die Füße. »Hören Sie, ich ... ich halte von diesen Dingen nichts. Ich meine, nicht, dass es nicht faszinierend ist, aber ich bin ...«
Sie hätte fast verraten, dass sie Anwältin, dass sie ein Mensch der Logik war. Wieder überzog eine Gänsehaut ihrer Arme.
Ilona nickte. In ihren Augen leuchtete ein warmer Schimmer. »Sie sind durch Logik und Vernunft geprägt, richtig? Und Sie haben bereits eine Karriere hinter sich, die überhaupt nichts mit dem zu tun hat, was Sie jetzt machen wollen.«
Es war ein Trick. Eine Methode, mit der man herausfinden wollte, ob sie wirklich das war, was sie zu sein vorgab. »Ich bin eine Masseuse, die manchmal auch als Kellnerin arbeitet. Kennen Sie das *Round the Bend* in Past Peak?«
Traurigkeit trat in die Augen der Frau. »Ich habe Ihnen

einen Schrecken eingejagt. Sie misstrauisch gemacht. Ich muss jetzt gehen. Kümmern Sie sich nicht um das, was ich gesagt habe … es sei denn, Sie denken, dass Sie einen Freund brauchen.«

»Vielen Dank.« Und ob sie einen Freund brauchte! »Vielleicht können wir uns ja noch einmal unterhalten. Ich würde gerne mehr über Ihre Arbeit wissen. Wirklich.«

Ilona lächelte. »Ich glaube, Sie werden mich nach anderen Dingen fragen. Wie diese gewisse Person, die vor Ihnen da war.«

Phoenix hielt den Atem an.

»Nicht jetzt.« Ilona stand auf und hielt ihr den Granatstein hin. »Bitte nehmen Sie das an sich. Es wird Sie an das erinnern, was ich gesagt habe. Ich will, dass Sie ihn behalten.«

»Das kann ich nicht annehmen.«

»Unsinn.« Ilona nahm Phoenix' Hand und öffnete sie. Einen Moment lang blickte sie auf die Linie in der Handinnenfläche. »Treffen Sie keine übereilten Entscheidungen.«

»Von wem haben Sie gesprochen, als Sie meinten, dass vor mir jemand da war?«

»Nicht jetzt«, wiederholte Ilona. »Es ist gefährlich … für uns alle.«

»Zu gefährlich, als dass Sie es mir sagen könnten?«

»Ja.«

»Gefährlich für Sie und mich?«

»Und eine dritte Person. Ich muss jetzt gehen.« Sie legte den Stein in Phoenix' Hand. »Sie werden niemandem sagen, was ich Ihnen erzählt habe.«

»Nein, ich –«

»Ich wollte Ihnen kein Schweigen auferlegen. Ich habe

einfach nur ausgesprochen, was ich weiß. Sie würden niemals das Vertrauen, das man in Sie setzt, enttäuschen. Aber es gibt andere Dinge, die ich weniger deutlich erkenne.«

Phoenix machte Anstalten, ebenfalls aufzustehen, doch Ilona winkte ab. »Bleiben Sie. Jemand anderes erwartet, Sie hier vorzufinden. Ich weiß nicht, wer, und vielleicht ist es auch unwichtig.«

Was für eine unglaubliche Show. Phoenix war immer schon der Meinung gewesen, dass diese Wahrsagergeschichten nichts als eine Falle für leichtgläubige Menschen waren.

»Ich hoffe nur, dass ich irgendwann tun kann, was getan werden muss«, fuhr Ilona fort. »Können wir uns darauf einigen, Freunde zu sein?«

»Aber ja«, antwortete Phoenix aufrichtig. »All diese Dinge, die Sie gesagt haben … nun ja, tut mir Leid, ich glaube einfach nicht an so etwas. Aber ich würde Sie gerne näher kennen lernen.«

»Weil Sie denken, dass ich Ihnen vielleicht helfen kann.«

Phoenix wandte den Blick ab.

»Das ist schon in Ordnung. Ich werde Ihnen helfen, und wir werden eine Freundschaft beginnen, die ewig hält. Phoenix, ich möchte Ihnen ein Versprechen abnehmen. Ein Versprechen auf diese Freundschaft, die wir haben werden.«

Phoenix zögerte nur kurz. »Wenn ich es geben kann.«

»Sie können. Phoenix, Sie befinden sich in großer Gefahr. In größerer Gefahr, als Sie sich vorstellen können.«

Die scharfen Kanten des Minerals gruben sich in ihre

Handfläche. Phoenix sah einen kleinen Tropfen Blut hervorquellen. »Sie machen mir Angst.«
»Gut. Vielleicht kann die Angst Ihr Leben retten.«
Phoenix hätte beinahe den Stein fallen gelassen. »Bitte gehen Sie nicht. Lassen Sie uns jetzt reden.«
Ilona packte den Türgriff. »Das wäre ein Fehler. Informationen, die Sie nicht haben, können Sie auch nicht weitergeben. Bis der Moment gekommen ist, um weitere Pläne zu schmieden, sollten Sie so wenig wie möglich wissen.«
»Wissen worüber?« Verzweifelt sprang sie auf und folgte Ilona.
»Über das, was geschehen ist. Und was auch Ihnen zustoßen kann. Reden Sie mit niemandem über unsere Unterhaltung. Und lassen Sie sich nicht von einer scheinbaren Lösung für Ihr Problem verführen. Nichts, was wirklich etwas taugt, fällt einem in den Schoß. Seien Sie sehr, sehr vorsichtig, Phoenix. Sie sind zu jung zum Sterben.«

ELF

Sir Geoffrey Fullerton musterte sein Bild in den Spiegeln, die an einer Wand des Raumes angebracht waren. Er hob das Kinn und straffte die Schultern.

»Gefällt dir, was du siehst?«, fragte Vanessa. Sie schlang ihre Arme um seine Taille und küsste ihn in den Nacken. »Du gefällst mir, Darling. Heute siehst du besonders … interessant aus. Es ist lange her mit uns beiden. Wenn wir hier fertig sind, sollten wir uns mal wieder aneinander annähern, hm?«

Vanessas versöhnliche Stimmung machte Geoffrey nervös. Sie gab niemals, ohne eine Gegenleistung zu erwarten. Er betrachtete sie nachdenklich. In ihrem engen Seideneinteiler, der vorne bis zum Bauchnabel geschlitzt war, wirkte sie wie die personifizierte Versuchung. Jedes Mal, wenn sie sich bewegte, drohte eine Brust aus dem Overall zu rutschen, doch die aufgerichtete Brustwarze schien den Stoff noch gerade an seinem Platz zu halten. Sie hängte sich bei ihm ein und stellte sich auf die Zehenspitzen, um an seinem Ohrläppchen zu knabbern. »Ich würde heute gerne etwas ganz Besonderes machen, Geoffrey.« Die linke Brustwarze gab ihre Bemühungen auf, und Geoffreys Augen bot sich ein Anblick, der bisher noch nie seine Wirkung verfehlt hatte.

»Geoffrey?«

»Dein Wunsch ist mir Befehl!« Er berührte sie mit Absicht nicht, weil er wusste, dass es sie wahnsinnig machte, wenn er sich zurückhielt … was sie nur zu größeren Anstrengungen anspornen würde. »Bedeck dich, Liebes. Wenn Chester sich umdreht, bekommen wir Schwierigkeiten, ihn im Zaum zu halten.«

Chester Dupree saß in der Mitte einer Stuhlreihe, die sich vor einer nur in eine Richtung durchsichtigen Glasscheibe befand. Die Vorfreude auf das, was kommen würde, hielt ihn so sehr in ihrem Bann, dass er das Gespräch nicht einmal hörte.

Vanessa schauderte und zog den Stoff über ihren Brüsten zusammen. »Dieser Narr«, murmelte sie. »Nun ja, wenigstens lässt er sich kontrollieren. Er weiß, dass er erledigt ist, wenn er zu einem Problem werden würde.«

»Schade, dass Parker sich offenbar zu einem Ärgernis entwickeln will.«

Vanessa schürzte die Lippen. »Dieser Sache werden wir vielleicht mehr Aufmerksamkeit widmen müssen. Er hat heute Nachmittag angerufen. Wollte heute Abend ein paar Freunde in den VIP-Club mitbringen und hat mir eine Liste von Leuten durchgegeben, die zur Begrüßung anwesend sein sollten. Als ich ablehnte, fing er an zu drohen.«

»Parker hat ebenfalls eine Menge zu verlieren. Ich sollte ihn mal daran erinnern.«

»Übrigens war Roman gestern bei dieser Masseuse«, bemerkte Vanessa. »Phoenix.«

»*Bei* ihr?«

»In dieser Wohnung auf Belle Rose.«

Geoffrey legte die gespreizten Finger an die Stirn. »Er kennt die Regeln. Er würde nichts mit einer Angestellten anfangen, ohne das vorher mit uns abzuklären.«

»Er ist ein Einzelgänger.« Vanessa hatte es beiläufig sagen wollen, aber Geoffrey ließ sich nicht täuschen. »Und er hat etwas entdeckt, was er haben will. Vielleicht sollten wir ihm von April erzählen.«

»Bist du verrückt geworden?«

Sie kam herum, um sich vor ihn zu stellen. »Sprich nie wieder so mit mir!« Sie brachte ihr Gesicht so nah an seins, dass er die Poren unter ihrem dicken Make-up sehen konnte. »Nie wieder, hast du verstanden?«

»Mir ist etwas eingefallen, das du einmal zu mir gesagt hast. Hass ist eine starke Triebfeder. Erinnerst du dich an deine Worte?«

Eine Antwort war überflüssig.

»Natürlich tust du das. Nun, ich habe deine Theorie einem Praxistest unterzogen und festgestellt, wie Recht du hattest. Und wir besitzen nun eine wertvolle Quelle. Sollte es jemals Schwierigkeiten mit Phoenix geben, wird es uns ein Leichtes sein, damit umzugehen. Übrigens habe ich Aprils … habe ich die Nummer der Wohnung angerufen! Phoenix hat abgehoben. Entweder ist die Wanze weg oder sie funktioniert nicht mehr.«

»Wir brauchen sie auch nicht.« Geoffrey sah sie scharf an. »Gibt es irgendetwas, das du mir verschweigst?«

»Nein. Ich versuche lediglich auszuschließen, dass es Überraschungen gibt. Sicher, es gibt die seltsamsten Zufälle, aber ich finde es doch etwas beunruhigend, dass sie wohnt, wo diese andere … Person gewohnt hat!«

»Glaubst du, dass sie lügt? Dass sie etwas weiß?«

»Nein, ehrlich gesagt nicht. Und Roman ist kein Idiot. Wenn er irgendetwas spüren würde, dann wäre er der Erste, der seine Investition beschützt. Abhängigkeit ist der sicherste Weg, sich Loyalität zu erkaufen, Geoffrey.«

»Wie wahr. Komm, wir gehen besser zu Chester. Er wird unruhig.«

Zusammen setzten sie sich in die Stuhlreihe hinter Chester Dupree, dem Gründer der *Kirche der Einzig Erlösten*. Der Einwegspiegel vor ihnen zeigte einen Duschraum – den Duschraum, der zum Whirlpool gehörte. Im Augenblick war der Pool »außer Betrieb« und abgeschlossen.

»Wieso dauert das so lange?«, wollte Chester wissen. Er quoll förmlich über seinen Sitz. Ganz in Beige gekleidet, spannten sich seine seidenen Anzughosen über fette Schenkel. Unter seinem Bauch, der auf seinen Beinen ruhte, waren seine intimsten Teile bestens geschützt.

Vanessa beugte sich vor und legte ihm eine kühle Hand auf den roten Specknacken. »Wir haben dich nicht erwartet, Lieber. Wir mussten erst holen lassen, was du angefordert hast.«

»Bunny.« Er nahm Vanessas Hand und drückte sie sich auf die feuchten Lippen. »Ihr habt Bunny bekommen?«

»Wir würden dich doch nie enttäuschen«, sagte Geoffrey und warf Vanessa einen Blick zu.

»Nein, das will ich auch nicht hoffen«, erwiderte Chester Dupree. »Bei all den Kröten, die ich in eure kleine Goldmine stecke.«

»Du entlohnst uns gut, Chester«, stimmte Geoffrey zu. »Du bist eben unser wichtigstes Mitglied.«

Von den Spenden, die Chester seiner treuen Herde Anhänger abschwatzte, gingen große Teile an den Peak

Club. Die *Kirche der Einzig Erlösten* bestand aus mehreren tausend fanatischen Mitgliedern, die nur allzu bereit waren, ihren gesamten Besitz für den Ruhm und die Ehre ihres erlauchten Propheten, den Reverend Chester Dupree, zu verpfänden. Das Glück seiner Getreuen war es, dass Chester ein Händchen dafür hatte, aus viel Geld noch mehr Geld zu machen. So besaß er ausreichend Mittel, um seine Anhänger mit immer größeren und moderneren Gebäuden für ihre ausgeklügelten Zeremonien zu beglücken, und *mehr* als ausreichend Mittel, um sich selbst seine ausgefallenen Vorlieben leisten zu können.

»Und dass ihr mir ja nicht vergesst, wie viel ich euch zahle.« Immer wenn er ungeduldig wurde, fing er an, sich kindisch zu benehmen. »Ich will nachher bestimmt was haben, was mich über den Tag fit hält. Etwas vom Feinsten, Geoffrey. Du weißt ja, was ich mag.«

»Du sollst es haben, Chester.«

»Schön, dass wir uns einig sind. Ein paar Worte von mir, und ihr zwei habt vielleicht kein so schönes Leben mehr. Das solltet ihr niemals vergessen, meine lieben Freunde.«

Geoffrey öffnete den Mund, schloss ihn jedoch wieder, als Vanessa ihm mahnend eine Hand auf den Schenkel legte. »Wir vergessen es nicht, nicht wahr, Geoffrey?«, sagte sie, ohne ihn anzusehen. »Wir vergessen nie, wie wichtig unsere Freunde sind.«

Die Versuchung, dem fetten Egomanen entgegenzuschleudern, dass sie ihn genauso schnell vernichten konnten wie er sie, war manchmal so stark, dass Geoffrey daran ersticken zu müssen glaubte. Doch Vanessa war immer anwesend, wenn Chester den Club besuchte, und sie sorgte dafür, dass jene fatalen Worte nicht ausgesprochen wurden.

»Soll ich … möchtest du jetzt schon etwas haben, Chester?«

»Sch«, machte er. »Da ist sie. Später, Kumpel. Später, wenn ich mir etwas aussuche, um ein bisschen Spaß zu haben.« Chester hatte am liebsten Spaß mit kleinen Frauen – klein, was die Körpergröße betraf, groß, was alle anderen Maße anging. Auf der anderen Seite des Einwegspiegels ging die Tür zum Duschraum auf, und eine Frau trat ein, die man leicht auf achtzehn Jahre hätte schätzen können, aber Geoffrey wusste, dass Bunny die Dreißig bereits überschritten hatte. Wie alle, die als Mitarbeiter für den Club in Frage kamen, betrachtete sie ihre Arbeit als eine Kunst. Und Bunny war in der Tat eine echte Künstlerin.

»Oh, sie ist großartig!« Aufgeregt rutschte Chester auf seinem Stuhl herum und deutete mit einem fetten beringten Finger auf die zierliche Brünette, die ihre Handtasche auf einem Waschbecken abstellte und ihren Regenmantel auszog. »Ich habe sie entdeckt, nicht wahr? Na, hab ich ein Händchen für so was? Oh, seht euch bloß die Titten an.«

»Du hast ein Händchen dafür«, stimmte Geoffrey zu. Gelangweilt setzte er sich in seinen Stuhl zurück und schlug die Beine übereinander.

Vanessa genoss die kleine Show beinahe genauso wie Chester. »Eine weiße Bluse hat etwas Besonderes an sich, nicht wahr?«, sagte sie sanft.

»O ja!« Unvermutet schlug Chester mit beiden Handflächen auf die Armlehnen seines Stuhls, sodass Geoffrey erschreckt zusammenfuhr. »Da kommt mir doch gerade eine Idee. Die Damen im Chor würden sich sicher wunderbar in weißen Blusen machen! So rein, so heilig. Wie ihr geheiligten kleinen Ärsche. Hab ich euch je erzählt, dass ich sie dabei beobachte, wie sie sich für den Gottesdienst umziehen?«

»Das hast du.«

Vanessa warf Geoffrey einen verärgerten Blick zu. »Erzähl es uns noch mal, Chester.«

»Ich ließ mir einen Spiegel wie den hier einbauen. In die Wand des Raumes, in dem sie sich reinigen. Keine Frau darf bei der Zeremonie anwesend sein, ohne sich vorher komplett gereinigt und umgezogen zu haben. Sie haben spezielle Sachen, die ausschließlich in der Kirche getragen werden. Und natürlich sind alle immer sehr gründlich.« Er lachte leise. »Und wie gründlich sie sind!«

»Und das alles nur für Chester«, sagte Vanessa.

»Sagt Bunny, dass sie sich zu mir drehen soll.«

»Du weißt doch, dass das nicht geht«, warf Geoffrey ein. »Sie hat keine Ahnung, dass wir ihr zusehen.«

»Ja, stimmt ja. Hab's ganz vergessen. Habt ihr irgendeinen jungen Hengst besorgt, der sie überrascht?«

»Wenn du alles immer schon im Voraus wissen willst, müssen wir uns nicht so viel Mühe geben«, bemerkte Geoffrey säuerlich.

Bunny starrte auf die Glasscheibe. Von ihrer Seite aus betrachtete sie sich in einem undurchsichtigen Spiegel.

»Wow!« Chester hämmerte sich mit der Faust aufs Knie. »Sie weiß von nichts, nur wie sexy sie aussieht! O Mann, seht sie euch an. Dieser Mund!«

Bunny malte ihre Lippen mit einem leuchtend roten Lippenstift an und zog einen Schmollmund, um den Effekt zu studieren.

Und was, wenn diese Phoenix Ärger bedeutete? Geoffrey legte die Fingerspitzen aneinander. Vanessa war gerissen, aber vielleicht nicht ganz so gerissen, wie sie selbst meinte. Möglicherweise musste er sich allein um die Geschichte kümmern.

Der winzige Rock, den Bunny trug, war aus Stretchmaterial gemacht und rutschte hoch, als sie es für nötig befand, den Sitz eines ihrer schwarzen Strapse zu überprüfen.

»O ja«, murmelte Chester. »Zieh das Ding noch ein bisschen höher. Zeig Chester, was du hast, Baby.«

Geoffreys Nerven vibrierten. Er atmete tief ein, um sich zu beruhigen, doch es gelang ihm nicht.

Die Tür zum Duschraum öffnete sich wieder. Ein muskelbepackter Mann in einem weißen Saunamantel trat ein. Bunny, die ihn im Spiegel sah, riss die Augen auf, als er näher kam und hinter ihr stehen blieb.

Chester johlte auf und hopste unwillkürlich auf seinem Stuhl auf und ab. »Zeig es ihr, Junge! Gib's ihr richtig!«

Der Mann – Mike, einer der Trainer des Clubs – drehte eine der Duschen bis zum Anschlag auf. Augenblicklich ließ der aufsteigende Dampf die Spiegel beschlagen.

»Scheiße«, fluchte Chester. »Ich sehe nichts mehr!«

»Du wirst gleich was sehen«, beruhigte Vanessa ihn. »Hab etwas Geduld.«

Tatsächlich lichtete sich der Dampf genug, dass Chester die leicht verschwommene Gestalt von Bunny wahrnehmen konnte, die nun voll bekleidet unter die aufgedrehte Dusche gestoßen wurde.

Die weiße Bluse wurde sofort durchsichtig.

»Ja, ja, ja«, jubelte Chester.

Der Mann hatte einen Arm um Bunnys Taille geschlungen und hielt sie von hinten fest. Bunny kratzte wie Hilfe suchend am Spiegel. Mike hatte seinen Saunamantel abgestreift und präsentierte nun seinen beeindruckenden, durchtrainierten Körper. Mit einem Ruck riss er Bunnys Bluse auf.

Bunny strampelte und ruderte mit den Armen. Als Pornodarstellerin war sie ein Naturtalent. Chester lag auf den Knien und kroch näher an die Scheibe heran, um sich nichts entgehen zu lassen. »Los, Baby, mach schon. Wehr dich gegen den großen bösen Jungen!«

Mike, der sich exakt ans Drehbuch hielt, stieß Bunny noch ein Stück vor, bis sich ihre großen Brüste gegen die Scheibe pressten. Gleichzeitig schob er ihren Rock bis zur Taille hoch und schlang ihre Beine nach hinten um seine Hüften.

Chester wimmerte und keuchte. Er öffnete den Mund weit und legte seine fleischigen Lippen über die Stelle, an der sich eine von Bunnys beeindruckenden Brustwarzen befand. Mit beiden Händen umfasste er das Abbild ihrer Brust.

Mike sah starr geradeaus. Er brauchte kein guter Schauspieler zu sein, denn Chester sah sich die Männer niemals an. Für ihn waren sie Chester Dupree mit einem Körper, den er nie besessen hatte.

»Jämmerlich«, murmelte Geoffrey. »Jetzt dreht der arme Kerl völlig durch.«

»Er will unbedingt, dass jemand bei ihm ist, während er sich die Show ansieht.« Vanessa wandte ihren Blick nicht von dem, was hinter der Scheibe geschah. »Vielleicht sollte er das nächste Mal eine Massage bekommen.«

Geoffrey wandte den Kopf und sah sie an. »Du willst das Potenzial unserer neusten Errungenschaft testen? Keine schlechte Idee, Süße. Es geht doch nichts über eine Sitzung mit Chester, wenn man herausfinden will, wie brauchbar eine Angestellte wirklich ist. Korrekt?«

»Korrekt.«

»Oh, Baby, ich bin so weit«, heulte Chester, der den Oberkörper vor und zurück wiegte. »Ich bin so weit. Ja, Baby, ich komme jetzt.«

Als Mike ihr den winzigen schwarzen Slip herunterriss, kniff Bunny erwartungsvoll die Augen zu.

Phoenix sah auf die Uhr. Wenn sie sich nicht in den nächsten Minuten verabschieden konnte, würde sie ihren Termin mit Nellie im *Cheap Cuts* verpassen.

Am Pool wurden Vorbereitungen für eine Party getroffen. Eine Party zum Kennenlernen, wie Vanessa ihr erklärt hatte, eine sehr intime Geschichte für eine Hand voll wichtiger neuer Mitglieder. Phoenix sollte warten, bis alle Gäste da waren, sollte sich zwischen ihnen bewegen und ein Gefühl dafür bekommen, wie man mit diesen Leuten umging. Ein Lächeln hier, eine Berührung da, wies die Gräfin sie an. Und immer, *immer* so tun, als sei der Gast, mit dem man gerade sprach, der faszinierendste Mensch auf Erden.

Sie würde es niemals pünktlich schaffen. Zum Glück würde Nellie sich keine Sorgen machen. Anders sah es jedoch mit Mort und Zelda aus. Wenn Phoenix heute Abend nicht im *Bend* auftauchte, würden sie durchdrehen.

»Da sind Sie ja, Phoenix!« Die Gräfin von Leiden, ganz in

schwarze Seide gekleidet, kam mit kurzen raschen Schritten auf Phoenix zu. »Jemand möchte Sie unbedingt kennen lernen. Kommen Sie.«

Die Gräfin war durch eine Tür gekommen, die, wie man Phoenix erzählt hatte, ausschließlich für einige wenige Mitglieder, Sir Geoffrey und Vanessa reserviert war. Anscheinend war es ein ungeschriebenes Gesetz, dass die Tür und was immer dahinter liegen mochte, niemals erwähnt wurde. Nun jedoch hielt Vanessa diese Tür auf und bedeutete Phoenix einzutreten.

Sie zögerte auf der Schwelle und schaute zurück. James, der Trainer, runzelte die Stirn und wandte rasch den Blick ab.

»Schnell, Liebes. Das ist eine große Ehre für Sie. Nur selten bekommt einer unserer fest Angestellten die Chance, jene von unseren Gästen kennen zu lernen, die unsere ganz speziellen Dienste in Anspruch nehmen.«

Phoenix' Magen ballte sich zu einem kalten Klumpen zusammen. Gekleidet in das unvermeidliche kurze Top und den Sarong, folgte sie Vanessa durch einen Flur, auf dessen hellem Holzboden teure persische Teppiche lagen. Die Wände waren in Aubergine gehalten und mit moderner Kunst behängt, die Phoenix nichts sagte.

»Hier hinein.« Die Gräfin trat durch eine offene Tür in einen Raum, der mit mehreren weichen, mit Brokatstoff bezogenen Couchen ausgestattet war. Ein weißer Marmorkamin und eine Massageliege vervollständigten die Einrichtung. Die Gräfin sah sich stolz um. »So einen Behandlungsraum haben Sie bestimmt noch nie gesehen.«

»Nein«, sagte Phoenix. Was der Wahrheit entsprach. »Wirklich außergewöhnlich.«

»Nicht wahr? Nun … bevor Sie die Person, die Sie kennen lernen will, treffen, möchte ich etwas klarstellen.«

Phoenix wollte nur eines klarstellen – wo der Fluchtweg war!

»Ich gehe ein Risiko ein, indem ich Ihnen hier eine Chance gebe. Dieser Bereich hat nichts mit dem normalen Peak Club zu tun. Hierher kommen nur Gäste, die zu den reichsten Menschen der Welt gehören. Alle unsere Mitglieder erwarten vollkommene Diskretion – und bekommen sie auch! –, aber diese Gäste hier wollen mehr. Sie müssen sich hundertprozentig darauf verlassen können, dass die Leute, mit denen sie hier zusammentreffen, wissen, welche Konsequenzen es hätte, wenn sie die illustren Namen mit dem … speziellen Service, den sie hier genießen, in Verbindung brächten.«

Wo war Roman?

»Haben Sie verstanden? Oder habe ich mich nicht klar genug ausgedrückt?«

»Ich habe verstanden.«

»Und? Sind Sie interessiert?«

»Ich bin mir nicht sicher, ob ich weiß, was genau Sie mich fragen«, erwiderte Phoenix aufrichtig.

»Also gut.« Vanessa lehnte sich gegen die Massageliege. »Wenn Sie jetzt gehen, haben Sie nichts zu berichten. Für unser Gespräch gibt es keine Zeugen, sodass Sie mich auch nicht beschuldigen könnten, Sie in eine Situation gebracht zu haben, die man unter Umständen als unpassend oder sogar unrecht bezeichnen könnte.«

Phoenix Magen schien vollkommen zu Stein erstarrt. »Und wenn ich bleibe?«

»Dann sind Sie ein kluges Kind. Sie werden sich verpflichten, gelegentlich für das Vergnügen der wenigen Gäste, die hier in diesem Bereich zugelassen sind, zuständig zu sein. Dafür werden Sie mehr als großzügig bezahlt. Wenn Sie allerdings jemals mit irgendjemandem – und sei es nur mit anderen Angestellten – über das, was hier geschieht, sprechen, ist das Arbeitsverhältnis beendet.«

»Man schmeißt mich raus.«

»Sozusagen.« Vanessa öffnete die Lippen, um ihre spitzen Zähne zu zeigen. »Es gibt leider keine, ähm, angenehme Alternative, wenn Sie sich auf das Angebot einlassen.«

Auch April war vor die Wahl gestellt worden! Es kostete Phoenix eine Menge Willenskraft, bei diesem Gedanken ruhig zu bleiben. Phoenix' Intuition sagte ihr, dass auch April durch diese Privattür geführt und mit einem Angebot konfrontiert worden war, das sie nicht hatte ablehnen können oder wollen. Vielleicht war es das, was geschehen war. April hatte sich auf diese Elite-Truppe eingelassen und sich aus dem normalen Leben zurückgezogen.

»Ich fühle mich geschmeichelt.«

»Das sollten Sie auch, aber auch für uns bringt diese Vereinbarung Vorteile.«

»Aber wenn ich nicht will, dann kann ich jetzt gehen?«

Die Gräfin senkte die Augenlider. »Sie haben mein Wort darauf. Wir werden dieses Gespräch einfach nicht mehr erwähnen.«

»Kann ich darüber nachdenken?«

»Nein.«

Phoenix wandte den Kopf ab. »Also gut. Ich akzeptiere.«

Wo war Roman?

»Sie werden die Entscheidung nicht bereuen.«

Panik drohte Phoenix zu überwältigen. »Aber es wird bei den anderen Abmachungen bleiben? Man wird mich bei Bedarf anrufen? Ich möchte nicht – … ich meine, ich mag meine Wohnung und die Leute in der Stadt.«

»Alles andere bleibt bestehen.« Die Gräfin blähte die Nasenflügel. »Ich weiß zwar nicht, was Sie an diesen Personen finden, aber das geht ja nur Sie etwas an.«

Und damit ging die Gräfin von Leiden.

Phoenix musste gegen den Drang zur Flucht ankämpfen. Es kam ihr vor, als würden die Wände immer näher zusammenrücken. Auch dieses Zimmer hatte keine Fenster – etwas, das Phoenix hasste. Jeder Raum, der zu eng, zu voll oder zu abgeschlossen wirkte, bereitete ihr extremes Unbehagen.

Plötzlich ertönten Choräle aus verborgenen Lautsprechern. Die düster wirkenden Klänge ließen Phoenix schaudern.

Hatte Roman sie im Stich gelassen?

Nachdem er am Abend zuvor gegangen war, hatte sie über jedes Wort, das sie gewechselt hatten, nachgedacht, war aber zu dem Schluss gekommen, dass sie nichts gesagt hatte, was sie mit April in Verbindung bringen konnte. Hatte sie sich getäuscht?

»Phoenix.« Die Gräfin stand auf der Türschwelle. »Ich habe hier einen lieben Freund, der Sie gerne kennen lernen möchte.«

Phoenix betrachtete den Mann in dem zerknitterten Seidenanzug. Er war nicht besonders groß, dafür aber umso fetter. Er lehnte sich schwer gegen den Türrahmen und riss die Augen auf, als ob er Mühe hätte, sie deutlich zu sehen.

Betrunken. Phoenix' Herzschlag beschleunigte sich. *Oder mit Drogen voll gepumpt*.

Er betrat den Raum und schloss die Tür; die Gräfin war draußen geblieben. »Phoenix?«, lallte er. »Vanessa … hat mir von dir erzählt.« Sein Zeigefinger deutete einige Male in ihre Richtung.

Anzug und Haut hatten dieselbe Farbe – ungebackener Teig war die Schattierung, die ihr dazu einfiel. Strähnen von glattem, ausgeblichenem Haar klebten ihm auf der schweißfeuchten Stirn.

»Du hast mich sicher schon mal gesehen, hm, Mädel?«

Wenn sie nein sagte, würde er vermutlich beleidigt sein. Phoenix lächelte und überlegte, ob ihr die Flucht gelingen konnte.

»Klar hast du das. Reverend Charles Dupree, wie er leibt und lebt. Na, was sagst du dazu, hm?«

»Es ist mir eine Ehre.« Die Massageliege! Wenn sie ihn – ohne größere Katastrophen! – dort hinauf bugsieren konnte, dann hatte sie genug Zeit, hinauszukommen.

»Bist du erlöst worden, Mädchen?«

Phoenix sah ihn blinzelnd an.

Er hielt die Hand hoch. »Mach dir keine Sorgen, Süße. Du bist jetzt gerade erlöst worden. Wenn Reverend Chester Dupree das sagt, dann ist das so. Also, wir können ganz beruhigt ein bisschen Spaß haben.«

Phoenix wurde flau im Bauch. Er stolperte vorwärts, während er seine bereits gelockerte Krawatte aus dem Kragen zerrte. »Du glaubst nicht, was ich eben gesehen hab.« Er schüttelte den Kopf. »Boah, wirklich. Die war so heiß, so geil! Du und ich, wir müssen erst so geil werden!«

Phoenix kämpfte mit der Übelkeit. Rasch flüchtete sie hinter die Liege.
Chester Dupree blieb stehen und starrte sie glupschäugig an. »Hey, hey. Sag mir nicht, dass du vor dem alten Chester Angst hast. Schau mal hier.« Mit ungeschickten Fingern tastete er seine Taschen ab, bis er eine kleine weiße Plastiktüte mit weißem Pulver fand. »Noch 'n bisschen für mich und jede Menge für dich. Du kannst mich noch einholen.« Er kicherte.
Also mit Drogen voll gepumpt. Sah nach Kokain aus. Phoenix war oft genug damit konfrontiert worden. Einige ihrer Mitarbeiter in Oklahoma City waren ständig auf Koks gewesen.
Chester kam mit der Tüte wedelnd näher. »Das bringt dich bestimmt in Stimmung.«
Sie hätte am liebsten laut geschrien. »Ich brauch das Zeug nicht«, erwiderte sie mit einem gezwungenen Lächeln, das ihre Gesichtsmuskeln schmerzen ließ. »Sie sind doch da. Kommen Sie, ich weiß, was Ihnen gut tut! Hat die Gräfin Ihnen gesagt, dass ich Masseuse bin?«
»Klar.« Er schien nicht zu wissen, was er mit dem Kokain tun sollte. Schließlich schob er das Tütchen wieder in die Tasche zurück.
Phoenix seufzte erleichtert. »Ist die Musik nicht herrlich?«
»Dieses dumme Weib«, murmelte Chester. »Glaubt, dass mir dieses Zeug gefällt. Zieh dich aus.«
Phoenix verharrte.
»Na los.« Die buschigen Brauen über seinen Schweinsäuglein zogen sich zusammen. »Ich will dich, Mädel. Zieh dich aus, oder ich komme und mach's für dich.«
»Sie werden nichts dergleichen tun.« Phoenix zwang sich

zu einem strengen Stirnrunzeln und klopfte einladend auf die Liege. »Sie ziehen *sich* aus, mein Freund. Wollen doch mal sehen, mit was ich arbeiten soll.«
Er schwankte zögernd, grinste dann jedoch. »Du bist mir ja mal eine.« Er torkelte zwei Schritte näher heran. »Spielst dein eigenes Spielchen, hm?«
»Ausziehen, Reverend.« Phoenix begann, im langsamen Rhythmus in die Hände zu klatschen. »Alles ausziehen.«
»Du bist nicht im Takt mit der verdammten Musik.«
Phoenix klatschte unbeirrt weiter.
Dupree kämpfte mit seiner Jacke und ließ sie zu Boden fallen. Phoenix, die sich vorübergehend in Sicherheit wiegte, war nicht darauf vorbereitet, als er plötzlich einen Satz machte und auf ihre Seite der Liege kam.
Doch Phoenix war schnell und vor allem nüchtern. Während er sich an die Liege klammerte, um nicht zu fallen, hastete sie herum und nahm seinen Platz ein. Sein Gesicht nahm eine dunkelrote Färbung an.
Ein paar Augenblick stand er nur da und versuchte, zu Atem zu kommen. »Zieh du mich aus«, sagte er schließlich. »Ist mir jetzt zu anstrengend. Für was bezahl ich euch Leute denn?«
Phoenix wusste, dass sie nicht in seine Reichweite gelangen durfte. »Okay. Dann kommen Sie her.«
Er leckte sich mit der Zunge über die Lippen und starrte auf ihre Brüste. »Vanessa weiß eigentlich genau, was ich mag. Vielleicht meint sie, dass ich flexibler werden müsste.«
Phoenix stemmte die Hände in die Hüften und wartete.
»Vielleicht find ich kleine Titten ja auch ganz amüsant.« Er

verdrehte die Augen. »Du hättest die Titten sehen müssen, mit denen ich gerade gespielt habe!« Dupree hob die Hand und spreizte die Finger. »Brauchte beide Hände, um die Dinger zu umfassen!« Er deutete mit dem Kopf auf Phoenix' Brustkorb. »Vielleicht ist es ja ganz lustig, an zweien gleichzeitig zu nuckeln!«

Ekelhaftes Schwein.

Wieder setzte er sich in Bewegung und wieder flüchtete Phoenix vor ihm.

»Komm schon, Mädel. Man sollte ja meinen, dass du gar nicht willst.«

Phoenix sah zur Tür.

Mit einem Satz sprang Chester ihr in den Weg und breitete seine Arme aus. »Du willst dem guten alten Chester doch nicht entwischen, hm? Das würde mir aber gar nicht gefallen. Und der Gräfin auch nicht!« Langsam, die Arme noch immer ausgebreitet, kam er auf sie zu. »Eine Rothaarige mit Sommersprossen. Möchte zu gerne wissen, wo du noch überall Sommersprossen hast!«

Phoenix verharrte reglos. Sie war zwischen Liege und Wand gefangen und hatte keine Ahnung, wie sie ihm entkommen sollte.

»So ist es gut.« Er packte sie an den Schultern, zog sie an sich und drückte seine dicken Lippen auf ihre. Ekel erfüllte sie, als sie seine Zunge in ihrem Mund spürte.

Schließlich musste er Luft holen. »Nein!«, schrie Phoenix.

Ein zorniges Rot stieg ihm in die Wangen. Er riss den Träger ihres Tops herunter und starrte auf ihre Brüste. »Sieh an – Sommersprossen auch hier. Und wie sieht's da unten aus?« Er fasste ihr durch den Rock zwischen die Beine und drückte zu.

Im nächsten Moment flog die Tür auf.

Roman. Gott sei Dank.

»Chester? Chester, hast du unsere Verabredung vergessen? Wir haben eine Menge zu besprechen!« Die Stimme gehörte nicht zu Roman. Es war Ilona.

Phoenix' Herzschlag beruhigte sich langsam wieder. Chester lockerte seinen Griff und machte sogar einen halbherzigen Versuch, ihren Träger wieder zu richten. Schließlich drehte er sich um.

Ilona, immer noch in Schwarz und Gold gekleidet, trat mit ausgestreckten Armen und sorgenvoller Miene auf ihn zu. »Chester, mein Lieber, ich habe heute Morgen versucht, dich anzurufen. Ich habe eine Nachricht hinterlassen, dass ich hier bin und wann ich Zeit habe. Hast du dich nicht erkundigt?«

»Ich hab keine Nachricht bekommen.« Chester ließ sich auf eine Couch fallen und starrte Ilona an. Phoenix schien er vergessen zu haben. »Was ist los? Stimmt etwas nicht?«

»Möglicherweise«, sagte Ilona. »Ich habe dir dies hier mitgebracht. Du musst es immer bei dir tragen, bis ich dir sage, dass du es mir zurückgeben kannst.«

Der Blick, den sie Phoenix zuwarf, war eindringlich.

Ilona streckte den Arm aus und legte Chester einen Gegenstand in die Hand. Es war eine kleine Flasche mit einer silbrigen Flüssigkeit. »Behalte das bei dir, Chester. Versprich es mir.«

»Und was bezweckt das Ding?«

Ilona bedeutete Phoenix zu gehen, und sie verließ hastig

das Zimmer. Während sie sich draußen vergewisserte, dass die Luft rein war, hörte sie Ilona sagen: »Es wird dir Frieden geben, Chester. Frieden und die Kraft zu tun, was getan werden muss. Sag niemandem, dass ich es dir gegeben habe, sonst wird jemand, der über seine Macht Bescheid weiß, versuchen, es dir abzunehmen!«

ZWÖLF

Roman trat das Gaspedal durch und betete, dass die berühmte Highway Patrol gerade ein Nickerchen machte.

»Du hast es mir versprochen. Wo warst du?« Phoenix' Stimme auf dem Anrufbeantworter war kaum zu erkennen gewesen. Er hatte gerade noch rechtzeitig seine Wohnung betreten, um den Hörer hochzureißen und das Gespräch anzunehmen. »Ich muss dich sehen – sofort. Ich muss unbedingt weg von hier!«

Zuerst dachte er daran, ihr zu sagen, dass sie ihn in Seattle treffen sollte, doch sie hatte sich so panisch angehört, dass er sich anders entschieden hatte. So hatte er ihr Issaquah vorgeschlagen, das etwa zwischen Seattle und Past Peak lag und über relativ wenig befahrene Straßen zu erreichen war. Er hatte ihr ein Restaurant genannt, das belebt genug war, um ihnen eine gewisse Privatsphäre zu ermöglichen, falls jemand das Gespräch abgehört haben sollte.

Roman hatte inzwischen die Stadt erreicht. Er fuhr über den Boulevard bis zum Gilman Shopping Village, eine Ansammlung von Häuschen im Jahrhundertwende-Stil, in dem sich Boutiquen, Geschäfte und Restaurants befanden. Er fuhr auf einen Parkplatz und stellte seinen Wagen ab, um zu Fuß über die hübsch angelegten und mit Beeten gesäumten Wege zu ihrem Treffpunkt zu gehen.

Einkaufswillige schlenderten in der warmen Nachmittagssonne umher. Roman verlangsamte sein Tempo. Einer, der es eilig hatte, fiel immer auf.
Phoenix saß an einem der Eichentische im Hauptraum des *Boarding House*. Roman stellte fest, dass er sich verrechnet hatte: Der Mittagsansturm war längst vorbei und nur wenige Gäste standen in der Reihe vor der Cafeteriatheke, um sich Sandwiches oder Suppe und hausgemachtes Brot zu kaufen.
Sie hatte ihn anscheinend noch nicht bemerkt. Vor ihr stand eine Tasse Kaffee und ein unberührtes Sandwich. Roman nahm ebenfalls einen Kaffee und gesellte sich zu ihr.
»Keinen Hunger?« Er griff nach dem Sandwich.
Phoenix' Hand sauste mit solcher Wucht auf seine nieder, dass die Kaffeebecher hüpften.
»Hey«, murmelte er. »Reg dich ab. Was immer passiert ist – es ist vorbei. Ich bin hier.«
»Aber du warst nicht da, als ich dich gebraucht habe«, zischte sie. »Du hast es versprochen, aber du warst nicht da.«
»Ich kann dir doch nicht auf Schritt und Tritt folgen. Du warst bei Ilona. Und ich dachte, du hättest danach eine Verabredung in der Stadt.«
»Die Verabredung habe ich verpasst.« Sie schauderte. »Deine Partner hatten eine andere Aufgabe für mich.«
»Phoenix? War es Pierre? Ich dachte, ich hätte ihm deutlich gesagt, dass –«
»Nicht Pierre.« Ihre klaren Augen richteten sich auf seine. »Habe ich dich missverstanden? Hattest du nicht gesagt, dass du mich beschützen würdest?«

Es fiel ihm immer schwerer, ihr gegenüber den coolen Burschen zu spielen. »Ich sagte, ich würde dafür sorgen, dass dir nichts passiert. Im Austausch dafür, dass gewisse ›Dienstleistungen‹ für mich reserviert bleiben.« Er wollte nichts weiter als die Gewähr, dass sie zu den Guten gehörte.

»Ich kann es nicht fassen. Jetzt sagst du es wieder.«

Er zog seine Hand unter ihrer hervor und legte sie stattdessen zuoberst. Während er ihre Hand leicht drückte, deutete er auf einen Mann, der mit dem Rücken zu ihnen am Nebentisch saß.

»Ich kann nicht fassen, dass du es jetzt noch mal sagst«, wiederholte Phoenix flüsternd. »Was bist du bloß für ein Kerl?«

»Eben auch nur ein Mensch. Einer, der seine Schwächen hat.« Die Worte waren heraus. Er konnte sie nicht zurücknehmen.

Sie zog die Brauen hoch. Ihre Lippen waren leicht geöffnet.

»Vergiss, was ich gesagt habe.«

Sie schüttelte den Kopf. »Ich denke nicht daran. Bist du … würdest du zugeben, dass auch du jemanden oder etwas brauchst? Würdest du zugeben, dass auch du verletzlich bist?«

Er wandte den Kopf und starrte aus dem Fenster.

»Bist du wirklich so hart, wie du mich glauben machen willst, Roman?«

»Härter.«

»Genau das frage ich mich schon die ganze Zeit!«

Dann frag dich weiter. Er konnte es sich nicht leisten, ihr noch einen Blick auf den Mann zu gewähren, den er

schon vor langer Zeit erfolgreich aus seinem Leben verbannt hatte. »Hast du dich wieder etwas beruhigt?«
Sie klopfte ihm auf den Handrücken, bis er sie ansah. Dann schob sie ihm das Sandwich hin. Er nahm es und biss ab. Erst jetzt merkte er, wie hungrig er war. »Willst du noch etwas abhaben?«
»Nein.«
»Ist im Club etwas passiert?«
»Ja. Man hat mir eine ganze Menge verheimlicht, als ich nach einem Job gefragt habe, nicht wahr?«
Er konzentrierte sich darauf, herausquellende Sprossen wieder zwischen die Brotscheiben zu schieben. »Was meinst du damit?«
»Es gibt noch einen Club, richtig? Einen Club im Club, in dem nur Leute mit *richtig* viel Geld und seltsamen Vorlieben Mitglied sind.«
Behutsam legte er sein Sandwich ab. Er hatte schon erwartet, dass Pierre oder Miles sich an ihr zu vergreifen versucht hatten – oder vielleicht auch ein Clubmitglied. Er wusste natürlich von den so genannten ›VIPs‹ und war bereits im Allerheiligsten gewesen – ein einziges Mal. Doch gleichzeitig hatte man ihm deutlich gemacht, dass sich nur Vanessa und Geoffrey und eine Hand voll erlesener Mitglieder mitsamt ihrer »Gäste« dort amüsieren durften. Außer Ilona hatte keiner der fest Angestellten die Erlaubnis, durch die geheimnisvolle Tür zu gehen, die in das untere Geschoss des Clubs führte.
Roman wählte die nächsten Worte behutsam. »Ich denke, du bist überreizt!«
Sie stieß sich vom Tisch ab. »Genau! Das muss es sein. Ich bin überreizt. Hysterisch. Leide wahrscheinlich unter

PMS.« Sie schnaubte wütend. »Ich bin beinahe *vergewaltigt* worden!«
Mehrere Köpfe drehten sich um.
Innerlich vor Zorn bebend, nahm Roman die zweite Hälfte des Sandwiches in die Hand und betrachtete dessen Inhalt. Sie mussten das Lokal möglichst unauffällig verlassen. Und dann würde er das Schwein, der ihr das angetan hatte, umbringen.
Ein Blitz ließ ihn erstarren.
Er sah sich um, doch das Einzige, was sich bewegte – abgesehen von der Aushilfe am Tresen –, war die Tür, die langsam zufiel.
»Hast du das gesehen?«
»Den Blitz?«, fragte Phoenix. »Ja. Kam wohl von draußen.«
»Nein«, sagte er abwesend. »Jemand hat hier drinnen fotografiert.«
»Na und?«
Er wollte ihr keine Angst einjagen. »Wir sollten besser verschwinden.« So diskret wie möglich musterte er die Gesichter der wenigen Leute in dem Restaurant. Niemand, der ihm bekannt vorkam. Niemand mit einer Kamera.
»Ich bin nicht sicher, ob ich aufstehen kann.«
Romans Kopf fuhr herum. »Was soll das heißen?« Er stand auf und kam zu ihr. »Bist du verletzt? Soll ich dich ins Krankenhaus bringen?«
»Unsinn.« Ihre Finger tasteten über das Stirnband an ihrem Haaransatz. »Aber deine Sorge ist rührend. Gestern Abend dachte ich noch, dass du mich umbringen wolltest.«
»Gott im Himmel –« Nein, er würde jetzt nicht die Geduld verlieren. Irgendetwas Schlimmes war ihr zugestoßen,

und er war am Abend zuvor wirklich ruppig mit ihr umgegangen. »Es tut mir Leid. Ich hatte mich mit deiner Größe verschätzt. Im Übrigen bin ich es nicht gewohnt, Frauen aufzumischen.«

»Männer schon?«

»Wenn du so fragst – ja.«

Plötzlich füllten sich ihre Augen mit Tränen. Sie zog die Nase hoch und presste die Lippen zusammen.

Roman nahm das Tablett, auf dem sie ihr Sandwich und den Kaffee an den Tisch transportiert hatte, und stellte es auf den freien Nachbartisch. »Phoenix«, sagte er leise. »Es ist ganz okay, sich manchmal ein wenig gehen zu lassen.«

Sie schüttelte den Kopf. »Ich benehme mich dumm.«

»Nein, tust du nicht. Wenn wir den Boden unter den Füßen verlieren, können wir nicht immer alles im Griff haben.«

Zwei Tränen kullerten über ihre Wangen. »Ich stehe noch sehr sicher. Und ich hab auch alles im Griff.«

»Tatsächlich?« Er strich mit dem Daumen sanft über ihren Nacken. »Das glaube ich nicht. Es geht dir nicht gut, und du bist nicht die, die zu sein du vorgibst.«

Als sie von ihm abrücken wollte, packte er ihre Schultern und hielt sie fest. Dann hockte er sich am Tisch neben sie, nahm eine Serviette und wischte ihr behutsam die Tränen ab. »Sch. Es war alles ein bisschen viel, nicht wahr?«

Diesmal war es Phoenix, die durchs Fenster starrte.

Nicht jeder wählt einen Beruf, in dem man lernt, mit so gut wie jeder Situation zurechtzukommen – und das praktisch ohne die eigenen Gefühle mit einzubeziehen. Roman hatte sich darauf eingelassen, um seine Identität

zu finden. Hatte er sie gefunden oder sich vollkommen verloren?
Die Frage schmeckte schal. Es war lange her, dass er sie sich gestellt hatte.
Mit sanfter Gewalt drehte er ihr Gesicht zu sich. »Hm?«
Sie senkte die Lider. Eine Träne plumpste auf den Tisch.
»Willst du drüber reden?«
»Ich weiß nicht, was du meinst.«
Sehr vorsichtig und auf Widerstand gefasst schloss er sie in seine Armen und legte sein Kinn auf ihren Oberkopf. »Wein nur, wenn du musst.« Er tätschelte ihren Rücken und dachte voller Selbstironie, dass er nicht gewusst hatte, wie man ein weibliches Wesen tröstet, bis ein gewisses kleines Mädchen in sein Leben getreten war.
Phoenix sackte gegen ihn. Er spürte, dass sie die Tränen laufen ließ.
Während er sie sanft streichelte, sog er ihren Duft ein. Sie war so weich, so zart. Und er wusste, dass ihm die Gefühle, die er ihr entgegenbrachte – das Bedürfnis, sie zu beschützen, der Wunsch, sie für sich allein zu haben –, leicht das Genick brechen konnten.
»Wenn du mit erwachsenen Leuten spielst, musst du selbst erwachsen sein.« Es schien so natürlich, sie in den Armen zu halten und zu wiegen. »Du bist für diese Sache nicht geschaffen, Phoenix.«
Wenn er es richtig machte, konnte er beides haben: Er konnte es umgehen, seine eigenen Karten offen zu legen, aber dennoch herausfinden, wer sie war und was sie wollte.
»Willst du mir nicht von dir erzählen? Was gewesen ist, bevor du in den Club gekommen bist?«

Phoenix hob den Kopf und sah ihn an. Völlig unerwartet hob sie die Hand und berührte seine Lippen. Wie hypnotisiert beobachtete sie, wie ihr Zeigefinger seine Oberlippe nachzeichnete.
Romans Körper reagierte sofort, und dies war nicht der Ort dafür.
Dann trat Phoenix' Daumen in Aktion. Aufreizend langsam rieb er über seine Unterlippe. »Es wäre so leicht, einzutauchen und nie wieder nach Luft schnappen zu müssen«, sagte sie.
Er runzelte die Stirn. »Kannst du das erklären?«
»Ich denke nicht. Die Leute gucken schon.«
»Und?«
»Du hast dein Sandwich noch nicht aufgegessen.«
»Das Sandwich kann den Hunger, den ich im Moment verspüre, bestimmt nicht stillen.«
Sie rümpfte die Nase. »Lausige Phrase.«
»Tut mir Leid. Etwas Besseres fiel mir gerade nicht ein. Zumal es stimmt. Sollen wir verschwinden?«
Als sie draußen waren, wollte er ihre Hand nehmen, doch sie schob die Fäuste in ihre ausgebeulte Sweatjacke.
»Dein Chevy läuft wieder?«
»Ja. Len hat ihn repariert.«
»Schön für Len. Len, der Retter in der Not.«
»Sei nicht so bissig. Er ist ein guter Freund.«
»Wohl eher ein nützliches Werkzeug.«
Phoenix ging los – leider nicht in Richtung seines Parkplatzes.
»Wie lange kennst du Len denn schon?«
»Drei oder vier Wochen.«

»Wie kann jemand nach drei oder vier Wochen schon ein guter Freund sein?«

Sie blieb stehen und wandte sich ihm zu. Die untergehende Sonne blendete sie, sodass sie blinzelte. »Mir scheint, dass in einem weit kürzeren Zeitraum noch vieles mehr passieren kann.«

»Stimmt.« Man konnte beispielsweise zu viel Interesse an einer Frau entwickeln, von der man rein gar nichts wusste. »Offenbar hast du dich ein bisschen beruhigt. Was ist denn nun im Club passiert?«

»Die Gräfin hat mich in einen unterirdischen Teil des Clubs geführt. Dort sieht alles sogar noch plüschiger aus als oben. Aber ich erzähle dir ja nichts, was du nicht ohnehin schon weißt, richtig?«

Sie erzählte ihm etwas, das ihm gar nicht gefiel. Und sie erzählte ihm außerdem etwas, das sie ihm bestimmt nicht sagen würde, wenn sie für Vanessa und Geoffrey arbeitete. Andererseits … gab es eine bessere Methode, sich das Vertrauen einer Person zu erschleichen, als ihr etwas zu erzählen, was sie keinesfalls erwartete?

»Und was ist passiert? War etwas mit Vanessa?«

»Sie hat mich gefragt –« Plötzlich und ohne Vorwarnung beschleunigte sie ihr Tempo. Einen Moment später lief sie ihm mit wehenden Haaren davon.

Roman brauchte einen Moment, um sich zu fassen. Als er sie einholte, kämpfte sie gerade mit dem Schloss ihres Nova.

»Was sollte das denn jetzt?«

»Das ist doch verrückt. Alles ist total verrückt. Wieso stellst du mir Fragen, deren Antworten du schon kennst?«

Er packte sie am Arm und zog sie herum. »Warum bist du

gekommen, um mir davon zu erzählen, wenn du so etwas denkst?«

»Stopp!« Sie hob die Arme und schob seine Hände weg. Dann wandte sie das Gesicht ab. »Fass mich nicht an. Nicht! Du hast Recht. Ich sollte dir überhaupt nichts davon erzählen. Und ich sollte mich auch nicht beschweren. Ich habe einen Job, der besser bezahlt ist als alles, was ich zuvor getan habe, und ich werde das Beste draus machen.«

Er stützte die Hände links und rechts neben ihr am Auto ab. »Du bist nicht wirklich überzeugend. Erzähl mir, was passiert ist.«

»Das würde dir gefallen, nicht wahr?« Ihre Stimme rutschte einen Ton höher. »Das ist doch alles Teil deines Plans. Ich soll denken, dass du auf meiner Seite bist und …«

»Und?«

»Bitte, geh weg. Du hast die unangenehme Angewohnheit, mich herumzuschubsen.«

»Hör mal, ich gebe zu, dass ich dich gestern Abend ein bisschen herumgeschubst habe, aber ich bin geläutert. Und jetzt würde ich gerne verstehen, was du von mir willst. Über welchen Plan reden wir hier? Und was hat es mit meiner und deiner Seite auf sich?«

»Wusstest du, dass die Gräfin mich an Reverend Chester Dupree verscherbeln wollte?«

Er erstarrte. Er kannte den Namen, aber nicht im Zusammenhang mit dem Club.

»Aber natürlich wusstest du es. Ihr wollt mich auf die Probe stellen, aber ich finde es widerlich.«

»Dupree?«

Wieder wurden ihre Augen groß und hell. Sie nestelte

an den Zipfeln ihrer Jacke, bis sie den Reißverschluss zusammengeführt hatte. Mit einem Ruck schloss sie die Jacke bis zum Kinn. »Du weißt genau, von wem ich rede.« Trotz der milden Nachmittagssonne schlug sie sich die Kapuze über den Kopf und fasste den Kragen am Hals zusammen. »Ein widerwärtiger Kerl, der mir Angst einjagen sollte.«

Reverend Chester Dupree. »Das bezweifle ich.« Ein mit viel Pomp auftretender Geistlicher mit einer Reihe eigener Kirchen, über den Skandalblätter gerne berichteten. Sein Rivale hieß Jimmy Bakker. »Ein fülliger Kerl mit gebleichtem Haar? Dicken Ringen? Und protziger Kleidung?«

Ihr Kinn begann zu zittern.

»Ist es der, von dem du redest? Oft im Fernsehen zu sehen?«

»Hör auf!« Ohne Warnung riss sie die Fäuste hoch und schlug zu, wo immer sie traf. »Du hast mit mir gespielt. Ein Mann wie du interessiert sich nicht für Frauen wie mich. Hast du dir ins Fäustchen gelacht, als du gemerkt hast, dass ich auf deine Masche reinfalle?«

Mit einiger Mühe gelang es ihm, ihre Handgelenke zu packen. Phoenix begann zu treten.

»Du passt auf mich auf, ja? Du willst mich und begehrst mich, und du wirst mich beschützen, damit niemand sich an mir vergreift, ja? Gott, und ich hab diesen Quatsch geglaubt!«

»Du hast die Wahrheit geglaubt!«, sagte er ruhig.

Was mit einem weiteren Hagel von Schlägen und Tritten belohnt wurde. »Er hat mir Kokain angeboten. Er wollte mir meine Kleider vom Leib reißen. Er … er hat mich *begrabscht!*«

»Phoenix –«

»Er wollte mich vergewaltigen. Und wenn Ilona nicht gekommen wäre, dann hätte er es getan. Ich hätte es nicht verhindern können!«

»Wer hat dich ausgebildet?«

Sie wischte sich mit dem Jackenärmel über das Gesicht. »Ausgebildet?«

»Bist du ein Naturtalent oder eine gut ausgebildete Schauspielerin?« Noch bevor er die Frage ausgesprochen hatte, verabscheute er sich schon dafür. Wenn sie nicht das war, für was er sie hielt, dann brauchte er sich nie wieder auf seine Instinkte zu verlassen.

Er erwartete Zorn, doch sie überraschte ihn einmal mehr. Phoenix senkte die Lider und drehte sich zu ihrem Auto um. Sie legte die verschränkten Arme auf das Dach und ließ ihre Stirn darauf sinken.

»Phoenix.«

»Warum sollte ich so tun, als ob ich Angst hätte? Warum sollte ich dir etwas vorspielen? Wenn du zurück in den Club fährst, dann werden sie dir erzählen, dass ich wie ein aufgescheuchtes Huhn geflüchtet bin.«

»Das bezweifle ich.«

»Und ob sie das werden.«

Sie konnte natürlich nicht wissen, dass es andere Dinge gab, über die sie sich Sorgen machen sollte. Phoenix hatte das Heiligtum des Clubs gesehen. Geoffrey und Vanessa würden mit Sicherheit alles daran setzen zu verhindern, dass sie etwas ausplauderte, das die Existenz des VIP-Clubs bedrohte. Roman hatte so seine Vermutungen, was dort vor sich ging.

»Würdest du mit mir zu Freunden von mir fahren?« Roman

hatte die Frage gestellt, ohne vorher über die Konsequenzen nachzudenken. Blieb zu hoffen, dass er es nicht bereute. »Sie wohnen hier in Issaquah, und ich habe versprochen vorbeizuschauen.«

Sie gab keine Antwort.

Zum Teufel – im Grunde genommen tat sich überhaupt nichts bei seiner Suche nach Aprils Mörder. Wenn er Phoenix näher kommen konnte, dann bekam er wenigstens die Chance, in Aprils zurückgelassenen Sachen in Belle Rose herumzuschnüffeln.

»Was für Freunde?«

Allerdings ... wen versuchte er eigentlich zu täuschen? Sicher wollte er endlich auf eine heiße Spur stoßen – aber er wollte vor allem deshalb Phoenix näher kommen, weil er ... weil er Phoenix näher kommen wollte!

»Was für –«

»Dusty Miller«, antwortete er hastig. »Wir haben uns kennen gelernt, als ich meine Ausbildung bei den SEALs begann. Dusty war Experte für Unterwassersprengungen.«

Das Kinn auf die Hände gestützt, starrte sie ins Leere. »Klingt ziemlich gefährlich.«

»Das ist es auch. Sein, äh, Enkelkind wohnt bei ihm.« Seine Geschichte musste sich gut und sehr, sehr glaubwürdig anhören. »In einem kleinen Haus am Sammamish-See. Hast du Lust?«

»Warum willst du, dass ich mitkomme?«

»Kluge Frage.« Zu klug. »Ich denke, dass wir beide im Augenblick überhaupt nicht wissen, was wir empfinden sollen ... in Bezug auf uns beide, meine ich. Ich könnte mir vorstellen, dass wir uns ein bisschen entspannen, wenn wir einfach irgendwas ganz Normales tun. Viel-

leicht fängst du ja sogar an, mir zu trauen.« Er wollte sie mit der Kleinen zusammen sehen.
Sie zögerte eine lange Weile. »Okay«, sagte sie schließlich und öffnete die Autotür. »Steig ein. Ich fahre.«

Etwas später sah sich Phoenix im erdrückend gelben Wohnzimmer eines Hauses am See nicht einem, sondern gleich zwei Furcht einflößenden Männer gegenüber.
Roman hatte die Tür mit einem Schlüssel geöffnet und sie in den hinteren Teil des Hauses geführt. Die beiden Fremden standen vor ihr und starrten über ihren Kopf hinweg Roman an.
»Das ist Phoenix«, sagte er mit einer Stimme, die ihr unbekannt war. »Die Gräfin von Leiden hat sie eingestellt. Wir haben uns zufällig in Issaquah getroffen, und ich habe sie eingeladen, Dusty und Junior kennen zu lernen.«
Der Ältere der beiden bedachte sie mit einem Blick, der sie hätte einfrieren können. Er streckte ihr die Hand entgegen. »Dusty Miller.«
Phoenix lächelte gequält, als er ihre Hand beinahe zerquetschte, und gab sich alle Mühe, nicht schon wieder auf seine Tweetie-Pantoffeln zu starren.
»Ferrito«, sagte der andere, während er sich in einen Sessel fallen ließ.
Phoenix fand, dass der Mann außergewöhnlich attraktiv war … aber gleichzeitig hatte er etwas Beängstigendes an sich. Unter all der zur Schau gestellten Trägheit wirkte er wachsam und lauernd wie eine zusammengerollte Kobra – wie jemand, der eiskalt war und sich keine Mühe machte, den schönen Schein zu wahren. Der Mann hatte kurzes, sonnengebleichtes Haar und braune, unergründ-

liche Augen. Mit seinem durchtrainierten Körper hätte er gut als skandinavischer Abfahrtsläufer durchgehen können.

»Nasty«, meinte Roman. Sein Grinsen wirkte irgendwie unecht. »Dusty hat mir gar nicht gesagt, dass du kommen wolltest.«

Ferrito lächelte nicht. Er sah nicht aus, als würde er überhaupt jemals lächeln. »Dusty wusste nicht, dass ich komme.«

»Der Bastard –« Dusty hustete. »Der Kerl ist einfach aufgetaucht. Will sich glatt einen Monat bei mir einnisten.«

Roman rieb seine Hände. »Fein. Es ist gut, dich hierzuhaben, Kumpel. So, dann hätten wir das mit der Vorstellung ja erledigt. Oder fast. Dusty hat noch ein Enkelkind, das hier lebt.«

Die Falten in Dustys wettergegerbtem Gesicht vertieften sich. Er blickte Nasty an, der, so weit Phoenix das beurteilen konnte, ins Leere starrte.

»Phoenix ist eine Freundin«, sagte Roman. »Bist du böse, weil ich ihr erzählt habe, dass Junior bei dir lebt, seit deine Tochter gestorben ist?«

Falls Dusty nicht böse war, dann wollte sie lieber nicht in der Nähe sein, wenn er sich wirklich ärgerte. Er knurrte etwas Unverständliches und wandte sich so abrupt ab, dass er in eine Stehlampe rannte und sie festhalten musste, damit sie nicht umkippte.

»Tut mir Leid, Dusty«, sagte Roman, ohne schuldbewusst zu klingen. »Manchmal vergesse ich, dass es noch nicht so lange her ist. Dusty und seine Tochter standen sich sehr nah.«

»Es tut mir sehr Leid«, murmelte Phoenix.

»Dass niemand weiß, wer der Vater des Kindes ist, macht die Sache natürlich nicht besser«, fügte Nasty beiläufig hinzu.
Dusty schien sich zu verschlucken.
»Hey.« Nasty zuckte die Achseln. »Du hast doch gehört, was Roman gesagt hat. Sie ist eine Freundin. Sie wird jetzt bestimmt nicht schlecht von dir denken.«
»Schlecht von mir?« Dusty Miller fuhr wütend herum. Wieder stieß er gegen die Lampe, wieder gelang es ihm, sie im letzten Moment zu fangen. »Warum sollte sie auch schlecht von mir denken, wenn meine … meine Tochter … Oh, Mist! Wie auch immer!«
Nasty zog ein Klappmesser hervor und begann, damit zu spielen.
Betroffen ging Phoenix zu Dusty und berührte ihn zögernd am Arm. »Es tut mir sehr Leid, dass Sie Ihre Tochter verloren haben. Es muss schrecklich für Sie gewesen sein. Aber wie gut, dass der kleine Junge wenigstens noch Sie hat.«
»Mädchen«, sagte Nasty.
»Oh. Weil Sie Junior sagten, dachte ich –«
»Dusty hat sich immer einen Jungen gewünscht«, erklärte Roman.
»Ihr richtiger Name ist eigentlich … eigentlich …« Dusty verstummte verlegen.
»Zinnia«, sagte Roman rasch. »Schöner Name, nicht wahr? Ihre Mutter hieß auch so. Deswegen nennen wir sie auch alle Junior.«
Nasty seufzte laut und kam auf die Füße. »Wie wär's, wenn ich mal nachsehe, ob der jungen Dame Besuch genehm ist?«

Als er den Raum verlassen hatte, schoben Roman und Dusty die Hände in die Taschen und räusperten sich gleichzeitig.

»Was arbeitet Nasty denn?«

»Er ist in der Navy«, antwortete Dusty. »Hat gerade Urlaub.«

Sie sah sich nach Roman um. »Hast du ihn da kennen gelernt? Bei der Navy?«

»Er ist ein SEAL.«

»Bist du verfrüht ausgeschieden?«

»Ja.«

Die Antworten wurden immer knapper. Allerdings hatte Phoenix den Verdacht, dass dieser Mann niemals gesprächig war, sobald es um seine eigene Person ging.

Man hörte, wie Nasty zurückkam. Die Tür schwang auf.

»Hier ist sie«, sagte Nasty. Doch, er konnte lächeln und – wow! – es sah umwerfend aus! »Unsere kleine Prinzessin!«

Die kleine Prinzessin trug – Überraschung! – einen gelben Schlafanzug. Weißblonde Löckchen ringelten sich weich um ihr Gesicht. Die hellen, grünblauen Augen wirkten noch verschlafen. Sie hatte den Daumen in den Mund gesteckt und schleifte eine Decke – eine gelbe Decke – hinter sich her.

Roman hockte sich nieder und breitete die Arme aus. »Komm her«, sagte er mit sanfter Stimme. »Komm in meine Arme.«

Phoenix griff sich unwillkürlich an die Kehle.

Junior ließ ihre Decke fallen und zog den Daumen aus dem Mund. Mit den trampelnden, unbeholfenen, aber furchtlosen Schritten eines Laufanfängers stürzte sie, den

Kopf voran, auf den großen Mann zu. Sie plumpste in seine Arme und Roman hob sie über seinen Kopf in die Luft. Das Kind jauchzte vor Vergnügen.

»Pass auf. Sonst wird ihr noch schlecht«, brummte Dusty.

Roman stand auf und drückte sie fest an sich. Eine Hand streichelte ihren Rücken, während er seine Stirn gegen die ihre rieb.

»Sie ist erst vierzehn Monate«, bemerkte Dusty stolz. »Aber schon so weit entwickelt. Habt ihr gesehen, wie sie läuft?«

»Bis sie auf die Nase fällt«, sagte Nasty.

»Sie ist wirklich süß«, bemerkte Phoenix. Niemals hätte sie gedacht, dass der Anblick dreier Furcht einflößender Männer, die von einem kleinen Mädchen gezähmt worden waren, sie so würde rühren können.

»Und sie fängt schon an zu reden!«, fügte Dusty hinzu.

»War es … war es ein Unfall? Was ist Ihrer Tochter passiert?«, Augenblicklich wünschte sie sich, sie hätte die Frage nicht gestellt.

»Schwere Geburt«, antwortete Nasty prompt. »War nichts mehr zu machen.«

Phoenix wurde das Herz schwer. Sie vermied es, Dusty anzusehen.

»Krieg ich ein Küsschen?«, gurrte Roman. »Wo ist mein Küsschen?«

Roman wirkte unwiderstehlich, wie er so offensichtlich Spaß mit dem Kind hatte.

Junior legte ihre winzigen Hände an seine Wangen und musterte ihn eingehend. Roman riss die Augen weit auf und zog die Nase kraus.

Phoenix schlug die Hände vors Gesicht. Ein Glücksgefühl, albern, kitschig und nicht zu unterdrücken, durchströmte sie. Er konnte kein Ungeheuer sein! Ungeheuer schmusten und spielten nicht mit so deutlicher Freude mit Kleinkindern.

»Krieg ich jetzt endlich ein Küsschen?«

Die Kleine platzierte ihre Lippen auf seinen Mundwinkel. Roman zog sie fest an sich und wiegte sie in seinen Armen, während ein bittersüßes Lächeln über sein Gesicht huschte. Phoenix sah es und verspürte einen heftigen Stich.

Junior machte sich von Roman los, klatschte in die Hände und rief »Pa-pa, pa-pa!«

DREIZEHN

Phoenix betrat Belle Rose durch eine Tür, die in die riesige Küche führte. Evangeline, Roses Gesellschafterin, beugte sich über eine halbe Grapefruit, konzentriert damit beschäftigt, das Fruchtfleisch von den Häutchen zu trennen.

»Morgen, Evangeline.«

Die Frau hob den Kopf. Ihr rundes Gesicht zeigte ein Lächeln. »Sie sind aber mächtig früh, Miss Phoenix.«

»Phoenix. Nennen sie mich einfach nur Phoenix.«

»Gut«, meinte Evangeline, wie sie es immer tat. Phoenix bezweifelte, dass die Frau sie je mit etwas anderem als Miss Phoenix ansprechen würde.

»Ist Rose schon wach?«

Evangeline setzte die halbe Grapefruit in ein Glasschälchen, platzierte eine Kirsche in die Mitte und streute Zucker über die Frucht. Dann wischte sie sich die Hände an einem Geschirrtuch ab. »Sie müsste gleich unten sein.« Sorgenvoll runzelte sie die Stirn. »Sie hat nicht besonders gut geschlafen. Aber ist ja auch kein Wunder bei all dem Durcheinander mit dem Mann in der Auffahrt und dem Einbruch in die Garagenwohnung.«

Evangelines Akzent war mindestens doppelt so stark wie Roses. Wie Phoenix erfahren hatte, hatten die beiden

Frauen etwa das gleiche Alter und waren zusammen aufgewachsen. Die verwaiste Evangeline hatte bei den Smothers' ein neues Heim gefunden, und als sie von Georgia nach Washington umgezogen waren, hatte Mr. Smothers sie als Gefährtin für seine Tochter mitgenommen. Rose und Evangeline waren unzertrennlich.
»Zum Glück hat sich der Trubel ja jetzt gelegt«, sagte Phoenix. »Ich könnte schon fast glauben, dass ich mir alles nur eingebildet habe.« Eine glatte Lüge, aber für Rose und Evangeline sicherlich besser.
Evangeline schürzte die Lippen und legte die Stirn in Falten. »Das tun Sie nicht. Dazu sind Sie viel zu vernünftig. Die Welt heutzutage ist schwierig, Miss Phoenix. Wir können nur hoffen, dass derjenige, der das getan hat, wieder weitergezogen ist.«
»Morgen!« Rose kam durch die Schwingtür in die Küche und strahlte, als sie Phoenix sah. »Das ist ja schön. Lassen Sie uns zusammen frühstücken.«
»Eigentlich wollte ich –«
»Nein, ich bestehe darauf.« Sie breitete die Arme aus und vollführte eine Drehung auf der Spitze ihrer schwarzen Stiefelette. »Na, was denken Sie? Das ist der neue ›Casual Look‹. Dieser Ralph Lauren ist ja so clever!« Ein roter Rollkragen ragte über dem Ausschnitt des schwarzen Sweatshirts hervor, auf dem in großen Buchstaben USA aufgedruckt war. Dazu trug Rose schwarze enge Hosen und ein schwarzes Barett, das neckisch schräg über ihrem rechten Auge saß.
Phoenix schüttelte staunend den Kopf. »Sie sind wirklich unglaublich, Rose. Sie könnten jederzeit als Model arbeiten, wenn Sie nur wollten.«

Rose winkte ab und setzte sich auf einen Stuhl an den runden Eichentisch. »Unsinn. Es ist überhaupt keine Kunst, sich schick anzuziehen – man braucht einfach nur die Bilder in den prächtigen Katalogen zu kopieren. Sehen Sie sich nur diese wundervollen Ohrringe an! Ist es nicht eine tolle Idee, sie zu diesen sportlichen Sachen zu tragen?«
»Das stimmt.« Phoenix fing Evangelines Blick auf, aber die Miene der Frau blieb ausdruckslos. »Ich hätte gerne eine Tasse Kaffee. Nein, lassen Sie nur, Evangeline. Ich mach es schon selbst.«
»Das werden Sie nicht. Nicht wahr, Evangeline? Sie setzen sich jetzt sofort zu mir. Evangeline, bringst du ihr die andere halbe Grapefruit?« Rose beugte sich verschwörerisch zu Phoenix. »Evangeline hat Ihnen bestimmt noch nicht verraten, was sie vorhat, oder?« Sie zog die Schultern hoch, als würde ihr ein wohliger Schauder über den Rücken laufen.
Evangeline wurde rot und stellte Phoenix hastig eine Kaffeetasse hin.
»Evangeline hat ein Date.« Rose nickte verschmitzt. »Tja, Sie hätten nicht gedacht, dass ich solche Ausdrücke kenne, nicht wahr?«
»Nun –«
»Jedenfalls geht sie aus. Mit Web. Kennen Sie Web? Er ist unser Mädchen für alles und ein echter Schatz.«
»Ich habe ihn bereits getroffen.«
»Und? Ist er nicht unglaublich rothaarig? Und dieser Bart!« Rose legte beide Hände an die Wangen. »Aber er ist sehr nett zu Evangeline. Er fährt sie immer herum, nicht wahr?«
»Ich muss nach oben«, sagte Evangeline, deren Gesicht nun dunkelrot war. »Die bestellten Überdecken sind

gekommen. Ich will sie heute noch in den Zimmern verteilen.«

Rose rieb sich die Hände und lächelte vergnügt. »Oh, was für ein Spaß. Lauf ruhig, Liebes. Ich komme nachher rauf und schaue es mir an.«

Als die Tür hinter Evangeline zufiel, atmete Phoenix dankbar auf. Ihr war nicht nach Smalltalk zumute. Nachdem sie gestern Roman Wilde mit Junior Miller, die angeblich jeden »Pa-pa« nannte, zusammen gesehen hatte, war ihr klar geworden, dass nichts so war, wie es zu sein schien.

»Essen Sie Ihre Grapefruit, Liebes«, sagte Rose.

Phoenix gehorchte. April war in irgendeine furchtbare Falle geraten, in der sie vermutlich immer noch steckte. Und dieser scheußliche Club hatte etwas damit zu tun. Phoenix hatte vor, wie abgemacht am Nachmittag dort aufzutauchen, als ob überhaupt nichts passiert wäre. Wenn die Gräfin ihr wegen der Sache mit dem Reverend an den Kragen wollte, konnte sie einfach wieder die dumpfe Rothaarige spielen. Langsam bekam sie richtig Übung darin.

Aber das größte Dilemma war Roman Wilde.

Sie … sie fing offenbar an, sich in diesen Mann zu verlieben.

Phoenix würgte an ihrem Stück Grapefruit und griff nach der Kaffeetasse. Wie konnte man sich in einen Mann verlieben, den man erst ein paar Tage kannte und der einen im Wald herumschubste? In einen Mann, dessen sexuelle Energie ausreichte, um ihre Innereien noch aus der Ferne in Brand zu setzen?

Das Stück Fruchtfleisch rutschte endlich durch die Speiseröhre. Widerwillig verzogen sich ihre Lippen zu einem verschmitzten Grinsen. Gegrillte Innereien waren eine Spezialität, an die sie sich vielleicht gewöhnen konnte.

»Möchten Sie einen Toast, Liebes?«

»Nein, danke.«

»Das dachte ich mir. Sie haben eine fantastische Figur. Und da muss man sehr vorsichtig sein, nicht wahr?«

»Hm. Ja.«

Sie hatte Roman zu dem malerischen Shopping Village in Issaquah zurückgefahren. Er hatte ihr erklärt, dass er zwar von den zwei »Ebenen« des Clubs wusste, aber nur mit einer, und zwar der, die sich *vor* der mysteriösen Tür befand, zu tun hatte. Er riet ihr, sich zu verhalten, als wäre nichts geschehen, und bat sie, niemandem im Club von seinen Freunden in Issaquah zu erzählen.

Seit gestern dachte Phoenix immer wieder über alles nach. *»Pa-pa, Pa-pa«*. Junior hatte zu keinem der anderen etwas Ähnliches wie Papa gesagt. Aber konnte Dusty Miller wirklich so freundschaftlich mit Roman umgehen, wenn dieser indirekt den Tod seiner geliebten Tochter verursacht hatte? Roman hatte ihr auf der Rückfahrt versprochen, dass er sich im Club von nun an immer in ihrer Nähe aufhalten würde. Er wollte ihren genauen Zeitplan wissen. *Ohne Gegenleistung*. Auch das hatte er gesagt.

Wollte er ihr näher kommen? Zeigen, dass sie Vertrauen haben konnte?

Oder war das nur wieder eine Art Test?

Sie schob die Grapefruit zur Seite. Sie konnte das Spiel so weiterspielen wie bisher. Niemand wusste, wer oder was sie wirklich war. Und niemand wusste, dass April und sie eng befreundet waren.

Ilona war der Schlüssel. Diese Frau hatte sie gewarnt und

angedeutet, dass vor ihr bereits jemand aus dem Club in Schwierigkeiten geraten war. Die Sprüche einer Wahrsagerin ernst zu nehmen war für Phoenix etwa gleichbedeutend mit dem Glauben an die Wirksamkeit von Nashornpulver als Aphrodisiakum, aber sie war überzeugt, dass Ilona in irgendeiner Hinsicht ihre Verbindung zu April war.

Aber zuerst konnte sie hier und jetzt noch einiges herauszufinden versuchen – mit Hilfe von Rose.

»Noch Kaffee?«, fragte Phoenix.

»Aber nein, meine Liebe. Trinke niemals mehr als eine Tasse am Morgen. Hat Evangeline Ihnen schon von Nellies Nachricht erzählt?«

Phoenix verneinte.

»Sie wird langsam vergesslich. Mal sehen, ob ich es noch zusammenkriege.« Sie zog die Brauen zusammen. »Ja. Heute Morgen um elf. Zum Haareschneiden und … irgendetwas mit Bananenfisch? Kann das sein?«

Phoenix brauchte einen Moment, bis sie begriff. Dann grinste sie. »Ja, das stimmt schon. Es geht um J.D. Salinger. Nellie will ihren Horizont erweitern – das sind ihre Worte, nicht meine! – und hat ihren Friseurladen zu einem Literaturclub ernannt. Wir werden also beim Haareschneiden über bedeutende Werke sprechen, und da der Priester in ihrer Kirche etwas gegen Salinger zu haben scheint, ist Nellie überzeugt davon, dass dieser Autor ein guter Start ist!«

Rose sah sie fragend an.

Phoenix winkte ab. »Nicht so wichtig. Rose, ich möchte noch mehr über April erfahren. Ich mache mir langsam Sorgen.«

Rose zögerte eine viel zu lange Weile. »Ich habe Ihnen doch gesagt, dass es keinen Grund zur Sorge gibt.«
»Schon.« Phoenix nahm die Tasse in beide Hände. Das Porzellan war hauchdünn. »Ich möchte ja glauben, dass Sie Recht haben, aber ... Denken Sie, dass ich die Karten lesen könnte?«
Rose stellte ihre Tasse heftig ab. »Ich habe sie Ihnen doch schon gezeigt.«
Phoenix hatte befürchtet, dass das der falsche Ansatz war. »Tut mir Leid«, murmelte sie.
»Sie lieben sie.« Roses Augen füllten sich mit Tränen. »Und ich auch. Sie war die Erste, die mir je ... April hat mir viel erzählt. Und sie hat mich nie für ein dummes Ding gehalten, nur weil ich ... weil ich bin, wie ich bin.«
»April maßt sich nie an, andere Menschen zu verurteilen«, sagte Phoenix sanft. »Sie hatte keine leichte Kindheit. Wir zwei waren wie zwei Musketiere. Wir waren immer für den anderen da. Aber eigentlich hat April mir immer mehr geholfen als ich ihr. Sie hat an mich geglaubt. Als niemand anderes mehr einen Pfifferling auf mich geben wollte, hat sie mir gesagt, dass ich genauso viel wert bin wie jeder andere – viel mehr sogar. Ich –« Sie brach ab, schockiert über die Wucht der Gefühle, die in ihr aufwallten.
Rose musterte sie konzentriert. »Sie lieben sie wirklich. Aber es ist auch schwer, es nicht zu tun. Niemals redet sie schlecht über andere – im Gegenteil: Meistens findet sie selbst an Leuten, mit denen niemand mehr etwas zu tun haben will, noch etwas Gutes. Sie kommt zurück, Phoenix. Ich weiß es einfach.«
Phoenix stellte ihre Tasse behutsam ab und senkte den Kopf. »Ich hoffe es sehr.«

»Ich *weiß* es. Sie warten jetzt hier, und ich hole die Postkarten, die April mir geschrieben hat. Wenn Sie noch einen Blick darauf geworfen haben, werden Sie wissen, dass sie sich einfach augenblicklich so gut amüsiert, dass sie … dass sie Past Peak für eine Weile vergessen hat. Aber sie wird zurückkommen. Sie hat doch noch Sachen hier, an denen sie hängt.«
»Die Vase«, murmelte Phoenix. »Hat sie Ihnen erzählt, wie sie darauf gespart hat? Waterford. Sie stand völlig verstaubt in einer Ecke im Schaufenster des Leihhauses. April betete, dass niemand sie sauber machen und bemerken würde, wie wunderschön die Vase ist, bevor sie selbst genug Geld hatte, um sie zu kaufen.«
Rose stand auf. »Sie hat es mir erzählt. Und dabei hat sie gelacht, aber es klang nicht glücklich. Sie habe sie für ihre Träume gekauft, sagte sie mir. Für die Zeit, wenn sie erst einmal verheiratet wäre und die Vase mit frischen Blumen auf einem polierten Esstisch stehen würde. April hätte die Vase niemals einfach hiergelassen. Und die Teddybären. Sie hat so an ihnen gehangen. Nein – sie kommt wieder, das steht fest.«
Der Kloß in Phoenix' Kehle hatte bedrohliche Ausmaße angenommen. Sie war froh, als Rose die Küche verließ und ihr einen Moment Zeit gab, um sich zu fassen.
Natürlich hätte April diese Gegenstände niemals zurückgelassen – nicht, wenn sie nicht die Absicht gehabt hätte zurückzukommen. Doch was, wenn sie wollte, aber nicht konnte?
Rose kehrte zurück.
Es überraschte Phoenix nicht, dass sie die Karten nicht mitgebracht hatte. Am besten, sie sprach nicht mehr davon.

»Ich sollte jetzt besser losfahren. Ich muss zu Mort und Zelda, bevor ich ins *Cheap Cuts* fahre.« Sie nahm ihr Geschirr und stellte es in das Email-Spülbecken.

»Tun Sie das nicht«, sagte Rose.

»Oh, ich bin daran gewöhnt, meine Tasse –«

»Das meine ich nicht.« Roses Stimme klang scharf. »Tun Sie nicht so, als sei ich ein bisschen durchgedreht und müsste geschont werden.«

Phoenix fuhr herum.

»Sie denken das, weil ich … weil ich nicht viel ausgehe. Und manche Leute halten mich für seltsam. Aber was ist denn falsch daran, wenn man sich die Welt lieber von außen anschaut, als in ihr zu leben?«

Phoenix fiel darauf keine Antwort ein.

»Sie denken, dass ich eine dumme, alberne Person bin, die Ihnen deshalb die Postkarten nicht zeigt, weil sie egoistisch ist und nicht teilen kann.«

»Nein! Nein, Rose, das denke ich bestimmt nicht.«

»Das sagen Sie.«

Phoenix trat näher. »Meiner Meinung nach sollte jeder so leben, wie er es möchte, solange er damit niemand anderem wehtut. Bitte machen Sie sich jetzt keine Gedanken mehr. Ich bin sehr froh, dass ich hier wohnen darf und dass Sie so freundlich zu mir sind.«

»Ich bin mehr als froh, Sie hier zu haben.« Das Geräusch, das aus Roses Kehle kam, drang bis in Phoenix' Innerstes. Es war ein verzweifeltes Schluchzen.

»Nicht weinen. *Bitte.*«

Rose presste sich die Rückseite ihrer Faust gegen die Lippen. Tränen strömten über ihre Wangen. »Ich kann Ihnen die Postkarten nicht zeigen, weil sie weg sind.«

Wenn er wieder in den Club zurückkehrte, würde er sofort wissen, ob er aufgeflogen war, weil er sich Phoenix geöffnet hatte … selbst wenn er ihr nichts wirklich Bedeutendes enthüllt hatte.

Roman trank den Rest Kaffee, stellte seinen Becher auf die Theke im *Round the Bend*, winkte Mort und schlenderte hinaus, als hätte er nichts Wichtigeres zu tun, als sich über die Frage klar zu werden, wo er sein Mittagessen einnehmen sollte.

Draußen auf dem Bürgersteig warf er seinen Schlüssel in die Luft und fing ihn wieder auf, bevor er über die Straße wanderte und sich auf seinen Land-Rover zubewegte. Wenig später saß er hinterm Steuer und fuhr in Richtung North Bend.

Eine großzügige Runde um den Block brachte ihn zu einem leuchtend pink gestrichenen flachen Haus am Ende eines kleinen Pfades, an dem ein Schild verkündete: CHEAP CUTS – PREISWERTE HAARSCHNITTE! VIEL SCHÖNHEIT FÜR WENIG GELD! KEINE SCHNEIDET BESSER AB!

Auf dem mit Kies und Schotter bedeckten Platz davor stand Phoenix' Chevy hinter einem VW-Bus, der in Tarnfarben gestrichen war und dessen Fenster mit weißen Spitzenvorhängen verhängt waren.

Roman parkte hinter dem Chevy und stieg aus.

Rosafarbene Flamingos, Windtiere in Entengestalt, Gipselfen und hölzerne Tulpen in roten Plastiktöpfen säumten den Pfad zur Eingangstür. Das Dach der Hauses wurde von einem Weihnachtsmann im Schlitten gekrönt.

Das Schild an der Tür verriet, dass »GEÖFFNET« war.

Wieder ließ Roman sich auf ein riskantes Spiel ein. Er setzte auf seinen Instinkt, dass Phoenix nicht zur Gegenseite gehörte und dass er eine Spur zu April finden würde, wenn er sich in Phoenix' Alltag breit machte. Und er setzte auf sein Gespür, dass er endlich die eine Frau gefunden hatte, mit der er sich eine Zukunft vorstellen konnte.

Roman steckte den Kopf durch die Tür, nahm sofort starken Parfumgeruch wahr und lauschte, als er Stimmen aus dem hinteren Teil des Gebäudes hörte. Stimmen und das leiernde Fideln von Countrymusik. Leise ging er den Geräuschen nach.

Keine der vier Frauen bemerkte ihn, als er den Raum betrat. Roman lehnte sich gegen die Wand und betrachtete sie.

Eine kleine Frau in einer rosa-weiß karierten Bluse, einer engen weißen Jeans und weißen Stiefeln mit hohen Absätzen wanderte mit einem aufgeschlagenen Buch durch den Raum. Dabei piekte ihr Zeigefinger Löcher in die Luft. »Es geht um Symbolik«, verkündete sie gerade. »Dass sie sich die Fußnägel lackiert, ist pure Symbolik.«

Die Frau aus dem *Round the Bend* saß im Schneidersitz unter einer Trockenhaube, unter der ihr Gesicht zunehmend roter wurde. Auch sie hielt ein Buch in der Hand.

Die Blondine in Jeans blieb stehen. »Seid ihr meiner Meinung?«

»Und was soll es symbolisieren?« Phoenix' Stimme klang leicht gepresst. Sie saß zurückgelehnt, den Kopf über einem Waschbecken, und ließ sich von einem blassen Mädchen eine schäumende Haarwäsche verpassen. Das Mädchen trug einen Nasenring und hatte eine Frisur, die Roman an ein bronzefarbenes Stachelschwein erinnerte.

»Ich weiß es«, sagte Nellie. »Und jetzt wollen wir sehen, ob ihr eure Hausaufgaben gemacht habt!«

Das Mädchen mit der Stachelschweinfrisur ließ eine riesige grüne Kaugummiblase platzen, holte die Reste mit der Zunge ein und begann wieder zu kauen. »Was heißt'n symbolisieren?«, fragte sie und drehte das Wasser ab.

»Erklär du es Tracy, Phoenix«, sagte Nellie. »Du kannst so was besser.«

Ein weißes Handtuch um ihren Kopf geschlungen, setzte Phoenix sich auf. »Symbolisieren heißt, schlicht gesagt, wenn etwas dich an etwas anderes denken lässt – etwas *bedeutet* etwas anderes!«

Noch eine grüne Blase platzte. Tracy tappte mit ihrem Springerstiefel den Takt der Countrymusik, während sie über Phoenix' Worte nachdachte. »Aber warum sagt man dann nicht direkt, was man meint?«

Roman konnte ein Grinsen nicht unterdrücken.

In diesem Moment entdeckte Nellie ihn. »Da sieh mal einer an, wen wir da haben.« Mit schwingenden Hüften kam sie auf ihn zu. »Was kann ich für Sie tun, Cowboy?« Sie zwinkerte ihm überdeutlich zu, doch ihr Lächeln hatte nichts Anzügliches.

»Wie ich gehört habe, sind Sie in dieser Gegend die Haarkünstlerin. Würden Sie sich auch an meine Frisur wagen?«

»Aber immer.« Nellie hakte sich bei ihm ein und führte ihn von der Wand weg. »Es wird mir ein Vergnügen sein.«

»Hi, Phoenix«, sagte er fröhlich, als er sich neben ihrem Waschbecken niederließ. »Mort aus dem *Bend* hat erwähnt, dass du hier bist. Dachte, ich schlage zwei Fliegen mit einer Klappe.«

»Ein Symbol«, sagte Tracy und deutete auf ihn.

»Ah, nein, er ist ein bisschen mehr als nur ein Sexsymbol, oder, Cowboy?«, erwiderte Nellie.

»Nein.« Tracy rubbelte Phoenix' Haar mit dem Handtuch trocken. »Zwei Fliegen mit einer Klappe schlagen. Das ist ein Symbol, oder? Was er wirklich meint, ist, dass er zwei Dinge gleichzeitig erledigen kann.«

Phoenix blickte an die Decke.

»Na ja«, bemerkte Nellie. »Das kannst du ihr nicht verübeln. Du hast ihr doch erklärt, dass ein Symbol eigentlich etwas anderes bedeutet.«

Zelda hatte inzwischen die Trockenhaube hochgeschoben. »Sie sind doch der alte Freund von Phoenix, oder?«

»Roman Wilde«, sagte er freundlich, während er schon halb erwartete, dass Phoenix sich gegen den Begriff Freund wehrte.

Doch Phoenix schwieg noch immer.

Nellie drückte sanft seinen Kopf zurück und ließ ihm Wasser über das Haar laufen. »Wohnen Sie hier in der Gegend, Roman?«

»Nicht weit weg.«

»Sie und Phoenix« – sie warf Phoenix einen Blick zu –, »läuft da was zwischen euch?«

»Kommt drauf an«, antwortete er. »Ich bin eigentlich hergekommen, um sie zum Abendessen einzuladen. Und natürlich, um mir die Haare schneiden zu lassen.«

Phoenix sagte immer noch nichts.

»Vielleicht können Sie sie ja zur Vernunft bringen«, meldete sich Zelda zu Wort. »Hat Sie Ihnen von ihrem Job in diesem kranken Club erzählt?«

Endlich sagte auch Phoenix etwas. *»Zelda!«*

»Und was bedeutet es dann, wenn der Typ sich

selbst umbringt?«, fragte Tracy. »Ich meine, der aus der Story.«
Einen Moment lang herrschte Schweigen, dann sagte Roman: »Phoenix hat mir erzählt, dass sie noch einen zweiten Job hat. Sie ist ja immer schon ein Arbeitstier gewesen.« Spätestens jetzt musste sie begriffen haben. Er hatte ihr deutlich zu verstehen gegeben, dass er nicht mit dem Club in Verbindung gebracht werden wollte.
Nellie hatte sein Haar gewaschen und führte ihn zu einem Stuhl vor einem Spiegel. Als er sich setzte, konnte er Phoenix in einem Spiegel hinter sich sehen.
»Aber von dem Club hat sie nichts erzählt, was?«, fragte Zelda. Tracy zog die Nadeln, mit denen ihr Haar locker auf dem Kopf festgesteckt worden war, heraus. Noch feucht fiel es um ihren kleinen, zarten Körper. »Wenn Sie ein guter Freund sind, sollten Sie ihr sagen, dass sie diesen Club schleunigst verlassen sollte.«
»Phoenix ist eine selbstständige Frau«, gab er zurück. »Ich kann mir nicht vorstellen, dass sie es mag, wenn man ihr sagt, was sie tun soll.«
Nellie fuhr ihm mit dem Kamm durchs Haar. »Wie kurz?«
Es war bereits kurz. »Rasieren Sie nur den Nacken aus.«
Tracy war zu Phoenix zurückgekehrt und nahm ihr nun das Handtuch ab. Nasses, rotes Haar plumpste auf ihre Schultern.
»Kein Wunder, dass Phoenix nichts von Ihnen erzählt hat«, meinte Nellie lächelnd. »Wahrscheinlich sind Sie ein Einzelexemplar, von dem man die Gussform sofort nach Fertigstellung weggeworfen hat.«
»Noch ein Symbol!«, rief Tracy triumphierend.
Nellie zog die Stirn kraus. »Lassen wir das eine Weile mit

den Symbolen, okay, Tracy? Ich glaub, du hast es noch nicht ganz begriffen!«
Tracy schob ihre bemalten Lippen schmollend vor und machte sich an die schier unmögliche Aufgabe, Phoenix' Haar mittels einer Bürste zu entwirren.
Phoenix begegnete Romans Blick im Spiegel. Sie schaute nicht weg, lächelte aber auch nicht. Sie schien abzuwägen, ihn zu taxieren, schien zu überlegen, was er wirklich hier tat.
»Kannten Sie April auch?« Nellie hatte die Frage beiläufig gestellt.
Er erstarrte. Dann blickte er zu ihr auf. »April?«
»Ja. Sie hat auch im Club gearbeitet. Ist vor etwa einem Jahr abgetaucht.«
»Stell Roman doch nicht so uninteressante Fragen«, sagte Phoenix etwas zu hastig. »Tracy, ich denke, wir brauchen unbedingt eine andere Definition des Begriffs Symbol, meinst du nicht?«
»Wissen Sie –« Nellie verlagerte ihr Gewicht von einem Fuß auf den anderen und wedelte mit dem Kamm. »Irgendwas ist schon komisch an Aprils plötzlichem Verschwinden.«
Er löschte jeden Ausdruck von seinem Gesicht.
»Es war in diesem Raum, dass ich sie das letzte Mal gesehen hatte. Sie wollte eine Maniküre und eine Pediküre.«
»Hat sie sich die Nägel lackieren lassen?«, wollte Tracy wissen.
»Ja, klar.«
»Genau wie die Frau in der Bananenstory.«
»Bananafish«, korrigierte Zelda. »Und sie hat sich die

Nägel selbst lackiert. April war ziemlich aufgeregt. Sie wirkte, als hätte sie was Größeres vor.«

Roman konnte Phoenix' Schweigen förmlich spüren. Er warf ihr einen Blick zu. Sie starrte Nellie unverwandt an.

»Sie kam mir irgendwie komisch vor. Irgendwie unnatürlich.«

»Wie unnatürlich?«, fragte Phoenix und nahm Tracy die Bürste ab. Das Mädchen zuckte die Achseln und wandte sich wieder Zelda zu.

Geistesabwesend legte Nellie die Hände auf Romans Schultern. »Als ob sie das eine sagte und etwas ganz anderes meinte.«

»Wieder ein Symbol«, murmelte Tracy.

»Nein«, fauchte Nellie. »Als ob sie nur so tat, als sei sie glücklich.«

»Du meinst, sie war unglücklich?« Phoenix wirbelte mit dem Drehstuhl herum. Ihr Haar trocknete in kleinen Locken.

»Nicht unglücklich. Eher ängstlich.« Sie zuckte die Achseln. »Aber vielleicht bilde ich mir alles nur ein. Meint ihr denn, dass sie zurückkommt?«

»Nein«, gab Zelda zurück, bevor Phoenix antworten konnte. »Nein, ich glaube nicht, dass sie zurückkommt. Ich denke, dass ihr etwas passiert ist.«

Roman betrachtete konzentriert seine Hände. In seinem Inneren zog sich alles zusammen. Wieder spürte er das Gewicht der Frau in seinen Armen ... spürte, wie der Tod sie schwerer zu machen schien. Er würde herausfinden, wer das getan hatte. Und er würde dafür sorgen, dass der Schuldige erfuhr, wie es war, wenn man unter Qualen starb.

»Kann sie traurig gewesen sein?«, fragte Tracy zögernd. Endlich hatte auch sie mitbekommen, dass sich die Stimmung in dem Raum verändert hatte. »Wenn sie traurig war, ist sie vielleicht fortgegangen, um … Ach, was weiß schon ich.«

»Eben«, antwortete Nellie nicht unfreundlich. »Was weißt du schon. Du kanntest April nicht. Sie war wundervoll.«

»Redet nicht von ihr, als ob sie tot wäre!«

Romans Kopf fuhr hoch. Phoenix' Augen waren weit aufgerissen, wirkten beinahe … schreckgeweitet. Sie warf die Bürste in Richtung Tischchen unter dem Spiegel, verfehlte ihr Ziel jedoch. Klappernd plumpste die Bürste zu Boden.

»Oh, Phoenix«, flüsterte Zelda.

Roman betrachtete aufmerksam ihr Gesicht, auf dem sich unterschiedliche Emotionen abzeichneten. Er wusste, dass er niemals müde werden würde, dieses Gesicht anzusehen.

»Schluss jetzt mit dem Unfug«, sagte Nellie bestimmt. »April ist bestimmt völlig okay. Sie ist eben eine von den Frauen, die sich immer wieder in neue Abenteuer stürzen, das ist alles. Ich hielt – ich halte sie nur nicht immer für besonders vernünftig. Ich habe versucht, rauszufinden, wohin sie fahren wollte, aber sie meinte, dass sie es mir nicht sagen dürfte. Also, da fragt man sich doch, was es damit auf sich hat, oder? Eine erwachsene Frau und nicht *dürfen*?«

»Mir gegenüber hat sie gar nicht erwähnt, dass sie weg wollte«, sagte Zelda. Sie holte ihr Haar über eine Schulter nach vorne und begann, es zu flechten. »Wenn Rose nicht wäre, hätten Mort und ich uns längst an die Polizei gewandt, das könnt ihr mir glauben.«

»Sünde und Sex«, wisperte Nellie plötzlich. »Der Club! Sünde und Sex und schwarze Magie!«

Roman konnte die kalte Schockwelle, die durch den Raum lief, förmlich spüren. Er zwang sich zu einem Lachen. »Klingt etwas überzogen für ein Dorf wie dieses.«

Nellie blieb ernst. »Dieser Club ist böse! Ich würde alles, was ich besitze, darauf wetten, dass die Leute da wissen, wo April ist. Wir kriegen doch die ganzen Geschichten mit. Sünde und Sex und *schwarze Magie*.«

Er begegnete im Spiegel ihrem Blick, dann dem von Phoenix.

»Es gibt sogar Leute«, fuhr Nellie fort, »die von Mord reden.«

Phoenix fuhr sich mit beiden Händen durchs Haar.

Zelda sprang auf und ging zu ihr. »Oh, hör nicht auf sie. Wir sehen schon alle Gespenster. Deine Freundin kommt bald zurück. Bestimmt!«

Roman tat, als würde er vor sich hindösen. *Deine Freundin*. Die Lady hatte also doch gelogen. April Clark war für Phoenix keinesfalls eine Fremde.

»Hey, Leute.« Nellie nahm eine Flasche mit grüner Flüssigkeit aus einem Regal und lachte nervös. »Wir wär's mit einem garantiert schmerzfreien Facelifting ohne Skalpell? Die Runde geht auf mich!«

VIERZEHN

Roman sprach seine Einladung zum Abendessen doch nicht aus. Er hatte Nellies Laden an Phoenix' Seite verlassen, war jedoch ohne einen Blick zurück allein zu seinem Land-Rover gegangen. Doch er hielt das Versprechen, das er gegeben hatte: Die ganze Zeit, die sie sich im Club befand, tauchte er immer wieder in ihrem Blickfeld auf. Sie massierte zwei Frauen und einen Mann, und jedes Mal, wenn sie den Raum verließ, sah sie als Erstes Romans Gesicht. Einmal hatte sie ihm zugelächelt.

Er hatte das Lächeln nicht erwidert.

Roman hatte bei Nellie nicht erkennen lassen, dass ihm Zeldas Bemerkung zu Phoenix und April aufgefallen war. Doch es *war* ihm aufgefallen. Und er hatte es vermutlich der Gräfin und Sir Roger erzählt. Sie wussten nun Bescheid. Alle wussten nun, dass April nicht nur Phoenix' Vormieterin war. Sie wussten, dass sie ihre beste Freundin war.

Als ihre Schicht vorbei war, hastete sie in den ersten Stock des Clubs, in dem sich eine komfortable Umkleide befand. In weniger als fünf Minuten war sie fertig und bereit, den Club zu verlassen.

»Sind Sie auch immer wachsam?«

Phoenix erkannte Ilonas leise Stimme hinter sich, dreh-

te sich jedoch nicht um. »Warum muss ich wachsam sein?«
»Weil Sie sich auf ein sehr gefährliches Spiel einlassen.«
»Tu ich das?« Ihr Herz schlug heftig. Sie wühlte in ihrer Tasche nach den Autoschlüsseln. »Wie kommen Sie denn darauf?«
»Ich weiß es. Sie sind hier nirgendwo wirklich sicher, verstehen Sie mich?«
Phoenix wandte den Kopf und sah die Wahrsagerin scharf an.
»Überall Augen«, sagte die Frau und blickte hinauf zur Decke. »Augen – aber keine Ohren. Zumindest nicht in den Korridoren. Wir plaudern gerade nett miteinander. Eine Langzeitangestellte und eine Neue.«
»Ja.« Phoenix zog die Mundwinkel zu einem Lächeln hoch und versuchte, die Decke unauffällig nach der Kamera abzusuchen. »Wissen Sie, was ich wissen will?«
»Möglicherweise weiß ich, was Ihnen helfen kann herauszufinden, was Sie wissen wollen.«
Heute trug Ilona einen hauchdünnen Schal über ihrem Haar. Das Tuch war scharlachrot, genau wie ihr Kaftan. Sie griff nach Phoenix' Hand und drehte sie um. »Schauen wir mal nach.«
»Lieber nicht.« Doch Phoenix zog die Hand nicht weg.
Ilona legte ihre kühle Handfläche auf Phoenix'. »Ich sehe eine Reise, eine gefährlich Reise, aus Verzweiflung unternommen. Da ist Hoffnung, aber die Gefahr nimmt zu. Und Hoffnung macht in diesem Moment nur verwundbar.«
»Ich gehe auf eine Reise?« Phoenix Kehle war trocken.
»Weizenfelder. Blauer Himmel.« Ilona hob die Brauen. »Welcher Monat es wohl war?«

War. Phoenix fuhr sich mit der Zunge über die Lippen. »Irgendwann im Frühling?«
»Später Frühling vielleicht. Ich muss mir über die Zeit erst klar werden, bevor ich fortfahren kann. Andernfalls werden die … die Angaben zu vage, als dass ich glaubwürdig sein kann.«
Phoenix drehte ihre Hand um und packte Ilonas Handgelenk. »Handelt es sich um April?«
»Wir können hier nicht reden«, murmelte die ältere Frau. »Aber ich werde einen Weg finden. Haben Sie Geduld und unternehmen Sie nichts Überstürztes.« Sie wandte sich um und ging davon.
Schweiß rann Phoenix den Rücken herab. Sie schob sich die Riemen ihrer Tasche über die Schulter, doch bevor sie hinausgelangen konnte, sah sie Roman auf sich zukommen.
Sie konnten ihr nichts anhaben. Sie mussten wissen, dass man sie suchen würde, wenn ihr irgendetwas zustieß.
Aber niemand hatte nach April gesucht …
»Schon zum Gehen bereit?« Roman nahm ihren Ellenbogen und schob sie weiter, ohne selbst anzuhalten. »Das trifft sich ganz hervorragend.«
Sie öffnete den Mund, brachte aber kein Wort heraus.
»Nacht, Bob«, sagte Roman zu dem bulligen Wachmann hinter der Theke in der Lobby. »Das ist wirklich toll von dir, Phoenix. Ich weiß nicht, was ich getan hätte, wenn du dich nicht freiwillig gemeldet hättest.«
Verwirrt ließ sich Phoenix von ihm hinausführen. Die Luft draußen war kristallklar und kühl. Der Mond schien hell am samtschwarzen Himmel.
»Wovon redest du eigentlich?«, brachte Phoenix endlich

heraus, als Roman sie in Richtung Personalparkplatz drängte.

Der Griff um ihren Ellenbogen verstärkte sich. »Du klingst, als hättest du dir eine Erkältung eingefangen. Lass uns erst weiterreden, wenn wir in deinem Auto sind. Du brauchst mich nur bis zur Tankstelle mitzunehmen. Mein Rover müsste eigentlich fertig sein. Wirklich ärgerlich, wenn einem der Keilriemen reißt!«

Ilona hatte keine Bedenken gehabt, im Flur mit ihr zu reden. Roman schien offensichtlich zu glauben, dass Bäume Ohren hatten.

Er nahm ihre Schlüssel und öffnete die Beifahrertür ihres Chevy. Einen Moment lang glaubte sie, dass er sich hinters Steuer setzen würde, und überlegte, ob sie weglaufen sollte. Doch wie weit wäre sie gekommen?

»Spring rein.« Roman hielt die Tür für sie auf. Doch erst, als er auf dem Beifahrersitz Platz genommen hatte, reichte er ihr die Schlüssel. »Auf geht's.«

»Roman –«

Er legte einen Finger an die Lippen und fuhr mit einer Hand unter das Armaturenbrett. Systematisch tastete er eine Oberfläche nach der anderen ab, bis er zum Dach gelangte. Er schraubte die Abdeckung der Innenlampe ab, tastete den Rand ab und nickte ihr zu, während er einen winzigen Gegenstand hervorholte.

Er hielt ihr das Gerät hin. »Funktioniert die Zündung nicht?«

Phoenix drehte den Schlüssel und hielt ihn lange genug am Anschlag, dass der Motor ein hässliches knirschendes Geräusch von sich gab. Roman zeigte ihr beide Daumen, und Phoenix startete den Wagen ganz normal. Sie fuhr

aus der Parklücke und machte sich auf den Weg zu Past Peaks' einziger Tankstelle.
Als sie ankamen, bedeutete er ihr, auszusteigen, ohne den Motor abzustellen. Er legte die Wanze auf den Beifahrersitz, und sie schlugen die Türen zu.
Sie blickte über den dunklen Vorplatz der Tankstelle. »Wo ist der Rover denn?«
»Hinten. Es ist nichts dran. Ich brauchte nur eine Ausrede, um mit dir fahren zu können.«
»Was ist denn los?« Sollte er ihr Angst einjagen?
»Möchtest du mir nicht von dieser April erzählen?«
Sie wich ein paar Schritte zurück. Was nun? Roman gehörte zum Club. Aus dem, was Ilona gesagt hatte, musste man schließen, dass April in Gefahr war und diese Gefahr etwas mit dem Club zu tun hatte!
»Phoenix?«
»Sie ist das Mädchen, das in der Wohnung über der Gara –«
»Spar dir den Mist!«
Sie schluckte. Es gab keinen vernünftigen Grund, ihm zu trauen. »Warum wolltest du mit mir fahren?«
»Um mit dir allein sein zu können.«
Allein. Und hilflos. »Warum?«
»Ich wollte dich schon die ganze Zeit zum Essen einladen. Ich dachte, wir fahren nach Seattle rein.«
Mit ihm nach Seattle fahren – *allein.* In seinen Wagen steigen – *allein.* »Ich bin ziemlich müde. Kann ich darauf zurückkommen?«
»Ungern.«
»Woher wusstest du, dass in meinem Wagen eine Wanze versteckt war?«

Er kickte einen Stein in die Luft. »Nur so eine Ahnung.«
»Wie kann man bei so etwas ›nur so eine Ahnung‹ haben?«
»Sprich aus, was du wirklich sagen willst!«
»Verdammt, ich weiß überhaupt nichts mehr.« Sie hasste es, die Beherrschung zu verlieren. »Schönen Dank für die Einladung, aber ich will nach Hause und ins Bett.«
»Brauchst du Gesellschaft?«
Sie schloss die Augen und wandte sich ab. »Ich wünschte, du hättest das nicht gesagt.«
»Warum? Weil du gerne ja sagen würdest?«
Sie spürte, wie er näher kam, ganz nah, bis sich sein Bauch an ihren Rücken schmiegte. Er legte das Kinn auf ihren Kopf und schlang die Arme um sie. »Ich bin keiner von den bösen Jungs, W.G. Rede mit mir. Vertrau mir.«
Ihm vertrauen? Sie konnte niemandem trauen – nicht einmal sich selbst, wenn er in der Nähe war.
Roman begann sie leicht in seinen Armen zu wiegen. Er wühlte sein Gesicht durch ihr Haar und legte seine Wange an ihre.
»Sie werden sich fragen, was los ist«, sagte sie atemlos. »Ich meine, die Wanze –«
»Und wenn schon.« Seine Lippen liebkosten eine Stelle unter ihrem Ohr, und sie schauderte. »Komm zu mir nach Hause.«
Phoenix streichelte seine Handrücken und schob schließlich die Finger in seine.
»Ich mache uns auch was zu essen. Ich bin ein ganz passabler Koch.«
Sie hätte gewettet, dass er in allem ganz passabel war. »Ich muss darüber nachdenken.«
»Denk nach, so viel du willst. Aber mit mir.«

Sie lachte auf. »Mit dir? Ich bin auch nur ein Mensch!«

Er drehte sie um, ohne sie loszulassen. »Heißt das, dass ich die gleiche Wirkung auf dich habe wie du auf mich? Du bringst meinen Verstand völlig durcheinander. Ein herrliches Gefühl.«

»Das ich mir momentan nicht leisten kann.«

»Ich glaube, du irrst dich.« Seine Hände glitten über ihren Rücken. »Meiner Meinung nach kannst du es dir momentan nicht leisten, nicht mit mir zusammen zu sein. Wir brauchen einander, Phoenix.«

Sein großer, kräftiger Körper, der sich an ihren presste, war ganz und gar männlich – *spürbar* männlich und bereit für sie. »Roman …«

Seine Lippen erstickten, was immer sie hatte sagen wollen – sie hatte sowieso keinen blassen Schimmer gehabt, wie der Satz hätte weitergehen sollen! Dieser Kuss war anders. Sein Mund legte sich über ihren, seine Zunge glitt über hoch empfindliche Haut. Er zog sie auf die Zehen, schlang die Arme um sie und murmelte unsinnige Worte. Er fühlte sich so gut an, so stark. Phoenix' Bedürfnis nach Stärke war groß, denn ihre eigene Kraft schien nicht mehr zu reichen. Sie hatte Angst, brauchte Halt.

Roman hob langsam den Kopf. »Ich will dich.«

Und sie wollte ihn. Doch sie war kein dummes Mädchen mehr. »Der Zeitpunkt ist der falsche«, sagte sie.

»In dieser Welt muss man sich nehmen, was man haben will, Phoenix. Und zwar dann, wenn sich die Gelegenheit bietet. Manchmal bekommt man keine zweite Chance.«

Sie packte seinen massigen, angespannten Bizeps. »Ich bin kein Typ für –«

»Für One-Night-Stands?« Er sah sie ernst an. »Ich weiß, das

hast du mir schon einmal gesagt. Ich habe nicht den Eindruck, dass es sich um so etwas handelt.«

Aber sie würde sich nicht einfach ihrem körperlichen Bedürfnis hingeben, wenn sie nicht einmal sicher sein konnte, dass er kein Feind war! »Ich brauche mehr Zeit.« Die Festigkeit ihrer Stimme gefiel ihr.

»Wie viel mehr?«

Sie schob ihn weg. »Ich weiß nicht.«

Einen Moment lang hielt er sie noch fest, dann ließ er die Arme sinken. »Wie du willst. Ich gebe mich auch damit zufrieden, wenn du einfach nur bei mir bist.«

Ihr Herz wurde schwer. »Danke. Aber ich muss nach Hause. Später will ich noch im *Bend* vorbei.«

»Ruf an und sag, dass du heute nicht kannst.«

»Das will ich aber nicht.«

Er hob den Kopf und blickte zum Himmel. »Du weißt wirklich, wie man jemandem einen Korb gibt.«

»Danke, dass du heute auf mich aufgepasst hast.«

»Es war mir ein Vergnügen. Wer war – wer ist April?«

»Das habe ich dir schon gesagt.«

»Und mehr weißt du nicht über diese Frau?«

Phoenix war immer schon eine schlechte Lügnerin gewesen. Aber sie gab ihr Bestes. »Nein. Gute Nacht, Roman. Und nochmals danke.«

»Wenn du dich noch anders entscheidest –«

»Das werde ich nicht.«

»Wenn doch, dann hast du ja meine Nummer. Steck die Wanze zurück in die Lampe und vergiss nicht, dass sie da ist.«

Als sie davonfuhr, beobachtete sie ihn im Rückspiegel, winkte ihm jedoch nicht mehr. Sie war zutiefst frustriert.

Endlich hatte sie einen Mann kennen gelernt, den sie mehr als alles andere auf der Welt wollte, und sie durfte sich ihm nicht hingeben.
Roman war gefährlich, dessen war sie sich sicher.
Als sie Belle Rose erreichte, schwangen die Tore auf. Sie fuhr langsam voran, doch dann sah sie Len. Er winkte und wartete, bis sie ihn erreicht hatte und das Fenster herunterkurbelte.
»Ich bring nur ein paar Sachen, die Rose in der Stadt bestellt hat.« Er deutete auf den blauen Lieferwagen. »Schön, dich zu sehen. Alles okay?«
»Ja«, log sie.
»Da hab ich anderes gehört.« Er musterte sie prüfend. »Der Kerl von neulich soll dich in der Stadt belästigt haben.«
»Die Leute reden zu viel.« Vor allem sie selbst. »Du brauchst dir keine Sorgen zu machen. Mit Rose und Evangeline ist alles in Ordnung?«
Er runzelte die Stirn. »Eher nicht. Du hast ihnen ziemliche Angst eingejagt.«
Sie blickte ihn fragend an.
»Du hast gesagt, dass April nicht zurückkommen wird.«
»Nein, das stimmt nicht. Ich habe nur gesagt, dass ich mir ein bisschen Sorgen mache. Ich gehe gleich noch einmal rüber und rede mit Rose.«
»Sie ist früh ins Bett gegangen. Web will heute hierbleiben, damit sie beruhigt schlafen kann. Sie kann den Mann in der Einfahrt nicht vergessen, den du gesehen hast.« Er betrachtete sie besorgt. »Ich bringe dich eben in deine Wohnung.«
»Nein.« Sie zwang sich zu einem Lächeln. »Nicht nötig,

Len. Wer immer das getan hat, wird nicht wiederkommen.« Wenn sie es doch selbst hätte glauben können.

Er hob stur das Kinn. »Dann schau ich eben zu, bis du sicher drin bist.«

»Wie du meinst.«

Sie fuhr langsam zu den Garagen, während er hinter dem Wagen herging.

Wie versprochen blieb er unten am Fuß der Treppe stehen, bis Phoenix aufgeschlossen hatte und eingetreten war. Rasch blickte sie in jedes Zimmer und rief dann zu ihm hinunter, dass alles in Ordnung war.

Endlich allein, schloss sie ab, legte die Sicherheitskette vor und lehnte sich erleichtert mit dem Rücken an die Tür.

Sie hatte das Fenster aufgelassen, als sie am Morgen gegangen war, und nun war es frostig. Sie wanderte von Raum zu Raum, zog Vorhänge zu und ließ Rollos herunter. Die Wohnung war zu still. Phoenix hatte noch nie viel Gesellschaft gebraucht, doch die Stille um sie herum war penetrant und erinnerte sie daran, dass sie ganz allein mitten im Nirgendwo hockte. Draußen war nichts als Dunkelheit … zumindest hoffte sie, dass dort nichts anderes war.

Zum ersten Mal, seit sie eingezogen war, schaltete sie den kleinen Fernseher ein, der ebenfalls April gehörte. Von einer Talkshow, in der sich drei Frauen über die sexuelle Unzulänglichkeit ihrer Partner ausließen, zappte sie weiter, bis sie bei einem Shopping-Kanal landete. Dort wurden gerade Goldarmbänder angepriesen, und Phoenix stand auf, um sich eine Tüte Chips und eine Cola zu holen. Sie hatte eine Schwäche für Gold, auch wenn sie es sich nicht leisten konnte.

Eine Stunde später stellte sie fest, dass Chipstüte und Colaflasche leer waren und sie völlig fasziniert der Beschreibung eines monströsen Kinderspielzeugs lauschte. Sie rutschte auf Knien zum Fernseher und zappte durch die Kanäle. Nichts, was sie reizte.

»Öffnet eure Herzen!«

Sie hatte gerade den Aus-Knopf drücken wollen, als sie die Stimme hörte. Phoenix setzte sich auf ihre Fersen und starrte auf die Mattscheibe.

»Bald kommt die Zeit, Brüder und Schwestern«, rief Chester Dupree mit dröhnender Stimme, während er vor einer Gruppe Frauen in kurzen, glitzernden Kleidern auf und ab schritt. Die Frauen murmelten, weinten und wiegten sich hin und her.

Phoenix ließ sich schwer auf ihr Hinterteil fallen. Es war also wahr. Dieses widerliche, grapschende, schwitzende Ungeheuer war ein anerkannter Priester!

Chester hob seine fleischige Faust, und in dem klobigen Diamantring brach sich das Licht. »Ich werde Amerika bekehren, meine Brüder und Schwestern! Wir leben in einem heidnischen Land, aber Chester Dupree, Gottes Gesandter, gibt niemals auf. Nein, ich gebe nicht auf. *Niemals*!«

Er war ekelhaft faszinierend.

»Macht euch bereit! Ihr wisst nicht, wann ich euch begegnen werde. Wollt ihr etwa zu jenen gehören, die erst erkennen, dass sie der Erlösung nah waren, wenn sie die Chance haben verstreichen lassen?«

Sie kroch hastig zum Fernseher und drückte den Aus-Knopf, um den ekstatisch verzerrten Mund nicht mehr sehen zu müssen. Angewidert schüttelte sie sich.

Als das Telefon klingelte, hätte sie beinahe aufgeschrien.

In dieser Wohnung war sie fast noch nie angerufen worden. Mit hämmerndem Herzen nahm sie den Hörer ab. Im gleichen Moment sah sie, wie spät es war. Sie hätte längst im *Bend* sein sollen. Vermutlich handelte es sich um Mort oder Zelda.

»Hallo?«, sagte sie zögernd.

Sie hörte jemanden stoßweise atmen.

Phoenix packte den Hörer fester. »Hallo?«

»Bist du das?«

»Wer ist da?«

»Bist du das, Phoenix?« Eine Frauenstimme, heiser, rau.

»Ja.« Erleichterung durchströmte sie. »Hier ist Phoenix. Tut mir Leid, Zelda, ich habe die Zeit verpasst. Hör mal, du hörst dich so erkältet an.«

»Du musst verschwinden. Schnell.«

Phoenix richtete sich kerzengerade auf. Sie spürte eine eisige Kälte ihr Rückgrat hinaufwandern. »Wer ist da?«

Die Frau begann zu schluchzen. »Tu, was ich dir sage – geh!« Ein Husten. »Bitte. Warte nicht mehr. Und ruf nicht die Polizei. Sie stecken mit denen unter einer Decke.«

Phoenix blickte sich hastig im Zimmer um. Die Tür zum Schlafzimmer stand einen Spalt offen, aber sie hatte dort kein Licht angemacht. Jenseits der Schwelle lauerte Dunkelheit.

»Ich lege jetzt auf.«

»Verschwinde von dort, Phoenix. Steig in deinen Wagen und fahr los. Und komm nicht zurück!«

Die Angst begann, ihr die Kehle zuzuschnüren. »Wer *sind* Sie?«

»Weißt du es immer noch nicht?« Die Frau hustete wieder. »Ich bin's, April!«

FÜNFZEHN

Hier spricht Roman Wilde. Bitte hinterlassen Sie eine Nachricht –«

Phoenix legte den Hörer auf.

Wieso wollte sie auch ausgerechnet ihn sprechen? Er hätte der Letzte sein sollen, den sie im Notfall anrief, nicht der Erste.

Sie wusste nicht, was sie tun, was sie denken sollte. Warum rief sie nicht Mort, Zelda oder Len an? Sie waren ihre Freunde. Falls Menschen, die praktisch Fremde waren, Freunde sein konnten.

Nein. Sie konnte niemanden als echten Freund bezeichnen. Mort, Zelda, Len – sie hätten versuchen müssen, April zu finden, lange bevor Phoenix aufgetaucht war.

Sie konnte die Polizei rufen. Aber was, wenn diese herausfand, dass sie nicht die war, die sie zu sein vorgab? *Was, wenn die Polizei mit ihnen unter einer Decke steckte?*

Es war möglich, dass der Peak Club der örtlichen Polizei Schmiergelder bezahlte. Phoenix kannte solche »Vereinbarungen« zur Genüge.

Steig in den Wagen und fahr los.

Wohin sollte sie fahren? April hatte sich verängstigt, erschöpft und … drohend angehört. Sie hatte indirekt eine Warnung ausgesprochen – Phoenix war in Gefahr!

Wieder klingelte das Telefon. Sie riss den Hörer hoch.
»April! Häng nicht ein. Wo bist du?«
»Ich bin's. Roman.«
Phoenix legte ihre Stirn an die Wand und schloss die Augen.
»Phoenix?«
»Ja.«
»Hast du versucht, mich anzurufen?«
Warum hatte sie Aprils Namen einfach so herausgebrüllt?
»Phoenix?«
»Ja. Woher hast du diese Nummer?«
»Von deinem Apparat. Ich habe ein fotografisches Gedächtnis.«
Superman in Person. »Wie schön für dich.«
»Du steckst in Schwierigkeiten, richtig?«
Ein fotografisches Gedächtnis und einen verlässlichen Instinkt.
»Wer ist diese April, von der du dauernd sprichst?«
»Ich spreche nicht dauernd von ihr.«
Sie hörte, wie er gegen den Hörer tippte. »Warum hast du mir nicht eine Nachricht hinterlassen oder wenigstens gewartet, ob ich noch abnehme?«
»Weil ich dich gar nicht hätte anrufen sollen.«
»Aber du hast es getan.«
Er war seiner selbst so verdammt sicher. »Du hast meinen Anruf erwartet.«
»Nein. Aber ich habe darauf gehofft. Und als ich hörte, dass jemand wieder einhängte, dachte ich, dass ich das Risiko eingehe und mich zusammenstauchen lasse, falls meine Hoffnung unbegründet war.«

Phoenix kniff die Augen zusammen. »Ich muss jetzt auflegen.«
»Warum willst du mir nicht vertrauen?«
»Weil du zu ihnen gehörst.« *O Gott.* »Gute Nacht!«
»Zu wem? Wenn du jetzt auflegst, rufe ich nur wieder an. Wer oder was, glaubst du, bin ich?«
Sie war nicht vorsichtig genug. »Nichts und niemand. Ich bin müde und kann nicht mehr richtig denken.«
»Erzähl mir von April. Warum dachtest du, sie wäre am Telefon, als ich anrief?«
Wieder blickte sie sich in ihrem Zimmer um. Wo konnte sich jemand verstecken? Wer wollte ihr etwas antun, wenn sie nicht verschwand?
»Phoenix? Hör mir jetzt bitte zu.«
»Was?« Ihr Hals schmerzte beim Sprechen. Sie rieb sich die Augen.
»Hör mir zu. Du gerätst in Panik. Ich kann es hören!«
Es gab Schusswaffen, mit denen man durch eine Tür schießen konnte – oder sogar durch eine Wand. Sie sackte zu Boden.
»Ich höre es aus der Art und Weise, wie du atmest. Rede mit mir, verdammt! Sag mir, was passiert ist.«
»Ich habe Angst«, flüsterte sie. »Ich glaube, jemand will mich umbringen.«
Einen Moment lang herrschte Schweigen, doch als er dann sprach, klang seine Stimme tonlos. »Wo bist du?«
»A-auf dem Boden im Wohnzimmer. April hat gesagt, ich solle in den Wagen steigen und verschwinden.«
»April?«
»Ich kann es jetzt nicht erklären. Sie sagte, die Polizei

hätte auch etwas damit zu tun. Ich weiß nicht, was ich machen soll.«
»Verlass das Zimmer nicht. Hörst du?«
Er war so weit weg. »Ja.«
»Kannst du dich an meinen Freund Nasty erinnern? Natürlich kannst du das. Er wird vor mir bei dir sein. Ich fahre jetzt sofort los.«
Die Leitung war tot.
Nasty. Der Mann mit den leeren Augen. Und dann Roman.
Phoenix ließ den Hörer auf die Gabel fallen und rutschte rückwärts, bis sie von der Couch gestoppt wurde.
Aus dem Schlafzimmer kam das Rasseln des Weckers, der auf dem Nachttisch stand. Aprils Wecker. April würde nichts tun, was sie in Gefahr brachte.
Das Rasseln wurde lauter.
Phoenix wandte langsam den Kopf. Ging die Schlafzimmertür weiter auf?
Verschwinde – sofort!
Mort oder Len konnten noch vor Nasty und Roman hier sein. Sie kroch hastig zurück zum Telefon und hämmerte die Nummer vom *Bend* ein.
Nichts.
Phoenix tippte die Nummer erneut ein. Dann setzte sie sich langsam zurück und starrte auf den Hörer. Sie drückte auf die Gabel und ließ sie wieder los. Mehrfach. Nichts. Kein Freizeichen.
Die Leitung war komplett tot. Wie konnte ein Telefon ausgerechnet in einem solchen Moment kaputtgehen?
Roman hatte sie gefragt, warum sie ihm nicht traute. Sie

wollte es ja. Sie wollte ihm trauen, weil sie verknallt in ihn war.
Blöde Kuh. Eine dumme Kuh, die nicht gelernt hatte, die Mär vom weißen Ritter zu vergessen.
Sie hockte mit angezogenen Beinen auf dem Boden, schlang die Arme um die Knie und vergrub das Gesicht dazwischen. Das Rasseln aus dem Schlafzimmer wollte nicht aufhören. Sie steckte die Finger in die Ohren.
In ihrem Kopf hörte sie Roman. *Verlass das Zimmer nicht.*
Und sie tat genau, was er ihr sagte.
Das Surren drang durch ihre verschlossenen Ohren, durch ihren Schädel. Sie wollte nichts mehr hören, wollte weglaufen – jetzt.
Und plötzlich hörte sie eine Stimme. Von draußen.
Sie zog die Finger aus den Ohren. Da war es wieder. »Phoenix.« Eine männliche Stimme.
Vor wem hatte April sie warnen wollen? Vor genau den Menschen, von denen sie sich nun Rettung erhoffte?
»Phoenix? Hörst du mich?«
Irgendeine männliche Stimme. Dünn, als ob der Wind sie verwehte. War sie ihr bekannt?
»Alles okay, Phoenix, wir sind hier.«
Langsam stand sie auf.
»Der Motor läuft. Komm, Phoenix.«
Zögernd durchquerte sie das Wohnzimmer und ging auf die Eingangstür zu.
»Phoenix!«
Welche Wahl hatte sie schon? Wenn derjenige, der draußen auf sie wartete, ihr etwas antun wollte, dann

würde er ohnehin heraufkommen. Sie löste die Kette und schloss auf.

»Phoenix!«

Die Tür quietschte. Web musste die Angeln ölen.

»Lieber Gott, endlich! Komm schon!«

Sie trat hinaus auf den kleinen Absatz.

»Hier, fang. Vielleicht brauchst du ihn. Hier drüben.«

Phoenix wandte sich zu der Stimme um und von der Treppe ab. Sie blickte über das Geländer. Eine Taschenlampe von unten schien ihr direkt ins Gesicht.

»Hier, fang!«

Etwas wurde in die Luft geworfen. Ein Mantel. Sie beugte sich über das Geländer und streckte den Arm aus. Zu weit weg. Sie spürte das glatte Material durch ihre Finger gleiten.

Zu spät hörte sie das verdächtige Knacken.

Unter ihrem Gewicht gab das Geländer nach. Und Phoenix stürzte ins Leere.

Ihr Sturz endete erstaunlich früh. Und tat nicht weh. Das Licht der Taschenlampe schien noch immer, doch diesmal war der Strahl auf ein verhülltes Gesicht mit spiegelnden Brillengläsern gerichtet.

»Verletzt?« Die Stimme klang verzerrt, gedämpft. Und sie kannte sie nicht.

Phoenix versuchte, sich aufzurichten. Unter sich fühlte sie die kratzige, formlose Masse eines Heuhaufens.

»Wer sind –«

Eine Hand schlug über ihren Mund und verschloss ihre Lippen. Sie hatte den metallischen Geschmack ihres Blutes auf der Zunge. Sie wehrte sich, doch er drückte sie immer weiter ins Heu. Halme kratzten über ihr Gesicht.

Phoenix schlug um sich. Ihre Hand landete auf einem Bein, bekam den Stoff zu fassen.
Er drückte weiter, tiefer. Heu fiel ihr aufs Gesicht.
»Du hättest besser getan, was man dir gesagt hat, Hure!«
Sie drehte sich um, wand sich, bis ihr Fuß festen Boden spürte.
Er ließ sie ein paar Zentimeter krabbeln, bevor er ihre Jacke packte und sie zurück auf den Rücken riss. »Du konntest es ja nicht sein lassen, nicht wahr? Jetzt wirst du dafür büßen!«
Als sie den Mund aufriss, um zu schreien, stopfte er ihr Heu hinein. Mehr und mehr stopfte er hinein, bedeckte ihr Gesicht damit, stach ihr in die fest zugekniffenen Augen.
Sie bekam keine Luft mehr.
Schläge hagelten auf ihre Schultern und Brüste herab. Sie wusste, dass es schmerzhafter hätte sein müssen, doch das Heu auf ihrem Gesicht erstickte ihre Empfindungen.
Sie würde sterben.
Er riss ihr die Sweatshirt-Jacke und das Hemd herunter. Heu war in ihrer Nase, ihrem Hals. Trockener Staub. Keine Luft.
Sollte er sie ruhig schlagen. Sie spürte nichts mehr.
Sie ließ sich fallen, sank ins Heu, in die Erde. Ins Nichts.

Nasty trat winkend in den Lichtkegel von Romans Scheinwerfern. Roman sah die Tür von Phoenix' Wohnung über ihm offenstehen.
»Oh, shit.« Roman stellte den Motor ab und sprang aus dem Land-Rover. »Ist sie verletzt?«
»Weg!«, sagte Nasty.

»Hat es einen Kampf gegeben?«

»Nicht von der Art, wie du meinst.«

Roman wollte an ihm vorbei, doch Nasty hielt ihn auf.

»Was?«

»Da ist jemand durch das Geländer dort oben gebrochen. Sie ist nicht da drin. Kein Chaos, nichts, nur das Telefon geht nicht.«

»Kabel durchgeschnitten.«

»Hm-hm.« Nasty hob den Kopf. »Er hat geschwitzt wie ein Schwein. Der Geruch hängt noch in der Luft.«

Roman rieb sich das Gesicht. Dieses Mal war alles anders – denn es ging ihn persönlich an. Und dass es ihn persönlich anging, machte es umso dringender, effektiv zu arbeiten.

»Schau dir das Geländer an – und die Wohnung selbst. Warst du schon einmal da?«

»Ja.« Er rannte die Treppe hinauf und machte einen schnellen Rundgang. Ganz wie Nasty berichtet hatte, schien alles in Ordnung zu sein. Phoenix hatte die Tür selbst geöffnet, das stand jedenfalls fest.

Das Geländer war nach außen gebogen und unsauber weggebrochen, als ob sich ein schwerer Körper gegen morsches Holz gelehnt hatte. Er bückte sich und leuchtete mit seiner starken Taschenlampe gegen die Balken. Das Holz war vollkommen intakt.

Unter ihm raschelte etwas. Der Strahl einer Taschenlampe beleuchtete einen Heuhaufen. Roman rannte hinunter und sah, wie Nasty ein zerrissenes T-Shirt hervorzog.

Romans Eingeweide krampften sich zusammen, als er das Hemd erkannte. Er ließ sich auf die Knie fallen. »Das Heu – es war vorher nicht da. Reifenspuren?«

»Deine und ihre.« Er deutete mit dem Kopf auf Phoenix' Chevy. »In der Auffahrt noch andere, die nicht allzu alt sind.«
»Sie hat einen Anruf bekommen.«
»Das sagtest du schon.«
»Von April.«
Nasty starrte ihn an. »Was soll das heißen?«
»Dass irgendjemand an der Nase herumgeführt werden soll. Entweder wir oder sie.«
Nasty kaute auf seinem Kaugummi herum und blickte weg. »Was denkst du?«
Die bessere Frage war sicherlich, was er denken *wollte*.
»Halbe-halbe scheint mir logisch. Ich denke, dass sie April sehr gut kannte. Ich glaube, dass sie sie sucht und sich deshalb im Club hat anstellen lassen.«
»Und die haben es herausgefunden?«
»Sieht so aus.« Er suchte mit der Taschenlampe den Boden ab. »Wer immer angerufen hat – sie sollte keinesfalls die Polizei einschalten. Angeblich hätte sie auch etwas damit zu tun.«
»Da geht jemand auf Nummer sicher.«
Er nickte, bückte sich wieder und begann, das Heu zu durchwühlen. »Hier hat es einen Kampf gegeben.«
»Und was für einen. Ich schau mich mal in der Umgebung um.«
»Moment!« Seine Taschenlampe hatte etwas gestreift. »Hilf mir mal eben!«
Ihre Suche brachte einen weißen Turnschuh zu Tage.
»Warst du schon in der Garage?«
»Bin unterwegs.«
Roman suchte den Boden um den Heuhaufen ab, wäh-

rend er das Garagentor über den Kies knirschen hörte. An einer Stelle war der Boden aufgewühlt, und er trat zurück, um keine Spuren zu verwischen. Wenn sie wirklich die Polizei holen mussten, war es besser, deren Arbeit nicht zu erschweren.

Sie hatte in diesem Heu gelegen. War hineingefallen. Er richtete den Lichtstrahl wieder auf das zerborstene Geländer. Die distanzierte Gefühllosigkeit, die er sich im Laufe der Jahre wie eine Rüstung übergestreift hatte, fiel Stück für Stück von ihm ab. Was er empfand, war etwas, das Männer wie er nicht empfinden durften. Es war Furcht.

Er setzte sich in Bewegung und leuchtete mit der Taschenlampe die Gegend und den Boden vor seinen Füßen ab, suchte nach einer Spur. Holzkisten hinter dem Gebäude verbargen nur eine Ratte, die, durch den Lichtkegel aufgeschreckt, davonstob. Ein Stapel unbenutzter Reifen, staubig und voller Spinnweben, kam als Versteck für einen Körper – tot oder lebendig – genauso wenig in Frage.

Der Lichtstrahl fing etwas Blitzendes ein. Er bückte sich und sah eine randlose Brille. Die Bügel waren eingeklappt, die Gläser makellos, als ob man sie gerade erst poliert hätte. Mit dem Jackenärmel hob er sie auf und ließ sie in seine Tasche fallen.

Als er einmal um das Gebäude herum war, trat er in den gelben Lichtkegel, der aus dem Garagentor fiel. Nasty kam heraus.

»Unfassbar. Ein alter Rolls und ein noch älterer Aston Martin. Der Aston sieht aus, als wäre er nie gefahren worden.«

»Ist er laut Phoenix auch nicht. Nichts, stimmt's?«
»Nichts.«
»Wir brauchen Hilfe.«
»Ja. Die Bullen?«
»Tja, ich trau ihnen nicht recht. Vielleicht stecken sie wirklich mit in dieser Sache.«
In diesem Moment hörten sie ein Geräusch. *Dang*. Metall auf Metall. Ohne ein Wort betrat Roman die beleuchtete Garage und blickte sich schweigend um.
Geduckt und mit gezogener Waffe schob Nasty sich an ihm vorbei und auf den Rolls zu. Nun zog auch Roman seine Waffe, bückte sich, bis er sich unterhalb der Autofenster befand, und kroch den Aston Martin entlang. Mit der linken Hand riss er die Beifahrertür auf. Nichts.
Wieder das metallische Klingen.
Und dieses Mal konnte Roman es lokalisieren.
Er richtete sich auf und schnalzte mit der Zunge, bis Nasty zu ihm hinsah. Er winkte ihm und zeigte auf den Kofferraum des türkisfarbenen Aston. Nasty nickte.
Mit zusammengebissenen Zähnen zwang er sich zu warten, bis Nasty an seiner Seite war. Obwohl Roman sich sicher war, was in dem Kofferraum steckte, wollte er kein Risiko eingehen. Bei einem Hinterhalt zählte jede Person.
Auf Nastys Zeichen warf er den Kofferraumdeckel hoch.
»Oh, shit! Es ist okay, Phoenix. Alles okay.«
Schweigend zog Nasty seinen Mantel aus, legte ihn über den Kofferraumdeckel und ging.
Phoenix lag, nur noch mit der Jeans bekleidet, die auf die Oberschenkel heruntergezogen war, auf dem Bauch. Ihre Handgelenke waren an die Fußknöchel gefesselt, ihr BH steckte als Knebel in ihrem Mund.

»Moment.« Roman schnitt den Strick mit einem Messer durch und warf den Mantel über sie, bevor er den Knebel entfernte. »Geh es langsam an. Das Blut muss erst wieder normal zirkulieren.« Er zerrte ihre Jeans zurück über die Hüften und zog dann seinen Pullover aus.

»Phoenix, es ist kalt. Ich gebe dir jetzt meinen Pullover.« Er zog ihr den Rollkragen über den Kopf, schob ihre Arme in die Ärmel und verzog das Gesicht, als sie leise wimmerte.

»Halt durch«, murmelte er. »Du bist jetzt in Sicherheit.« Behutsam hob er sie aus dem Kofferraum und zog sie an seine Brust, sodass er zärtlich ihre Wange küssen konnte.

Ihre zerkratzte Wange. Phoenix' ganzes Gesicht, die geschlossenen Lider inklusive, war mit einem Netz aus Kratzern überzogen. Hier und da war getrocknetes Blut zu sehen.

Er trug sie hinaus zu Nasty, der mit dem Rücken zur Garagentür stand. »Ich bringe sie hoch«, sagte Roman. »Dusty möchte bestimmt wissen, ob alles in Ordnung ist.«

»Mit Sicherheit.« Aus Nastys Stimme war keine Regung zu hören. »Brauchst du mich hier draußen noch?«

Roman blickte auf Phoenix herab. »Gib mir eine halbe Stunde. Wenn ich mich nicht melde, weißt du, dass so weit alles in Ordnung ist. Alles andere muss auf später verschoben werden.«

Nasty drehte sich um und betrachtete Kaugummi kauend Phoenix' Gesicht. Nach einer Weile sagte er: »Gib ihr so viel Zeit, wie sie braucht!« Und damit verschwand er in der Dunkelheit.

Phoenix regte sich in seinen Armen, wandte sich ihm zu

und spreizte ihre Finger über seiner nackten Brust. Als sie angerufen hatte, war er in der Dusche gewesen. Nachher hatte er sich nur rasch Jeans und Pullover übergestreift. »Du bist jetzt bei mir, Phoenix. Nichts kann dir mehr passieren, das verspreche ich.«

Sie sagte noch immer nichts, aber ihre Atmung war regelmäßig, ihr Puls schlug normal, und er wusste, dass sie bei Bewusstsein war, obwohl ihre Augen noch immer geschlossen waren. Aber was hatte der Kerl ihr angetan? Wenn es derselbe gewesen war, der April getötet hatte, dann war alles denkbar.

In der Wohnung schloss er die Tür mit dem Fuß, mühte sich mit dem Riegel ab und trug sie anschließend ins Schlafzimmer. Als er sie aufs Bett legen wollte, schmiegte sie sich an ihn und schlang die Arme um seinen Hals.

»Phoenix, ich lasse dich jetzt runter«, sagte er in ihr wirres Haar. »Und dann sehen wir, was wir für dich tun können. Willst du, dass ich die Polizei rufe?« Keine Antwort. »Es gibt absolut nichts mehr, wovor du Angst haben müsstest, Phoenix, hörst du mich?«

Sie umklammerte ihn nur fester.

Schließlich setzte er sich selbst aufs Bett und hielt sie auf seinem Schoß fest. Er wusste nicht, wie lange er mit ihr dort saß, und es kümmerte ihn auch nicht. Diese Frau war nicht der Feind, sie war nicht geschickt worden, um ihn auffliegen zu lassen. Er war zwar im Club keinen Schritt weiter gekommen, aber er hatte etwas gefunden, was er niemals zu finden erwartet hatte. Hier war eine Frau, die er … für die er Gefühle entwickeln konnte. Er schlang seine Arme fester um sie, rieb seine Wange an ihrem Haar und wiegte sie sanft.

»Geh nicht weg.«
Ihre Stimme klang klar und kräftig und Roman atmete erleichtert aus. »Keine Sorge. So schnell wirst du mich nicht los.«
»Du bist keiner von denen? Ich meine, von den Leuten im Club?«
Das Bedürfnis, seine Deckung aufrecht zu halten, war ungebrochen. »Ich bin keiner, vor dem du Angst haben musst.«
»Er hat mich gerufen. Der Mann hat mich von draußen gerufen.«
»Hast du ihn erkannt?«
Sie schüttelte den Kopf. »Ich bin durchs Geländer gebrochen, und dann hat er auf mich eingeschlagen.«
Roman betrachtete ihr Gesicht. Er hatte auf Rücken und Schultern Prellungen gesehen, die am Morgen blau und grün sein würden. »Ich würde dir gern das Gesicht waschen. Es ist ein wenig zerkratzt.«
Sie stieß einen Laut aus, der wie ein Lachen klang.
»Was ist denn so lustig?«
»Ich muss aussehen, als wollte ich auf eine Halloween-Party. Er hat mich unter das Stroh gedrückt. Es tat weh. Er hat mir die ganze Zeit wehgetan.«
In Romans Magen bildete sich erneut ein harter Klumpen.
»Aber er wird dir nie wieder wehtun.«
»Er hat gesagt, er kommt zurück.«
»Dann wirst du entweder nicht hier oder nicht *allein* hier sein.«
Darauf sagte sie nichts.
»Ich hole einen Waschlappen und warmes Wasser.«
»Lass mich nicht allein.«

»Ich gehe nur eben ins Bad.«

»Nein.«

Ihre Nägel gruben sich in seinen Nacken. Roman drückte sie an sich. »Okay, dann gehst du eben mit!« Er trug sie ins Bad, wo er schließlich einen Waschlappen und eine entzündungshemmende Salbe fand.

Nachdem er eine Schüssel aus der Küche mit warmem Wasser gefüllt hatte, ließ sie sich endlich von ihm aufs Bett legen. Sofort rollte sie sich zusammen und begann, am ganzen Körper zu zittern.

Zum ersten Mal, seit sie die Wohnung betreten hatten, ließ sich der Kater blicken. Er sprang aufs Bett und strich geschmeidig an ihrem Rücken entlang. Sie zuckte zusammen, lächelte aber gleichzeitig.

»Er bekommt ein Lächeln und ich nicht?«

»Ich habe eine Schwäche für blaue Augen.«

»Die habe ich auch.«

»Ich weiß.«

Roman wandte seine Aufmerksamkeit wieder ihrem Gesicht zu. Die geschwollenen Lider waren ein wenig geöffnet, und als er ihr Haar zurückstrich, wurde auch er mit einem kleinen Lächeln belohnt. Er nahm ihre Hand und führte sie an die Lippen. »Du bist wunderschön, weißt du das?«

»Hast du deine Kontaktlinsen vergessen?«

Er grinste. »Ich trage keine. Im Übrigen braucht es mehr als ein paar Kratzer, um ein schönes Gesicht zu verunstalten.« Die Frage, die er stellen musste, steckte ihm in der Kehle. »Soll ich dich zu einem Arzt fahren?«, war das Einzige, was er schließlich herausbekam.

»Nein. Es sei denn, du siehst etwas, das genäht werden muss.«
»Soll ich die Polizei rufen?«
»Nein, lieber nicht.«
»Hat der Kerl –«
»Nein.«
Roman wandte das Gesicht ab. »Bist du sicher?«
»Ich würde es wissen. Ich bin zwar ohnmächtig geworden, aber ich weiß, dass er nicht … Er hat mich nicht vergewaltigt.«
»Okay.« Er lachte nervös. »Dann muss ich ihn ja nur einmal umbringen.«
Plötzlich packte sie sein Handgelenk und zog ihn neben sich aufs Bett. »Ich verstehe das nicht. Was hat er damit bezwecken wollen?«
»Denk nicht mehr daran.« Mit seiner freien Hand stellte er die Schüssel auf den Nachttisch. »Kannst du dich ein bisschen entspannen? Nur so weit, dass ich an all die Prellungen komme?«
Langsam ließ sie sein Handgelenk los und streckte sich.
»Leg dich auf den Rücken.«
Sie gehorchte, hatte aber die Augen erneut zugekniffen.
»Wieso hast du kein Hemd an?«
»Weil du meinen Pulli trägst.«
»Frierst du nicht?«
Nicht, wenn sie in seiner Nähe war. »Unfug. Mir geht's gut.« Er tauchte den Waschlappen ein und wrang ihn aus.
»Wenn ich die Kratzer erst einmal versorgt habe, ist es schon nicht mehr so schlimm, wie es vorher aussah. Warte ab.«
Eine Hand in ihrem Nacken, tupfte er mit dem Waschlap-

pen die Verletzungen ab. Immer wieder tauchte er den Waschlappen ein. Frisches Blut quoll hier und da hervor, und er übte leichten Druck auf die Stellen aus.
»Ist es doch, nicht wahr?«, fragte sie plötzlich.
Roman hielt inne. »Was?«
»Es ist *doch* so schlimm, wie es vorher aussah.«
Er grinste, plötzlich überwältigt von dem herrlichen Gefühl, das er nicht gekannt hatte, bevor er ihr begegnet war.
»Oder?«
»Nein, ist es nicht.« Vorsichtig schlang er die Arme um sie und legte seine Wange neben ihren Kopf auf das Kissen.
Sie berührte seinen Rücken, zunächst ganz leicht. Dann spreizte sie die Finger und strich mit der Hand vom Nacken bis zur Hüfte. Auf und ab, wieder und wieder.
»Roman?«
»Ja?«
»Bist du okay?«
Nein. »Aber immer.«
»Nur müde?«
Nein. »Ein bisschen.«
»Danke.«
»Gern geschehen.«
»Ich komme auch wieder in Ordnung. Du brauchst nicht zu bleiben.«
Er fuhr hoch. »Und ob ich das brauche. Versuch ja nicht, mich loszuwerden, Lady. Ich werde mich festbeißen!«
»Du musst nicht gleich schreien.«
»Doch! Manchmal muss man einfach schreien.«
»Zum Beispiel, wenn jemand dir Angst macht?«

Er runzelte die Stirn. »Ich habe keine Angst, Phoenix.«
»Nicht einmal um mich?«
Roman verengte die Augen. Er verabscheute es, auf einen wunden Punkt angesprochen zu werden. »Ich bin um deine Sicherheit besorgt.«
»Natürlich. Sehr lobenswert von dir.« Das Lächeln in ihrem verquollenen Gesicht entwaffnete ihn. Bevor er etwas sagen konnte, das er bereuen würde, machte er sich wieder an seine Arbeit. Konzentriert beugte er sich über die Kratzer unter ihrem Kinn.
»Ich möchte dir was erzählen, Roman.«
Er sah sie nicht an. »Okay.« Er wusste, wie es sich anhörte, wenn jemand ein Geständnis ankündigte. Er konnte nur hoffen, dass es sich nicht um ein Geständnis handelte, das er nicht hören wollte.
»Könntest du mich erst eine Weile im Arm halten? Hier drin?« Sie klopfte auf das Bett. »Du hast gesagt, dass du nicht gehen wirst … und du solltest ein bisschen schlafen.«
Schlafen? Sein Körper schmerzte in ganz bestimmten Bereichen, was ihm nahe legte, dass er unbedingt Abstand zu ihr halten musste … und dass an Schlaf nicht zu denken war.
»Roman?«
»Ich lege mich auf die Couch.«
»Nein.« Sie setzte sich auf und legte ihre Hände an seine Wangen. Beinahe gleichzeitig wandte sie ihr Gesicht ab. »Du musst mich nicht ansehen. Bleib einfach neben mir, sodass ich weiß, dass du da bist.«
Das war ein Satz, wie er in wundervollen Romanzen vorkommen sollte. »Okay. Soll ich dir was anderes zum

Anziehen holen? Irgendetwas Weicheres?« Sein Pullover war aus grober Wolle.
Ohne ein Wort stand sie auf. Mit dem Rücken zu ihm zog sie den Pullover aus und streifte ein weißes Baumwollkleid über, das sie aus einer Schublade holte. Die Jeans plumpste neben dem Pulli zu Boden.
Sie dabei zu beobachten hatte etwas Intimes, brachte sie einander näher. Er spürte es, und sie musste es auch spüren.
Er stand auf und schlug die Decke zurück. Sie legte sich steif ins Bett und ließ sich von ihm bis zum Kinn zudecken. Dann zog er seine Schuhe und seine Jeans aus. Er wandte ihr nicht den Rücken zu.
Sie wandte nicht den Blick ab.
Das Doppelbett war nicht für einen Mann von seiner Statur gemacht. Er gab sich alle Mühe, unter der Decke so viel Abstand wie möglich zu halten.
Aber es war nicht genug. Er konnte ihre Wärme spüren. Ihre Fingerspitzen glitten über seinen Handrücken, bis er seine Hand umdrehte und sich ihre Finger ineinander schoben. Ihre Knöchel berührten seinen Schenkel.
Roman biss die Zähne zusammen und starrte an die Decke.
»Ich vertraue dir.«
Er schluckte. »Das kannst du auch.«
»April Clark ist meine Freundin. Meine beste. Sie ist die Schwester, die ich nie hatte. Ich bin mir nicht sicher, ob ich ohne sie heute noch am Leben wäre.«
Ist? Du meinst, war. Sie ist tot. Ich habe ihr Baby auf die Welt geholt. Sie ist jetzt meine Tochter – ich habe sie zu meinem Lebensinhalt gemacht. Ich will Gerechtigkeit,

aber mehr für das Kind als für die Mutter. Der Mutter kann niemand mehr Leid zufügen. Natürlich konnte er ihr das nicht sagen. Nicht einfach so. »Ich dachte mir schon, dass du sie kennst.«

»Ich kam nach Past Peak, um sie zu besuchen, musste aber erfahren, dass sie fort war. Die letzte Adresse, die ich von ihr hatte, war diese hier – Belle Rose. Wir haben telefoniert, während sie hier wohnte. Dabei sagte sie mir auch, dass sie im Club arbeitete. Kennst du sie?«

»Nein.« Das immerhin war die Wahrheit – mehr oder weniger. »Ich habe mich erst vor einem halben Jahr in den Club eingekauft.«

»Oh.« Ihr enttäuschter Seufzer versetzte ihm einen Stich.

»Was hat sie denn so über ihre Arbeit erzählt?«

»Sie hat jemanden in San Francisco kennen gelernt. Einen der Partner, denke ich. April jobbte als Personal Trainer, und er wollte, dass sie herkommt und für ihn arbeitet. Sie sagte mir, dass sie ihn heiraten würde.«

Roger? Pierre? Miles? Welcher war es gewesen? »Aber sonst hat sie dir keinen Hinweis gegeben? Einen Namen vielleicht?«

»Nein. Sie erzählte mir, dass sie nicht mehr sagen dürfte. Ich sollte sie auch keinesfalls im Club anrufen! Das nächste Mal, wenn ich sie anrufen würde, wollte sie schon verheiratet sein, und dann würde sie mir alles erzählen, sagte sie. Aber dann habe ich monatelang nichts von ihr gehört, also beschloss ich herzufahren. Ich hatte sowieso Zeit, weil ich mir erst darüber klar werden wollte, was ich wegen … was ich tun sollte.«

Er wandte den Kopf, um sie anzusehen. Sie schaltete die Nachttischlampe aus.

»Worüber wolltest du dir klar werden?«

»Ach, nichts Wichtiges.«

»Erzähl's mir trotzdem.«

»Ich bin vor zwei Jahren ›ausgestiegen‹ – auch wenn es sich ein bisschen kindisch anhört. Ich habe meinen Job in Oklahoma verloren, weil ich mich nicht an gewisse Regeln gehalten habe. Tja, ich werde wohl irgendwann in meinem Leben mal erwachsen werden müssen.«

»Mir kommst du schon völlig erwachsen vor.« Platter, zweideutiger Kommentar. Ihr Schweigen war beredt. »Hast du deinen Job gern gemacht?«

»Ich dachte es wenigstens. Ich war ... ich bin Rechtsanwältin.«

»Lieber Himmel.«

Sie schnaubte. »Schönen Dank. Das hast du augenscheinlich nicht erwartet.«

»Tatsächlich nicht. Was ist passiert?«

»Banal eigentlich. Ich konnte einen widerlichen Typen von Psychiater nicht verteidigen. Oder sagen wir, ich habe ihn verteidigt, aber ich war nicht mit ganzem Herzen dabei. Er hatte die Masche, junge Patientinnen zu hypnotisieren und sie dann zu vergewaltigen. Ich gab der Anklage Hinweise auf belastendes Beweismaterial. Er ging in den Knast, ich wurde gefeuert. Ende der Story.«

»Ein aufrichtiger Anwalt. Die Welt braucht dich, Phoenix.«

»Ich brauche April. Sie war diejenige, die mich am Leben gehalten hat, als wir Kinder waren. Ich hätte nie etwas aus mir gemacht, wenn sie mich nicht immer gedrängt hätte.«

Er würde einen Weg finden, es ihr zu sagen, aber noch

nicht. »Hast du irgendeine Ahnung, was … wo sie sich aufhalten könnte?«

»Ich wüsste nicht, wie ich herausfinden sollte, von wo aus sie diese Nacht angerufen hat. Aber sie war irgendwann im Mittleren Westen. Ich glaube, ziemlich früh im vergangenen Jahr. Sie hat Rose Postkarten von dort geschickt.«

Er hätte ihr beinahe die Hand zerquetscht. »Postkarten? Und sie hat sie noch?«

Sie schwieg einen Moment, bevor sie antwortete. »Rose sagt, sie sind gestohlen worden.«

Roman hielt den Atem an, während er nachdachte.

»Ich war sicher, dass ich im Club eine Spur finden würde. Und ich hatte Recht.«

Er stieß den Atem geräuschvoll wieder aus.

»Ilona«, fuhr sie fort. »Die Wahrsagerin. Sie hat mich gewarnt, ich solle vorsichtig sein. Und sie hat von einer Person gesprochen, die nicht vorsichtig genug gewesen ist. Sie meinte April.«

»Wie kannst du dir da sicher sein?«

»Ich bin es einfach. Ilona wird mir helfen. Wenn ich nicht vorher umgebracht werde.«

»Niemand wird dir etwas tun. Ich helfe dir. Wir werden deine April gemeinsam finden.« *Bitte, lieber Gott, lass mich die richtigen Worte finden, wenn ich ihr die Wahrheit sagen muss.*

Phoenix rollte sich auf die Seite und rutschte näher heran.

Mit Hilfe ein paar tiefer Atemzüge gelang es Roman, seine Hormone weitgehend unter Kontrolle zu halten. Er zog ihren Kopf in seine Achselhöhle.

»Danke.«

»Gern geschehen.«

»Bei dir fühle ich mich sicher.« Sie fuhr mit dem Finger durch das Haar auf seiner Brust.
»Und ich fühle mich … glücklich, dass ich hier bin.« Er konnte einen Antrag auf den Heiligenschein einreichen.
»Jetzt schlaf.«
»Liegst du bequem?«
»Auf jeden Fall.« *Auf gar keinen Fall.*
»Ich hoffe, dass April noch einmal anruft.«
Ihre Finger glitten auf seinen Bauch zu.
Roman ließ das Atmen ganz.
»Ich halte dich von irgendwas ab, nicht?«
»Hm?«
»Du hast doch bestimmt Besseres zu tun.«
In gewissem Sinne hatte sie den Nagel auf den Kopf getroffen. »Überhaupt nicht. Ich muss über vieles nachdenken, und das kann ich hier ganz wunderbar.« Ihre Brüste drückten sich leicht gegen seine Seite. Er hatte nur eine Chance, wenn er redete, sich ablenkte. »Morgen früh muss ich wissen, was genau ich unternehmen will.«
Phoenix schmiegte sich an ihn. Ein Knie legte sich warm auf seinen Schenkel.
Roman betete um Kraft … Willenskraft.
»Du bist kuschelig«, murmelte sie. »Richtig bequem.«
O Mann. Toll.
Die Hand auf seinem Bauch setzte sich wieder in Bewegung. Abwärts.
Roman befeuchtete seine ausgedörrten Lippen.
Ihre Finger stießen auf dichtes Haar und glitten weiter.
»Ähm … Phoenix?«
Sie antwortete nicht.
Er hob den Kopf und blickte sie im schwachen Licht, das

aus dem Wohnzimmer kam, an. Zerwühltes rotes Haar verdeckte ihr Gesicht. »Phoenix, ich denke nicht, dass wir –« Das Problem war, dass er *doch* dachte, dass sie! »Na ja, ich meine, wenn du dich wirklich danach fühlst … Tust du das, Phoenix?«

Phoenix' lange Finger blieben am Schaft jenes Körperteils liegen, der momentan am dringendsten Aufmerksamkeit benötigte. Unwillkürlich bewegte er die Hüften.

Man hatte sie geschlagen und geschunden. »Wir müssen das jetzt nicht tun. Ich möchte dir nicht wehtun.«

Ihr Knie rutschte höher.

»Phoenix?« Auch seine Stimme rutschte höher. Er begann, ihre Schulter zu streicheln. »Ich möchte dich küssen.«

Dann hörte er das Geräusch.

Roman ließ sich ins Kissen zurückfallen und seufzte tief. Sie schnarchte leise … und hielt sich an seinem Penis fest, als hätte sie Angst, aus dem Bett zu fallen.

SECHZEHN

Leise betrat Geoffrey den nun im Dunkeln liegenden Whirlpool-Bereich, zog die Tür hinter sich zu und schloss ab. Mit nackten Füßen durchquerte er den Raum und setzte sich in eine Ecke. Nun musste er nur noch warten, bis Vanessa kam.

Der Pool vor ihm war riesig – Vanessa hatte es so gewollt. Er bot genug Platz für ganze Gruppen, für temperamentvolle Paare oder Einzelne, die bestimmte – ausgefallene – Bedürfnisse hatten.

Geoffreys Geduld wurde auf eine harte Probe gestellt, bis sich die Tür zwischen Duschraum und Whirlpool endlich öffnete. Vanessa blieb am Rand des blubbernden, dampfenden Pools stehen und schaltete die Beleuchtung am Boden des Beckens ein. Augenblicklich war ihr üppiger weißer Körper in rotes Licht getaucht.

Er musste ihr zeigen, wer der Herr im Haus war. Die Gräfin von Leiden sollte erfahren, dass er die Macht aus ihren gierigen Händen genommen hatte.

Vanessa stieg langsam die Treppe ins Wasser hinab und ließ sich in den rosafarbenen Schaum gleiten.

Geoffrey betastete den kleinen goldenen Schlüssel in seiner Tasche und lächelte. Diese kranke Hure. Diese eitle, kranke Hure.

Ihre Augen waren geschlossen. Die Zungenspitze glitt zwischen ihre dünnen Lippen, während sie sich mit den Daumen die Brustwarzen rieb.

Männer, Frauen – für sie zählte das Geschlecht nicht, solange sie ihren Spaß hatte. Aber nun tat sie, was ihr am meisten Spaß machte: Sie befriedigte ihre unersättliche Lust selbst.

Vanessa würde sich freuen, wenn sie ihn sah. Sie liebte Zuschauer, besonders dann, wenn der Zuschauer ihrer Darbietung verrückt vor Lust wurde und sie ihm die Befriedigung verweigern konnte.

Diesmal würde Vanessa sich nicht lange freuen.

Vanessa watete an den Beckenrand, stieg ein paar Stufen hoch und kniete sich hin. Mit der einen Hand massierte sie ihre Brüste, die andere glitt zwischen ihre Beine.

Sie begann zu beben und nahm rasch die Hand weg. Langsam spreizte sie die Knie und tastete unter Wasser, bis ein Wasserstrahl vor ihr in die Höhe schoss. Mit geistesabwesendem Blick richtete sie den Strahl aus.

Jetzt würde Vanessa nichts mehr bemerken. Geoffrey stand auf und zog sich aus. Von nun an würde *er* entscheiden, wann, wo und wie Vanessa und er es miteinander trieben ... wobei es von nun an nur noch um *seine* Befriedigung ging!

Der Strahl aus dem Pool traf auf Vanessas Lustzentrum. Sie zog den Bauch ein und bog den Rücken durch. Ihr ganzer Körper vibrierte unter der Wucht des Wasserstrahls.

Geoffrey verzog die Lippen und setzte sich in Bewegung. Die Szene erinnerte ihn an »Harry und Sally«, doch Vanessas Keuchen und Stöhnen war nicht gespielt. Schließlich schrie sie, bäumte sich wieder und wieder auf und sackte endlich auf den Stufen zusammen. Nach einer Weile kam sie wieder hoch, ließ ihren Körper ins Wasser gleiten, legte die ausgebreiteten Arme auf den Beckenrand und ließ zufrieden den Kopf zurücksinken.

Geoffrey betrachtete ihre großen Brüste, die seinen Schwanz in nur wenigen Augenblicken in Topform bringen konnten. Von heute an würde er mit einem Fingerschnipsen bestimmen, wann diese Brüste entblößt werden würden, und *ihre* Finger würden immer genau dort sein, wo er sie gerade haben wollte.

Wie oft hatte er ihren Mund mit den dünnen Lippen gesehen und sich vorgestellt, wie sie seinen Penis bearbeiteten. Doch das hatte sie noch nie getan. Die Gräfin verabscheute es, männliche Körperteile in den Mund zu nehmen.

Nun, das war ihr Pech. Denn jetzt würde sie einen unstillbaren Appetit auf Geoffreys Schwanz entwickeln müssen.

Er trat rasch an den Pool und bohrte seine Zehen fest genug in ihre Oberarme, dass Bewegung ihr wehtun würde. Vanessa riss die Augen auf.

»Was machst du da?«, fauchte sie.

»Ich sehe dich an«, erwiderte er. Es gefiel ihm, dass seine Erektion direkt über ihr aufragte. »Und stell mir vor, dass du mir einen bläst.«

»Verschwinde.«

»Das werde ich nicht tun.«

Sie versuchte, die Arme wegzuziehen, doch er verstärkte den Druck.

Vanessa schrie auf. »Du tust mir weh, verdammt! Oh,

warte nur, das wirst du mir büßen. Ich habe sowieso mit dir reden wollen.«

»Wirklich? Wie günstig. Denn auch ich wollte mit dir reden.« Mit derselben geschmeidigen Bewegung, mit der er ein Polopony bestieg, trat er über sie und ließ sich auf ihrem Brustkorb nieder. »Wer zuerst? Du oder ich?«

Wie er es erwartet hatte, schlug sie ihm ins Gesicht. Er schlug zurück und zitterte vor Freude, als er ihr Entsetzen und ihren Zorn sah.

»Was soll das?«, kreischte sie. »Wie kannst du es wagen, mich anzufassen, ohne dass ich es erlaube? Verschwinde! Und lass dich nicht wieder blicken, bis ich mich melde!«

»Ich werde nicht verschwinden.« Er holte den Schlüssel heraus und ließ ihn an seiner Kette baumeln. »Rate mal, was das ist.«

Sie wand sich und versuchte, ihn wegzudrücken. Geoffrey stand auf, packte sie unter den Armen und hob sie auf den Beckenrand. Er fing ihre um sich schlagenden Fäuste ein und hielt sie mit einer Hand fest. Dann spreizte er mit der anderen Hand mühelos ihre Schenkel, drängte sich dazwischen und stieß seinen harten Schaft provozierend gegen ihr Geschlecht.

Wie immer verlor Vanessa den Kampf gegen die aufkommende Lust ziemlich schnell. Der Hass in ihren Augen verwandelte sich in Begierde. »Stoß ihn rein«, sagte sie. »Wir können später reden. Vielleicht brauchen wir das hier erst mal.«

Geoffrey dachte nicht daran, ihr zu gehorchen. Stattdessen drückte er sie brutal auf die Kacheln nieder und schob ihr den Schlüssel tief in die Vagina. Er grinste, als sie schockiert und gleichzeitig ekstatisch aufschrie.

»Gefällt dir das, Darling?«

»Komm rein! Sofort!«

Oh, ja, und wie es ihr gefiel! Geoffrey spielte mit der angeschwollenen Knospe zwischen ihren heißen Schamlippen, bis sie nach ihm zu greifen versuchte. Dann zog er an der Kette und holte ganz langsam den Schlüssel wieder heraus.

»Oh, Geoffrey, du verdammter Mistkerl. Komm. *Bitte!*«

»Du kannst so schön betteln, Liebes. Ich habe dich gefragt, ob du den Schlüssel erkennst.«

»Das ist mir völlig egal.«

»Nein, ist es nicht. Pierre hat ihn mir besorgt – von einem Mitglied seiner entzückenden Schweizer Bankiersfamilie.«

»Das ist mir völlig *egal!*«

»Der Schlüssel gehört zu einer Schatulle. Und darin befindet sich eine hübsche Sammlung makelloser Edelsteine, Darling. Der größte Teil unseres Geldes steckt darin.«

Sie erstarrte, ihr Blick klärte sich. »Wovon redest du?«

»Ganz einfach. Ich habe das meiste Geld unserer Schweizer Konten in Diamanten angelegt. Diese befinden sich in einem Safe – ebenfalls in der Schweiz. Natürlich sind die Steine genauso verkehrsfähig wie Bargeld.«

Vanessa mühte sich in aufrechte Position, und er half ihr, sich zu setzen. »Wie willst du das gemacht haben? Ohne meine Zustimmung kannst du nicht an das Geld.«

Er zog den Schlüssel an der Kette durchs Wasser. »Erstaunlich, was man alles mit den richtigen Kontakten erreichen kann. Du warst doch diejenige, die der Meinung war, dass Pierre für unseren Club sehr wertvoll sein könnte … Und ich verstehe gar nicht, wieso ich ihn erst jetzt gebeten habe, mir zu helfen.«

»Dir zu helfen?«

»Mir dabei zu helfen, die hiesigen Machtverhältnisse ein wenig umzustrukturieren. Für eine Gegenleistung hat Pierre also ein paar Leute kontaktiert und einige sehr lukrative Transaktionen für mich unternommen. Keine Sorge, Liebes, ich habe ausschließlich vorteilhafte Investitionen getätigt.«

»Mit *meinem* Geld!«

»Unserem Geld.«

»Das Basiskapital war meins.«

»Ohne mich hättest du das alles nicht aufbauen können.«

»Gib mir den Schlüssel.«

»Gerne.« Er reichte ihn ihr. »Dummerweise kannst du ihn nicht ohne die Safe-Nummer benutzen ... und du weißt nicht einmal, bei welcher Bank die Steine liegen.«

Sie starrte den Schlüssel an. »Was soll das Ganze?«

»Zuerst möchte ich dir Pierres Preis nennen. Er ist ein ziemlicher Lüstling, unser Pierre, aber leicht zufrieden zu stellen. Er möchte nur dabei sein, wenn unsere einfallsreicheren VIPs sich amüsieren.«

»Verdammt, Geoffrey! Du weißt, dass das nicht geht. Jede zusätzliche Person bedeutet ein Risiko.«

»Pierre nicht. Er hat sich strafbar gemacht. Ein Wort an der richtigen Stelle, und er geht ins Gefängnis.«

»Ich begreife das Ganze nicht!«

»Dabei ist es so einfach. Ich will mir nehmen, was ich will. Ich bin es leid, dich immer erst fragen zu müssen.«

Ihre Gesichtszüge verzerrten sich. »Ohne mich gäbe es keinen Peak Club. Alles, was du bist, hast du mir zu verdanken. Und du hättest das ganze Unternehmen beinahe durch deine Dummheit zerstört.«

»Aber es ist gut gegangen. Die Gefahr konnte gebannt werden, ganz wie ich es prophezeit hatte.«
»Ich will die Verfügungsberechtigung über diese Steine.«
»Vergiss es.«
»Ich werde dich vernichten!«
Er lachte. »Vernichte mich, und du vernichtest dich selbst. Versuch mich zu stürzen, und ich reiße dich mit.«
Ihr plötzlicher Schrei drang ihm bis ins Mark. Kreischend fuhr sie ihm mit den langen, rotlackierten Nägeln ins Gesicht, während er verdattert versuchte, ihre Handgelenke zu packen.
Schließlich gab er es auf. »Hör auf!«, brüllte er. »Halt den Mund und hör mir zu!«
Sie verstummte. Ihre Brüste hoben und senkten sich.
»Fein.« Er ließ die Hände sinken. »In Zukunft brauchst du nur zu tun, was ich dir sage, und wir werden blendend miteinander auskommen. Du wirst nichts entbehren müssen, mein liebes Luder, keine Angst. Im Grunde bleibt alles beim Alten – nur dass ich jetzt an der Spitze der Befehlskette stehe.«
»Du jämmerlicher, armseliger Narr. Die Gefahr, in die du uns gebracht hast, ist noch nicht vorbei. Wir stehen vor der schlimmsten Krise in unserer Laufbahn, und du willst alles für deine albernen Machtspielchen riskieren?«
»Die Spielchen sind beendet. Und es gibt keine Krise. Wir haben alles unter Kontrolle.«
»Ach ja? Und Phoenix? Unsere neue Masseuse? Sie kannte April Clark. Sie waren dicke Freundinnen.«
Geoffrey zog die Brauen zusammen. »Bist du sicher?«
»Wenn du an meiner Seite gewesen wärst, anstatt deine

kindischen Pläne zu schmieden, dann wüsstest du, mit was wir es zu tun haben.«

»Sie kann aber nichts wissen.«

»Vielleicht noch nicht. Aber sie scheint entschlossen, es herauszufinden.«

Er sah sie unsicher an. »Sie hat keine Chance.«

»So? Meine Quelle behauptet aber, dass sie bereits eine vage Spur hat.«

Geoffrey musterte Vanessas Brüste. Nachdenklich kniff er in die Spitzen, ohne sich um ihren Protest zu kümmern. »Wer ist deine Quelle?«

»Du hast deine kleinen Geheimnisse und ich meine. Ich kann dich fertig machen, Geoffrey. Vergiss das nie!«

»Wir müssen sie loswerden.«

»Das steht fest. Aber diesmal werden wir nicht überstürzt handeln. Roman vögelt sie.«

Geoffrey hob eine Braue. »Und?«

»Roman hat gewisse Fähigkeiten. Bislang war er uns nicht halb so nützlich, wie wir es uns erhofft hatten. Jetzt kann er etwas für uns tun.«

Endlich verstand Geoffrey. »Du willst ihn bitten, sie für uns zu beseitigen?«

»Bitten? Ich werde ihn anweisen, es zu tun.«

Geoffrey zog zweifelnd die Brauen zusammen. »Und wie willst du es ihm verkaufen?«

»Sie ist gefährlich. Ein Spitzel der Regierung, die unseren Laden schließen will. Wenn sie Erfolg hat, verliert er alles, was er investiert hat.«

»Und du bist wirklich sicher, dass er etwas mit ihr hat?«

»Er ist jetzt bei ihr. Man hat ihn durch das Schlafzimmerfenster gesehen. Er zog sich gerade aus.«

»Und wenn er sich weigert?«

»Das wird er nicht.« Sie versuchte ohne Erfolg, von ihm loszukommen. »Lass mich aufstehen.«

»Wir müssen sicherstellen, dass sie wirklich nichts in Erfahrung gebracht hat, bevor wir sie erledigen.«

»Wie ich schon sagte – ich werde mich um alles kümmern.«

»Sag mir, wer dich mit Informationen versorgt.«

Sie schüttelte den Kopf. »Lass mich in Ruhe. Ich muss nachdenken. Roman muss diese Frau umbringen, und zwar bald. Sie muss verschwinden. Spurlos – wie April!«

Spurlos wie April. Ein tief sitzendes Unbehagen ließ ihn schaudern. »Das ist doch sinnlos. Schmeiß sie wegen Unfähigkeit raus. April ist verschwunden und Schluss. Phoenix kann nichts herausfinden.«

»Ich fürchte, sie kann doch.«

Er bohrte seine Finger in ihre Schulter. »Du versuchst doch bloß, es mir heimzuzahlen. Es gibt nichts herauszufinden, ich sag's dir!«

»Du tust mir weh!« Erneut versuchte Vanessa, sich von ihm loszumachen. »Gestern hat Phoenix mit einem bestimmten Angestellten gesprochen.«

»Na und? Mit wem?«

Vanessas Miene wurde ausdruckslos und kalt. »Auch das bleibt mein Geheimnis. Aber sagen wir einfach, dass es jemand ist, dem ich vertraue. Jemand, der für unsere Sache alles geben würde. Mehr musst du nicht wissen.«

Plötzlich wallte der Zorn in Geoffrey auf. »Du würdest alles tun, um die Macht wieder an dich zu reißen. Aber es wird nicht funktionieren!«

Sie blickte ihn beinahe unschuldig an. »Nicht?«

»Nein. Mach den Mund auf!«
Sie wandte die Augen ab.
»Los. Oder verabschiede dich schon mal von diesen wunderschönen Diamanten!«
»Du weißt, dass ich das ekelhaft finde.«
»Nicht, wenn man es *dir* auf diese Art besorgt. Los, Vanessa. Mund auf!«
Sie drehte den Kopf und sah ihm ins Gesicht. Er stand auf und stellte sich dicht vor sie. Vanessa öffnete den Mund und er stieß hinein.
Und dann schrie er auf.
Vanessas spitze Zähne hatten sich ihm für immer eingeprägt.

SIEBZEHN

Die Dämmerung stand Roman Wilde verdammt gut. Phoenix stand am Fuß des Bettes und beobachtete ihn im Schlaf. Die tiefe Falten in seinem Gesicht erzählten von seinem Leben, doch im weichen Licht des Morgens wirkte es milder, zeigte ein wenig von dem Jungen, der er einmal gewesen war. Sein Mund war faszinierend. Es lag ein Hauch eines Lächelns um seine Lippen … vor allem aber das Versprechen auf Leidenschaft.

Sie hatte mit dem Kopf auf seiner Brust eng an seine Seite geschmiegt geschlafen. Es war nicht leicht gewesen, sich aus seiner Umarmung zu befreien, ohne ihn zu wecken. Zumal er sich so wundervoll anfühlte.

Plötzlich sah sie, dass Roman vollkommen nackt war.

Das Blut schoss ihr in den Kopf. Hatte er schon geschlafen, als sie sich so eng an ihn geschmiegt hatte? Sie presste die Hände an ihre glühenden Wangen, wodurch das Handtuch herunterrutschte. Hastig wickelte sie es wieder um ihren Körper und steckte es fest.

Nicht einmal das Rauschen der Dusche hatte ihn geweckt. Er musste wirklich erschöpft gewesen sein. *Sie* war es jedenfalls. Und sie hatte Angst. Wenn er aufwachte, wollte sie ihn fragen, ob er ihr eine Waffe besorgen konnte.

Sie trat ans Fenster und blickte hinüber zu Belle Rose, das durch den Frühnebel kaum zu sehen war. Dahinter erhob sich die vollkommen nutzlose Mühle, die Roses Daddy dort hatte bauen lassen, weil seine Tochter es sich so gewünscht hatte. Das Gebäude war weiß wie Belle Rose, doch die Flügel des Windrads waren mit Blumen in leuchtenden Farben bemalt.

Es wirkte vollkommen absurd. Wie Phoenix' Leben.

Sie löste das Handtuch vom Kopf und fuhr sich mit den Fingern durch die widerspenstigen, feuchten Locken. Gesicht, Hals und weitere Stellen an ihrem Körper waren zerschrammt, Arme und Schultern von blauen Flecken übersät. Aber es hätte schlimmer kommen können.

Hure.

Sie schloss die Augen und versuchte, die unheimliche Stimme aus ihrem Kopf zu verbannen.

Du konntest es ja nicht sein lassen, nicht wahr?

Er hatte sie warnen wollen. Sie sollte die Suche nach April aufgeben. Aber das konnte sie nicht. Niemals.

»Bitte geh vom Fenster weg!«

Phoenix fuhr so heftig zusammen, dass ihr übel wurde.

»Entschuldige«, sagte er. »Ich wollte dich nicht erschrecken. Tritt bitte zur Seite, und ich bin still.«

Phoenix gehorchte und drehte sich zu ihm um. »Denkst du, dass da draußen jemand lauert?« Ihr Herzschlag beschleunigte sich.

»Sch.« Seine Stimme war tief und noch heiser vom Schlaf. »Ich bin nur vorsichtig. Eine alte Angewohnheit.«

Plötzlich war sie sich überdeutlich bewusst, dass sie nur ein knappes Duschtuch trug. »Ich zieh mich rasch an und mache Kaffee.«

»Bitte nicht.«
»Magst du keinen Kaffee?«
»Ich mag nicht, dass du dich anziehst.«
Wieder stieg ihr das Blut in den Kopf.
Er streckte ihr eine Hand entgegen.
Phoenix versuchte ungeschickt, die wilde Haarmasse aufzulockern.
Roman lachte. »Ich liebe es, wenn du das tust.«
»Tatsächlich?«
»Ja. Es ist völlig zwecklos.«
Sie biss sich auf die Lippe.
»Dein Haar ist wirklich etwas Besonderes.«
»Besonders störrisch.«
»Und höllisch sexy!«
»Vielen Dank, dass du mir gestern Nacht geholfen hast. Ich weiß nicht, was ich ohne dich gemacht hätte. Ich habe mir die Kratzer angesehen und denke, dass sie bald verheilt sind. Aber dieser Typ macht mir Sorgen. Meinst du, er könnte zurückkommen? Ich habe mir überlegt, ob ich mir eine Waffe besorgen könnte. Wenn ich weiß, wie man damit umgeht –«
Der Anblick seiner Beine und anderer Körperteile ließ sie abrupt verstummen. Er stellte die Füße auf den Boden. Phoenix wich zurück, bis sie gegen die Wand stieß.
»Bin ich so Furcht einflößend?«
Ihre Lippen bildeten ein »Oh«, aber es kam kein Laut heraus.
»Uh-oh«, sagte er. »Ich *bin* so Furcht einflößend.«
»Nein. Du bist schön.«
Ganz langsam machte sich ein Grinsen auf seinem Ge-

sicht breit. »Schön? Ich glaube, so hat mich noch niemand genannt.«

»Oh, Mist!« Sie vergrub das Gesicht in den Händen. »Ich bin in diesem Bereich total unfähig. Du glaubst nicht, wie blöd ich mich anstelle, wenn es um … um … na, du weißt schon.«

»Ja?«

»Ich stammele herum wie ein Vollidiot. Es ist mir total peinlich.«

»Du *bist* aber süß, wenn dir etwas peinlich ist.«

»Zieh mich nicht auf.«

»Du bist süß. Und wunderschön. Und verdammt mutig. Versuch ja nicht, dich zu ändern, hörst du?«

»Ich bin ein hoffnungsloser Fall. Alles misslingt mir.«

»Schreist du, wenn ich jetzt komme und dich in den Arm nehme?«

Phoenix schaffte es nicht, die Hände von den Augen zu nehmen. »Ich könnte schreien, wenn du es nicht tust.«

Sein Lachen war tief, ein bisschen anzüglich … unwiderstehlich. Sie hörte seine Schritte und wartete angespannt. Bevor er sie berührte, spürte sie seine Wärme. »Du hast gesagt, dass du kein Typ für einen One-Night-Stand wärst.«

Sie senkte die Hände und sah zu ihm auf. Nun milderte nichts mehr die Linien in seinem Gesicht.

»Nun?«, drängte er sie.

Wie sollte sie ihm erklären, dass sie überhaupt wenig Erfahrung in Bezug auf Sex hatte? »Na ja, ich fand eben immer, dass Sex etwas mit zwei Menschen zu tun hat, die –« Oh, lieber Himmel. Wenn sie jetzt nicht den Mund hielt, würde sie etwas absolut Peinliches sagen.

»Sprich weiter«, sagte er leise. Er stemmte die Hände gegen die Wand oberhalb ihres Kopfes und lehnte sich in seine gestreckten Arme. »Ich beobachte gerne deinen Mund, wenn du sprichst.«
»Tja. Ich denke, Sex sollte nicht … ich meine, es ist ja nicht so, als ob man mit jemandem einen trinken geht, nicht wahr?«
Er schüttelte den Kopf. »Ganz sicher nicht so, als ob man mit jemandem einen trinken geht.« Er winkelte einen Arm an und stemmte nun den Ellenbogen gegen die Wand, so dass sich sein Gesicht ganz dicht vor ihrem befand.
»Ich bin nicht sehr erfahren«, entfuhr es ihr plötzlich.
Er betrachtete sie schweigend.
»Und ich weiß natürlich, dass Männer das abschreckt. Vor allem Männer, die von einem erwarten …« Warum konnte sie nicht einfach den Mund halten? Einmal schweigen und genießen, was sie doch selbst so gerne wollte?
Roman ließ sich Zeit mit seiner Reaktion. »Männer, die *was* erwarten?«
Phoenix atmete so tief ein, dass sich das Handtuch löste und sie es festhalten musste. »Na ja, wahrscheinlich Befriedigung. Ich meine, ein Mann wie du steht bestimmt nicht auf mangelndes Talent in Bezug auf –«
Sein Mund erbarmte sich ihrer, indem er sie sowohl zärtlich als auch besitzergreifend küsste – und ihr nicht nur den Atem, sondern auch die Fähigkeit zu denken nahm. Während Lippen, Zähne und Zunge sich intensiv mit ihr beschäftigten, blieb kein Millimeter Haut unberührt oder unliebkost.
»Mangelndes Talent, hm?«, murmelte er an ihrer Wange. »Für mich fühlte sich das aber gar nicht so an.«

»Hm.«
»Ich möchte dich lieben.«
Ganze Schwärme von Schmetterlingen flatterten in ihrem Bauch auf.
»Es gibt einen Unterschied zwischen Sex haben und Liebe machen«, sagte Roman ernst. »Manche Leute haben Sex, manche lieben sich. Nur darum geht es. Und ich will damit sagen, dass dies für mich etwas Besonderes ist.«
Ihr Herz drohte stehen zu bleiben. Sie waren im Prinzip Fremde, doch sie wollte, was er wollte – mit ihm schlafen, ihn lieben. Nicht dass er mit »lieben« wirklich »lieben« meinte – aber es war etwas Besonderes für ihn. Konnte das nicht vollkommen ausreichen?
»Es gibt doch nicht schon jemanden in deinem Leben?«
»Nein!«
»Das klingt so vehement. Hat man dich verletzt?«
»Nicht so, wie du meinst.«
»Magst du es mir erklären?«
»Vielleicht irgendwann einmal.«
Er streichelte mit den Fingerknöcheln über die Seite ihres Halses. »Du bist es nicht gewohnt, dich nackt einem Mann zu präsentieren, nicht wahr?«
Sie schüttelte den Kopf.
»Du hast dich im Bett so gut angefühlt.«
Wieder wurde sie rot.
Roman rieb seine Nase an ihrer Schläfe. »Ich fände es wunderbar, wenn du dir angewöhnst, so einzuschlafen, wie du gestern eingeschlafen bist –«
Er hatte es also doch bemerkt! »Ich wollte nicht –«
»Sch. Verdirb mir nicht meine Fantasie. Ich möchte lieber

im Glauben bleiben, dass du jeden *Handgriff* mit Bedacht getätigt hast.«
»Du zögerst es absichtlich raus, indem du Konversation machst, richtig? Du willst, dass ich mich an den Gedanken gewöhne … Du glaubst nicht, dass ich … Oh, verflucht! Wieso mache ich solche Situationen immer zu einer hoffnungslos verfahrenen Geschichte?«
»Willst du, dass ich übernehme? Willst du sozusagen die gesamte Operation in meine Hände legen?«
Im Licht des frühen Morgens waren seine Augen marineblau.
Phoenix legte eine Hand auf seine unrasierte Wange. Dann stellte sie sich auf die Zehenspitzen und küsste ihn sanft. »Ganz in deine Hände«, flüsterte sie. »Was immer du tust – was immer du mit mir machst – es wird mir gefallen!«
Er stieß sich von der Wand ab und bedeutete ihr, ihm zu folgen. Als sie gehorchte, wich er bis zum Bett zurück, setzte sich und zog sie zwischen seine Schenkel. Behutsam legte er seine Hände an ihre Wange. Sein Kuss war so zart, als ob er befürchtete, sie zu verletzen.
Als ob er ihre Gedanken gelesen hätte, sagte Roman: »Ich will dir nicht wehtun, Phoenix. Du bist übel zugerichtet worden.«
»Du wirst mir nicht wehtun.« *Es sei denn, du gehst.* Irgendwo in ihrem Kopf schrillte eine Alarmglocke los. Am Ende würde sie die Quittung bekommen. Bei all den schönen Worten – Männer wie Roman Wilde verliebten sich nicht einfach so. Und meistens blieben sie auch nicht lange genug, um zu sehen, was mit den Frauen geschah, die sie sitzen ließen.

»Ich möchte dir mein Gewicht nicht zumuten.«
Ihr Inneres verwandelte sich in rot glühendes Feuer. »Ich bin nicht aus Porzellan.«
»Aber ich bin groß und schwer.«
»Ich weiß.« Das Feuer loderte höher auf. »Und genau das gefällt mir.«
»Nimm das Handtuch weg.«
Phoenix presste den Stoff an die Brust.
»He, wir hatten abgemacht, dass ich die Befehlsgewalt habe.«
Phoenix nickte und ließ die Hände sinken ... bis sie auf seinen Oberschenkeln lagen. Sie fühlte harte, unnachgiebige Muskeln.
»So nicht«, sagte er. »*Du* ziehst es aus. Ich möchte sehen, dass du mich genauso willst wie ich dich.«
Phoenix legte ihre Hände auf seine Schultern. »Tu du es.«
»Verführerisch.« Sein Lächeln war jetzt verschwunden. »Aber noch verführerischer ist es, wenn du dich selbst darbietest, Süße. Nur eine Laune des Augenblicks, hm? Ich will, dass du dich mir schenkst.«
Sie blickte an ihrem Handtuch herab zwischen seine Schenkel ... und öffnete den Mund zu einem Ausruf, der nicht kam. Er war riesig und bereit für sie, doch er hatte sich unter Kontrolle.
»Zeig mir, dass du mich begehrst, Phoenix.«
Ihr Mund war furchtbar trocken. »Du willst mich, oder?«
Er lachte heiser. »Wie genau du beobachtest!«
Sie lächelte schwach und löste das Handtuch. Ohne ihre Augen von seinen zu lassen, ließ sie das Handtuch fallen.
Roman nahm sich Zeit, sie zu betrachten. Mit angespannter Miene musterte er sie von oben bis unten.

Phoenix versuchte, die Arme zu verschränken, doch er packte ihre Handgelenke und verhinderte es.
Sie lachte nervös. »Ich war ein schrecklich schlaksiges Kind. Ich habe immer geträumt, mich eines Tages in eine von diesen Frauen zu verwandeln, denen Männer einen zweiten Blick zuwerfen, aber –«
Der Finger, der sich auf ihre Lippen legte, ließ sie verstummen.
Roman zog sie an sich, rieb sein Gesicht an ihrem und schmiegte sich so eng an sie, dass sein erigierter Penis sich zwischen ihre Schenkel drängte. »Es gibt keinen Mann, der dir nicht einen zweiten oder dritten oder vierten Blick zuwerfen würde. Oder noch mehr, denn –«
»Hör auf!«
»Du hast verstanden, was ich sagen wollte?«
Sie dachte einen Moment nach. »Okay.«
»Du machst mich wild.«
»Gut.« Das Verlangen machte sie mutig. »Ich will dich anfassen.«
»Das tust du bereits.«
»Überall.«
Er begann, sich ihren Brüsten zu widmen. Er streichelte, liebkoste, küsste sie. Schließlich umfasste er eine und nahm die Spitze in den Mund.
Phoenix' Kehle entrang sich ein Schluchzen. Hilflos packte sie seinen Kopf und hielt ihn an sich gedrückt.
Schließlich nahm sie all ihre Kraft zusammen, fuhr ihm mit den Fingern ins Haar und hielt sein Gesicht weit genug von sich, dass sie seine glitzernden Augen sehen konnte. »Ich möchte dich kennen lernen«, sagte sie.

»Möchte herausfinden, was dir gefällt. Was du nicht magst.«
Er ließ sich von ihr auf das Bett drücken. Als sie ungläubig den Körperteil anstarrte, der unmöglich zu ignorieren war, konnte er sich ein leises Lachen nicht verkneifen.
Phoenix tat, als hätte sie nichts bemerkt und begann mit seinen Leisten.
»Himmel!«
Sie zog die Hände zurück. »Magst du das nicht?«
»Doch. Mach weiter. Sofort.«
Ihre Hände legte sich auf seine Schenkel, strichen bis zu den Knien hinab und wanderten wieder aufwärts.
Er zuckte erneut zusammen und sie grinste. »Uh. Empfindlich, hm?«
Seine Lippen pressten sich fest zusammen.
Phoenix beschloss, sich gewisse Teile bis zum Ende aufzusparen. Sein Bauch war eingezogen und steinhart. Seine Hinterbacken gaben bei ihrer Berührung nicht einmal nach. Die Seiten waren glatt.
»Du hast diese Nacht auch schon so eine Art Sightseeing-Tour angefangen.«
»Ein Testlauf«, erklärte sie.
»Denkst du, du kommst heute weiter?«
»Scht. Das ist *meine* Sightseeing-Tour. Breite die Arme aus. Widerstand ist zwecklos.«
»Ja, Ma'am. Was immer Sie sagen, Ma'am.« Er gehorchte. »Würde es den Prozess beschleunigen, wenn ich sage, dass ich sterbe?«
Phoenix antwortete, indem sie sich auf ihn legte. Sie drängte seine Lippen mit ihren auseinander und schob ihre Zunge in seinen Mund. Während sie ihn küsste, rieb

sie ihre Brüste langsam über seinen Oberkörper und schauderte, als elektrische Ströme durch ihren Körper jagten.

»Und wie wenig Erfahrung haben wir genau, hm?« Die plötzliche Frage und die schwieligen Hände, die ihr Gesicht umfassten, ließen sie verharren. »Du willst mir doch nicht erzählen, dass dies dein erstes Mal ist, oder?«

»Nein! Ich hatte –«

»Gut!«

Roman bewegte sich so blitzartig, dass sie nicht wusste, wie ihr geschah. Sie fand sich mit gespreizten Beinen auf seinem Schoß wieder.

»Roman!«

Sein Mund erstickte jedes weitere Wort im Keim.

Seine Finger zwischen ihren Beinen vereitelten jeden Versuch, einen vernünftigen Gedanken zu fassen.

Ihr Körper war bereit für ihn, bereit für das, was er wortlos versprach. Immer wenn seine Finger in sie eindrangen, wimmerte sie. Irgendwann merkte sie, dass er kurzfristig abgelenkt war, dann hörte sie etwas knistern. Ein Kondom! Sie hätte wissen sollen, dass er stets auf einen solchen Moment vorbereitet war. Doch schon stoppten seine Zähne, die sich spielerisch an ihrer Brustwarze zu schaffen machten, erneut jeden weiteren Gedanken. Sie drückte den Rücken durch und Roman begann zu saugen.

Während seine Finger in sie eindrangen, rieb sein Daumen über den hyperempfindlichen Kitzler. Einen Arm um ihre Taille geschlungen, liebkoste, drängte, neckte er, bis sie ihre Fingernägel in seine Schultern bohrte und ihn mit unsinnigen Worten anflehte.

Dann kam die Explosion. Phoenix klammerte sich an ihn, warf den Kopf zurück und schrie wieder und wieder seinen Namen, während er ihre Hüften anhob und sich tief in ihren wartenden, wolllüstigen Körper versenkte. Sie spürte ein Reißen, ein Brennen, eine süße Qual. Bereitwillig nahm sie ihn auf und trieb ihn durch Kontraktionen tiefer.

Einen Augenblick lang hielt er inne. Sein Atem kam stoßweise, seine Haut war schweißfeucht unter ihren Händen. »Du hast gesagt, dass es nicht das erste Mal ist.«

»Hör nicht auf!«

»Es *ist* das erste Mal, Süße!«

»Nein. Auf der High School war ich –«

»Oh, mein Gott«, murmelte er. »Du bist unglaublich. Später, Süße.«

Er war unglaublich.

Es war unglaublich.

Als sie ihn ganz in sich aufgenommen hatte, berührten ihre Füße den Boden nicht mehr. Sein Daumen tauchte wieder in die feuchte Hitze zwischen ihren Beinen.

»Jetzt, Liebes?«

»Ja.« Sie wusste nicht, was er meinte, aber jetzt war ihr recht.

Seine Hände umfassten ihre Hüften und bewegten sie auf und ab. Sein Becken begegnete ihr mit kräftigen Stößen. Eine alles verzehrende, gleißende, wundervolle Flamme schoss durch Phoenix' Unterbauch. Sie brannte sich aufwärts durch in jede Faser ihres Körpers. »Jetzt?«, schrie Phoenix, als sie begriff, was es bedeutete.

Romans Hüften hoben sich wieder. Und wieder. Und dann fiel er zurück und riss sie mit sich. Er stieß sich am

Boden ab und warf sie beide quer über das Bett, wo sie liegen blieben. Über Kreuz. Was Phoenix vollkommen egal war, solange sie nicht auf ihren Beinen stehen musste.
Er packte ihre Haare und presste ihr Gesicht in seine Halsbeuge.
Als sie wieder atmen konnte, fragte sie: »Es hat keinen großen Unterschied gemacht, oder?«
»Was?«
»Dass ich es noch nie getan habe. Jedenfalls nicht richtig.«
»Hm. Unterschied? Oh, doch, es hat einen Unterschied gemacht. Aber keine Sorge. Deine Ausbildung wird für mich zukünftig Priorität haben.«
Sie zog die Brauen zusammen. »Es tut mir Leid.«
Roman stieß einen seltsamen, knurrenden Laut aus. Er rollte sie auf den Rücken und stützte sich links und rechts von ihrem Kopf auf die Ellenbogen. »Du bist ein Wunder. Du bist einfach perfekt. Und du hast mich total erschöpft. Weißt du, was das bedeutet?«
»Nein«, flüsterte sie.
»Dass ich mich jetzt ausruhen muss. Unbedingt.«
»Ich verstehe.«
»Da bin ich mir nicht so sicher. In jedem Fall musst auch du dich unbedingt ausruhen.«
»Ja?«
»Ja.« Er legte sich neben sie, zog sie an seine Seite und zerrte die Decke über sie beide. »Ruh dich schnell aus.«
»Wieso?«
»Damit wir mit deiner Ausbildung anfangen können.«

Er würde sie beschützen. Was immer geschah – solange er atmete, würde dieser Frau kein Haar gekrümmt werden.

Roman löste sich ein drittes Mal von ihr. Es konnten nicht mehr als zwei Stunden vergangen sein, seit sie sich zum ersten Mal geliebt hatten. Und wenn es nach ihm ging, dann würden sie in diesem Tempo auch erst einmal weitermachen.

»Deine Lippen sind geschwollen«, sagte er.

Sie öffnete schläfrig ihre Augen und schloss sie wieder. »Tut mir Leid.«

»Entschuldige dich ja nicht wieder für irgendetwas. Ich mag es, wie deine Lippen aussehen. Schließlich bin ich dafür verantwortlich.«

»Und das magst du?«

»Typisch männliche Reaktion. Besitzdenken. Primitiv.«

»Ah.«

Er grinste und küsste sie und blickte wieder auf ihre Lippen. »Ich sorge dafür, dass sie immer so aussehen.«

»Sadist.«

»Ich?«

»Du hast gesagt, dass du viel wiegst.«

Er runzelte die Stirn.

»Und es stimmt. Du wiegst Tonnen.«

»Und die liegen direkt auf dir.« Er machte Anstalten, von ihrem Körper zu gleiten, doch sie packte seine Ohren. »Autsch. Das ist Missbrauch.«

»Meinetwegen. Ich will, dass du da liegen bleibst.«

»Phoenix, ich weiß, das kommt jetzt ein bisschen schnell, aber ich bin kein Kind mehr, und –«

»Ich auch nicht?«

Er zog die Brauen hoch. »Das hatte ich nicht sagen wollen. Was ich meine, ist –«

Phoenix legte ihm einen Finger auf die Lippen und schüttelte den Kopf.

Er betrachtete sie. Ein seltsames Glitzern lag in ihren Augen. Angst? Hatte sie Angst vor Nähe? Oder nur ganz allgemein?

Roman nahm ihre Hand weg. »Ich denke, wir sollten die Dinge einfach laufen lassen. Das ist es, was ich dir sagen wollte. Was zwischen uns läuft, ist eine schöne Sache … und wir brauchen einander.«

Sie lächelte voller Bitterkeit. »Du meinst, ich brauche *dich*. Ich bin diejenige, die man gestern Nacht überfallen hat. Und du fühlst dich nun verantwortlich.«

Shit. »Du kannst nicht in meinen Kopf sehen. Du weißt auch nicht, was ich fühle.«

»Nein, da hast du natürlich Recht. Ich … es tut mir Leid. Ich war mal wieder zu voreilig.«

Er holte tief Luft. »Zum Glück bin ich ein geduldiger Mensch; und ich habe genug erlebt, um zu wissen, dass man gewisse Dinge einfach aussitzen kann. Deine Dummheit eingeschlossen.«

»He!«

»Wie ich schon sagte – ich kann Dinge aussitzen. Du wirst dir keine Waffe besorgen, hast du verstanden?«

»Aber du hast eine?«

»Das steht hier nicht zur Debatte. Es geht um dich, und *du* wirst keine Waffe haben. Bitte sieh das ein!«

»Ich will ja eigentlich auch gar keine. Aber ich muss mich doch notfalls verteidigen können.«

»Wahrscheinlich wirst du eher einen Freund umlegen

oder dir selbst versehentlich eine Kugel verpassen. Ich passe auf dich auf, Phoenix.«

»Aber du kannst doch nicht –«

»O doch, ich kann. Als du gestern Nacht geschlafen hast – und dafür gesorgt hast, dass ich den größten, dauerhaftesten Steifen in der Geschichte der Männer gehabt habe – habe ich mir ausreichend Gedanken gemacht.«

Er lächelte über ihre puterroten Wangen. »Ich werde mich immer in deiner Nähe aufhalten. Und sollte es einmal nicht gehen, wird Nasty in Rufweite sein.«

»Nasty?«

»Nasty. Glaub mir – einen besseren Bodyguard kriegst du nicht.«

»Und wie … wo wird er sein?«

»Was deine Vermieterin betrifft, sind Nasty und ich deine Brüder. Wir kommen vorbei und übernachten auf der Couch.«

»Na toll. Ich habe schon einigen Leuten erzählt, dass wir alte Bekannte sind. Und Len denkt, dass du mein neuer Boss bist.«

»Dann erzähl einfach allen, dass es sich um einen Familienwitz handelt. Wir sagen, wir hätten Angst gehabt, dass die Leute im Club uns der Vetternwirtschaft bezichtigen würden.«

»Kommt mir nicht sehr überzeugend vor.«

»Wer sollte uns Lügner schimpfen?«

Sie dachte eine Weile darüber nach und nickte schließlich.

»Du kannst natürlich auch bei mir einziehen«, schlug Roman wie beiläufig vor.

»Nein. Ich habe mir vorgenommen, April zu finden, und dazu muss ich im Club bleiben.«
Er schluckte den Klumpen in seiner Kehle. »Du kannst ja im Club arbeiten und trotzdem in Seattle wohnen.«
»Jemand weiß, dass ich nach April suche. Und es muss jemand aus dem Club sein. Deswegen bin ich angegriffen worden.«
Sie schon jetzt wissen zu lassen, dass auch er nach April suchte – zumindest in gewisser Hinsicht –, hatte keinen Sinn. »Nicht zwingend. Vielleicht ist deine April auch nur für eine Weile untergetaucht!«
»Du hast ihre Stimme am Telefon nicht gehört. Irgendwas ist ihr im Club zugestoßen. Bevor du als Partner dazugekommen bist. Roman, ich denke nicht, dass sie wissen sollten … na ja, von uns beiden wissen sollten. Bestimmt wäre es besser, wenn ich eine Waffe –«
»Nein. Nasty wird kommen und gehen, ohne dass ihn jemand sieht. Das ist eine seiner Spezialitäten. Überlass den Rest mir. Meinen Partnern sage ich, dass ich ein Verhältnis mit dir habe. Sie werden nicht weiter nachfragen, wenn ich es ihnen als Fakt präsentiere. Und wir können ja auch nicht sicher sein, dass der Angriff gestern Nacht etwas mit dem Club zu tun hat, oder?«
Ein Verhältnis. »Ich hatte noch nie ein …«
»Ein Verhältnis?« Er küsste sie zärtlich auf die Stirn. »Nein, das scheint mir auch so. Aber jetzt hast du eins. Meinst du, ich könnte dich überreden, es noch ein bisschen zu intensivieren?«
»Oh, lieber Gott, ich danke dir.« Ihre Augen funkelten schelmisch. »Und ich hatte schon befürchtet, dass du dich völlig verausgabt hast.«

Er zog die Brauen zusammen. »Ich? Verausgabt?«
Ihre Finger tasteten nach der beginnenden Erektion. »Puh, was für ein Glück. Da ist tatsächlich noch was übrig!«
Knurrend fiel er über sie her und zeigte ihr, wie viel tatsächlich noch übrig war.

Das Hämmern an der Tür drang durch Phoenix' Schlaf. Sie fühlte sich herrlich benebelt, wenn auch ein wenig wund. Ein Blick auf Roman sagte ihr, dass er nicht daran dachte aufzuwachen.
Wieder ertönte das Klopfen.
Sie kletterte aus dem Bett und nahm ihren Morgenmantel vom Haken an der Tür. Während sie ihn sich ungeschickt überstreifte, trottete sie durch das Wohnzimmer und griff nach der Klinke, als plötzlich ihre Instinkte erwachten. Sie trat einen Schritt von der Tür zurück. »Wer ist da?«
»Phoenix?« Roses Stimme. »Oh, Phoenix, bitte helfen Sie mir.«
Rasch nahm Phoenix die Kette ab und riss die Tür auf. Draußen stand eine ungewohnt nachlässig angezogene Rose, die die Hände rang.
»Rose! Was ist denn?«
»Oje, wie sehen Sie denn aus, Liebes? Ihr Gesicht! Sind Sie in eine Hecke gefallen?«
»Nein … Ja, ja genau. Was ist los? Warum sind Sie hier?«
Rose packte Phoenix' Arm. »Jemand ist eingebrochen!«
Phoenix brauchte einen Moment, um diese Neuigkeit zu verdauen. »Wann?«
»Es ist schon eine Weile her. Web hat ihn erwischt und ist hinter ihm hergelaufen, aber er muss irgendwo einen

Wagen mit laufendem Motor versteckt gehabt haben. Die Polizei war schon da, aber außer eine Menge Fragen zu stellen, haben sie nichts unternommen.«

»Man hat Sie ausgeraubt?«

»Nein.«

»Was denn? Was hätte die Polizei also unternehmen sollen?«

»Ich weiß, dass sie sich irren.«

»Rose.« Phoenix zwang sich zur Ruhe. »Womit irren sie sich?«

»Sie ist nicht einfach irgendwo hingegangen! Dieser Mann hat sie verschleppt. Ich hab's gesehen. Ich hab gesehen, wie er meine Evangeline verschleppt hat. Und er sagt, dass er sie umbringt, wenn er nicht bekommt, was er will!«

ACHTZEHN

Sünde, Sex und schwarze Magie«, sagte Mort. Er marschierte angriffslustig durch Roses Küche. »Seit dieser verdammte Club seine Pforten geöffnet hat, ist in dieser Stadt nichts mehr, wie es einmal war.«

Phoenix mied Romans Augen. Der letzte Blick, den sie aufgefangen hatte, hatte ihr deutlich gesagt, wie wenig er davon hielt, dass Rose Mort, Zelda und Len angerufen hatte. Web, der Mann für alles, saß am Küchentisch und hatte sein Gesicht in die Hände vergraben.

»Das muss doch nichts mit dem Club zu tun haben«, sagte Phoenix. »Lass uns hoffen, dass Evangeline zurückkommt. Wenn nicht, muss die Polizei uns ernst nehmen.«

Rose stand am Fenster und starrte hinaus. »Ich habe einen Fehler gemacht. Einen furchtbaren Fehler. Ich hätte ihm zuhören sollen.«

»Dem Kidnapper?« Len versuchte wie schon zuvor, einen Arm um Phoenix' Schultern zu legen, aber sie wand sich auch dieses Mal heraus. Er warf ihr einen vorwurfsvollen Blick zu. »Wir alle müssen Rose nun Beistand leisten.«

Indem man den Arm um *sie* legte? »Sagen Sie uns, was Sie meinen«, sagte Phoenix sanft. »Was für einen Fehler haben Sie gemacht?«

»Ich habe ihm keine Zeit gelassen zu sagen, was er wollte. Ich habe einfach nur die ganze Zeit geschrien wie ein dummes Kind. Wie das dumme Kind, das ich bin. Also ist er verschwunden und hat meine Evangeline mitgenommen.«

»Es ist nicht Ihre Schuld«, murmelte Web. Die hellblauen Augen unter den buschigen roten Brauen wirkten stumpf. »Ich hätte eher aufwachen müssen. Es ist kaum zu glauben, dass ich nichts gehört habe!«

»*Sie* haben bestimmt keine Schuld«, sagte Rose.

»Schuld ist bloß der Kerl, der das getan hat«, warf Zelda ein. »Und was ich nicht begreifen kann, ist die Haltung der Polizei.«

Mort zog eine Braue hoch. »Nicht?«

Zelda schnaubte. »Wir befinden uns in Amerika, nicht in Europa zu Kriegszeiten!«

»Hätte unbedingt eher aufwachen müssen«, wiederholte Web. Phoenix hatte ihn noch nie in anderer Kleidung als in seinem Blaumann und einem groben Hemd gesehen. Er stand auf und blieb unschlüssig am Tisch stehen.

»Lassen Sie es gut sein«, tröstete Phoenix ihn.

»Hab immer schon einen zu gesunden Schlaf gehabt«, fuhr er fort, als ob er nichts gehört hatte.

»Hören Sie jetzt auf, Web«, sagte Rose, und an die anderen gewandt: »Web und Evangeline sind sich in letzter Zeit näher gekommen. Es ist doch nicht fair, dass ausgerechnet jetzt, wo Evangeline vielleicht ein bisschen Glück für sich finden kann, so eine Sache passiert!«

Phoenix sah eine Bewegung im Augenwinkel und drehte sich zu Roman um. Er stand noch immer in seiner Ecke und trank Kaffee aus einem Becher.

»Schwesterchen! Da bist du ja.«

Phoenix hätte beinahe ihren Kaffee verschüttet, als Nasty sie in seine starken Arme zog. »Ich –«

»Jetzt sag das Richtige«, zischte er zwischen zusammengepressten Zähnen hindurch.

Als sie an seiner breiten Schulter vorbei spähte, sah sie Roman in seinen Becher grinsen. »Nasty! Wo kommst du denn her? Mensch, das ist ja toll. Wieso hast du nicht angerufen? Hätte ich das bloß gewusst, dann hätten wir feiern können.«

»Übertreib's nicht!«

Sie lächelte glückselig. »Meine Lieben – darf ich euch meinen Bruder Nasty vorstellen? Nun sag schon – wo kommst du jetzt her?«

»Durch die Vordertür.« Nasty wandte sich an die anderen. »'n Abend. Nett, Sie kennen zu lernen. Da bin ich ja in ne Art Versammlung geraten, was?«

»Bruder?« Lens Gesicht drückte pures Misstrauen aus.

»Der ältere«, sagte Nasty und deutete mit dem Daumen auf Roman. »Wenn auch nicht so alt wie unser alter Bär da.«

»Häh?« Mort blieb abrupt stehen. »Ich dachte, er wäre ein alter Freund von dir, Phoenix. Hast du das nicht gesagt?«

Len schnaubte laut. »Mir hat sie erzählt, er wäre ihr neuer Boss.«

Nasty lachte dröhnend. Er schlug sich auf den Schenkel, schüttelte den Kopf und stemmte schließlich die Fäuste in die Hüften. »Oh, Mann, ganz wie früher, ganz wie früher. Wir haben uns anderen gegenüber immer schon als alte Freunde dargestellt. Oder als älteste Freunde. Oder sonst was. 's fing alles an, als wir noch Kinder waren und unser Roman hier nicht zugeben wollte, dass er noch zwei

kleine Geschwister hatte. Damals waren wir Freunde von Freunden.« Wieder brach er in brüllendes Gelächter aus.
Roman grinste breit und schlenderte auf seine ›Geschwister‹ zu. Er legte beiden einen Arm um die Schultern, zog ihre Köpfe zu sich und murmelte an Phoenix gewandt: »Grins schon, verdammt.«
Sie brachte ein Kichern hervor und stellte ihren Kaffeebecher ab. Anschließend versetzte sie ihm einen nicht ganz so spielerischen Boxhieb in seine Körpermitte.
Nasty und Roman feuerten noch ein paar Lachsalven ab und klopften sich gegenseitig geräuschvoll auf die Schultern.
Schließlich meldete sich Web zu Wort. »Es tut mir Leid, dass ich eine Familienzusammenführung stören muss, aber wir haben hier ein Problem. Heute Morgen ist eine Lady entführt worden.«
Nasty wurde augenblicklich ernst. »Entführt?«
»Evangeline«, sagte Rose, die sich bisher im Hintergrund gehalten hatte. Die Arme fest um den Oberkörper geschlungen, wandte sie sich zum Fenster. »Meine Freundin und Gefährtin aus Kindertagen. Meine Schwester, wenn auch nicht blutsverwandt. Der entsetzliche Mensch sagte, dass er sie umbringen würde, wenn er nicht bekäme, was er wollte.«
»Und was wollte er?«, fragte Nasty.
Roses schöne Augen richteten sich auf ihn. »Ich habe nicht lange genug den Mund gehalten, um es herauszufinden. Muss man eine kreischende Frau, die nicht lange genug still sein kann, um ihre Freundin zu retten, nicht verachten?«
Phoenix kannte Nasty zwar kaum, hätte aber nie gedacht,

dass er sprachlos wirken konnte. Er starrte Rose stumm an.
»Ich hätte nur zuhören und ihn reden lassen müssen.«
Nasty räusperte sich. »Es gibt Situationen, in denen es nicht leicht fällt, ruhig zu bleiben, Ma'am.«
»Wäre sie in der gleichen Situation gewesen, hätte Evangeline es richtig gemacht. Sie ist der besonnenste Mensch, den Sie sich vorstellen können. Ich schäme mich für mein Verhalten. Ich schäme mich wirklich!«
»Dazu gibt es keinen Grund.« Nasty schob die Hände in die Hosentaschen und wiegte sich leicht vor und zurück. »Warum setzen Sie sich nicht und erzählen alles von Anfang an? Erzählen Sie, was geschehen ist, und überlassen Sie den Rest Roman und mir.« Er führte Rose zu einem Stuhl, wartete, bis sie sich gesetzt hatte und ging dann neben ihr in die Hocke. »Wie sah der Mann aus? Lassen Sie sich Zeit. Erst muss sich die Panik legen. Panik stört die Fähigkeit, klar zu denken.«
Plötzlich betrachtete Phoenix ihre Vermieterin mit anderen Augen. Sie war wirklich das, was man wunderschön nannte. Und mit ihren offenen Haaren wirkte sie beinahe lächerlich jung … obwohl sie mindestens vierzig sein musste.
Na und? Nasty war vielleicht fünfunddreißig. Und außerdem spielte ihre Fantasie verrückt. Nasty war überhaupt nicht hin und weg. Er wollte vermutlich nur nett zu ihr sein.
Klar. Und nächsten Winter würde er als Weihnachtsmann arbeiten.
Nasty *war* hingerissen!
»Es war entsetzlich«, begann Rose. »Sein Gesicht war nicht

zu erkennen. Er trug eine Art Wollmütze, die seinen ganzen Kopf bedeckte.«

Phoenix hörte reglos zu.

»Weiter«, sagte Nasty leise.

»Drängen Sie sie doch nicht«, fuhr Web ihn. »Sie ist es nicht gewohnt, sich mit solchen Dingen auseinander zu setzen.«

»Schon gut, Web«, sagte Rose, ohne ihn anzusehen. Ihr Blick war auf Nasty fixiert. »Er trug eine Brille. Kleine, runde Gläser, die Bügel durch die Maschen der Wollmaske gesteckt. Furchtbar.«

»Aber das ist –«

Roman schlang wieder einen Arm um Phoenix, so dass sie verstummte. »Lass Rose ausreden«, sagte er und drückte fest genug, dass sie verstand. Er wollte nicht, dass sie den Angriff erwähnte.

»Viel mehr ist nicht zu sagen.« Rose schniefte und nahm das Taschentuch, das Nasty aus einer Pappbox auf der Küchentheke zog. »Das schwarze Ding auf seinem Kopf. Die Brille. Ein schwarzer Pullover, schwarze Jeans. Handschuhe. Und Gummistiefel.«

»Das haben Sie gut gemacht«, sagte Nasty. »Schließlich können Sie nur beschreiben, was Sie gesehen haben!«

Phoenix glaubte, jeden Moment explodieren zu müssen. Derselbe Mann, der sie angegriffen hatte, war eine Stunde später in Belle Rose eingebrochen. Warum hatte sie nur nicht die Polizei gerufen? Warum musste er nun Rose Angst einjagen? Wozu brauchte er Evangeline?

»Sie sind sehr freundlich«, sagte Rose zu Nasty.

»Wir werden eine Suche starten«, entschied Mort. »Len, du nimmst deinen Truck. Ich setze Zelda im *Bend* ab, dann kann sie sich Nellies Karre besorgen. Web, wir treffen uns draußen.«

Phoenix entging nicht, dass Mort weder Nasty noch Roman um Hilfe gebeten hatte. Einen Moment später marschierten Mort, Zelda und Len zielstrebig aus der Küche.

»Oh, lieber Himmel.« Rose rannen die Tränen über die Wangen. »Ich hätte ihm besser zuhören müssen. Ich hätte ihm sagen müssen, dass er alle Papiere, die er wollte, haben kann.«

Phoenix hatte Roses Bemerkung gehört. Ihr Kopf fuhr zu Roman herum.

»Frag nicht weiter nach«, sagte Roman leise. »Nicht jetzt jedenfalls. Wir müssen uns zuerst unterhalten.«

»Glauben Sie, dass er anrufen wird?«, fragte Rose nun.

Nasty sah über ihren Kopf hinweg Roman an, der nickte. »Ja. Ich denke, das ist wahrscheinlich.« Er stand auf und ging zu Roman und Phoenix. »Wisst ihr was, das ich nicht weiß?«

Roman nickte. »Ja. Aber es ergibt dennoch kaum mehr Sinn. Hör zu, ich muss jemandem einen Besuch abstatten. Dringend.«

Nasty blickte auf seine Sneakers. »Dusty erwähnte so etwas. Phoenix und ich können hier die Stellung halten.«

Roman schüttelte den Kopf. »Wir beide müssen über einiges reden. Und dem Telefon traue ich nicht. Ich nehme Phoenix also erst mal mit.«

»Ich kann Rose jetzt nicht allein lassen.«

Roman sah Phoenix scharf an. »Du tust, was ich sage.«

Roses leises Schluchzen verriet, dass sie dem Gespräch nicht folgte. Zum Glück. Phoenix sah Roman aus verengten Augen an. »Du bist sehr gut zu mir gewesen.«

»Vielen Dank.« Romans Stimme troff vor Sarkasmus.
Sie griff mit ihrer Hand in die Brust seines Pullovers. »Ich sagte, dass du sehr gut zu mir warst und ich dir dankbar bin. Was nicht bedeutet, dass du mich herumkommandieren kannst.«
»O doch, ich kann.«
Nasty summte tatsächlich vor sich hin!
»Verdammt, das kannst du *nicht!* Ich habe auch ohne dies hier schon genug Ärger!«
»Ohne dies hättest du eine Menge mehr Ärger«, erwiderte Roman so ruhig, als hätte er Frühstück bestellt. »Du bist in Gefahr, Süße.«
»Nenn mich nicht –«
»Manchmal sind Frauen einfach nicht zu verstehen!«
Nasty nickte zustimmend. »Hör lieber auf das, was der große Bruder sagt, Schwesterchen. Er weiß, was für dich gut ist.«
»Das ist doch lächerlich!«
»Nein, tödlich.« Roman sah sie ernst an. »Es sind bereits Leute gestorben. Hast du mich verstanden?«
Ganz langsam lösten sich ihre Finger aus seinem Pullover. Fassungslos sah sie ihn an. Was redete er da? »Wer?«
»Das ist eine lange Geschichte.«
Nasty hob die Schultern. »Viel zu lang. Für den Augenblick jedenfalls. Was denkst du in Bezug auf diese Evangeline, Roman?«
»Da bin ich leider vollkommen überfragt. Bleib bei Rose, okay?«
»Mit Vergnügen.«
»Ich fahre zu Dusty.«

Nasty lachte auf. »Das solltest du auch. Er hat gedroht, dich zu suchen.«
»Shit«, fluchte Roman leise. »Komm, Phoenix. Und bitte tu's einfach. Wenn du nicht mitgehst, kann ich auch nicht. Und ich *muss* zu Dusty.«
Sie ließ sich von ihm hinausscheuchen und zu seinem Wagen führen. Als sie beide im Auto saßen, rutschte sie zu ihm hinüber und packte die Hand, die den Zündschlüssel drehen wollte.
»Phoenix.« Er beugte sich zu ihr und küsste ihren Mundwinkel. »Ich habe so oft im Leben in der Klemme gesteckt. Mach bitte aus dieser Situation keine.«
Trotz ihres Ärgers verfehlte die Zärtlichkeit ihre Wirkung nicht. »Ich kann dir nicht einfach blind folgen«, sagte sie schließlich. »Ich bin es gewohnt, meine eigenen Entscheidungen zu treffen. Dann ist man auch immer selbst verantwortlich!«
»Du kannst mir später erklären, woher diese Einstellung kommt«, antwortete er und küsste sie wieder. »Können wir jetzt bitte zu Dusty fahren?«
Phoenix legte den Kopf an seine Schulter. »Warum sollte ich nicht sagen, dass der Mann, der Evangeline entführt hat, wahrscheinlich derselbe war, der mich überfallen hat?«
»Weil sie nicht wussten, dass man dich überfallen hat, und das ist ganz gut so.« Er strich ihr übers Haar. »Im Übrigen – wie kommst du darauf, dass ich es wusste? Du hast mir den Mann nicht beschrieben!«
Sie schlug die Lider auf. »Nein. Stimmt.«
Er griff in seine Tasche und zog eine Brille mit runden Gläsern hervor, die in ein Taschentuch eingewickelt war.

»Die habe ich an der Garage gefunden. Ich glaube nicht, dass wir Fingerabdrücke finden werden. Die Brille ist offensichtlich poliert und dann dort, wo wir sie gefunden haben, hingelegt worden.«
Phoenix überlegte einen Moment. »Er könnte sie verloren haben. Aber …«
»Aber nicht, wenn er sie wirklich gebraucht hat.«
»Aber er hat Evangeline erst später gekidnappt. Und dabei eine Brille getragen.«
»Genau.« Er hob ihre Hand und küsste ihre Fingerspitzen. »Das macht mich ja so stutzig. Vielleicht ist es ja sein Markenzeichen. Der Kerl kauft ganze Wagenladungen voll Brillen und hinterlässt eine an jedem Tatort!«
»Die ganze Geschichte macht mir Angst«, sagte Phoenix. »Der Mann schreckt nicht vor Gewalt zurück. Und jetzt hat er Evangeline. Warum hast du nicht die Polizei gerufen, nachdem du mich gefunden hattest?«
»Weil wir ihr nicht trauen können. Im Peak Club passieren eindeutig Sachen, die nicht ganz koscher sind, und die Polizei hat noch nie etwas unternommen. Dem Einbruch bei dir wurde nicht nachgegangen, und im Fall Evangeline scheint auch niemand etwas unternehmen zu wollen. Ich denke, man hat die Cops bezahlt, damit sie wegschauen.« Er machte eine Pause. »Was sind das wohl für Papiere, von denen Rose gesprochen hat?«
»Papiere, die sie niemals erwähnen wollte.«
Er drehte den Zündschlüssel. »Oder Papiere, die er erwähnt und von denen sie uns zu erzählen vergessen hat. Sie ist nicht allzu – ähm, na ja, irgendwie … nicht wahr?«
»Rose ist okay. Irgendwann hat sie sich ganz in ihr Schneckenhaus zurückgezogen, weil sie zu große Angst

hatte. Wahrscheinlich braucht sie nur jemanden, der sie wieder hervorholt.«
Er lachte leise. »Jemand wie Nasty? Vergiss es. Nasty hat es bisher, was Beziehungen angeht, noch nie über kurze Gastspiele hinaus geschafft.«
»Wieso heißt er eigentlich … ich meine, wie –«
»Wie gemein Nasty* wirklich ist?« Roman verließ die Auffahrt zu Belle Rose. »Nasty ist ein wunderbarer Mensch, und er würde niemals einer hilflosen Lady auch nur ein Haar krümmen. Du kannst deine Krallen also wieder einziehen.«
»Was soll dieser Spitzname überhaupt«, grummelte Phoenix. »Warum verrät er seinen richtigen Namen nicht?«
»Vielleicht könnt ihr zwei euch ja mal darüber unterhalten.«
Sie schwieg einen Moment, dann entspannte sie sich ein wenig und blickte aus dem Fenster. »Stattest du Dusty regelmäßig Besuche ab?«
»Ja.«
»Machst du das aus Freundlichkeit? Weil er dir Leid tut?«
»Nein.«
Sie seufzte. »Wieso komme ich mir vor wie die Titanic, die an dir Eisberg aufläuft?«
»Weil du so vieles nicht über mich weißt. Genauso, wie ich vieles nicht über dich weiß.«
»Aber nicht *so* viel.«
»Du willst wissen, warum ich regelmäßig bei Dusty vorbeischaue?«
Sie blickte zur Seite. »Es geht mich ja nichts an.«

* Nasty = engl. gemein, böse, hässlich

»Wer weiß. Ich fahre übrigens täglich zu Dusty.«
»Täglich?« Sie blickte ihn erstaunt an. »Gestern aber nicht.«
»Deswegen kriege ich jetzt ja auch Ärger.«
»Das verstehe ich nicht.«
»Warte ab. Ich habe Pflichten, und die nehme ich sehr ernst. Falls ich sie einmal vergesse – so wie gestern –, erinnert Dusty mich daran. Und zwar nicht gerade freundlich.«
»Ich verstehe es immer noch nicht.«
»Dusty findet, dass für einen Vater das Kind oberste Priorität hat.«
Phoenix rutschte in ihrem Sitz herum, bis sie ihm zugewandt saß. »Dusty ist dein Vater?«
»Nein. Ich bin Juniors Vater.«

NEUNZEHN

Wie vom Donner gerührt, aber doch latent feindselig und bereit, ihren Ressentiments jeden Augenblick heftigen Ausdruck zu verleihen. Ja, das fasste in etwa Phoenix' Gesichtsausdruck zusammen.

Sie würdigte Roman keines Blickes. Und sie ignorierte Dusty, was Roman ganz recht war, da er Dusty unbedingt erst beiseite nehmen und mit ihm durchsprechen musste, wie viel und vor allem was sie verraten konnten. Wenn er Glück hatte, war das, was zwischen ihm und Phoenix bestand, nicht nur von kurzer Dauer, doch es galt gewisse Hürden zu nehmen. Wenn sie von Dusty erfuhr, dass April tot war, schied sie aus diesem Rennen vielleicht ganz aus. Was er bei Phoenix fand, war etwas Besonderes. Was er April schuldete, war sakrosankt.

Junior thronte, die kleinen Hände in Dustys drahtigem Haar vergraben, auf Dustys Schultern, als die beiden das Wohnzimmer betraten. Bei Romans Anblick zeigte das Kind vor Freude all seine zwölf Zähne, streckte die Arme aus und rief »Pa-pa, Pa-pa«. Dusty ließ sie herunter, hielt sie aber an sich gedrückt.

»Besser spät als nie, sagt man«, knurrte er. »Allerdings habe ich nie rausfinden können, wer ›man‹ ist und was der Spruch mit mir zu tun haben sollte!«

»Aua!«, machte Roman. »Nasty hat mich schon gewarnt, dass du angefressen bist!«
Dusty legte dem Kind eine Hand auf das Ohr. »*Nicht* vor dem Kind!« Er blickte von Roman zu Phoenix. »Bumst ihr zwei miteinander?«
»Nicht vor dem Kind«, sagte Roman.
Phoenix ließ sich in einen Sessel fallen. »Das Kind versteht diese Ausdrücke nicht, Mr. Miller. Ich schon. Und ich finde sie beleidigend.«
Roman grinste … und begriff augenblicklich, dass er es besser nicht getan hätte.
»Fein, dass du etwas Lustiges an der Situation finden kannst«, sagte Phoenix. »Evangeline ist von irgendeinem Spinner entführt worden, der mit John-Lennon-Brillen um sich wirft. Meine beste Freundin ist verschwunden. Mein Leben ist wahrscheinlich kaum mehr wert als ein Päckchen von Nastys Lieblingskaugummi. Und im Übrigen verwandelt sich alles, was ich anfasse, in Scheiße.«
»Nicht vor dem Kind!«, bellte Dusty so laut, dass Junior zu weinen begann. Dusty beeilte sich, das Kind beruhigend zu wiegen, während Phoenix hastig aufstand, um Junior den Rücken zu tätscheln. Beide warfen Roman abwechselnd anklagende Blicke zu. »Da siehst du, was du angerichtet hast«, knurrte Dusty.
Es dauerte einer Weile, bis sich die Atmosphäre wieder entspannte. Dusty musterte Phoenix eingehend. »Es gab Ärger, wie ich gehört habe«, sagte er schroff. »Sie sehen ziemlich lädiert aus.«
Phoenix nickte.
»Nasty meinte, er würde dem Typ, der das getan hat, gerne die Ei… gerne ein paar Takte sagen!«

»Nasty ist in Ordnung«, meinte Phoenix. »Meine Vermieterin, Rose Smothers, ist eigentlich ein sehr zurückhaltender Typ, aber Nasty hat es geschafft, sie auf seine Seite zu ziehen.«

»Ja, er kann sehr nett sein.« Dusty, der eine winzige Faust mit seiner großen Hand umschlossen hielt, federte in den Kniegelenken auf und ab. Die Spitzen seiner albernen Pantoffel wippten. »Aber ich dachte, er wäre wegen Ihnen nach Belle Rose gekommen.«

Phoenix zog kleine Kreise auf Juniors Wange. »Du bist eine ganz Süße, weißt du das?« Das Kind belohnte sie mit einem Lächeln. »Er *ist* wegen mir nach Belle Rose gekommen. Der Kerl – der, der auch Evangeline gekidnappt hat – hat mich letzte Nacht überfallen und in einen Kofferraum gesperrt.«

»Dieser Huren –«

»Nicht vor dem Baby«, säuselte Roman.

Dusty pfiff tonlos. »Das ist eine üble Geschichte, Phoenix. Schei...benkleister, aber wir werden alles unternehmen, dass so was nicht mehr vorkommt.«

Roman verschränkte die Arme.

»Die Polizei hat noch nichts wegen Evangeline unternommen«, sagte Phoenix. »Sie wollen warten, bis –«

»Ja, ja, man kennt das ja. Es muss immer erst einer plattgefahren werden, bevor man ein Stoppschild aufstellt! Aber sie dürfen sich keine Sorgen machen, okay?«

Roman klopfte mit dem Fuß auf den Boden. Wann war er unsichtbar geworden?

»Ich glaube, Sie sind ein sehr gutherziger Mensch«, sagte Phoenix. »Man sieht es daran, wie Sie mit diesem Kind umgehen.«

»Man tut, was man kann«, murmelte Dusty, der zu Romans grenzenlosem Erstaunen leicht rot anlief.
»Nein, wirklich. Nicht jeder würde angesichts der Tatsachen noch so freundlich bleiben.« Phoenix strich die federzarten Strähnchen aus Juniors Gesicht. »Ich meine, wegen Roman und mir. Und seiner Tochter und so weiter.«
»Seiner …« Dusty sah sie verwirrt an.
Roman räusperte sich und nahm Dusty das Kind ab. Er hielt sie über seinen Kopf, dann ließ er sie langsam herab. »Ich habe Phoenix gesagt, dass sie meine Tochter ist«, erklärte er, inständig hoffend, dass Dusty nichts weiter dazu sagen würde. »Ich glaube, sie will sagen, dass es unter den gegebenen Umständen ganz verständlich ist, dass du nicht gerade einen roten Teppich ausrollst, wenn ich mit einer anderen Frau ankomme.«
»Ah«, sagte Dusty auch prompt. »Wegen Juniors Mutter. Hm. Vergeben zu können ist ein echtes Zeichen von Reife. Und wenn ich etwas bin, dann ein gereifter Mann.«
Roman schickte ein stummes Dankgebet für Dustys rasche Auffassungsgabe zum Himmel. »Das bist du. Hast du Kaffee fertig, Dusty? Phoenix hat gestern Nacht nicht viel Schlaf bekommen.«
»Genauso wenig wie du«, gab Phoenix zurück.
»Da schau her.« Dusty grinste. »Lange Nacht, hm?«
Roman musste Phoenix nicht ansehen, um zu wissen, welche Farbe ihr Gesicht annahm. »Sie darf unter keinen Umständen mehr allein gelassen werden. Ich bin gestern bei ihr geblieben.«
Dusty schwieg so lange, bis die Stille unangenehm wur-

de. Schließlich sagte er: »Dieser Kerl, der Phoenix attackiert hat, wirft mit Brillen um sich?«

Junior packte Romans Ohr. Er verzog das Gesicht. »Sozusagen. Er hat eine so platziert, dass wir sie finden mussten. Später, als er Evangeline entführte, hatte er wieder eine auf. Aber das können wir später besprechen. Wie war das mit dem Kaffee?«

»Wo ist Nasty jetzt?«

»Bei Phoenix' Vermieterin.«

»Hm?«

»Es ist keine von den Vermieterinnen, wie du sie dir vorstellst. Marke kühl und sexy. Und durchgeknallt, aber ich glaube, das ist Nasty noch nicht aufgefallen.«

»Roman!«

Er lächelte sie unschuldig an. »Ich mach nur Witze. Nasty wird eine Weile dort bleiben. Wenn ich nicht über Nacht bei Phoenix bleiben kann, dann wird er es tun.«

»Kuscheliges Arrangement«, bemerkte Dusty.

Roman sah Dusty mit zusammengezogenen Brauen an. »Nasty schläft auf der Couch!«

»Und du?«

»Das geht dich gar nichts an!«

»O doch, ich denke, dieses Mal geht es mich auch an!«

Roman schüttelte verärgert den Kopf. Er war damit beschäftigt gewesen, Junior in seine Jacke zu schieben und zog nun den Reißverschluss hoch. Sie liebte es, sich so dicht an ihn zu schmiegen, hatte es vom ersten Moment an geliebt.

»Mr. Miller«, begann Phoenix ernst. »Wenn ich auch nur eine Ahnung gehabt hätte, was es mit Junior auf sich hat … ich meine, dass Roman ihr Daddy ist, dann …«

»Dann was?«, fragte Roman absichtlich drohend.

Sie ignorierte ihn. »Sie müssen sich wirklich keine Sorgen machen, dass es noch eins … ich meine … na ja.« Sie deutete auf Junior. »Jedenfalls wird nichts passieren. Roman ist sehr verantwortungsbewusst.«

Er konnte nicht glauben, dass sie das wirklich gesagt hatte.

Dusty wich zurück, bis er die Tür zum Flur erreicht hatte. »Verantwortungsbewusst«, wiederholte er mit matter Stimme, bevor er sich aus dem Staub machte.

»Er ist ein wirklich netter Mann«, sagte Phoenix. »Sehr verständnisvoll.«

Manch einer hätte die Situation komisch gefunden, doch Roman war nicht zum Lachen zumute. Phoenix konnte schließlich nicht wissen, dass sie bislang nur Lügen zu hören bekommen hatte.

Bis auf …

»Komm, mein Baby«, sagte er zu dem kleinen Mädchen. »Lass uns ein bisschen schmusen.« Sie mochte weder im gesetzlichen noch im biologischen Sinne seine Tochter sein, aber sie beide gehörten zusammen. Das Schicksal hatte es so bestimmt.

Roman setzte sich mit dem Kind in einen Sessel und begann, es zu liebkosen. Als sie vor Wonne quiekte, schloss er die Augen und drückte sie an seine Brust. Sie duftete nach Babypuder, frisch gewaschener Kleidung und … Baby.

»Pa-Pa.« Sie streckte die strammen Beinchen und patschte ihm die Hände gegen die Wangen. »Wow!«

Phoenix lachte. »Hat sie wirklich ›Wow!‹ gesagt?«

»Ihr neustes Lieblingswort.«

»Wow!«, wiederholte Junior, entzückt über die Reaktion ihres Publikums.
»Wie war ihre Mutter denn so?«
Roman blickte auf. Phoenix hatte sich bäuchlings auf dem gelben Teppich ausgestreckt und beobachtete die beiden aufmerksam.
»Ihre Mutter ...« Roman atmete tief ein. »Sie war ein wunderbarer Mensch. Mutig und selbstlos. Bis zuletzt hat sie nur an ihr Kind gedacht.«
Phoenix Augen glitzerten verdächtig. »Warum hast du sie nicht geheiratet?«
Hatte sein Vater ihn nicht immer davor gewarnt, dass eine Lüge nur weitere nach sich zieht? »Sie wollte es nicht«, sagte er, lächerlich dankbar für diese Eingebung, die ja nun wirklich der Wahrheit entsprach.
In diesem Moment kehrte Dusty zurück – ohne Kaffee. »Telefon für dich. In der Küche. Wichtig!«
Wieder war Roman dankbar. Wer weiß, wie die nächste Frage ausgesehen hätte. »Ich komme.« Er stand auf, öffnete seine Jacke und reichte Phoenix das Kind. »Kannst du sie ein paar Minuten beschäftigen?«
»Sie mag keine Fremden«, sagte Dusty.
Alle Finger einer Hand in den Mund gestopft, ließ Junior sich von Phoenix auf den Arm nehmen. Roman bedeutete Dusty, ihm zu folgen, und schlich aus dem Raum.
Im Flur blieb Dusty stehen und lauschte.
Kein wildes Heulen drang aus dem Wohnzimmer.
Roman zeigte auf die Küche und ging voran.
Sobald sie die Tür geschlossen hatten, wandte Dusty sich an Roman. »Was zum Geier hast du mit diesem Mädchen vor?«

»Sie ist kein Mädchen, sie ist dreißig. Und außerdem geht dich das nichts an.«
»Und ob mich das was angeht. Wir sind doch alle nur wegen dir hier. Wir sind hier, weil du gesagt hast, dass du nicht eher Ruhe findest, bist du Aprils Mörder gestellt hast. Und sie rächen kannst.«
»Ich tue das für Junior«, knurrte Roman. »Und jetzt hör auf damit, Dusty.«
Dusty schnaubte und griff sich eine Packung Zigaretten. »Gestern gehörte sie noch ins Feindeslager, und heute schläfst du schon mit ihr.«
»Soll in den besten Familien vorkommen.«
»Ah.« Dusty zündete sich die Zigarette an und blinzelte durch den aufsteigenden Rauch. »Du gibst also zu, dass du mit ihr schläfst?«
»Lass gut sein, Kumpel. Die Lady hat doch bereits auf ihre ganz eigene charmante Art und Weise deklariert, wie verantwortungsbewusst ich bin.«
Dusty inhalierte tief. »Schön, dass du immer noch daran denkst, Pariser einzustecken.«
»Was sonst? Sie ist etwas Besonderes, Dusty.«
Aus Dustys Nasenlöcher schossen zwei Rauchströme. »Ich mag sie.«
Roman zog eine Braue hoch. »Ich dachte, du magst Frauen im Allgemeinen nicht mehr.«
»Tu ich auch nicht. Aber für eine Frau scheint sie ganz in Ordnung zu sein. Außerdem ist es diesmal für dich etwas anderes, oder?«
»Ja.«
»Ich wusste es. Ich habe es gespürt. Noch habe ich nicht verlernt, die Zeichen zu deuten. Du liebst sie.«

Roman war noch nicht bereit, darüber zu reden. »Von Liebe habe ich nichts gesagt.«

Dusty sog an der Zigarette. »Und was, wenn sie doch ins Feindeslager gehört?«

»Tut sie nicht.«

»Du beantwortest meine Frage nicht.«

Roman sah ihn direkt an. »Wenn ja, dann wird sie uns keine Probleme bereiten. Dafür sorge ich schon.«

Dusty nickte.

»Verdammt!« Roman rupfte seinem Freund die Zigarette aus dem Mund. »Was machst du da eigentlich?«

»Stress«, sagte Dusty verlegen.

»Du hast mir versprochen, dass du nicht mehr schwach wirst. Nicht in Juniors Nähe!«

»Ich rauche nicht in Juniors Nähe! Und du bist nicht mein Vater! Du bist überhaupt kein Vater!«

»Du auch nicht, verdammt!«

Dusty holte sich die Zigarette zurück, trat zum Spülbecken und drückte sie aus. »Ich bin genau so viel Vater, wie du es von mir wolltest, okay?«

Reumütig nickte Roman. »Du hast Recht. Tut mir Leid.«

»Wir sind quitt. Du bist der beste Vater, den Junior sich wünschen könnte. So, können wir uns jetzt wieder unserem Hauptanliegen zuwenden? Mit oder ohne Phoenix – ich möchte Junior gerne so bald wie möglich von hier wegbringen.«

»Ich auch.« Aber, Gott war sein Zeuge – er wollte auch bei Phoenix sein! »Ich war noch einmal in dem Überwachungsraum, um mir die Akten anzusehen.«

»Und?«

»Nichts. Die Dinger sind nutzlos für uns. Sie lesen sich wie Mailinglisten aus irgendeinem Teenie-Club.«
»Wär auch zu schön gewesen.«
Roman nahm sich einen Becher mit kaltem Kaffee und stellte ihn in die Mikrowelle – wobei ihm wieder einfiel, wie Dusty ihn hierher gelockt hatte. »Ich habe kein Telefon klingeln gehört.«
»Es hat auch nicht geklingelt.«
»Aber du hast doch … Dusty! Wenn Phoenix fragt, solltest du unbedingt eine Ausrede parat haben. Sag, dass das Telefon nur in der Küche klingelt, damit es Junior nicht weckt.«
»Danke.« Dusty grinste. »Genau das sage ich ihr.«
Das Telefon klingelte.
»So weit zu dieser Ausrede.« Dusty nahm den Hörer vom Wandapparat und lauschte einen Moment. »Ja?« Dann reichte er ihn Roman.
»Ich habe die Nachrichten von deinem Anrufbeantworter in Seattle abgehört«, sagte Nasty. »Die reizende Gräfin sucht nach dir. Verzweifelt.«
»Ich soll in den Club kommen?«
»Ruf sie zurück. Das ist alles, was sie gesagt hat.«
»Okay. Irgendeine Spur von Evangeline?«
Nasty senkte die Stimme. »Nichts. Aber Rose hat sich beruhigt. Klavierspielen scheint ihr gut zu tun.«
»Schön. Und was tust du?«
»Ich höre zu. Das gefällt ihr. Sie spielt übrigens fantastisch. Kennst du Pachelbels *Kanon*?«
Roman drückte sich mit Zeigefinger und Daumen gegen die Nasenwurzel. »Ich kenne ihn. Danke für den Anruf. Bis dann.«

»Wen kennst du?«, fragte Dusty, als Roman aufgelegt hatte.

»Pachelbels *Kanon*. Ein Musikstück. Meine Mutter mochte es sehr.«

»Aha.«

Roman dachte nicht daran, weitere Erklärungen abzugeben. Er tippte Vanessas Nummer im Club ein. Nach nur einem Klingeln hörte er ihre Stimme. »Ja?«

»Roman hier.«

»Wo bist du?«

»In einer Telefonzelle in Seattle.« Dustys Nummer konnte nicht zurückverfolgt werden.

»Wir haben etwas sehr Beunruhigendes herausgefunden.«

»Wir? Du und Geoffrey?«

»Billy Wilberton hat aus London angerufen. Du weißt ja, was für Kontakte er hat. Jemand hat eine Bemerkung fallen lassen. Es kann sein, dass wir etwas unternehmen müssen, um uns zu schützen.«

»Wovor zu schützen?«

»Vor deiner Freundin Phoenix.«

Die Haare in seinem Nacken richteten sich auf. »*Meiner* Freundin?«

»Für unser Geschäft ist es unabdinglich, möglichst viele Informationen über die Personen, die mit uns zu tun haben, zu sammeln. Ich weiß, dass du mit ihr schläfst.«

Er starrte zur Tür, die in den Flur ging. »Es würde mich brennend interessieren, woher ihr das wisst. Nicht, dass ich es abstreite. Die Lady ist ziemlich lecker, und ich bin kein Kostverächter.«

»Oh, ich kann's dir nicht verübeln, Darling. Außerdem

konntest du ja nicht wissen, dass sie vielleicht eine Gefahr für uns bedeutet.«
Roman packte Dustys Arm und hielt ihn fest. »In welcher Hinsicht soll Phoenix denn gefährlich für uns sein?«
»Ich kann am Telefon nicht darüber sprechen. Billy ist mit einem der VIPs in Italien. Nun, ich kann dir ebenso gut sagen, um wen es sich handelt. Kennst du Chester Dupree, den Priester? Nicht, das er etwas mit dieser Geschichte zu tun hat. Es geht um etwas, das auf einer Party erwähnt worden ist. Ziemlich beängstigend. Und das meine ich so, Darling.«
»Ich komme, so schnell ich kann.«
»Gut. Wir können uns keinen Maulwurf leisten. Du verstehst doch, Darling?«
Darling begriff überhaupt nichts mehr. »Selbstverständlich. Hast du schon eine Idee, was wir deswegen unternehmen sollten?«
»Zuerst müssen wir herausfinden, ob wirklich eine Gefahr besteht oder ob es sich nur um ein Gerücht handelt. Allerdings kann ich mir nicht vorstellen, wie ein solches Gerücht aufkommen kann, wenn sie wirklich nur eine Masseuse ist.«
»Was –«
»Ich würde lieber warten, bis du hier bist. Sagen wir es so: Wenn es stimmt, was Billy gehört hat, dann benötigen wir deine besonderen Fähigkeiten.«
Roman fuhr sich mit der Zunge über die Zähne. »Zum Beispiel?«
»Darüber reden wir noch. Es wird aber nichts sein, was du nicht schon zigmal zuvor getan hast. Zunächst ist es wichtig, dass du dir das Problem stets vor Augen hältst.

Wenn wir es sagen, handelst du. Wie ich gehört habe, sind Männer wie du besonders gut darin, Leute ... zur Kündigung zu überreden!«

Ein Todesurteil.

Gräfin von Leiden deutete an, dass er Phoenix umbringen sollte.

Er begegnete Dustys Blick und nahm seine Hand vom Arm des Älteren.

»Roman? Bist du noch da, Darling?«

»Ich bin noch da, Vanessa. Wie du schon sagtest – wir werden uns ausgiebig unterhalten, wenn ich angekommen bin.« Erneut warf er Dusty einen Blick zu, als ihm plötzlich bewusst wurde, was sie zuvor gesagt hatte. »Miles?«, begann er. »Miles hat dir von diesem Gerücht erzählt?«

»Ja. Er hat in Rom davon gehört.«

»Aber du hast ihn nicht Miles genannt.«

Sie zögerte, lachte aber dann. »Oh, tut mir Leid, manchmal vergesse ich es einfach. Miles William Wilberton. Der Ehrenwerte. Für seine engsten Freunde Billy.«

Er stand im Schatten des Türrahmens und beobachtete sie eine lange Weile.

Sie lag auf der Seite mit dem Rücken zur Tür und spielte schläfrig mit Junior. Das weiche Licht, das durch die Sonnenblenden drang, verwandelte ihr Haar in Feuer, Juniors in helles Gold.

Das Kind hatte sich seine grüne Stoffschlange aus der Spielzeugkiste geholt und lag nun auf dem Rücken mit dem Kopf auf Phoenix Arm.

»Ssss«, machte Phoenix.

Begeistert versuchte die Kleine, das Zischen zu imitieren. Sie hielt die schwarze Filzzunge des Stofftieres an Phoenix' Gesicht, riss sie weg und kiekste vor Wonne.
»Willst du mir die Schlange denn nicht auch mal geben?«, fragte Phoenix.
Junior sah ihr ernst in die Augen.
»Och, lass mich doch auch damit spielen.«
Wieder bekam sie die Stoffschlange ins Gesicht.
Roman sah Dusty aus der Küche kommen und bedeutete ihm, die beiden nicht zu stören. Dusty zog ein Gesicht und machte kehrt.
Junior rollte sich zu Phoenix und tastete nach ihrem Haar. Begeistert patschte sie auf eine rote Locke.
Roman verspürte ein Ziehen in der Herzgegend, das nicht wirklich unangenehm war. Eine nächtliche Mission, die schief gelaufen war, und sein Leben hatte sich von Grund auf geändert. Vorher war es nur um ihn gegangen – und natürlich um das ungeschriebene Gesetz, das Team nicht zu gefährden –, danach war er plötzlich nicht mehr allein gewesen. Er besaß nun die Verantwortung für ein anderes Wesen. Und er wollte es nicht anders.
Billy!
April hatte seinen Namen gerufen.
Roman hätte sich bei dem Gedanken, dieses süße kleine Baby in Wilbertons Hände zu legen, beinahe übergeben.
»Oh, du fühlst dich so gut an, Baby«, murmelte Phoenix. »Wenn ich je ein Baby haben sollte, dann möchte ich, dass es sich so anfühlt wie du.«
Junior fand das lustig.
Roman fand keine Gelegenheit zum Atmen.
Kinder brauchten Eltern. Zwei Elternteile, die sich wirk-

lich kümmerten. Er wusste aus eigener Erfahrung, wie man sich fühlte, wenn dies nicht gegeben war.
Und er begann offenbar zu fantasieren. Phoenix war wohl kaum der mütterliche Typ. Oder?
»Du bist so weich«, murmelte Phoenix. »Bist du müde, Süße?«
Junior belohnte sie mit einem ihrer feuchten Küsse, die Roman immer zum Lächeln brachten.
Phoenix kicherte, rollte sich auf den Rücken und nahm Junior mit. Das Kind schmiegte sich an ihre Brust und verbarg den Kopf an ihrem Hals.
Zartes Baby, grüne Schlange, schöne Frau.
Leise betrat Roman den Raum und ließ sich neben Phoenix zu Boden sinken. Sie schaute zu ihm auf und lächelte. Er streckte sich neben ihr aus, stützte den Kopf auf die Hand und schlang den anderen Arm um Frau und Kind.
»Sch«, machte Phoenix. »Sie schläft.«
Roman küsste ihre Stirn. »Wünschst du dir auch manchmal, die Uhr anhalten zu können?«
Die Tränen, die in ihre Augen quollen, waren unmissverständlich. »Jetzt zum Beispiel? Ja, Roman.«
Er seufzte. »Wir werden über uns beide nachdenken müssen, nicht wahr?«
»Ja?«
Er betrachtete Junior. »Ich würde nichts tun, was ihr schadet.«
»Wie zum Beispiel sich mit den falschen Frauen einlassen?«
»Bist du die falsche?«
»Das musst du mir sagen.«
Wenn die Aufrichtigkeit in ihren Augen nur gespielt war,

dann durfte Roman sich niemals wieder etwas auf seine gute Menschenkenntnis einbilden. »Du bist wunderbar, Phoenix. Die letzte Nacht vergesse ich nie.«

»*Nicht* vor dem Kind«, murmelte sie. »Aber es war … die Situation, oder? Die Umstände? Der Trieb?«

»Vielleicht ein bisschen von allem. Aber vor allem fällt mir dazu Begehren ein. Ich habe dich begehrt, Phoenix. Genau wie jetzt!« Er stieß ein aufgesetztes Knurren aus. »Ich habe solche Lust auf dich.«

Sie tastete nach seinem Schenkel und glitt aufwärts, bis sie die harte Schwellung fühlte, die seine Aussage bewies. Ihr Lächeln verschwand. »Ich habe auch Lust auf dich, Roman. Ich bin ein Spätzünder und habe offenbar eine Menge verpasst. Ich hoffe, dass ich es noch aufholen kann. Echte Lust kommt mir … interessant vor.«

Er drängte das Lachen zurück. »Interessant? Das ist wirklich eine interessante Art, die Sache zu sehen. Ich muss zurück in den Club. Ich bringe dich zu Nasty, und er wird bei dir bleiben, bis ich zurückkomme.«

»Ich bin kein Kleinkind, Roman.«

»Das hat auch niemand behauptet.«

»Du sagst mir, was ich tun soll. Ich mag es nicht, wenn –«

»Es interessiert mich nicht, was du magst oder nicht«, fauchte er ohne nachzudenken. Doch ihre versteinerte Miene ließ es ihn rasch bereuen. »Streich Letzteres – es interessiert mich durchaus. Das Problem ist, dass du in Gefahr bist. Der Typ sagte, dass er zurückkommen will.«

»Ich mache mir mehr Sorgen um Evangeline.«

»Kann schon sein. Aber es ist mein Job, mir um dich Sorgen zu machen.«

»Und wieso ist es *dein Job?*«

»Weil ich es dazu gemacht habe«, sagte er. »Es ist mir nicht gleichgültig, was mit dir geschieht. Es war mir auch nicht gleichgültig, was zwischen uns geschehen ist.«

Ihr Kinn hob sich. »Mir auch nicht.«

»Das weiß ich, Phoenix. Glaub nicht, dass ich zu gefühllos bin, um zu begreifen, welches Geschenk du mir gemacht hast. Du bist nicht bloß ein Körper, Phoenix. Nicht einmal nur eine Frau. Was du für mich bist und ich für dich bin, müssen wir noch bereden. Aber nicht jetzt. Bitte tu im Augenblick einfach, was ich dir sage, ja?«

Sie umfasste das kleine Köpfchen an ihrem Hals und blickte weg.

»*Bitte*. Ich kann dich nicht zwingen« – er *konnte*, und er würde es tun, wenn es nötig war –, »aber ich will doch nur das Beste für dich. Und im Augenblick brauchst du mich.«

»Das weiß ich«, antwortete sie ruhig. »Ich weiß, ich werde es bereuen, dass ich dir das jetzt sage, aber ich fürchte, dass es mir schwer fallen wird, dich nicht mehr zu brauchen.«

Es konnte nicht sein, dass sie sich verstellte. Und wenn doch, dann würde er eine weitere Veränderung durchmachen ... eine, die sich nie wieder rückgängig machen ließ. »Wir werden uns unterhalten, sobald ich im Club fertig bin.«

»Warum musst du denn jetzt hin?«

Ich möchte wissen, warum ich dich umbringen soll. »Die Gräfin will mich sehen.«

»Und dann springst du sofort?«

»In diesem Fall schon.«

Phoenix sah ihm in die Augen und lächelte schwach. »Oje. Ich höre mich eifersüchtig an, was?«

Er erwiderte ihr Lächeln. Die Hand, die noch immer auf seinem besten Stück lag, machte es ihm äußerst schwer, sich zu konzentrieren. »Vielleicht gefällt es mir, wenn du eifersüchtig bist.« Er legte seine Hand auf ihre und drückte ein wenig. »In diesem Fall finde ich Besitzdenken ausgesprochen angenehm. Du darfst mich besitzen, wann immer es dich überkommt.«

»Es hat mich überkommen.«

»Du lernst verflixt schnell.«

»Ich habe einen hingebungsvollen Lehrer.«

Das Telefon zerriss die lustvolle Spannung. »Verdammt«, murmelte er und wartete, ob Dusty in der Küche abnehmen würde.

Nur Sekunden später ertönte seine Stimme. »Roman! Für dich! Nasty.«

Roman erhob sich und stand direkt vor Dusty, der sich bückte und Phoenix das Kind abnahm.

»Ich nehme das Gespräch in der Küche an«, sagte Roman.

»Er hat schon aufgelegt.«

Roman gab sich Mühe, sich seine Verärgerung nicht anmerken zu lassen. »Dann sollte ich ihn wohl zurückrufen. Ist er noch in Belle Rose?«

»Im Haus dieser Blonden? Hmja. Er meinte, dass Phoenix und du hinkommen solltet.«

»Was ist los?« Hastig kam Phoenix auf die Füße. »Geht es um Evangeline?«

»Der Name war's, genau. Man hat sie wohl gefunden.«

ZWANZIG

Ein Durcheinander von Stimmen drang durch die Tür, die zu Roses Küche führte.

Phoenix straffte die Schultern und marschierte hinein. Unangenehm starker Alkoholgeruch schlug ihr entgegen. Nur Mort und Zelda befanden sich in der Küche, doch sie brüllten sich so laut und so zornig an – und das teilweise in ihrer Muttersprache Deutsch –, dass man hätte meinen können, der Raum wäre voller Leute.

»Ein kleiner Krach unter Eheleuten«, bemerkte Roman. »Wie mein Vater immer sagte: Je süffiger der Wein, desto mickriger die Vernunft. Hier scheint mir allerdings Bourbon der Unruhestifter.«

Mort funkelte Roman wütend an. »Ihr zwei *alten* Freunde streitet euch vermutlich nie, hm?« Er schwankte und machte einen raschen Schritt rückwärts, um das Gleichgewicht zu halten. »Laut Len habt ihr als Bruder und Schwester ein höchst merkwürdiges Verhältnis zueinander.«

Vor Verlegenheit fiel Phoenix keine Erwiderung ein.

»Hör nicht auf ihn«, befahl Zelda und legte Phoenix einen Arm um die Schultern. »Dieser Mann ist entsetzlich. Wirklich entsetzlich. Stundenlang ist er weg. Wie alle. Ich auch. Der Unterschied ist nur, dass ich und Nellie tatsächlich gesucht haben. Und der arme Web ist noch nicht zurück.«

»Was gibt es denn hier für ein Problem?«, fragte Roman.

Phoenix wusste, dass er sich gerade ahnungslos in größte Schwierigkeiten gebracht hatte. Zeldas Augen verengten sich zu Schlitzen. »Männer sind doch alle gleich. Man darf ihnen nicht trauen. Dem da auch nicht, Phoenix. Du kannst mit ihm schlafen, aber du darfst ihm nicht trauen.«

Roman lachte.

»Sie!« Zelda zeigte mit dem Finger auf ihn. »Ich hatte Sie für etwas Besseres gehalten. Aber Sie sind genau wie der Rest. Nur an Saufen und Vögeln interessiert!«

»Zelda!« Phoenix packte die ältere Frau an den Schultern. »Was ist denn los mit dir?«

»Nicht wahr, das frag ich mich auch die ganze Zeit«, meldete sich Mort zu Wort. »Nur weil Len und ich gefroren haben und uns ein bisschen aufwärmen wollten.«

»Sie waren besoffen«, fauchte Zelda. »Saßen am Straßenrand und haben sich besoffen! Und dann sind sie in diesem Zustand hergefahren.«

»Sie stehen unter Schock«, sagte Phoenix, an Roman gewandt. »Das muss es sein. Sie würden doch nie … Zelda, wo ist Rose?«

»Spielt Klavier.«

»Aber –«

»Wo ist das Klavier?«, fragte Roman grimmig. »Phoenix, du hast den Nagel auf den Kopf getroffen. Hier muss es sich um einen kollektiven Schock handeln.«

Sie führte ihn aus der Küche und durch einen Flur, in dem bereits Klavierklänge zu hören waren.

Als sie den Raum betraten, sah Phoenix zuerst Evangeli-

ne. Sie blieb so abrupt stehen, dass Roman ihr in die Fersen trat.
»Evangeline!«, brachte Phoenix hervor. »Sie sind gesund zurück!«
Die Klänge von Pachelbels *Kanon* schallten ohne Unterbrechung durch den Raum.
Evangeline, deren dickes braunes Haar offen über ihre Schultern fiel, saß auf einer der geblümten Couchen. »Sie würden nicht ›gesund‹ sagen, wenn Sie wüssten, was ich durchgemacht habe. Nur meinem Verstand ist es zu verdanken, dass ich hier bin.«
Phoenix richtete ihre Aufmerksamkeit auf Rose, die an ihrem weißen Klavier saß, als sei nichts geschehen. Neben ihr stand Nasty, der die Lider gesenkt hielt.
Len, ein reichlich dümmliches Grinsen auf den Lippen, starrte Phoenix bewundernd an.
»Evangeline reagiert nur über.« Eine ganz in hautengen Jeansstoff gekleidete Nellie stand hinter der Couch, die Hände lässig auf die Rücklehne der Couch gestützt. »Du darfst nicht ernst nehmen, was sie sagt.«
»Der Schock«, sagte Roman. »Sie ist zornig und steht unter Schock.«
»Ihr wisst doch gar nicht, wie ich mich fühle!«, fuhr Evangeline auf. »Ihr alle! Für euch bin ich doch nur ein dummes Wesen, das von Almosen abhängig ist.«
Die Musik hörte abrupt auf. »Das stimmt nicht, Evangeline«, sagte Rose. »Wie kannst du nur so etwas Schreckliches sagen? Du weißt genau, dass ich ohne dich gar nicht zurecht käme.«
»Dann hör auf, auf diesem verdammten Klavier rumzuklimpern.«

»Oh!« Rose fuhr von ihrer Bank auf. »Du fluchst doch sonst nie, Evangeline!«
»Na und? Vielleicht ist es ja genau der richtige Zeitpunkt, damit anzufangen. Das Schicksal ist launisch. Was heute ist, kann morgen schon vorbei sein. Wie unser ganzes Leben. Carpe diem. Weißt du, was das heißt, Rose?«
Roses Brauen zogen sich besorgt zusammen.
»Nutze den Tag«, erklärte Evangeline. »Mäh das Gras, solange die Sonne scheint!«
»Und auf der anderen Seite des Zauns ist das Gras immer grüner«, bemerkte Len und hickste.
»Halt die Klappe, Len Kelly«, fuhr Evangeline ihn an. »Du bist betrunken. Dich auf der Suche nach mir wärmen, das hast du gewollt, ja? Als ob es draußen kalt wäre. Du kannst von hier verschwinden, wann immer du deinen verdammten Arsch hoch kriegst!«
Rose ließ sich wie vom Donner gerührt wieder auf das Bänkchen fallen. *»Evangeline!«*
Nasty massierte ihr sanft die Schultern, doch seine Miene verriet, dass er dem Austausch mit einigem Vergnügen folgte.
»Ich bin entführt worden!«, sagte Evangeline und blickte wütend in die Runde. »Stundenlang hat dieser Irre mich durch die Gegend gefahren.«
Roman drückte Phoenix' Ellenbogen und ging zu Evangeline, um sich neben sie zu setzen. »Hat er die Maske abgenommen?«
»Ja.«
Phoenix' Hand flog zu ihrem Mund.
»Wie sah er aus?«, fragte Roman.
Evangeline richtete sich gerade auf. »Wie geht es dir,

Evangeline?«, sagte sie mit beißender Stimme. »Hat der Mann dir etwas getan? Hat er … dich angefasst? Oder vielleicht noch *Schlimmeres* gemacht?«
Rose schrie auf.
»Hat er das, Liebes?«, fragte Nellie und nahm eine dicke Strähne von Evangelines Haar. »Sollen wir einen Arzt rufen?«
»Das machen wir«, sagte Rose hastig. »Wir rufen Dr. Percy. Er wird bestimmt schnell hier sein.«
»Ich brauche keinen Arzt. Ich brauche etwas Mitgefühl und Fürsorge. Einfach nur ein bisschen Rücksicht auf das, was ich durchgemacht habe!«
Phoenix' schlechtes Gewissen meldete sich. »Evangeline«, begann sie. »Ich will Ihnen nichts vormachen. Ich hatte Angst, dass ich zu hören bekommen würde, man habe Sie tot aufgefunden –«
»Nein!« Rose schlug die Hände vors Gesicht.
»Reiß dich zusammen, Rose«, befahl Evangeline schroff. Benimm dich nicht immer wie ein dummes Kind!«
»Ich befürchtete, Sie könnten tot sein«, wiederholte Phoenix. »Roman hat dasselbe gedacht. Wir befinden uns alle in einer Art Schockzustand. Bitte erzählen Sie uns, was geschehen ist.«
Evangeline wandte den Kopf und sah Phoenix durchdringend an. »Sie tun gut daran, sich dafür zu interessieren.«
Phoenix' Magen zog sich zusammen. »Wie meinen Sie das?«
»Sie sind doch schuld daran. Er bedeutet zwar für uns alle eine Bedrohung, aber *Sie* haben ihn hergeführt!«
Phoenix wurde übel.

»Stundenlang saß ich im Auto, ohne zu wissen, was er mit mir vorhatte. Carpe diem. Nie wieder werde ich auf morgen verschieben, was ich heute tun kann.«

Phoenix schüttelte den Kopf.

»Ein Allgemeinplatz«, gluckste Len. »Oder sagt man Phrase dazu?«

»Halt bloß den Mund«, fuhr Nellie ihn an.

Evangeline schnaubte. »Er hat offene Rechnungen zu begleichen, sagte er, und für Phoenix hat er sich was Besonderes ausgedacht. Er will uns alle fertig machen, aber Phoenix soll es am schlimmsten treffen. Auch das hat er gesagt. Und zwar immer wieder. Er hat gesagt, dass Phoenix sich nachher wünschen wird, sie sei nie geboren. Und noch viel schrecklichere Dinge, die ich nicht wiederholen will.«

»Dann tun Sie es bitte auch nicht«, sagte Roman ruhig. »Nasty, ich denke, wir rufen jetzt die Polizei.«

»Erst wenn ich fertig bin«, fauchte Evangeline. »Ich habe noch einiges zu sagen! Wenn er nicht auf die Toilette gemusst hätte, dann hätte er vielleicht ein paar von diesen schrecklichen Dingen an mir ausprobiert! Aber er hielt an einer Tankstelle und band meine Hände am Schalthebel fest.« Sie hielt die Arme hoch, sodass man die roten Striemen an den Handgelenken sah. »Als er drinnen war, gelang es mir, den Strick über den Knauf zu ziehen. Ich rannte um mein Leben und hielt schließlich einen Truck an. Könnt ihr euch das vorstellen? Evangeline Jones fährt wie irgendein Penner per Anhalter in einem Truck?«

Niemand wagte etwas zu sagen.

Evangeline tupfte sich die Augen mit einem zerknautschten Taschentuch ab und deutete auf Phoenix. »Er will sich richtig viel Zeit für Sie nehmen. Hat er mir immer wieder gesagt. Sie sollen sich für ihn ausziehen und vor ihm niederknien –«

»Das reicht!«, fauchte Roman. »Nellie, ich denke, Evangeline sollte sich auf ihrem Zimmer ausruhen.«

»Er wird Sie zwingen, bestimmte Dinge zu tun, dann wird er sie fesseln und –«

»Schluss damit!«

Evangeline klappte den Mund zu. Alle Farbe wich aus ihrem Gesicht.

»Tut mir Leid«, sagte Roman. »Aber Sie sind nicht ganz bei sich. Nasty, könntest du der Lady einen Brandy einschenken?«

»Ich trinke keinen Schnaps«, brachte Evangeline sehr leise und zittrig hervor. »Es … es geht schon wieder. Dieses – *Schwein!* Er sah nicht mal schlecht aus. Mittelgroß. Dunkelhaarig. Dünn. Braune Augen. Und diese scheußliche Brille.«

»Hat er irgendwelche Papiere erwähnt?«, fragte Nasty.

Evangeline sah ihn verwirrt an. »Papiere?«

»Die, die er von Rose wollte!«

»Er hat mich nicht nach Papieren gefragt«, sagte Rose hastig.

Phoenix richtete sich auf. »Aber Sie sagten doch –«

Roman brachte sie mit einem Kopfschütteln zum Verstummen.

»Ich hab das hier mitgenommen«, sagte Evangeline und zog einen zusammengerollten braunen Umschlag aus einer Tasche ihres voluminösen Rocks. »Er hat immer reingesehen, während er über Phoenix redete.«

Roman nahm ihr den Umschlag ab und ließ ihn in seinen Schoß fallen. »Vernünftige Fingerabdrücke werden wir darauf wohl nicht mehr finden. Haben Sie den Umschlag geöffnet, Evangeline?«

»Ja, sicher. Der Lastwagenfahrer konnte sich auch keinen Reim darauf machen.«

»Der Lastwagenfahrer hat den Inhalt ebenfalls berührt?«

»Ja. Und sein Partner auch.«

»Toll«, bemerkte Roman und warf Nasty einen Blick zu. »Würden Sie jetzt bitte die Polizei rufen, Miss Smothers?«

»Ich –«

»Wir müssen jetzt die Polizei rufen!«

Rose stand auf und verließ mit unsicheren Schritten den Raum.

Roman starrte auf die drei Fotos aus dem Umschlag und hielt sie schließlich Phoenix hin.

Zwei zeigten Phoenix in ihrem Wohnzimmer. Auf dem einen hielt sie die Waterford-Vase in der Hand, auf dem anderen saß sie auf der Couch. Das dritte zeigte sie und Roman in dem Restaurant in Issaquah. Phoenix zeigte darauf. »Wir haben den Blitz gesehen!«

Roman nickte. »Und die beiden anderen sind mit einem Teleobjektiv aufgenommen worden. Aus der Höhe.«

»Wahrscheinlich von der Windmühle aus.« Phoenix starrte auf die Bilder. »Kurz bevor ich A… den Anruf meiner Freundin bekam.«

»Und bevor du hinausgingst. Vielleicht fünfzehn oder zwanzig Minuten vorher?«

»Kann sein.«

Außer den Fotos enthielt der Umschlag noch eine Brille

und ein kleines, braunes Apothekerglas. Roman schraubte die kleine Flasche auf.
»Gemahlenes Glas«, verkündete Evangeline. »Ich habe es mir genau angesehen.«
Das tat Roman auch und nickte schließlich. »Winzige Stücke. Aber ich sehe keinen Zusammenhang.«
»Er sagte, dass Phoenix schon verstehen würde. Und wenn nicht, dann würde er sie schon daran erinnern … während er ihr die Innereien herausschneidet.«

EINUNDZWANZIG

Nastys Hand lag schwer auf Phoenix' rechter Schulter, als er neben ihr das *Round the Bend* betrat. Er schwieg, doch hin und wieder erzeugte sein Kaugummi ein mehr oder weniger lautes Plop.

Plötzlich blieb sie stehen und löste seine Finger von ihrer Schulter. »Ich will mich hier mit Freunden treffen, okay? Ich brauche keinen zweiten Schatten.«

Nasty schob das Kaugummi von einer Backentasche in die andere. Roman war vergangene Nacht nicht vom Club zurückgekehrt und Nasty hatte – wie angedroht – auf ihrer Couch geschlafen. Sie hatte stundenlang dem Ploppen der Kaugummiblasen gelauscht und sich gefragt, warum der ansonsten treue Mel es heute vorzog, auf Nastys Bauch zu schlafen.

»Hör mal, ich bin dir wirklich dankbar. Aber jetzt ist es Tag, und ich befinde mich unter Freunden. Hier wird mir nichts passieren.«

»Jap. Hier wird dir nichts passieren.«

Wie konnte ein so attraktiver Mann so … unzugänglich sein? »Wieso musst du denn unbedingt auch hier bei mir sein?«

»Romans Befehl.«

»Aber er ist ja wohl nicht dein Vorgesetzter, oder?«

»Bringen wir's hinter uns, damit ich dich wieder dahin bringen kann, wo du eigentlich sein sollst.«
»Wo ich eigentlich sein soll?« Phoenix gab auf. »Entschuldige mich.« Sie ging steif auf die Theke zu und setzte sich auf einen Hocker.
Zelda kam mit einem Putzlappen in der Hand aus der Küche. »Gott, ich schäme mich so«, sagte sie bei Phoenix' Anblick. »Was war das nur für eine Aufführung. Und wir wollen erwachsene Menschen sein!«
»Schon gut«, erwiderte Phoenix. »Es tut gut, mit leidenschaftlichen Menschen zusammen zu sein.« Keinesfalls unauffällig drehte sie ihren Kopf in Nastys Richtung.
Zelda beäugte den schweigsamen Gast. »Guten Morgen, Mr. Nasty. Möchten Sie einen Kaffee?«
»Nur Nasty. Und keinen Kaffee, danke.«
»Wie Sie wollen.« Zelda zuckte die Achseln. »Mort geht es nicht besonders. Ich soll mich in seinem Namen für gestern Abend entschuldigen.«
»Schon okay.«
»Was kann ich dir bringen? Der Ansturm für den Lunch wird erst in einer Stunde anfangen. Bis dahin stehe ich dir ganz zur Verfügung.«
Phoenix hatte zwar keinen Hunger, sagte aber: »Ein Donut und Kaffee wären fein.«
»Hast du Zeit, heute Abend auszuhelfen?«
»Nein«, antwortete Nasty an Phoenix' Stelle. »Sie hat heute Abend zu tun.«
Phoenix verengte die Augen. »Wenn ihr mich bitte entschuldigen würdet. Ich muss zur Toilette.«
»Du warst eben schon«, meinte Nasty. »Bevor wir losgefahren sind.«

»Ich muss trotzdem noch mal.«

»Trink zuerst den Kaffee. Vielleicht erspart dir das dann einen Weg!«

Er war unglaublich. Phoenix warf Zelda einen Blick zu. Die ältere Frau hatte sichtlich Mühe, ihr Grinsen zu verbergen, während sie zwei Tassen Kaffee einschenkte und eine vor Nasty hinstellte.

Zelda legte zwei Donuts mit Zuckerguss auf einen Teller und schob diesen auf die Theke zwischen Nasty und Phoenix. Plötzlich hieb sie sich mit der flachen Hand vor die Stirn. »Ich wollte Rose anrufen und eine Nachricht für dich hinterlassen, aber über Morts Gejammer hab ich es ganz vergessen. Jemand hat nach dir gefragt.«

Nastys Hand glitt unter seine Lederjacke. Unauffällig sah er sich um.

»Eine Frau«, fuhr Zelda fort. »Heute früh. Sehr schön, groß, dunkelhaarig. Wirkte irgendwie sehr mysteriös.«

Phoenix zog die Stirn kraus. »Ausländerin? Glattes schwarzes Haar? Sah sie ein bisschen aus wie Morticia Addams?«

»Nein, so nicht.«

»Dann kenne ich sie nicht.«

»Sie dich aber.« Zelda lehnte sich über den Tresen. »Ich hätte ihr ja deine Adresse gegeben, aber wie die Dinge stehen …« Sie drehte beide Handflächen nach oben.

»Sie werden niemandem Phoenix' Adresse geben«, sagte Nasty ruhig. »Verstanden?«

»Das sagte ich ja gerade, oder?« Zelda richtete sich zu voller Größe auf. »Wie wär's mit etwas mehr Höflichkeit?«

Nasty nahm sich eine Kaffeetasse und starrte hinein.

»Die Frau wollte ihren Namen nicht sagen. Sie meinte, du

würdest schon herausfinden, wer sie ist. Sie müsste dringend mit dir reden. Sie trug so eine Art Kaftan. In Schwarz und Gold.«

»Ilona!« Erregung packte Phoenix. Sie glitt vom Hocker. »Ich muss in den Club.«

»Nein«, sagte Nasty. »Du weißt, was Roman gesagt hat. Du wirst nicht in den Club gehen. Du hast dich dort entschuldigt – du bist böse gestürzt!«

»Ich muss mit Ilona reden!«

»Nein!«

O doch, sie würde gehen. Sobald ihr einfiel, wie sie Nasty entkommen konnte.

Zelda entschuldigte sich und kehrte in die Küche zurück. Phoenix nagte den äußeren Rand ihres Donuts ab, während Nasty einen frischen Streifen Kaugummi auspackte. Schließlich blickte er auf die Uhr und begann, mit den Fingern auf der Theke zu trommeln.

»Ich muss mir die Hände waschen«, sagte Phoenix und zeigte ihre zuckrigen Finger.

»Nein.«

»Was soll das heißen?«

»Nein.«

»Das ist doch lächerlich. Ich gehe jetzt.«

»Dann gehe ich mit.«

»Was soll denn das?«

»Du willst auf die Toilette gehen und von dort verschwinden.«

Sie verzog frustriert das Gesicht. »Wie kommst du denn darauf?«

Er nahm ihren Ellenbogen und führte sie auf die Damentoilette. Nachdem er geklopft hatte, öffnete er die Tür

und sah sich um. Ein Waschbecken, eine Toilette und oben in der Mauer ein Fenster nach draußen.
Phoenix zog die Nase hoch.
»Sieht aus, als hätte ich Recht«, meinte Nasty.
»Willst du damit sagen, dass ich durch das kleine Ding da entkommen wollte?«
»Jap. Können wir jetzt nach Hause?«
Phoenix bekam keine Chance, etwas zu erwidern, da in diesem Moment Zelda aus der Küche geschossen kam und wild zum vorderen Fenster hin gestikulierte. »Feuer!«, brüllte sie, während sie auf die Tür zulief. »Phoenix, lauf in die Küche und ruf die Feuerwehr an. Sag ihnen, dass der Benzintank explodieren könnte!«
Phoenix wirbelte herum und sah ein brennendes Wohnmobil auf dem Parkplatz vorne. Sie schrie auf und stürmte in die Küche.
»Verdammte Scheiße!«, brachte Nasty hervor und lief hinter Zelda her. »Das ist meins!«
Phoenix rief die Feuerwehr an.
Als sie danach auf die Straße hinter dem Gebäude trat, entdeckte sie sofort Nellie, die missmutig in ihrem Pickup saß. Während sie Phoenix zum Club fuhr, schimpfte sie über Zelda, die sie mit ihrem Anruf mitten aus der Arbeit gerissen hatte. Am Tor zum Club stieg Phoenix aus. Sobald sie ihren Namen nannte, ließ man sie ein.

Etwas hatte sich verändert, und es zeigte sich keinesfalls auf subtile Art und Weise.
Roman musterte Geoffrey über Vanessas Schreibtisch hinweg. »Sie hat gesagt, dass sie mich sehen will. Drin-

gend, meinte sie. Wo ist sie? Du hältst mich seit gestern Abend hin.«

Geoffrey legte die Fingerspitzen beider Hände aneinander. »Sollst du nicht Phoenix im Auge behalten?«

»Ich kann nicht gleichzeitig Phoenix im Auge behalten und mit Vanessa *über* Phoenix reden. Je eher mir jemand erzählt, was hier eigentlich los ist, desto eher kann ich auch wieder an meine Arbeit gehen.«

»Wo ist sie jetzt überhaupt?«

»Schläft«, log er. »Sie ist durch das Geländer auf dem Treppenabsatz vor ihrer Wohnung gebrochen und gestürzt. Hat sich böse verletzt.« Wenn Geoffrey und Vanessa etwas mit Phoenix' ›Sturz‹ zu tun hatten, dann war ihm mit Ehrlichkeit am besten gedient. Irgendwie konnte er nicht glauben, dass sie den Überfall angeordnet hatten – doch das warf andere Fragen auf.

Geoffrey stieß sich mit dem Stuhl vom Tisch ab und legte seine teuren Schuhe auf die gläserne Oberfläche des Schreibtischs. »Wir warten auf etwas«, sagte er. »Aber es schadet nicht, wenn ich dir sage, dass wir eine wichtige Entscheidung getroffen haben. Wir wollen, dass du zu allen Bereichen des Clubs Zugang hast. Du wirst unserem Geschäft eine neue Dimension geben. Genau wie Miles und Pierre.«

Warum? »Klingt interessant. Aber ich dachte immer, dass du und Vanessa sehr eigen seid, was eure VIPs angeht.«

»Das war einmal. Momentan sieht es anders aus. Es hat einige Veränderungen im Management gegeben. Jetzt bin ich Senior-Partner. Und ich möchte, dass all meine Partner die gleiche Verantwortung tragen. Kannst du damit leben?«

Roman hätte zu gerne gewusst, wie es zu diesem Machtwechsel gekommen war. »Hm … ja. Ich denke schon. Ich möchte natürlich alles tun, um unseren Erfolg zu steigern!«

Geoffrey lächelte. »Ich wusste, dass ich auf dich zählen kann. Wie wär's – willst du jetzt nicht zurückfahren und dich um unser kleines Problem kümmern? Ruf in ein paar Stunden an, und wir sagen dir, wann wir unsere Besprechung abhalten. Einverstanden?«

Roman schluckte seinen Ärger herunter. »Gut. Wie lange wird es in etwa dauern?«

»Keine Ahnung.« Geoffrey holte seine Brille hervor und setzte sie auf die Nase. Dann zog er ein Notizbuch aus einer Innentasche seines Jackets und begann, darin zu blättern.

Entlassen.

Roman verließ das Büro und schloss die Tür. Zurück zu Phoenix zu gehen fiel ihm nicht schwer. Auf die Befehle dieser Arschlöcher zu warten war Folter. Vielleicht sollte er Dusty, Junior und Phoenix jetzt gleich von hier fortbringen.

Phoenix würde allerdings nicht gehen.

Es sei denn, er sagte ihr, dass ihre Freundin tot war.

Ziellos wanderte er durch die Korridore, die zu den unteren Stockwerken führten.

Wenn er Phoenix von Aprils Tod erzählte, musste er sich vorher darüber klar werden, was er ihr sagte … und wie viel!

Ach, zum Teufel. Wem wollte er denn etwas vormachen. Sie würde Past Peak erst dann verlassen, wenn Aprils Mörder bestraft worden waren.

Er lächelte bitter. Er hatte sich verliebt, verdammt noch mal! Nachdem er sein halbes Leben dafür gesorgt hatte, dass keine Frau ihm zu nahe kommen konnte, hatte er sich dieses Mal nicht wehren können. Sie hatte sich in seinen Kopf und in sein Herz gestohlen, ohne dass er eine Chance gehabt hatte. Und ein Grund dafür war ihr Mut. Wenn sie wusste, was April passiert war, würde sie erst recht versuchen, die Hintergründe der Ereignisse aufzudecken.

Im Fitness-Raum schwitzten etwa ein Dutzend Mitglieder an den verschiedenen Trainingsgeräten. Im Pool zogen einige methodisch ihre Bahnen. Roman betrachtete die Leute verächtlich. Selbstgefällige leere Hülsen mit zu viel Geld. Und die Leere, die in ihrem Inneren vorherrschte, machte sie empfänglich für sämtliche Hohlheiten der Welt. Roman hatte im Laufe der Jahre schon viel gesehen und viel erlebt, aber er war sich sicher, dass in diesem Club ein größeres kriminelles Potenzial zusammenkam, als sich ein ganz normaler Mensch vorstellen konnte.

Hier war niemand unschuldig.

Roman wandte sich um – und sah gerade noch, wie Phoenix durch eine Tür verschwand.

»Schließen Sie ab«, sagte Ilona. »Schließen Sie ab und kommen sie her. Schnell.« Erregt rieb sie sich den Nacken.

Phoenix schloss die Tür ab und fuhr zusammen, als jemand von außen den Türknauf drehte.

»Ich bin in einer Sitzung«, rief Ilona.

»Ich bin's, Roman. Lass mich rein.«

Phoenix schüttelte vehement den Kopf. Ihr Herz hämmerte laut.
»Später«, erwiderte Ilona. »Ich kann jetzt nicht unterbrechen. Soll ich Sir Geoffrey rufen? Er kann dir ja vielleicht erklären, wie ich arbeite.«
Stille. Von draußen klangen nur noch die gedämpften Geräusche aus dem Fitness-Raum.
Ilona deutete zur Decke. »Ich habe dafür gesorgt, dass man uns weder hören noch sehen kann. Aber ich weiß nicht, wie lange es dauern wird, bis jemand kommt.«
Ein Metallzylinder baumelte schief an einem Kabel, das aus der Decke herausgerissen worden war. »Ist das Gerät kaputt?«
Ilona ließ sich auf der Ottomane nieder. »Das ist unwichtig. Wo ist der Stein, den ich Ihnen gegeben habe?«
Phoenix blickte weiterhin auf die kleine Kamera.
»Der Stein! Sie haben ihn nicht bei sich, nicht wahr?«
Phoenix verspürte plötzlich eine immense Unruhe. »Bitte. Sie sind ins *Bend* gekommen, um mir etwas zu sagen. Haben Sie etwas von April gehört?«
»Beantworten Sie meine Frage.«
»Der Halbedelstein? Ich habe ihn noch irgendwo.«
»Irgendwo?« Ilona bewegte den Kopf von einer Seite zur anderen, um die Halsmuskeln zu strecken. »Ich spüre eine große Gefahr. Und ich habe Ihnen gesagt, dass Sie den Stein bei sich halten sollen. Sie haben mich nicht ernst genommen, und das war ein Fehler.«
»Ich glaube nicht an solche Sachen«, sagte Phoenix entschuldigend. »Ich wollte Sie nicht beleidigen und unhöflich sein. Es ist bloß einfach nicht mein Ding!«

»Was Ihr ›Ding‹ ist oder was nicht, unterliegt leider nicht immer Ihrem Einflussbereich.«

»Mag sein. Der Stein ist jedenfalls sehr schön, danke. Ich werde ihn neben Aprils Vase legen.«

Ilona schloss die Augen. »Die Waterford-Vase. Aus dem Leihhaus. Die sie für ihre Träume gekauft hat? Stellen Sie frische Blumen hinein?«

Phoenix' Arme überzogen sich mit Gänsehaut. »Waren Sie in Aprils Wohnung?«

»Ihnen ist etwas Schreckliches zugestoßen. Nicht gestern Nacht, die Nacht davor!«

Phoenix rieb sich die Arme.

»Sie werden beobachtet. Und Sie wissen es, weil Sie Belege dafür gesehen haben.«

»Hören Sie auf.«

»Warum? Sage ich etwas, das nicht stimmt?«

»Sie helfen ihm, nicht wahr? Sie helfen ihm, mich zu einem Opfer zu machen!«

»Ich weiß nicht, von wem Sie sprechen.« Ilona stand auf und rieb sich die Schläfen. »Da ist der dunkle Fleck – ich kann ihn nicht deutlich sehen. Aber es wird kommen – bald. Sie hätten den Kristall nicht beiseite legen sollen.«

»Ich muss jetzt gehen.«

»Hätten Sie die Sache mit dem Stein ernster genommen, dann hätten Sie vielleicht einen Moment innegehalten, um zu überlegen, in welcher Tasche Sie ihn unterbringen würden …«

Phoenix zitterte jetzt am ganzen Körper. »Innehalten? Wann? Wobei? Wovon reden Sie?«

»Bevor Sie hinausgegangen sind. Wenn Sie mir vertraut

und den Stein bei sich behalten hätten, wäre Sie vielleicht nie hinausgegangen und so in die Falle gelaufen!«
Phoenix konnte den Aufschrei nicht unterdrücken. Sie versuchte, ihre trockenen Lippen zu befeuchten. »Ich muss hier raus. Bitte halten Sie mich nicht auf!«
Ilona ließ sich wieder auf die Liege fallen und verbarg ihr Gesicht in den Händen. »Gehen Sie, wenn es sein muss.«
Phoenix schloss die Tür auf und drehte den Knauf.
»Keine Zeit mehr«, murmelte Ilona. »Sie werden gleich hier sein. Ich komme zu Ihnen.«
Sie musste mit Roman sprechen, aber nicht im Club. Sie musste Abstand gewinnen und noch einmal überdenken, was zu tun war. »Was wollen Sie und die anderen eigentlich damit erreichen?«, fragte sie ruhig. »Wenn ich eine Bedrohung bin, warum versuchen Sie dann nicht, mich loszuwerden? Warum spielen Sie erst mit mir?«
Ilonas Blick bohrte sich in sie. »Sagen Sie so was nie wieder! Gehen Sie nach Hause und bleiben Sie dort. Ich weiß nicht, wann wir uns wiedersehen, denn ich muss noch gewisse Vorbereitungen treffen. Aber wenn ich zu Ihnen komme, werde ich Ihnen erzählen, was Sie wissen müssen.«

Es hatte keinen Sinn davonzurennen. Aber Phoenix tat es trotzdem. Und Roman folgte ihr.
Immer wieder rutschten ihre Sohlen auf den Steinen und dem Kies, der am Ufer des Snoqualmie-River lag, aus.
»Phoenix! Halt an! Halt jetzt sofort an!«
Sie rannte weiter. Als sie eben sein zorniges Gesicht durch die Windschutzscheibe seines Rovers gesehen hatte – sie war auf dem Weg zu ihrem Wagen gewesen,

als er quer über die Straße auf sie zugefahren war –, war ihr klar gewesen, dass sie ihm im Augenblick keinesfalls gegenübertreten wollte. Und so war sie losgelaufen, ohne sich umzudrehen, als sie hörte, dass der Rover stoppte und Roman hinaussprang, um sie zu verfolgen.

Sie konnte ihn atmen hören.

Hilflos, in dem Wissen, dass sie nicht entkommen konnte, stieß sie einen Schrei aus. Im gleichen Moment verfing sich ihr Fuß in einer Wurzel, und sie fiel bäuchlings auf den Boden.

Augenblicklich spürte sie seine Hand auf ihrer Wade.

»Geh weg!« Sie rollte sich herum, kam stolpernd auf die Füße und setzte sich wieder in Bewegung. »Mir reicht es für heute. Seid ihr denn alle verrückt geworden?« Sie schlug einen Haken und rannte in den Wald, der das Ufer des Flusses säumte.

Ein Blick über die Schulter verriet ihr, dass Roman stehen geblieben war. Die Hände in die Hüften gestemmt, starrte er ihr hinterher.

Schluchzend vor Erleichterung tauchte Phoenix ins dichte Unterholz ab – und wäre fast gegen eine abrupt aufragende Felswand gekracht. »Oh, verdammt!« Sie lehnte sich an die raue Oberfläche. »Oh, verdammt, verdammt, verdammt!«

Bäume und Büsche teilten sich erneut und ließen Roman durch. Phoenix zog die Nase hoch und verschränkte trotzig die Arme vor der Brust.

»Verdammt?«, murmelte er. »Du zündest Nastys Auto an – oder lässt anzünden –, widersetzt dich meinen Befehlen, die nur dazu da sind, dein Leben zu schützen und wanderst über die Schnellstraße, wo dich jeder Depp plattfahren kann – und alles, was dir dazu einfällt, ist ›verdammt‹?«

»Na und?«

»Du hast gesehen, dass ich dir folge. Du hast gesehen, dass ich angehalten habe, um dich einsteigen zu lassen. Und trotzdem läufst du weg? Bist du jetzt völlig von der Rolle?«

Phoenix sah sich nach einem Fluchtweg um.

»Denk nicht mal daran!« Er packte ihre verschränkten Arme mit einer Hand und zog ihr mit der anderen den Rock ein Stückchen hoch. »War es das wert? Sich das sowieso schon lädierte Gesicht zu zerkratzen und die Knie aufzuschrammen?«

»Es sind immer noch meine Knie!«

»Nein, es sind *meine*, verdammt noch mal!« Er brachte sein Gesicht so nah an ihres, dass sie schwarze Sprenkel in seinen blauen Augen erkannte. »Du gehörst *mir*. Jeder Zentimeter von dir ist mein. Hast du verstanden?«

Jedes Wort ließ sie zusammenzucken, und sie begann zu zittern.

»Was dir geschieht, geschieht auch mir.« Sein Atem strich warm über ihre Lippen. »Ich werde dich niemals gehen lassen. Ich kann nicht. Ich habe das so nicht gewollt, aber es ist passiert, und ich kann es nicht mehr ändern. Ich will dich für mich, Phoenix!«

Das Zittern verstärkte sich.

»Sag etwas, verflucht!«

Phoenix strich sich das Haar aus der Stirn. »Du bist so wütend.«

»Ich bin so verliebt!«

Der Boden unter ihren Füßen schwankte.
»Sag etwas. Ich liebe dich. Ich liebe dich. Bedeutet dir das denn gar nichts?«
»W-warum?«
»Warum es dir etwas bedeuten sollte?« Eine Hand legte sich in ihren Nacken.
»Warum du mich liebst.«
Er starrte sie an. »Ich kann nicht fassen, dass du so was fragst. Es müssen dich doch zig Männer geliebt haben … nicht, dass es ihnen viel genutzt hätte!«
Sie konnte die Tränen nicht mehr unterdrücken. »Niemand hat mich je geliebt! *Niemand!* Außer April!«
Seine Augen verdunkelten sich. »Niemand soll dich je geliebt haben? Unsinn!«
»Meine … meine Eltern waren niemals nüchtern. Sie hassten mich! Meine Mutter hat gar nicht mit mir gesprochen. Und mein Vater sagte immer, dass ich hässlich sei und nie hätte geboren werden sollen.« Warum erzählte sie ihm all das? »Aber es ist nun auch nicht mehr wichtig.«
Er verzog das Gesicht. »O doch, das ist es. Denn es prägt einen fürs Leben. Glaub mir – ich weiß, wovon ich spreche! Und deswegen will ich auch, dass Juniors Kindheit anders verläuft!«
Phoenix sah ihn ernst an. »Das glaube ich dir.«
Roman ließ ihre Arme los und umfasste ihre Schultern.
»Hast du noch andere Kinder?« Phoenix' Stimme klang emotionslos.
»Noch nicht. Aber wir machen welche, ja?«
Wie viele andere Frauen hatten diese Worte wohl schon gehört? Wie viele andere Frauen waren schon auf die

Sprüche von Männern wie Roman hereingefallen? Phoenix würde das nicht passieren.

Er schüttelte sie leicht. »Phoenix. Kannst du mich lieben?«

Nach all der Angst, die sie empfunden hatte, stieg ihr Adrenalinspiegel sprunghaft an. Es war wie eine Explosion. »Tu das nicht«, sagte sie. »Spiel nicht mit mir!«

»Ich spiele nicht –«

»Hältst du mich für eine Vollidiotin? Denkst du, ich wüsste nicht, dass du jede haben kannst? Warum tust du mir das an? Lass mich in Frieden!«

Er ließ die Arme sinken und trat einen Schritt zurück. Phoenix nutzte die Gelegenheit und stürmte mit zum Schutz erhobenen Armen durch die dichten Bäume davon.

Sie kam keine drei Schritte weit.

»Schluss damit!« Roman packte sie um die Taille und hob sie hoch. »Ich weiß nicht, was dein Problem ist, W.G., aber ich werde es beheben. Und damit fange ich *jetzt* an!«

Er hievte sie zurück an die Felswand. Schau mich an«, befahl er. »Schau genau hin.«

Sie tat es.

»Was siehst du?«

»Du bist wütend«, sagte sie verzagt.

Seine Augen glitzerten. »Ist das alles, was du siehst?«

Sie schwieg. Roman hielt ihren Kopf fest und küsste sie. Lange. Hart. Verlangend. Als er sich endlich wieder aufrichtete, krallte sie sich in seine Brust.

»Sag mir, was du siehst!«

»Was willst du von mir?«

In seinen Zügen lag plötzlich der Ausdruck von Qual. Er legte seine Stirn an ihre.

»Was willst du denn von mir hören?«, sagte sie flehend. »Bitte sag's mir doch.«
»Ich hasse sie«, brachte er gepresst hervor. »Ich hasse sie dafür, dass sie dir das angetan haben. Ich will dich, Phoenix. Ich will dich lieben!«
Sie berührte seine Lippen mit zitternden Fingern.
Plötzlich legte er seine Hände über ihre Brüste. Seine Berührung war nun nicht mehr sanft. »Ich will dich auf alle erdenklichen Arten und Weisen lieben! Es gibt viele Möglichkeiten, mein Schatz, und wir haben bisher erst die Standardversion abgehakt!«
Phoenix knöpfte langsam sein Hemd auf. Es war, als würde sie sich selbst dabei beobachten, würde neben ihrem Körper stehen und sie beide beobachten.
»Zieh deine Bluse aus. Und deinen BH«, sagte Roman schroff. »Ich will dich nackt!«
»Hier?«
»Hier. Die Bäume halten schon den Mund.«
Phoenix schob eine Hand in sein Hemd und strich über das raue Haar seiner Brust. Ihr Daumen glitt über eine Brustwarze, während sie sein Schlüsselbein küsste.
Kühle Luft strich ihr um die Beine. Roman zog ihren blauen Baumwollrock bis über ihre Hüften und drängte seinen muskulösen Schenkel zwischen ihre Beine. Sie schlang die Arme um ihn und presste sich auf sein Bein. Schon schauderte sie unter dem Ansturm der Empfindungen, die der Druck erzeugte.
Roman schob sie vorsichtig von sich und lehnte sie an den Felsen. »Tu, was ich sage. Zieh's aus.«
Phoenix machte sich an den obersten Blusenknopf. Sie bekam ihn nicht auf, aber er half ihr nicht. Knopf für

Knopf gab nach. Dieselbe kühle Luft, die ihr um die Beine strich, berührte erst ihre Brustansätze, dann ihre Schultern, ihre Rippen. Sie musste den Rücken durchbiegen, um die Bluse abzustreifen.
Roman umfasste ihre Taille und bewegte sie langsam auf seinem Schenkel vor und zurück. Sie sog scharf die Luft ein, als heiße Lust durch ihren Körper jagte.
Roman beugte sich vor. Mit der Zunge zeichnete er die mit Spitze besetzten Konturen ihres BHs nach. »Zieh ihn aus.«
Sie zögerte.
»Tu es, Phoenix.«
Sie nestelte den Verschluss zwischen ihren Brüsten auf. Der Stoff glitt zur Seite. Instinktiv hob sie schützend die Hände, doch er hielt sie auf.
Mit Zunge und Zähnen begann er, ihre Brustspitzen zu liebkosen. Keuchend griff Phoenix in sein Haar.
Roman umfasste beide Brüste. Er leckte sie, streichelte, knetete sie, bis sie vor Verlangen stöhnte. Erst dann widmete er sich wieder einer Brustspitze.
»Ich liebe dich!« Sie hörte ihre eigene Stimme und kniff die Augen zu. Mach dich niemals für einen Mann zum Narren, hatte April sie gewarnt, als sie Teenager waren.
»Sag das noch mal!«, verlangte Roman. Er fand die nasse Stelle zwischen ihren Beinen und riss an ihrem bereits arg strapazierten Slip. »Ich will es hören.«
Wenn sie eine Närrin war, dann war es nicht zu ändern.
»Ich liebe dich!«
Der dünne Stoff gab nach. »Dann sind wir jetzt quitt, Liebes. Oh, mein Schatz, wir werden ein Bombenteam abgeben!«

Sie begehrte ihn, musste ihn spüren. Ihre Finger nestelten ungeschickt an seinem Gürtel, dann am Reißverschluss. Er ließ sie zu Boden, und sie befreite sein erigiertes Glied. Seine Brust hob und senkte sich, sein Bauch wurde hart. Phoenix schob die Hände in seine Boxershorts und strich über die ganze Länge seiner Erektion.
»Das reicht«, sagte er heiser. »Ich kann mich gleich nicht mehr beherrschen.«
Er drehte sie zur Felswand herum. »Stütz deine Arme auf.«
Phoenix spürte, wie er sich an ihrer zerrissenen Unterwäsche vorbeischob, in sie eindrang und sie ausfüllte.
»Aber du –« Was wollte sie sagen?
»Was ich?« Seine Stimme war atemlos und heiser. Er hielt ihre Brüste und presste sich gegen ihren Rücken. »Ich sterbe vor Glück über dieses Wohlgefühl – wolltest du das sagen? O ja, du hast Recht, Phoenix, ich komme um! Und ich will das wieder und wieder erleben!«
»Roman!«
»Versprich mir, dass ich es erleben werde!«
»Roman, ich … ich fühle …« Jeder Stoß trieb sie auf die Zehenspitzen. »Ich fühle so viel!«
»Zu viel?«
»Das geht gar nicht!«
Er schrie auf.
»Roman! Oh, Roman! Bitte hör nicht auf!«
»Bestimmt nicht, Liebes!«
Sie biss die Zähne zusammen. Roman ließ eine Brust los und schob die freie Hand zwischen ihre Schenkel. Während er immer weiter in sie hineinstieß, massierte sein Finger die nasse Knospe zwischen den Schamlippen.

Phoenix versteifte sich. Sie streckte die Arme und presste sich gegen ihn. Und dann, als ihre Beine nachgeben wollten, packte er sie fester und nahm sie mit an den Ort, wo sie beide in glühender Lust miteinander verschmolzen.
In den ersten Sekunden, die dem Höhepunkt folgten, bog sie die Arme zurück und umschlang seinen Nacken. Er lachte, und sie war erst brüskiert, dann fasziniert. Lachend legte er seine Hände erneut auf ihre Brüste, und sie verharrten eine lange Weile in dieser völlig unmöglichen Position.
»Ich habe nichts benutzt«, sagte er schließlich.
Es dauerte einen Moment, bis Phoenix begriff, was er gesagt hatte. Sie streckte sich genießerisch. »Du hast es nicht geplant.«
»Nicht? Hm, wer weiß.«
Sie schlug die Augen auf. »Ich weiß nicht genau, was du mir damit sagen willst, Roman.«
»Ganz einfach.« Er zog sich langsam aus ihr heraus und drehte sie zu sich um. Dann küsste er sie liebevoll auf den Mund. »Ich liebe dich. Du liebst mich. Und wir wissen es beide schon länger.«
»Wir kennen uns doch noch nicht besonders lange.«
»Wir kennen uns lange genug, um es zu wissen.«
»Du meinst es ernst, nicht wahr?«
Er küsste sie wieder und strich mit beiden Händen vom Nacken bis zur Taille und wieder aufwärts. »Ja. Ich weiß nicht genau, wie so was geschehen kann, aber wenn du schwanger bist, werde ich vor Glück sterben.«
Ein warmes Gefühl erfüllte sie, und plötzlich hatte sie Lust zu kichern. »Nun mal halblang. Wir sind hier nicht in

einer Soap Opera. Gewöhnlich wird man nicht beim ersten Mal schwanger.«

»Das ist nicht das erste Mal.«

»Du weißt, was ich meine.«

Er fiel so plötzlich auf die Knie, dass sie es ihm ohne nachzudenken nachtat.

Er grinste. »Wenn ich mich nicht hinlege, falle ich um.«

»Ich auch.«

Und so legte er sie behutsam auf das dicke Bett aus Tannennadeln. Er beugte sich über sie und sie taten es noch einmal. Und irgendwann in der Glut der Liebe fragte er: »Willst du mich heiraten?«, und Phoenix erwiderte: »Das klingt so abgedroschen, aber ja. Ja!« Und Roman sagte: »Lass uns abgedroschen sein!«

ZWEIUNDZWANZIG

Endlich wurde ihm die Audienz gewährt. Nach drei Tagen des Wartens wurde Roman endlich bei Vanessa vorgelassen.

Mit dem goldenen Schlüssel, den Geoffrey ihm gegeben hatte, gelangte er in den VIP-Club.

Er kam an einen Aufzug, benutzte wieder den Schlüssel und fuhr hinab ins Innere der Felsformation.

Unten glitten die Türen auf. Er trat hinaus, stieß mit Ilona zusammen und packte unwillkürlich ihren Ellenbogen.

Phoenix konnte nicht wissen, ob Ilona Freund oder Feind war. Roman genauso wenig. Er sah ihr auf der Suche nach einem Hinweis in die Augen, fand aber nichts. Die Frau machte sich los, trat in den Aufzug und war verschwunden. Ihr Schweigen schien ihm nicht richtig, aber was war in diesem Haus schon so, wie es sein sollte?

Der Raum, den er schließlich betrat, war rund. In der Mitte stand eine runde weiße Couch, verschiedene runde Tische mit spiegelnder Oberfläche waren um das Möbel herum gruppiert. Ein weißer Teppich, weiße Wände. Alles war weiß, sodass Vanessas schwarzes Kleid, Geoffreys grauer Anzug und Miles Wilbertons grüner Pullover sich deutlich abhoben. Der vierte Mann, den Roman als

Chester Dupree identifizierte, trug ebenfalls Weiß. Einen Bademantel.

»Komm doch rein«, sagte Geoffrey, eine Spur zu heiter. »Dies ist Roman Wilde, Reverend. Unser fünfter Partner.«

Duprees musterte Roman abschätzend. »Müsste ich Sie kennen?«

»Kaum, denn gerade das macht den Wert dieses Mannes aus«, antwortete Geoffrey rasch. »Ein ehemaliger SEAL. Hat so ziemlich alles an Tapferkeitsmedaillen bekommen, was es gibt.«

»Tatsächlich?« Wenn Dupree beeindruckt war, dann musste er ein großartiger Pokerspieler sein. »Man muss doch Geld haben, um hier Partner zu werden, oder? Wie haben Sie denn Ihr Vermögen verdient?«

Es passierte nicht oft, dass Roman jemanden auf Anhieb verabscheute. Bei Chester Dupree fiel es ihm leicht. »Gar nicht«, sagte er aufrichtig.

Dupree setzte sich auf die Couch und spreizte die Beine. Unter dem Bademantel war er nackt. »Ich warte, mein Junge. Ich will wissen, mit wem ich es zu tun habe!«

»Roman macht gerne kleine Scherze«, bemerkte Vanessa. »Sein Vater ist – oder war – Arthur Wilde.« Sie ließ sich neben dem Reverend nieder, wobei der Schlitz ihres Rocks auseinander klaffte. Über der schwarzen Spitze der Strümpfe war schneeweiße Haut zu sehen.

Der Reverend zog den Rock noch weiter auf und befingerte ihr Bein. »Arthur Wilde? Doch nicht der, der seine Frau umgebracht hat?«

Roman hatte längst gelernt, derartigen Sprüchen mit regloser Miene zu begegnen. »Er ist von jedem Verdacht freigesprochen worden. Niemand hat je herausfinden können, ob sie ermordet worden ist oder Selbstmord begangen hat.«

Vanessa zeigte keine Reaktion auf Duprees intime Berührung. »Romans Vater ist vor allem *der* Wilde, der das bereits beachtliche Vermögen seiner Frau in ein gigantisches Vermögen verwandelt hat. Der berühmteste Spielzeughersteller der Welt.«

Auch *der* Arthur Wilde, der schon lange tot war. Der, den Roman nie wirklich gekannt hatte. Ein Mann, der Millionen von Kindern Freude gemacht, doch für seinen einzigen Sohn und Erben kein Verständnis gehabt hatte.

»Auch der alte Herr ist unter seltsamen Umständen abgetreten, nicht wahr, Wilde?«

»Nein, Sir. Überhaupt nicht. Er hat aufgehört zu atmen und hat mir sein komplettes Vermögen hinterlassen.« Ihm, der nie etwas von Wildes finanziellem Imperium hatte haben wollen. »Und so bin ich also Teil dieses Etablissements geworden. Vanessa, wir müssen uns unterhalten.«

Sie warf ihm einen Blick zu, der ihn zum Schweigen bringen sollte. »Chester und Miles sind gerade aus Europa zurückgekehrt.«

»Genau.« Dupree drückte ihren Schenkel. »Miles kennt Gott und die Welt. Hat mir sogar eine Audienz beim Papst verschafft. Was sagen Sie dazu?«

»Nicht schlecht.«

»Tja, nicht wahr? War ihm so nah wie Sie mir jetzt. Miles brauchte nur ein Wort zu sagen, und schon saß ich da. Außerdem waren wir auch noch auf einer Party in Paris. Bei dieser Bridget Bardot. Sie wissen schon, engagierte Tierschützerin und so.« Er grinste. »Jedem das Seine, sag ich immer. Jeder Junge – und jedes Mädchen – hat ein anderes Lieblingsspielzeug. Sollte einem Spielzeugmacher doch gefallen, hm?«

Gleichzeitig fasziniert und angewidert starrte Roman den Mann an.

Miles, der durch einen Stapel Fotos geblättert hatte, warf eines dem Reverend zu und schlenderte in die Mitte des Raums. »Roman hat Geld, aber kein Geschäft mehr«, sagte er gelangweilt. »Er hat verkauft. Richtig, Roman?«

»Doch.« Zum ersten Mal, seit er den Raum betreten hatte, sah Roman Miles direkt an. Billy. Gut aussehend. Blond wie Junior. Blaue Augen, doch nicht das gleiche leuchtende Grünblau wie die von Junior – oder April.

»Die Duchess von York war auf der Party, auf der wir in London waren«, erzählte Dupree in wichtigem Tonfall. »Die würde ich auch nicht von der Bettkante stoßen.« Er ließ von Vanessas Schenkel ab und betrachtete das Foto, das Miles ihm gegeben hatte. Die Dame, die darauf zu sehen war, hätte es verdient, in einem Buch der Rekorde erwähnt zu werden. »Wow, seht euch nur diese Titten an. Besorg sie mir, Billy.«

»Mach ich«, sagte Billy.

In diesem Moment erklangen drei Klingeltöne. Vanessa stand auf. »Wir haben etwas Besonderes für den Reverend vorbereitet. Geoffrey, warum gehst du nicht mit ihm hinauf zu den Duschen?«

Geoffrey schüttelte den Kopf. »Chester ist viel lieber mit dir dort oben, Liebes«, sagte er freundlich. »Ich kümmere mich um unsere Angelegenheiten hier.«

Vanessa verengte die Augen. »Billy und ich haben diese Sache intensiv durchgesprochen.«

»Hey«, sagte der Reverend. »Werde ich in euer kleines Geheimnis eingeweiht?«
Geoffrey klopfte ihm freundschaftlich den Rücken. »Kein Geheimnis. Es geht nur um langweilige Haushaltsführung. Geh du mit Vanessa rauf, okay? Sie arbeitet immer so viel, dass sie ein bisschen Entspannung gebrauchen könnte.«
Dupree stand auf. »Dann voran, Gräfin. Ich sorge schon dafür, dass du dich prima amüsierst.«
Als sie gingen, warf Vanessa Geoffrey einen hasserfüllten Blick zu. »Wir unterhalten uns später.«
Die Tür fiel hinter den beiden zu. »Endlich«, sagte Geoffrey. »Jetzt bist du dran, Miles.«
»Die Party, von der das Arschloch gesprochen hat. In London. Ich hörte jemanden über eine Frau reden, die das FBI für gewisse Fälle einsetzt.«
»Ich dachte, es sei in Italien gewesen.«
Miles wirkte vorübergehend verwirrt. »Italien? Ach ja. Wir haben in so kurzer Zeit so viel unternommen. Dieses Ekelpaket ist unersättlich. Wenn er *es* nicht tut, dann guckt er zu oder winselt, bis er auch wieder an die Reihe kommt.«
»Du hast also in Italien etwas gehört?«, hakte Roman nach.
»Ja, genau.« Miles nickte. »Dieser Typ erzählte, dass er gewissen Operationen in die Quere gekommen ist. Hatte Klienten aus dem Mittleren Osten ein bisschen Spaß verschafft. Völlig harmlos, aber irgendein kleines Licht vom FBI muss was rausgekriegt haben und wollte ein bisschen Ruhm einheimsen.«
Roman schob die Fäuste in seine Taschen. So bestand

wenigstens keine Gefahr, dass er sie Miles ins Gesicht rammte.

»Wie auch immer«, fuhr Miles fort. »Dieser FBI-Heini schleuste eine Frau ein, die die Geschichte auffliegen lassen sollte. Soll sozusagen mit einer Kamera an unaussprechlicher Stelle ziemlich intime Fotos aufgenommen haben. Na ja, um es kurz zu machen: Die Dame nannte sich Phoenix und war rothaarig.«

»Und ihr denkt, dass es sich bei unserer Masseuse um dieselbe Phoenix handelt? Was für ein Unsinn. Sie würde ja wohl kaum zweimal denselben Namen verwenden.«

»Wir wissen ja, dass du die Kleine vögelst«, sagte Geoffrey. Seine Miene drückte Bedauern aus. »Leider, denn offenbar scheinst du nicht mehr klar denken zu können, Freund.«

»Und ich wiederhole: Laut Miles' Geschichte hat sie denselben Decknamen zweimal benutzt«, sagte Roman, der nun keine Schwierigkeiten mehr hatte, seine Wut unter Kontrolle zu halten. Er spürte nur noch kalte Verachtung. »Dafür hätte ich gerne eine Erklärung.«

»Also, der Typ in Italien«, begann Miles stammelnd, »hatte den Namen von einer Quelle, die er nicht nennen durfte. Während ihrer Operation hat sie sich wohl nicht Phoenix genannt.«

»Aber bei dieser tut sie es?«

Geoffrey schürzte die Lippen. »Augenscheinlich hat sie nicht vor, den Namen später noch mal zu benutzen. Jedenfalls müssen wir uns schützen. Das siehst du doch ein, oder?«

Roman schwieg einen Moment. »Natürlich. Wie wollen wir vorgehen? Soll ich versuchen, sie diskret auszuhorchen?«

»Auf gar keinen Fall!« Geoffrey trat zu einem der Tische und entkorkte eine geschliffene Karaffe. »Gerade dir muss doch klar sein, dass das Risiko viel zu hoch ist.«
»Phoenix muss von hier weg, Roman«, sagte Miles. »Sehr weit weg. Und wir möchten, dass du dich darum kümmerst.«
Roman musterte seine Fingernägel. »Und wohin soll ich sie schicken?«
»Tu nicht so verdammt blauäugig«, fauchte Geoffrey, der sich gerade einen Whiskey einschenkte.
»Mit anderen Worten, ich soll sie umbringen!«
»Um Himmels willen.« Miles packte Romans Arm.
Was ein Fehler war. Roman schüttelte ihn so heftig ab, dass er rückwärts taumelte und auf die weiße Couch plumpste.
»Ich werde nicht gerne von Männern angefasst«, sagte Roman leidenschaftslos. »Nun – kein Problem. Ich sehe ein, dass unsere Sicherheit absoluten Vorrang hat. Ich werde mich um die Sache kümmern.«
Miles rappelte sich mit gekränkter Miene auf. »Wann? Und wie?«
Roman ignorierte ihn und wandte sich direkt an Geoffrey. »Wir wissen nicht, ob sie mit jemandem zusammenarbeitet – was nicht unwahrscheinlich wäre. Ich brauche genug Zeit, um das herauszufinden.«
Geoffrey nickte.
»Das bedeutet, dass sie hier weiterarbeiten sollte, als ob nichts wäre. Können wir uns darauf einigen?«
»Hört mal, Vanessa will –«
»Halt den Mund, Miles«, sagte Geoffrey. »Okay. Alles geht

seinen gewohnten Gang, sodass sie gar nicht erst auf die Idee kommen kann, dass wir sie verdächtigen, richtig?«

»Ganz genau.«

Miles sah Geoffrey wütend an. »Vanessa will, dass sie sofort beseitigt wird.«

»Vanessa hat hier nicht mehr viel zu sagen. Roman, geh vor, wie du es für richtig hältst.«

»Das werde ich.«

»Was zum Teufel ist zwischen dir und Vanessa passiert?«, wollte Miles wissen. »Pierre weiß es, oder?«

»Pierre hat Vanessa und mir geholfen, zu einer Einigung zu kommen, mit der wir beide leben können. Mehr braucht ihr beide nicht zu wissen. Wenn ihr mich jetzt bitte entschuldigen würdet.«

»Ciao.« Roman atmete tief durch. Die Versuchung, die beiden jetzt und hier fertig zu machen, war groß, aber er hatte sich unter Kontrolle. »Ich sage Bescheid, wenn ihr euch die Leiche anschauen könnt.«

Wenn er sie anfasste, würde sie sich vermutlich mit Händen und Füßen wehren. »Jetzt komm zu mir und entspann dich endlich, ja? Lass dich in den Arm nehmen!«

Phoenix, die aufgebracht auf und ab wanderte, blieb stehen und sah ihn erbost an. »In den Arm nehmen? Du hast eingewilligt, mich umzupusten!«

»Für eine FBI-Agentin verwendest du aber unprofessionelle Ausdrücke.«

»Ich finde das gar nicht komisch.«

»Ich auch nicht. Ich bin so schnell wie möglich hergekommen, weil wir uns etwas einfallen lassen müssen.«

Das alte hellgrüne T-Shirt reichte ihr nur knapp über den

Slip. Als er hergekommen war, um Nasty abzulösen, hatte sie noch fest geschlafen. Ihre Fähigkeit, rasch wach zu werden, war bewundernswert. Genauso bewundernswert wie ihre schlanken, langen Beine oder das leichte Schaukeln ihrer Brüste.

»Phoenix, wir wissen genau, was sie vorhaben. Das sind doch gute Nachrichten!«

»Sie wollen mich umbringen! Tolle Nachrichten!«

»Aber *ich* soll es machen. Und sie sind überzeugt, dass ich es schon richtig machen werde. Das heißt, *wir* sitzen am längeren Hebel!«

»Und wenn irgendwas schief geht, bin ich dran!«

Er hatte ihre Reaktion vollkommen falsch eingeschätzt; natürlich hatte er ihr keine Angst machen wollen. »Süße, ich werde nicht zulassen, dass dir irgendetwas passiert!«

»Wie haben sie bloß herausgefunden, was ich vorhabe?«

Roman griff nach ihrer Hand und zog sie an sich. »Ich habe nicht die geringste Ahnung. Sie haben mir nichts gesagt. Sie haben auch April nicht erwähnt. Es hieß nur, dass du für das FBI arbeiten würdest.«

»Was für ein Blödsinn.« Ihre Augen funkelten. »Und sie haben wirklich geglaubt, dass du diesen Quatsch schluckst?«

»Sie halten mich nicht gerade für den Schlausten, Liebchen. Sie haben mich als Killer mit Kohle aufgenommen, der anderen ein paar Kicks verschaffen kann.«

»Dieser FBI-Quark ist bloß eine Ausrede«, murmelte sie. »Sie wissen, wo April ist.«

So konnte man es nennen. »Wenn sie das tun – und ich denke auch, dass dem so ist –, dann werden wir es ebenfalls herausfinden.«

»Aber woher wussten sie es?« Sie biss sich auf die Unterlippe. »Wie konnten sie überhaupt nur ahnen, dass ich irgendwas mit April zu tun habe? Es muss ihnen jemand gesagt haben.«
Er ließ langsam ihre Hand los. »Willst du damit andeuten, ich hätte es ihnen gesagt?«
Phoenix schlug sich eine Hand vor den Mund.
»Antworte, Phoenix.«
»Irgendjemand *hat* es gesagt. Mehr weiß ich nicht!«
»Und du denkst, ich könnte es gewesen sein?«
Sie machte einen Schritt auf ihn zu.
»Nein.« Roman wich zurück. »Das glaub ich einfach nicht!«
»Versetz dich doch einmal in meine Lage. Du hast keine Ahnung, von wo ich komme!«
»Ich fahre jetzt nach Seattle zurück«, sagte er. »Nasty wird herkommen. Und du legst dich besser wieder hin!«
»Roman, geh nicht, bevor wir nicht darüber gesprochen haben.«
»Darüber sprechen? Wenn ich jetzt nicht verschwinde, tu ich etwas, das ich später bereuen könnte!«
»Was denn?« Sie kam wieder näher. »Willst du mich schlagen? Oder umbringen?«
»Schlagen? Umbringen?« Seine Stimme war leise. »Wie kannst du so etwas überhaupt aussprechen!«
Sie griff sich mit zitternden Händen ins Haar. »Ich weiß nicht, was ich sage oder tue. Ich habe Angst, verdammt!« Tränen rannen über ihre Wangen. »Ich weiß vor Angst nicht, wo mir der Kopf steht.«
»Das merkt man. Ansonsten könnte ich auch nicht begreifen, wie du dem Mann, der dich liebt, solche Dinge

vorwerfen kannst.« Er zog sein Funkgerät aus der Tasche und bat Nasty zurückzukommen.
»Roman –«
Er schnitt ihr mit einer ungeduldigen Geste das Wort ab. »Wir werden uns noch unterhalten müssen. Aber nicht, bevor du entscheidest, ob wir Freunde oder Feinde sind. Es liegt an dir!«
»Geh nicht!«
Sie klang so niedergeschmettert, dass er es beinahe nicht schaffte, sich von ihr abzuwenden. »Du hast mich doch weggeschickt, Phoenix!«

DREIUNDZWANZIG

Aus dem Schlafzimmerfenster zu klettern war doch nicht das Kinderspiel gewesen, als das Phoenix es eingeschätzt hatte. Die Splitter der hölzernen Fensterbank, die sich in ihre Hände gebohrt hatten, behinderten sie beim Lenken ihres Wagens.

Sie hielt an der Tankstelle des Ortes und stürzte sich auf das öffentliche Telefon. Romans Anrufbeantworter sprang an. Seiner Stimme zu lauschen war wie ein Schlag ins Gesicht. Wie hatte sie nur so dumm sein können? Sie liebte ihn. Er liebte sie. Sie wusste es ganz tief in ihrem Inneren. Wie hatte sie nur ihrem Verstand erlauben können, sich in Herzensangelegenheiten zu mischen? Hatte sie denn noch immer nicht begriffen, dass all die antrainierten Vorsichtsmaßnamen hier nur hinderlich waren?

Die Ansage endete. »Ich bin's nur, Phoenix«, sagte sie gepresst. »Es tut mir Leid. Ich werde später noch mal –«

Es klickte. »Nicht auflegen!«, sagte Roman. »Wo bist du?«

»Past Peak. An der Tankstelle.«

»Wo ist Nasty?«

»Schläft. Ich habe gewartet, bis keine Kaugummiblasen mehr zu hören waren.«

Schweigen.

»Ich bin durchs Schlafzimmerfenster gestiegen.«

Wieder Schweigen.
»Ich habe solche Angst, Roman. Aber meine Liebe zu dir ist größer als meine Angst. Ich halte es nicht aus, wenn du mir böse bist!«
»Wenn ich dir sagen würde, dass ich dachte, du wärest diejenige, die mich umbringen sollte, wärest *du* mir dann böse?«
»Sei nicht albern!«
»Hm.«
»Roman – können wir uns unterhalten?«
»Sieh dich sorgfältig um.«
Die Haare in ihrem Nacken richteten sich auf. »Mach mir keine Angst.«
»Tu, was ich dir sage!«
Es war kurz nach acht am Morgen, und bis auf einen Jungen, der Papiertücher in die dafür bestimmte Plastikbox füllte, war niemand zu sehen. »Keine Menschenseele.«
»Du hättest nicht einfach so aus deiner Wohnung verschwinden dürfen.«
Nun war es an Phoenix zu schweigen.
»Fahr nach Seattle. Du brauchst höchstens eine Stunde. Wir treffen uns an einem Ort, der von meiner Wohnung weit entfernt ist. Ich muss sichergehen, dass dir niemand folgt.«
Sie war schon wieder den Tränen nahe. Aber sie wollte nicht, dass er sie weinen hörte. Sie hatte schon genug Schwäche gezeigt. »Sag mir, wohin ich fahren soll.«
»Kennst du das Westlake Center?«
»Ich werd's finden.«
»Da also. Fahr die Rolltreppe hoch. Falls du mich noch nicht gesehen hast, wenn du oben in der Lebensmittel-

abteilung bist, lauf herum. Trink einen Kaffee. Dann fahr wieder runter. Wenn nötig, mach das Ganze noch einmal.«

»Und dann?«

»Tu es einfach.« Er hängte auf.

Phoenix verließ die Telefonzelle. Es würde ein schöner, warmer Tag werden. Sie sah sich schaudernd um und rannte zu ihrem Auto.

Sie fuhr schnell. Die Straße war eng und kurvenreich, aber sie konnte das Tempo nicht drosseln. Sie wollte so schnell wie möglich zu Roman, um ihm zu erklären, dass sie nicht ganz sie selbst gewesen war, als sie ihn verdächtigt hatte.

Nur wenige Fahrzeuge befanden sich auf der Straße. Phoenix war die Strecke von Past Peak bis Seattle bisher noch nicht gefahren. Aber sie konnte sich von ihrer Ankunft her an das West Lake Center erinnern. Es würde nicht schwer zu finden sein.

Ein schwarzer Wagen bog aus einer Stichstraße ein und setzte sich hinter sie. Phoenix bemerkte die getönten Scheiben und verspürte erneut einen Anflug von Panik.

Das Radio knisterte und rauschte. Sie schaltete es ab.

Als sie eine längere Gerade erreichte, scherte ein weißer Camry hinter dem schwarzen Wagen aus und überholte erst diesen, dann Phoenix.

Der schwarze Sportwagen war nagelneu – und schnell. Warum überholte der Fahrer sie nicht auch?

Vor ihr lag die Abzweigung nach Redmond. Phoenix fuhr an den Randstreifen und blieb mit laufendem Motor stehen, während sie so tat, als würde sie etwas in ihrem Handschuhfach suchen.

Sie hörte, wie der schwarze Wagen sich neben sie schob. Und stoppte.
Ihr Motor setzte aus.
Phoenix schlug das Handschuhfach zu und blickte nach links.
Das Beifahrerfenster des schwarzen Wagens glitt geräuschlos herab und sie sah einen Mann mit einer schwarzen Skimaske und einer runden Brille.
Das Fenster glitt wieder hoch und der Wagen fuhr an – in Richtung Redmond.

Er war weg. Wirklich weg. Seit der Abzweigung nach Redmond hatte Phoenix jede Sekunde in den Rückspiegel geschaut, immer fürchtend, dass er wieder auftauchen würde, doch es war nicht geschehen.
Als sie sich schließlich Seattle näherte, wurde der Verkehr immer dichter, und Phoenix fühlte sich wieder sicher. Man hatte ihr Angst einjagen wollen, und das war ihnen gelungen, aber im Augenblick war die Gefahr vorbei. Gleich würde sie bei Roman sein.
Doch als sie auf die Innenstadt zufuhr, erkannte sie, dass sie Roman besser nach dem Weg gefragt hätte. Glücklicherweise ragte das Sheraton Hotel vor ihr auf, und sie fuhr auf die Auffahrt und fragte einen uniformierten Angestellten nach dem Westlake Center.
Der Verkehr war entsetzlich dicht, überall rote Ampeln. Als sie endlich ins Parkhaus unter dem Pacific Center neben dem Westlake fuhr, krampften sich ihre Hände so sehr um das Lenkrad, dass sie die Splitter längst nicht mehr spürte. Sie musste zu Roman, bevor er zu dem Schluss kam, dass sie nicht mehr auftauchen würde.

Eine Reihe nach der anderen war besetzt. Sie fuhr durch das Parkhaus, bis sie noch ein freies Plätzchen den Aufzügen gegenüber entdeckte.
Geduld – Geduld war das, was zählte. Panik war Unsinn. Roman würde nicht gehen, bevor sie nicht bei ihm war. Phoenix merkte sich das Parkdeck, steckte ihren Schlüssel in die Tasche und hastete auf die Aufzüge zu. Im Fahrstuhl drückte sie den Knopf zur Straße.
Die Türen glitten zu.
Phoenix blickte zu ihrem Wagen. Ein Mann lehnte sich an den Kofferraum. Er trug dunkle Kleidung, eine Skimaske und eine runde Brille.

Roman stützte sich mit den Unterarmen auf das Geländer im dritten Obergeschoss des Westlake Centers. Er hatte einen aufgeschlagenen Busfahrplan in der Hand. Von seiner Position aus konnte er jede Person sehen, die eine Etage tiefer auf die vollgestopfte Rolltreppe trat.
Es war weit über eine Stunde her, seit Phoenix ihn angerufen hatte.
Die Wut war verraucht. Er war bei ihr hereinmarschiert und hatte ihr verkündet, dass er ihr Mörder sein sollte, und sie hatte entsetzt reagiert. Er konnte es ihr nicht verübeln. Sie war es nicht gewohnt, sich in Kreisen zu bewegen, in denen das eigene Leben bedroht war. Er schon. Und wahrscheinlich hatte er gerade deshalb so heftig auf ihren vermeintlichen Vertrauensbruch reagiert.
Sie hätte längst hier sein müssen.
In diesem Moment sah Roman zwei Etagen unter sich rotes Haar aufblitzen. Rotes Haar und eine rote Sweatjacke. Erleichtert lächelte er. Er freute sich auf sie.

Den Busplan noch immer in der Hand, wandte Roman den Rolltreppen den Rücken zu und beobachtete die Menschenmenge im Spiegel der Schaufenster. Sie verließ die Rolltreppe, zögerte einen Moment und setzte sich dann in Richtung Lebensmittelabteilung in Bewegung.

Er bahnte sich einen Weg durch die Menge und schob einen Arm unter ihren Ellenbogen. »Ich dachte, wir nehmen den Metro-Bus«, sagte er freundlich. »Was meinst du?«

Sie sah mit großen Augen zu ihm auf. »Okay.«

Sie fuhren wieder abwärts zum Zwischengeschoss.

»Ich bin verfolgt worden.«

Er packte ihren Arm fester. »Bist du sicher?«

»Ja. Er ist verrückt. Total verrückt.«

»Wer?«

»Skimaske. Runde Brille.«

»Shit.«

»Ich war gerade aus Past Peak heraus, als er hinter mir auftauchte.« Sie klang atemlos. Sie liefen die Treppe zur Bushaltestelle hinunter. »Dann bog er in Richtung Redmond ab. Ich war sicher, dass ich ihn losgeworden bin, doch als ich im Fahrstuhl im Parkhaus stand, sah ich ihn wieder.«

Roman führte sie rasch in eine Gruppe wartender Menschen.

»Er ist mit dir im Fahrstuhl gewesen?«

Phoenix lehnte sich gegen ihn. »Nein. Er hat mich nur angesehen. Es ergibt zwar keinen Sinn, aber ich denke, er will mir nur Angst einjagen.«

Roman dachte nach. »Weil er dich längst hätte angreifen können?«

»Er hat mich bereits einmal attackiert! Er hätte mich töten oder vergewaltigen können, aber er hat nichts dergleichen getan. Und eben wäre es ein Leichtes gewesen, mir im Fahrstuhl etwas anzutun. Ich war allein.«

Was sie sagte, war logisch. »Der nächste Bus ist unserer.« Leise fuhr er fort: »Wir steigen im International District aus und fahren mit einem Taxi in meine Wohnung.«

Ein Bus rumpelte in den Tunnel der Haltestelle. Die Menschenmenge bewegte sich vorwärts, und Roman legte einen Arm um Phoenix' Schultern.

Der Stoß kam ohne Vorwarnung. Ein Stoß, der ihn zur Seite taumeln ließ.

Roman fuhr herum.

Ein Frau schrie.

Phoenix!

Ein Schrei aus Dutzenden von Kehlen ertönte, ein gigantisches kollektives Nach-Luft-Schnappen. Die einzelnen Körper, die Farben ihrer Kleider verschmolzen zu einer schwankenden Masse, die nach vorne drängte.

Roman quetschte sich hindurch und stürzte sich auf den roten Fleck, der in Zeitlupe zu fallen schien.

Scheinwerfer blitzten grell auf. Das Quietschen der Bremsen war ohrenbetäubend, als der Bus zu schleudern begann.

Phoenix schlug vor dem Bus hin und rollte weiter. Roman holte sie ein, riss sie in seine Arme und warf sich mitsamt ihrem Gewicht aus der Gefahrenzone.

Phoenix schlang ihre Arme um seinen Kopf, kurz bevor sie gegen die gekachelte Wand des Tunnels prallten. Sie sackten zu Boden und blieben einen Moment lang keuchend liegen.

Immer noch hielt sie schützend seinen Kopf umfasst. Roman drückte sie so fest, dass sie stöhnte. Trotzdem drückte er noch etwas fester.
»Jemand hat mich absichtlich von dir weggestoßen«, sagte er leise.
Sie nickte an seiner Brust. »Du hast mir das Leben gerettet. Diesmal wollte er meinen Tod. Und er wollte, dass du es siehst!«
Nur langsam drangen die aufgeregten Rufe der Menschenmenge in Romans Bewusstsein. Eine Horde Schaulustiger im Kielwasser, kam der Busfahrer auf sie zu.
»Ich hätte Sie überfahren können«, schrie der entsetzte Mann. »Was haben Sie sich eigentlich dabei gedacht?«
»Ich bin –«
»Sie ist gestolpert!«, unterbrach Roman sie schroff. »Beruhigen Sie sich. Es tut uns Leid, dass wir Ihnen einen solchen Schock versetzen mussten.«
Der Fahrer wischte sich den Schweiß aus dem Gesicht. »Sind Sie zu nah am Bahnsteigrand gewesen?«
»Wahrscheinlich«, erwiderte Roman. »Noch einmal – tut uns Leid. Wir sind alle ziemlich entsetzt. Können wir jetzt fahren?«
Einige Minuten später saßen die Passagiere im Bus, Roman und Phoenix eingeschlossen. Sie schmiegte sich an ihn und umklammerte seinen Arm.
»Er hat mich in die Kniekehlen getreten«, murmelte Phoenix. »Hast du ihn gesehen?«
»Nein. Aber wie hätte ich ihn auch erkennen sollen?«
Sie zog die Brauen zusammen.
Der Bus rollte an. »Phoenix, er wird sich kaum im Frühling mit seiner Skimaske unter normale Passanten mischen.«

»Nein, natürlich nicht. Ich habe nicht nachgedacht.«

Das tat Roman umso intensiver. Hatte er es vorher schon geahnt, so stand nun fest: Es war nicht der Peak Club, den sie am meisten zu fürchten hatten. Er hatte den Befehl erhalten, Phoenix zu töten. Aber wenn nur ein Mord passieren sollte, wieso gab es dann zwei Killer?

Vor ihnen lag der Tunnel.

Roman zog sie angespannt lächelnd in die Arme, und beide schauten aus dem Fenster.

In dem Moment, in dem der Bus in die dunkle Röhre fuhr, sahen sie den einzelnen Mann auf der Plattform, der ihnen zuwinkte. Er trug eine Strickmütze und einen Schutz über Mund und Nase. Seine Augen verschwammen hinter den dicken Gläsern seiner runden Brille.

Das Taxi hielt am Rand des Pike Place Market, und beide stiegen aus. Roman zog sie augenblicklich in einen Laden. »Komm. Wir kaufen ein Geschenk für Junior.«

Phoenix sah ihn entgeistert an. »Jetzt?«

Er nahm ein Plastikgebiss in die Hand und zog es an dem Metallschlüssel im Kiefer auf. Sofort wurde er mit wildem Geklapper belohnt.

»Das ist ja grässlich«, bemerkte Phoenix. »Junior würde sofort zu weinen beginnen.«

Er hörte gar nicht zu. Stattdessen konzentrierte er sich auf den dichten Strom der Menschen auf dem Platz vor dem Schaufenster.

»Junior ist zu jung für so etwas.« Phoenix hörte, wie ihre Stimme bebte. »Du bist nicht sicher, dass wir ihn abgehängt haben, nicht wahr?«

»Doch. Ich wollte mich nur noch mal vergewissern.«

Sie tippte einen Plastikkäfer an, der prompt loshüpfte, bis er mit einem echt aussehenden Huhn zusammenstieß. Das Huhn gackerte und nickte mit dem Kopf. Ein Ei plumpste aus einer rückwärtigen Öffnung.
Roman nahm ihre Hand. »Hier gibt es einen Hinterausgang. Komm.«
Der ausgemergelte junge Mann hinter dem Tresen blickte nicht einmal auf, als Roman sie in einen Lagerraum zog und dort eine Tür zu einer Gasse öffnete. Draußen sah er sich um, bevor er ihre Hand nahm und sich wieder in Bewegung setzte.
Nach einer scheinbar endlosen Wanderung durch ein Gewirr von Straßen hielten sie vor einem grün gestrichenen Tor. Roman schloss auf, und sie betraten den üppig bepflanzten Hof eines vierstöckigen Backsteingebäudes. Sie fuhren hinauf in die oberste Etage, die Roman, wie sie feststellte, ganz allein bewohnte.
Roman führte sie in eine riesige, äußerst spärlich möblierte Wohnung. Sie betraten helles, auf Hochglanz poliertes Parkett, das eine halbrunde Plattform um den etwas tieferen, mit dunkelgrünem Teppich ausgelegten Raum bildete. Eine komplette Wand bestand ausschließlich aus deckenhohen Fenstern, vor denen ein einzelner marineblauer Sessel stand.
»Wunderschön«, murmelte Phoenix und trat auf den Teppich. Kein Gebäude verstellte die Aussicht auf die Bucht, deren Wasser in der Sonne glitzerte. »Puget Sound?«
»Elliot Bay.«
Der Anblick der schneebedeckten Gipfel, die sich scharf gegen den blassblauen Himmel abhoben, fesselte sie. »Ich bin in New York aufgewachsen und kannte lange

Zeit nur Bilder von Bergen. Als ich das erste Mal die Alpen sah, war ich hingerissen, aber die Cascades sind auch umwerfend.«

»Das sind die Olympics«, klärte er sie auf. »Die Cascades sind hinter uns. Ich habe Wein oder Bier, kann aber auch Kaffee machen.«

Phoenix wandte sich zu ihm um. Obwohl er nur ein leicht zerknautschtes, staubiges weißes Baumwollhemd und eine ausgewaschene Jeans trug, gelang es ihm, seine außergewöhnliche Umgebung verblassen zu lassen. Die Spätfrühlings-Sonne hatte seiner ohnehin schon gebräunten Haut einen frischen Schimmer verliehen, und seine Augen wirkten blauer denn je.

Phoenix spürte, wie die Glut in ihrem Inneren blitzartig angefacht wurde.

Begierde.

Ein Gefühl, das sie nicht gekannt hatte – bis Roman in ihr Leben getreten war.

Mit leicht geneigtem Kopf erwiderte er ihren direkten Blick.

Himmel, Phoenix war so scharf auf ihn.

»O Gott.« Sie drehte sich wieder zum Fenster um, diesmal jedoch, ohne die fantastische Aussicht wahrzunehmen.

Eine Hand legte sich auf ihre Schulter. »Hast du immer noch Angst?«

»Nicht so, wie du meinst.«

Seine Hände strichen über ihre Oberarme. »Sag mir, was los ist, Liebes. Ich will dir helfen.«

Phoenix schloss die Augen. »Ich habe Angst vor den Gefühlen, die du in mir weckst.«

Seine Hände verharrten.
»Sobald ich dich sehe, bin ich scharf auf dich«, sagte sie leise. »Die kühle Phoenix hat sich in ein Sexmonster verwandelt.«
Er lachte nicht.
Sie auch nicht.
Sehr sanft zog er sie zurück an seine Brust und schlang die Arme von hinten um sie. »Ich bin ein glücklicher Mensch, weil ich dich habe. Ich hätte durchs Leben gehen können, ohne dir zu begegnen. *Dieser* Gedanke jagt mir Angst ein!«
»Vielleicht bereue ich bald, dir das gesagt zu haben«, fuhr Phoenix fort, »aber ich habe noch keinen anderen Mann begehrt. Ich meine, mir ist noch keiner begegnet, der in mir den Wunsch geweckt hätte, alles zu geben. Verstehst du, was ich meine?«
Seine Hände glitten unter ihre Sweatjacke und legten sich über ihre Brüste. Sie spürte sein Nicken an ihrem Hinterkopf.
Phoenix griff nach seinen Handgelenken. »Wir müssen uns darüber klar werden, was wir als Nächstes tun, richtig?«
»Hm-mm. Hast du Hunger?«
»Nein.«
»Ich auch nicht. Wein?«
»Einen Schluck. Wenn du weißen hast.«
»Komm mit.«
Die Küche, ganz aus Granit und Stahl, wirkte unbenutzt. Er öffnete den beinahe leeren Kühlschrank und holte eine Flasche Chardonnay heraus, die er mit dem Korkenzieher seines Taschenmessers öffnete. Er besaß nur ein

Glas – roter Kunststoff, an dessen Rand Weihnachtsmänner lächelten.
»Es gibt noch einen Becher«, bemerkte er und öffnete die Geschirrspülmaschine, in der außer besagtem Becher kaum etwas anderes stand.
»Trinken wir zusammen aus dem Weihnachtsmann«, sagte Phoenix mit einem Lächeln. »Hast du vor, diese wundervolle Wohnung irgendwann mal in ein Zuhause zu verwandeln?«
Er schenkte ein und blickte ihr in die Augen. »Sie gefällt dir?«
»Natürlich.«
»Dann machen wir ein Zuhause daraus. Es gibt vier Zimmer und drei Bäder. Der Architekt hat diese Wohnung für sich selbst entworfen, ist dann aber doch nicht eingezogen.«
Dann machen wir ein Zuhause daraus. »Ich wünschte, wir könnten vergessen, was um uns herum geschieht.« Augenblicklich hatte sie ein schlechtes Gewissen, weil sie den Gedanken an April verdrängen wollte. »Aber das geht natürlich nicht.«
»Nein.« Er verließ die Küche und winkte ihr. »Folgen Sie mir, Madam. Der Rundgang geht hier weiter.«
Sie kamen nur bis zum ersten Zimmer. Dort hatte er die paar Dinge gelagert, die die Wohnung wahrscheinlich etwas heimischer machen sollten.
»Du hast ja noch gar nichts ausgepackt.« Erstaunt beäugte sie den Stapel Umzugskisten und das bezogene Klappbett, das eher einer Campingliege glich und sorgfältig wie in einem Hotel aufgedeckt war. »Schläfst du darauf?«
Er zuckte die Achseln und stellte den Wein auf den

Karton, der als Nachttisch diente. »Ich hatte bisher kaum Zeit, um einzukaufen«, sagte er verlegen.
Phoenix grinste, streifte ihre Sweatjacke ab, zog ihre Turnschuhe aus und kletterte aufs Bett. Sie lehnte sich mit dem Rücken gegen eines der großen Kissen. »Komm«, sagte sie und klopfte einladend neben sich. »Es hat was von Zelten und Abenteuerurlaub!«
Roman zögerte.
»Komm schon.« Phoenix grinste noch immer.
Schließlich zog Roman die Schuhe aus und setzte sich neben sie. »Die Sonne zieht sich zurück«, bemerkte er mit Blick auf die Fensterfront, an der genau wie im Wohnzimmer die Vorhänge fehlten. »Es sieht nach Regen aus.«
»Von mir aus.« Phoenix schmiegte sich an ihn. »Ich mag Regen.«
Als hätte der Himmel sie gehört, warfen dicke, dunkle Wolken dramatische Schatten auf das Wasser der Bucht, und die ersten Tropfen platschten gegen das Fenster.
Roman hielt ihr das rote Glas hin und nahm seine Hand nicht weg, als sie es umfasste. Sie legte ihre Finger über seine und sah ihm in die Augen.
»Bleib draußen, Welt«, seufzte sie.
Er schnitt eine Grimasse. »Das geht leider nicht. Es gibt ein paar Dinge, die ich dir sagen muss.«
»Du musst mir nichts sagen.«
»Phoenix, es darf keine Geheimnisse zwischen uns geben. Nicht, wenn die Sache mit uns funktionieren soll.«
Sie berührte seinen Mund und strich mit ihrem Zeigefinger über seine Unterlippe. Er nahm den Finger zwischen die Zähne und kitzelte ihn mit der Zunge.

Phoenix spürte die Schmetterlinge im Bauch. Das Denken fiel ihr schwer. »Warum hast du Junior nicht hier bei dir? Dusty hat doch nicht das Sorgerecht, oder?«

»Nein. Aber ich fürchte, dass sie hier vielleicht nicht sicher genug ist. Ich bin keiner von denen, Phoenix. Ich gehöre nicht zu den Leuten vom Peak Club.«

»Du bist einer der Partner.«

»Nur, weil ich etwas erreichen will.«

Sie konnte sich nicht dazu durchringen, ihn zu fragen, was genau er erreichen wollte. »Ich bin wirklich nur hier, um nach April zu suchen. Es gibt keinen anderen Grund. Vielleicht werde ich demnächst auch wieder als Rechtsanwältin arbeiten.«

»Ich kann mir dich gut vor Gericht vorstellen – Gott gnade der Gegenpartei.«

»Wieso bist du zu den SEALs gegangen?«

»Um meinen Vater zu ärgern.«

Sie nahm ihm das Glas ab und trank einen Schluck. »Kamst du nicht besonders gut mit ihm aus?«

»Ich habe ihn gehasst!«

»Da haben wir ja etwas gemein.«

»Mein Vater hat mit Spielzeug ein gigantisches Vermögen verdient. Meine Mutter war schon reich, bevor sie heirateten. Ihr Geld war für ihn Starthilfe, doch es waren seine eigenen Erfindungen, die Arthur Wilde ganz groß machten.«

»Arthur Wilde.« Sie riss die Augen auf. »Doch nicht *der* Wilde – oh, ja, aber natürlich. Wilde Toys. Das ist dein Vater?«

»War. Er ist vor ein paar Jahren gestorben. Er konnte mich genauso wenig leiden wie ich ihn. Meine Mutter mochte mich schon, aber sie hing an der Flasche. Vor dir siehst du eine Waise. Welch ein Elend, was?«

Phoenix kannte die Masche, den eigenen Kummer ins Lächerliche zu ziehen, nur allzu gut. Und deswegen antwortete sie mit ernstem Gesicht. »Es *ist* ein Elend. Und furchtbar traurig. Kein Kind dürfte so allein gelassen werden – und man muss nicht einmal allein *sein*, um sich verlassen zu fühlen. Es reicht, wenn man ignoriert wird. Oder im passenden Moment benutzt, dann wieder weggestoßen wird.«

Er hielt die Hand wie zu einer Wortmeldung hoch. »Das bin ich, Ma'am. Im passenden Moment benutzt, dann weggestoßen. ›Das ist unser Sohn, Roman. Roman, gib Mr. und Mrs. Sowieso brav die Hand. Und knall die Tür nicht, wenn du gehst.‹ Und als ich einmal die Tür tatsächlich knallen ließ, verprügelte mein Vater mich so sehr, dass ich nicht in die Schule gehen konnte, sondern drei Tage lang auf dem Bauch im Bett liegen musste.«

Phoenix ballte die Fäuste. »Und deine Mutter hat sich nicht eingemischt?«

»Nein. Sie trank einfach immer mehr Gin Tonic.«

»Wir haben wirklich eine ganze Menge gemein«, sagte sie voller Bitterkeit. »Nur, dass meine Mutter genau wie mein Vater Bier trank und beide nie im Leben einen Penny besessen haben.«

»Vater wollte, dass ich das Geschäft übernahm. Und ich ging direkt nach dem College zur Navy. Danach bewarb ich mich bei den SEALs.«

»Und warum hast du die Armee jetzt verlassen?«

Er nahm ihr das Glas ab, trank es aus und stellte es auf den Karton. »Weil verschiedene Dinge passiert sind.«

»Junior?«
»In gewisser Weise.« Er richtete seine unfassbar blauen Augen auf sie. »Es war Zeit für einen Karriereschritt.«
»Aber das Geschäft deines Vaters wolltest du trotzdem nicht übernehmen?«
»Ich hatte den Laden schon verkauft – kurz nachdem mein Vater gestorben ist. Er fuhr von einer Brücke und ertrank. Meine Mutter starb zwei Jahre vor ihm – man beschuldigte ihn, sie erschossen zu haben, doch er wurde von jeder Schuld freigesprochen. Hast du nichts von dem Fall gehört?«
»Doch, da klingelt etwas.« Sie wollte ihn in ihren Armen wiegen. »Man war sich nicht einig, ob es Selbstmord war oder nicht, richtig?«
»Ja. Aber ich denke, es war Selbstmord. Ich denke auch, dass mein Vater deswegen so aggressiv gewesen ist, weil er sich insgeheim wie ein Parasit fühlte, dass er das Geld meiner Mutter verwenden musste. Und ich glaube, dass er sie geliebt hat. Ende des Themas.«
Ende des Themas. Er musste derjenige sein, der entschied, wann und wie viel er über seine Vergangenheit erzählen wollte. Sie kannte das. »Und wieso bist du darauf gekommen, dich in den Peak Club einzukaufen?«
»Zu dem Zeitpunkt schien es richtig. Übrigens wollte ich noch erwähnen, dass ich gestern Ilona getroffen habe.«
Phoenix zog ihre Füße unter und sah ihn aufmerksam an.
»Im Club?«
Er nickte. »Im Fahrstuhl der VIP-Abteilung.«
»Was hat sie gesagt?«
Er betrachtete sie abschätzend. »Nichts. Und das macht mich so stutzig. Sie hat mich zwar angesehen, aber nicht

wie üblich. Es war, als würde sie mich plötzlich für gefährlich halten.« Er zog sie in seine Arme. »Ach, ich weiß es auch nicht. Wahrscheinlich fange ich schon an, mir Dinge einzubilden. Aber ich denke schon, dass wir ihr gegenüber misstrauisch bleiben sollten. Vielleicht hat sie dich nur deswegen beiseite genommen, weil sie im Auftrag von Vanessa und Geoffrey herausfinden wollte, was du über April weißt.«
Sie legte ihren Kopf an seine Brust. »Kann sein, dass sie den beiden gesagt hat, warum ich im Club bin.«
Er strich ihr übers Haar. »Ich habe mich aus demselben Grund in den Club eingekauft, aus dem du dich hier als vermeintliche Jobbewerberin vorgestellt hast.«
Phoenix spreizte die Hand auf seiner Brust. »Aus demselben Grund? Ich hatte aber keinen Karriereschritt im Sinn.«
»Ich auch nicht.«
»Was denn?« Sie rückte ein bisschen ab, um ihn ansehen zu können. »Was willst du mir sagen?«
»Auch ich bin wegen April hier.«
Phoenix schluckte, dann begann sie zu husten. Es dauerte eine Weile, bis sie wieder sprechen konnte. »Ich … ich verstehe nicht.«
»Es ist auch nicht ganz einfach. Ich traf April letztes Jahr in Mexico. Nicht weit von Tijuana. In der Wüste.«
Der plötzlich einsetzende heftige Regen ließ Phoenix' Kopf herumfahren. Das Wasser strömte über die Scheiben. »In Mexiko?«, fragte sie ruhig. »Aber dann hast du ihre Spur verloren.«
Er zog die Decke, auf der sie saßen, unter ihnen hervor und breitete sie über ihre Beine aus. »Es wird ziemlich kühl, nicht?«

»Du hast ihre Spur verloren und bist nach Past Peak gekommen, um sie zu suchen.«

»Ich bin nach Past Peak gegangen, um mehr über sie herauszufinden.«

Was sollte diese Unterscheidung? »Und warum? Hast du … Ich meine, jeder Mann, der April begegnet, will etwas von ihr!« Sobald die Worte heraus waren, schämte sie sich dafür.

»Ich wollte nichts von ihr. Nicht in diesem Sinne. Dazu war auch keine Zeit.«

Phoenix rollte sich herum und kniete sich neben ihn. »Sag's mir. Was willst du herausfinden? Warum bist du in den Club gekommen?«

Sein Blick fixierte ihren Mund, dann senkte er die Lider. Er schwieg.

»Roman.« Sie legte ihm zärtlich die Hände an die Wangen, bis er sie wieder ansah. »Warum bist du ihr bis Past Peak gefolgt? Und was wolltest du herausfinden?«

Er löste ihre Hände behutsam und hielt sie zwischen seinen fest. »Ich bin nach Past Peak gegangen, um herauszufinden, wo alles begonnen hat. Und was geschehen ist, bevor sie sich auf die Reise gemacht hat, die sie schließlich in die mexikanische Wüste führte.«

Die Angst schnürte Phoenix die Kehle zu, und sie begann schneller zu atmen. »Weißt du, wo sie jetzt ist?«

»In gewisser Hinsicht ja.« Er schloss die Augen. »Sie ist tot!«

VIERUNDZWANZIG

Die beiden Teenager auf dem Foto lächelten siegessicher. Es war, als wollten sie den Betrachter überzeugen, dass sie sich durch nichts unterkriegen lassen würden. Phoenix wirkte sehr schlaksig mit ihren sechzehn Jahren, war jedoch bereits eine Schönheit. Schon damals war ihr Haar eine wilde rote Mähne gewesen.

April Clark hatte ein Gesicht und eine Figur, mit denen man ein Vermögen hätte verdienen können. Roman musterte das Bild und wusste, dass ihr Aussehen ein Grund dafür gewesen war, dass sie schließlich hatte sterben müssen. Honigblondes, glänzendes Haar. Die Augen von einem tiefen, klaren Blau. Ein voller, lachender Mund, den zwei Grübchen zierten. Und obwohl erst sechzehn, war ihr Körper bereits voll ausgebildet gewesen.

Roman drehte das Foto um und las »April und ich, Coney Island«.

Die Tür zur Damentoilette im *Round the Bend* öffnete sich, und Phoenix kam heraus. Roman schob das Bild, das sie ihm gegeben hatte, wieder in die Innentasche seiner Jacke.

Vierundzwanzig Stunden waren vergangen, seit sie vom Tod ihrer Freundin erfahren hatte. Erst hatte sie geweint, bis sie keine Tränen mehr übrig hatte. Dann war sie eingeschlafen. Die Stunden, die er sie im spartanischen Schlafzimmer seiner Wohnung im Arm gehalten hatte, waren die schönsten gewesen, die er je erlebt hatte. Die schönsten und die bittersten. Bis jetzt hatte er es vermeiden können, ihr zu sagen, wie April gestorben war, und er hatte ihr auch noch nicht gestanden, dass Junior Aprils Tochter war. Noch hatte er den Mut nicht gefunden, und noch wusste er nicht, wie er ihr die Wahrheit am schonendsten beibringen konnte.

Der Kummer in ihren Gesichtszügen war ein wenig verblasst, doch die Ränder unter ihren Augen verrieten, was sie durchmachte. Sie kletterte auf den Barhocker neben ihn.

»Wie geht's dir?«, flüsterte er und nahm ihre Hand.

»Ich fange an, wütend zu werden. Vielleicht ist das ein gutes Zeichen.«

Und vielleicht verdammt gefährlich. »Wütend worüber?«

Sie schnaubte. »Das weißt du. Diese Leute haben etwas mit Aprils Tod zu tun, nicht wahr? Deswegen bist du hier, und deswegen wollen sie mich loswerden. Sie haben Angst, dass ich Ärger mache und ihnen ihr kleines Geschäft verderbe.«

»Tja, ich denke, dass du das ganz gut zusammengefasst hast.« Die Sorge um sie wuchs beständig. »Versprich mir, dass du nichts unternimmst, was wir nicht besprochen haben.«

Sie griff nach dem Becher mit Kaffee, den Zelda ihr gebracht hatte. »Erzähl mir, wie es passiert ist.«

»Sie ist nicht … sie war nicht allein, als sie starb.«

»Du warst bei ihr?«

»Ja, wie ich schon sagte.«

»Und warum erzählst du mir nicht auch den Rest?«

»Gib mir etwas Zeit, Phoenix.« Als ob die Zeit die Wahrheit erträglicher gemacht hätte!

»Aber ich muss es Rose sagen.«

»Noch nicht!« Er senkte die Stimme. »Du darfst es unter keinen Umständen weitererzählen, okay?«

»Okay.« Sie setzte den Becher ab. »Sie haben wohl einen guten Grund, mich beseitigen zu wollen.«

Roman rollte die verspannten Schultern. »Versprich es mir, Phoenix. Du unternimmst nichts ohne mich.«

»Ich habe nicht vor, Dummheiten zu machen.«

»Versprich es mir!«

»Ich verspreche es.«

Er seufzte erleichtert. »Danke. Deine Freunde scheinen übrigens in Feierlaune zu sein.«

Len, der kaum seinen Blick von Phoenix abwenden konnte, war schon im *Bend* gewesen, als sie angekommen waren. Er hatte bereits mehrere Runden Drinks gegeben und darauf bestanden, dass auch Roman und Phoenix etwas auf ihn tranken.

»Hey, Mort.« Phoenix winkte dem Mann. »Was ist denn los?«

»Len«, sagte Mort und grinste achselzuckend. »Die Geschäfte gehen offenbar gut.«

Phoenix wandte sich an Roman. »Ihm gehört das *Up the Creek*.«

»Ja, ich weiß. Der Fernfahrertreff außerhalb der Stadt.«

»Wie's aussieht, brauchen sie den Laden jetzt für einen Kinofilm«, fuhr Mort fort. »Die Produktionsfirma hat Len so viel Geld bezahlt, dass er vielleicht sogar ganz aus dem Geschäft aussteigt und in etwas anderes investiert. Was sagt ihr dazu?«

»Klingt toll.« Phoenix hob den Becher und prostete Len zu. »Herzlichen Glückwunsch«, rief sie zu ihm hinüber.

Sein Grinsen verrutschte ein wenig, doch er rief zurück: »Danke, Liebes. Lass mich dich zum Essen einladen, ja? Und deinen Bruder natürlich auch, wenn er mitkommen will.« Der Blick, den er Roman zuwarf, war alles andere als freundlich.

Eine bekannte Stimme lenkte Romans Aufmerksamkeit auf den Fernseher, der oberhalb der Bar angebracht worden war.

»Chester Dupree«, murmelte Roman. »Der Kerl ist ein echtes Schwein.«

»Beleidige die Schweine nicht«, erwiderte Phoenix.

»Der Papst wollte hören, was ich zu sagen habe«, verkündete Chester gerade. »Wir unterhielten uns über eine Stunde lang, Brüder und Schwestern. Diese schreckliche Welt bringt Alt und Neu zusammen. Die alte Kirche ist ausgelaugt und besorgt. Sie sucht nach Inspiration und Rat. Ich bin die neue Kirche. Reverend Chester Dupree und die Kirche der Einzig Erlösten sind die neue Welle und wir laden euch alle ein, auf dieser himmlischen Welle zu reiten. Wir laden euch alle ein, mit uns zu den Ufern des Paradieses zu reisen!«

»Unglaublicher Mist«, brummte Roman.

»Bridget Bardot – ihr kennt sie doch alle, nicht wahr? Ihre Sorge gehört den Tieren, den schwachen, rechtlosen Tieren, die nicht für sich selbst kämpfen können. Ich ziehe meinen Hut vor ihrem Engagement, aber ich, ich kämpfe für die Rechte meiner Brüder und Schwestern!«

Dupree deutete in die Kamera. »Du und du. Und du. Ich will eure Seele für den Herrn!«
»Dieser Mistkerl. Dieser verlogene, scheinheilige, widerwärtige Mistkerl!«, zischte Phoenix.
»Nun werde ich einen neuen Kreuzzug starten. Das letzte Jahr hat uns gezeigt, dass die braven Menschen hier in unserem Land ihre Gottesfürchtigkeit nicht verloren haben. Schlichte, ehrliche Leute, die nichts weiter wollen, als sich im Dienste des Guten zusammenzuschließen.«
Len, der einen Arm um Nellie geschlungen hatte, stieß einen Jauchzer aus. »Noch eine Lokalrunde auf mich, Freunde.«
»Ich glaube, dass unser lieber Leonard ein bisschen angeheitert ist«, bemerkte Zelda mit ihrem charmanten Akzent. »Da werden wir wohl einen Übernachtungsgast haben.«
»Das scheint mir auch so«, sagte Phoenix.
Inzwischen predigte der Reverend weiter. »Ich komme wieder. Ich kehre zurück zu den Wurzeln dieses wundervollen Landes. In seinem Herzen finde ich die Inspiration und die Kraft, um weiterzumachen. Und ich weiß, dass ihr alle mir helfen werdet, mein Werk zu vollenden. Die Telefone sind besetzt, meine Brüder und Schwestern. Ruft an. Ruft an aus Iowa. Nebraska. Kansas. Helft mir, zu euch zurückzukehren. Helft mir, und ich bringe euch die Erlösung.«
Der Kanal wechselte zu einem Boxkampf.
»Gott sei Dank«, sagte Phoenix. »Ein widerlicher Kerl.«
»Na so was«, sagte Mort und stellte sich auf Zehenspitzen, um über Roman hinwegsehen zu können. »Seht mal, wer da ist. Erst lässt er sich nie hier blicken, und dann kommt er an einem Abend gleich zweimal.«

Roman und Phoenix drehten sich gleichzeitig um.
Web bahnte sich seinen Weg durch die besetzten Tische hindurch zur Bar. Und zu Phoenix.
»Rose meinte, Sie hätten ihr gesagt, dass Sie hier zu finden sind.« Er nickte Roman zu, wandte den Blick aber rasch wieder ab. »Die Polizei war auf Belle Rose. Wir dachten, Sie wollten vielleicht wissen, was sie herausgefunden hat.«
Roman beugte sich vor. »Nett, dass Sie gekommen sind. Was hat die Polizei den gesagt?«
»Man weiß jetzt, was in der Flasche war. Sie wissen schon – die Flasche, die Evangeline zusammen mit den Fotos mitgebracht hat.«
Phoenix nickte.
»Wahrscheinlich hat es ja nichts zu bedeuten.« Web fuhr sich durch den wirren Wust aus orangerotem Haar. »Harte Kontaktlinsen. Gemahlene harte Kontaktlinsen. *Das* war in der Flasche.«
Roman sah Phoenix an, die die Stirn runzelte und die Achseln zuckte. »Sagt mir nichts.«
»Und die dicke Brille«, sagte Roman, beinahe zu sich selbst. »Wenn das irgendein Markenzeichen sein soll, dann verstehe ich es nicht.«
»Hmja, ziemlich komisch, nicht?« Web schüttelte den Kopf. »Der Typ ist bestimmt durchgedreht. Ich möchte ihn aber trotzdem in die Finger kriegen. Evangeline ist noch immer ganz durcheinander.«
»Kein Wunder«, sagte Phoenix. »Würden Sie gerne etwas trinken?«
Web sah sie überrascht an. »Ähm … vielleicht eine Limonade, wenn es okay ist.«
Roman winkte Mort. »Eine Limonade, bitte.«

»Die Bullen meinten, dass wirklich einer oben auf der Windmühle war«, fuhr Web in vertraulichem Tonfall fort. »Hat wahrscheinlich von da aus die Fotos von Phoenix gemacht.«

»Denk ich auch«, stimmte Roman zu.

»Hat jemand rausgefunden, wer das war, der vorhin aus der Kurve geflogen ist?«, fragte Web plötzlich. »Muss 'n übler Unfall gewesen sein.«

Mort stellte ein Glas mit Limonade auf die Theke. »Aus der Kurve geflogen? Wo denn?«

Web deutete hinter sich. »Nicht weit von der Stadtgrenze. Diese scharfe Kurve in der Nähe dieses Clubs, von dem ihr immer alle redet. Hab nur gehört, dass es 'ne Stunde gedauert hat, die Insassen aus dem Wagen zu holen.«

»War es denn jemand von hier?«, fragte Len, der näher an Phoenix herangerückt war. »Von wem hast du das gehört?«

»Von der Polizei. Die auf Belle Rose war.«

Mort nahm den Hörer vom Telefon hinter der Bar auf. »Wenn es einer von hier war, sollten wir es wissen. Wer weiß, ob jemand Hilfe braucht.«

Zelda stellte zwei Gläser Bier auf die Bar und ging zu Mort. Sie stellte den Fernseher leiser, wodurch auch die Gespräche im Lokal langsam zu einem Murmeln abebbten.

»Steve? Mort hier. Hast du was von einem Unfall heute Abend gehört?«

Nellie kam mit einem Grüppchen Männer ebenfalls heran. Ihre Assistentin Tracy hing am Arm eines großen Kerls mit rasiertem Kopf und verschiedenen Piercings in verschiedenen Körperteilen.

Mort lauschte in den Hörer und gab gelegentlich bestätigende Laute von sich.

»Mit wem spricht er?«, wollte Tracy wissen.

»Mit Steve Oker«, erklärte Len. »Freiwillige Feuerwehr. Weiß immer über alles Bescheid.«

Mort hängte mit grimmiger Miene ein. »Kein Einheimischer«, erklärte er der Ansammlung von Leuten am Tresen. »Der Wagen ist von der Straße abgekommen und den Hang runtergekracht. Unten hat er Feuer gefangen.«

»Ach, du lieber Himmel«, murmelte Nellie. »Wie viele waren es?«

»Nur einer.«

»Einer zu viel«, sagte Roman.

»Offenbar ist einer dem Wagen in die Seite gefahren. Auf der Straße war Gummiabrieb zu sehen.«

»Aber es hat niemand angehalten?«, fragte Phoenix.

»Steve meint, dass es vielleicht kein Unfall war.«

Im Raum wurde es total still.

Phoenix griff nach Romans Hand und schob ihre Finger in seine. Ihr Gesicht war aschfahl.

»Ist es jemand, den wir kennen?«, fragte Roman so beiläufig wie möglich.

»Es war wohl eine Frau, die im Club arbeitete. Eine Wahrsagerin oder so. Ilona?«

Roman spürte, wie Phoenix' Hand schlaff wurde. Er rutschte vom Hocker und schlang ihr einen Arm um die Taille. »Ganz ruhig«, sagte er leise. »Ich bin bei dir.«

»Ilona!« Zelda schlug sich gegen die Stirn. Sie schien den Tränen nah. »Was ist bloß mit mir los? Oh, die arme Frau. Sie war noch mal hier, Phoenix. Ich hab schon wieder vergessen, es dir zu sagen.«

»Wann?«, wollte Roman wissen.
»Es ist noch nicht lange her.« Zelda schluckte. »Vielleicht etwas über eine Stunde.«
Phoenix umklammerte den Rand der Theke mit beiden Händen. »Was wollte sie?«
»Dich sehen. Oh, sie sah so besorgt aus – und irgendwie ängstlich. Ich sollte dir unbedingt sagen, dass du dich auf gar keinen Fall auf irgendwelche Reisen schicken lassen sollst. Tja, und dann ist sie wieder gegangen.«

Dusty ließ sie herein und ging direkt ins Wohnzimmer, in dem sich bereits Nasty befand. Er saß auf einem Stuhl und hielt ein Sandwich in der Hand. »Hast du meine Nachricht bekommen?«, fragte er. »Wir müssen uns ein paar Gedanken machen. Nicht wahr, Dust?«
Dusty nickte und warf Phoenix einen Blick zu. »Setzen Sie sich, Kind, bevor Sie umfallen.«
Sie ließ sich von Roman zur Couch führen. Nasty hatte einen Zettel in ihrer Wohnung hinterlassen, dass er bei Dusty auf sie warten würde. Sie fühlte sich plötzlich zu Tode erschöpft. »Ilona ist wegen mir gestorben, nicht wahr? Wir haben einen Fehler gemacht. Sie war nicht auf *deren* Seite. Und jetzt haben sie sie aus dem Weg geräumt, weil sie Angst hatten, dass sie mir etwas über April erzählen würde.«
»Das können wir aber nicht mit Sicherheit sagen«, wandte Roman ein.
Phoenix lehnte sich zurück und schloss die Augen »Doch, das können wir. Und wir werden ihnen das Handwerk legen.«
Ein Maunzen ließ sie überrascht die Augen aufreißen. Mel

sprang auf die Couch und stakste auf Phoenix' Schoß zu. Sie sah zu Nasty, der die Achseln zuckte. »Ich dachte, Junior würde sich vielleicht freuen. Sie mag Katzen.«

Phoenix strich dem schnurrenden Kater über den Rücken. »*Du* magst Katzen. Du magst Tiere und Babys und hilflose Frauen. Du bist nicht annähernd so tough, wie du andere glauben machen willst.«

»Ich bin weich wie ein Marshmallow«, sagte Nasty mit vollkommen ausdrucksloser Miene. »Frag Roman.«

»Klar«, erwiderte Roman. »Genau das. Dusty, Phoenix bleibt hier, bis ich sie von hier wegbringen kann.«

Ihr Kopf fuhr hoch. »Ich gehe nirgendwo hin.«

»O doch. Und ob du –«

Nasty ließ Roman nicht aussprechen. »Du *wirst* weggehen. Das Klima hier ist nicht gut für deine Gesundheit.«

»Ich gehe morgen früh wieder in den Club.«

»Ganz sicher nicht, Mädchen«, meldete sich Dusty zu Wort. »Diese Leute sind eine Nummer zu groß für Sie. Roman weiß, wie man mit ihnen umgehen muss.«

»Roman ist aber nicht mein Vormund.«

»Dafür ist er stärker als du«, erwiderte Nasty.

Sie sah die drei Männer nacheinander an. »Ihr alle wisst, dass April meine beste Freundin war. Und ihr wisst, dass sie wegen der Leute im Club hat sterben müssen. Glaubt ihr ernsthaft, dass ich mich jetzt davonstehle, ohne dafür gesorgt zu haben, dass sie dafür bezahlen müssen?«

»Sie sollen ja nur die Heldentaten den Leuten überlassen, die wissen, wie man solche Dinge handhabt!«, sagte Dusty.

»Ich glaube, die Lady will einfach nicht verstehen«, sagte Roman ruhig. »Phoenix, du bist hier nicht mehr sicher.«

»Niemand ist hier mehr sicher«, gab sie zurück. »Ich werde morgen wieder in den Club gehen, als ob nichts passiert ist. Ich tue einfach so, als wüsste ich von nichts.«
»Phoenix –«
Sie schnitt Nasty das Wort ab. »Du kannst mich nicht davon abbringen. Gebt es auf – ihr alle. Ich habe jetzt auch für Ilona eine Rechnung zu begleichen. Sie ist von der Straße gedrängt worden. Ich weiß es.«
»Wie du meinst.« Nasty biss in sein Sandwich. Kauend fuhr er fort: »Jemand hat aus Oklahoma City angerufen. Du sollst dich melden, egal wie spät es ist. Dusty hat die Nummer.«
Dusty, der die Brille ganz auf die Nasenspitze geschoben hatte, tippte bereits auf die Tastatur des Telefons. Anschließend reichte er Phoenix den Hörer.
»Wer –« begann sie, hielt jedoch den Mund, als sie eine bekannte Stimme hörte.
»Silius hier. Was ist?«
Sie konnte sich das Grinsen nicht verkneifen. »Silius! Ich bin's, Phoenix. Du hast mich angerufen!«
»Jap. Du lebst mit einem Kerl zusammen, hm? Das ist ja mal was Neues für meine Eisblume.«
Phoenix warf Nasty einen Seitenblick zu. »Er ist einfach nur … ein Freund. Worum geht's?«
»Ich wollte dir nur sagen, dass jemand deine getürkten Referenzen nachgeprüft hat.«
Sie hielt den Atem an.
»Eine Frau. Sie rief mich an und sagte mir, dass du ihr meinen Namen gegeben hast. Ich erzählte ihr, dass du eine fabelhafte Masseuse seist. Dass du mich besser bearbeitet hättest als je eine Frau zuvor.«

»Silius!«
»Schon gut, war'n Scherz. Jedenfalls habe ich dir volle Rückendeckung gegeben. Dummerweise hat sie es nicht dabei belassen.«
»Was meinst du damit?«
»Sie hat augenscheinlich auch über mich ein paar Nachforschungen angestellt und herausgefunden, wo ich arbeite.«
Phoenix stand auf und begann, mit der Schnur zu spielen. »Ist das ein Problem?«
»Tja. Die Frau hat die Firma angerufen. Und im Sekretariat gefragt, ob man eine Phoenix kennen würde. Blöderweise bestätigte Bernie das, sagte aber auch, dass du nicht mehr hier arbeiten würdest. Und sie hat ihr auch erklärt, wieso. Mit anderen Worten: Dein momentaner Chef weiß, dass das Massieren höchstens eine Liebhaberei von dir ist. Diese Frau hat herausgefunden, dass du Rechtsanwältin bist.«
»Verdammter Mist!«
Roman packte ihren Arm und sah sie stirnrunzelnd an.
Sie schüttelte den Kopf. »Danke für die Warnung, Silius. Du bist ein Schatz.«
»Ich weiß, so bin ich eben. Aber noch was. Erinnerst du dich an Rupert Saxton?«
Sie tätschelte mit der freien Hand Romans Handgelenk. »Den werde ich wohl nie vergessen. Hat ihm jemand im Knast die Kehle durchgeschnitten?«
»Leider nicht. Er ist draußen.«
»Was?« Phoenix legte den Kopf in den Nacken. »Wie kann einer, der seine Patienten hypnotisiert und dann vergewaltigt, so schnell wieder auf freien Fuß gesetzt werden?«

»Gute Führung und so weiter. Bedingte Haftentlassung. Er ist schon einige Monate draußen. Ich hätte es dir auch gar nicht gesagt, wenn er nicht irgendwelche Drohungen gegen dich ausgestoßen hätte.«

Sie schwieg.

»Seine Frau hat mich angerufen. Hat sich augenscheinlich daran erinnert, dass wir beide befreundet sind. Sie meinte, er wollte sich an dir rächen.«

»Er gibt tatsächlich mir die Schuld, nicht wahr? Ich hätte dafür sorgen müssen, dass er nicht damit davonkommt.«

»Die Sache ist die, dass er nicht mehr aufzufinden ist.«

Phoenix begann zu frieren. »Seit wann?«

»Seit Wochen. Vielleicht Monaten. Ich dachte, dass du es vielleicht wissen wolltest.«

Von *wollen* konnte keine Rede sein. »Ja, und es ist verdammt wichtig. Dank dir, Silius.«

Der Abschied war kurz. Phoenix reichte Dusty den Hörer und setzte sich wieder. »Rupert Saxton, der Psychiater, den ich nicht zufrieden stellend vertreten habe. Er ist aus dem Gefängnis raus und bedroht mich.«

Roman zog sich einen Stuhl heran. »Und womit?«

Plötzlich fiel es ihr wieder ein. »Himmel! Wie habe ich das bloß vergessen können? Oh, Gott sei Dank, wenigstens *eine* Sache, die jetzt klarer ist.«

»Dann teil es uns doch bitte mit«, sagte Roman.

Phoenix drückte sein Knie. »Ich habe einfach nicht mehr daran gedacht. Kurz nachdem Saxton verurteilt wurde, versuchte er zu entkommen. Er zerbrach seine Kontaktlinsen, schluckte sie und erzählte es einem Wachmann. Man fuhr ihn ins Krankenhaus, von wo er fliehen konnte. Aber man hat ihn wieder gefasst.«

»Kontaktlinsen«, war alles, was Roman sagte.

»Genau. Danach musste er dicke Kunststoffgläser tragen. Er ist ziemlich eitel und verabscheute die Brille.«

»Und was erleichtert dich so an der Geschichte?«

»Ganz einfach: Saxton hat mich verfolgt und überfallen und Evangeline entführt. Wir müssen nicht mehr rätseln, mit wem wir es zu tun haben! Jetzt kann die Polizei ihn schnappen.«

»Und du glaubst, dass sie das tut?«

»Sicher. Und wenn nicht, dann verjagen sie ihn jedenfalls. Also kann uns der mysteriöse zweite ›Killer‹ nichts mehr anhaben.«

»Hm.«

Sie lachte, aber es klang ein wenig schrill. »Und da du der andere auf mich angesetzte Killer bist, habe ich doch jetzt nichts mehr zu befürchten, oder?«

Nasty hob Mel von der Couch und legte ihn sich in den Nacken. »Immer vorausgesetzt, du gehst davon aus, dass dieser Saxton Ilona von der Straße gedrängt hat.«

Sie blickte auf. »Dazu hatte er keinen Grund.«

»Stimmt. Was bedeutet, dass du auch in nächster Zeit nicht alleine Auto fahren wirst.«

FÜNFUNDZWANZIG

Vanessa schlug kräftig zu.

»Du Miststück«, knurrte Geoffrey und berührte seine Lippe. An seinen Fingern klebte Blut. »Bist du verrückt geworden?«

»Du bist ein verdammter Idiot! Ein Schwachkopf! Ein dämlicher, verantwortungsloser –«

»Hast du vergessen, wer in letzter Zeit die Fäden zieht?«

Sie gab sich keine Mühe, ihre Verachtung zu verbergen. »Tust du das, ja? Du machst einen Fehler nach dem anderen und riskierst damit alles, wofür wir so hart gearbeitet haben. Du und deine lächerlichen Machtspielchen. Ohne mich bist du nichts – *nichts*, hörst du? Wir beide sind aneinander gebunden. Entweder wir schaffen es gemeinsam, oder wir gehen gemeinsam unter. Wenn du nicht langsam zur Vernunft kommst, sind wir am Ende, und vielleicht ist das dann noch das geringste unserer Probleme.«

Er schnaubte. »Du übertreibst mal wieder. Deine dramatische Ader. Und jetzt lass mich durch. Parker verlangt unsere Aufmerksamkeit.«

Reglos blieb sie stehen, wo sie war. Hinter ihr befand sich die Tür, hinter der Parker und seine neueste Favoritin warteten. »Parker bekommt unsere Aufmerksamkeit, sobald ich dein Wort habe, dass du nie wieder so eine Dummheit wie gestern Abend begehst.«

»Sie ist zum *Bend* gefahren.« Er klang wahrhaftig beleidigt. »Ich bin ihr gefolgt.«

»Das weiß ich.«

Er zog ein Taschentuch hervor und tupfte sich die Lippe ab. »Du hast mich verletzt.«

»Ich bin untröstlich. Für das, was du getan hast, gibt es keine Entschuldigung. Bist du wenigstens den Wagen losgeworden?«

»Er steht in einer Werkstatt in Seattle. Inzwischen dürfte er wie neu aussehen.«

»Lass ihn dort. Kauf dir einen neuen.«

»Du reagierst über.«

»Du hast auf uns aufmerksam gemacht. Und dabei haben wir schon genug Ärger. Ilona hat jahrelang für uns gearbeitet.«

Geoffrey zuckte die Achseln. »Du und ich waren uns einig, dass sie sich seltsam benommen hat. Sie und Phoenix waren eine Weile zusammen in einem Raum, dessen Kamera absichtlich außer Betrieb gesetzt wurde.«

»Das können wir nicht mit Sicherheit sagen.«

»Ich schon. Und du hast sie neulich mit Phoenix im Flur gesehen.«

»Ich konnte aber nicht hören, was sie gesagt haben. Vielleicht haben sie sich bloß einen schönen Tag gewünscht.«

»Und warum sollte sie dann in diese Bar gehen? Hör auf! Wir konnten nicht riskieren, dass sie Phoenix Informationen weitergibt, die nicht für fremde Ohren gedacht sind.«

»Nur weißt du jetzt auch nicht, ob sie es getan hat oder nicht. Genug. Ich hoffe, du begreifst endlich, dass ich deine Dummheit nicht mehr tolerieren werde. Und jetzt kümmern wir uns um Parker. Er wird langsam zu einem Ärgernis.«

Aber du bist das größte Ärgernis. Vanessa setzte ein Lächeln auf und öffnete die Tür hinter sich.

»Endlich!« Parker hatte die Zeit gut genutzt, wie Vanessa es erwartet hatte. Eine gut ausgestattete und noch nicht ganz vergessene Schauspielerin saß breitbeinig auf seinem Schoß. Hüpfend bewegte sie sich auf seinen Schenkeln auf und ab – ein wirklich ergreifender Anblick – und Parker kam bei jedem Hüpfer ein Stück aus seinem Sessel hoch. Schließlich kam er mit einem Quieken zum Höhepunkt. Das Mädchen machte genug Lärm, um den Zuhörer von ihren beruflichen Qualitäten zu überzeugen.

»Rührend«, murmelte Geoffrey.

»Helen und ich wollen mit euch reden«, sagte Parker undeutlich. Er hielt Helens runden weißen Hintern umklammert. »Wir wollen etwas Bestimmtes haben, nicht wahr, Baby?«

Helen warf die schwarzen Haare zurück und blickte über ihre Schulter. Ihre Augen hatten Mühe, etwas zu fixieren.

»Wie ich sehe, hat schon jemand dafür gesorgt, dass ihr beide zufrieden seid«, bemerkte Vanessa leicht verärgert. Parker verursachte langsam zu hohe Kosten. »Ist das Zeug gut?«

»Geht so«, murmelte Parker. »Der Scotch ist allerdings lausig. Muss dem guten alten Roman dafür danken. Er hat ihn uns gebracht.«

Helen kicherte. »Ich fand das Zeug prima. Wie den süßen Roman übrigens auch. Sag ihnen, was wir wollen, Parker.«

»Eine Riesenparty«, sagte Parker. »Rie-sen-par-ty. Und Einladungen zu den Tony Awards. Für uns und unsere Freunde.«

»Das reicht«, befahl Vanessa.

»Sag's ihr«, bettelte Helen und begann wieder zu hüpfen.

Parker richtete seine Aufmerksamkeit auf ihre Brüste. »Helen will einen Szenenwechsel. Sie will zum Broadway. Und da soll sie hin. Ich kann dafür bezahlen, aber ihr müsst die Vorarbeiten leisten. Und für so was kriegt ihr schließlich Geld von mir, richtig?«

Geoffrey stellte sich hinter Parker. »Richtig«, sagte er und widmete sich ebenfalls Helens Brüsten. »Und nun sag uns, was genau wir tun sollen.«

»Die Tony Awards«, lallte Parker. »Für Helen und mich und unsere Freunde. Danach eine Riesenparty. Die Party, zu der alle hingehen wollen. Angela Lansbury. Tommy Tune. Jeremy Irons. Alle. Helen soll gesehen und ernst genommen werden. Emma Thompson und Kenneth Branagh. Die ganze Szene. Nur die Top-Leute. Verstanden?«

»Verstanden«, sagte Vanessa leise und sah Geoffrey durch verengte Augen an. »Noch was?«

»Ja«, sagte Parker, der offensichtlich Schwierigkeiten hatte, Helens Ansprüchen zu genügen. Er grunzte und mühte sich. »Ich habe schon zu Roman gesagt, dass ich von nun an besser sofort alles bekomme, was ich haben will. Und dass ich ziemlich sauer bin, dass ich bisher *nicht* alles gekriegt habe!«

Vanessa zwang sich, langsam zu atmen. »Was genau hast du Roman gesagt?«

»Dass ich diesen Laden dicht mache, wenn es sein muss.

Dass ich jedem erzählen werde, was hinter der schönen Fassade vor sich geht.«

»Sodass du dich selbst vernichtest?«, fragte Vanessa zuckersüß. Aber Parker war gefährlich. Er nahm zu viel Kokain und hatte begonnen, mit Heroin zu experimentieren. Sie musste dafür sorgen, dass er sich ausschließlich im Club zudröhnte. »Also die Tony Awards, ja? Ist das alles?«

»Nein.« Er riss die Augen weit auf. »Ich will Sharon Stone. Eine Stunde allein mit Sharon Stone.«

Roman sah zu, wie Phoenix durch die Wohnung ging. Sie vom Club fernzuhalten wurde immer schwieriger. Nachdem sie der Polizei von Rupert Saxton erzählt hatten – und keine Zusicherung für ein schnelles Handeln bekommen hatten –, wollte sie direkt losmarschieren und Vanessa und Geoffrey zur Rede stellen.

Je länger Phoenix über Aprils Tod nachdachte, desto überzeugter war sie, dass jemand aus dem Peak Club dafür verantwortlich war. Inzwischen schien es ihr egal zu sein, welche Risiken mit der Aufklärung verbunden waren.

Zum wiederholten Male arrangierte sie die Blumen in Aprils Vase. Seit sie sie aus Roses Garten geholt hatte, schien sie kaum etwas anderes zu tun.

Roman breitete die Arme auf der Rückenlehne der Couch aus. »Du musst müde sein. Komm, setz dich zu mir.«

»Ich muss mich um die Blumen kümmern.«

»Das hast du bereits getan. Etwa hundert Mal. Sie werden eingehen.«

Ihre Hände verharrten. »Eine Vase für ihre Träume«, sagte

sie geistesabwesend. »April hatte viele Träume. Doch keiner davon ist Wirklichkeit geworden. Wenn ich wüsste, wo sie begraben liegt, würde ich Blumen hinbringen. Weißt du es?«

Sie versuchte es immer wieder. Dies war ihre Art, Informationen aus ihm herauszuquetschen. Doch obwohl sie es nicht ungeschickt anstellte, hatte sie bisher nichts erreicht. »Nein, ich weiß es nicht«, antwortete er.

»Warum sagst du mir denn nicht endlich, was passiert ist?«

»Ich dachte, wir hätten uns darauf geeinigt, dass ich es tue, wenn ich den Zeitpunkt für richtig halte.«

»Aber wann ist das? Ich gehe eine Möglichkeit nach der anderen durch, und langsam macht meine Fantasie mich krank! Hatte sie einen Unfall gehabt? Ist sie … ermordet worden?«

Er konnte nicht sicher sein, dass sie nicht durchdrehte, wenn er ihr die Wahrheit sagte. »Als sie starb, hatte sie ihren Frieden gemacht. Ich war bei ihr.«

»Verdammt noch mal. Ich halte das nicht mehr aus.«

»Es wird spät, Phoenix.«

»Wann kommt Nasty?«

Mit anderen Worten: Sie wollte, dass Roman ging, damit sie so bald wie möglich versuchen konnte, aus der Wohnung zu entwischen. »Ich weiß es nicht. Er ist bei Rose.«

Sie blickte auf die Uhr. »Um diese Zeit noch? Rose geht doch immer früh ins Bett.«

»Tja, offenbar wird sie nicht so schnell müde, wenn Nasty da ist.«

»Ich hoffe nur, dass er ihr nicht wehtut. Er wird doch bald wieder fortgehen, nicht wahr?«

Er warf ihr einen raschen Blick zu. »Nasty mag Rose auch. Er wird sie schon nicht mit gebrochenem Herzen zurücklassen. Jetzt geht es darum, die Postkarten zu finden. Ich kann mir nicht vorstellen, dass jemand sie gestohlen hat.«

»Du meinst, dass Rose lügt?«

»Du nicht?«

»Vielleicht. Ich weiß nicht mehr, was ich denken soll.«

»Hast du deine Meinung schon geändert?«

Phoenix wandte sich ihm zu. Sie hatte die Vorhänge zugezogen, doch ein schmaler Spalt ließ Mondlicht herein. »Meine Meinung geändert?«

»Was uns betrifft!« Er sehnte sich danach, sie an sich zu ziehen, ins Bett zu gehen und die hässlichen Ereignisse zu vergessen. »Wir haben eine Abmachung, weißt du noch?«

Sie zögerte einen Moment. »Ja, ich weiß es noch. Und nein, ich habe meine Meinung nicht geändert. Ich will glücklich sein. Die ganze Welt soll wissen, wie glücklich ich bin. Mehr als alles andere will ich dich heiraten und Juniors Mom werden.«

Roman lächelte und streckte ihr eine Hand entgegen, doch in seinen Eingeweiden machte sich ein leichtes Unbehagen breit. »Konzentrieren wir uns doch erst einmal auf die Hochzeit.«

Phoenix nahm den grünen Halbedelstein, der neben der Vase lag, und kam auf Roman zu. Doch statt seine Hand zu nehmen, setzte sie sich auf den Fußboden und lehnte sich gegen seinen Schenkel. »Ilona hat ihn mir gegeben.«

»Die Farbe deiner Augen.«

Sie schaute zu ihm auf. »He, SEALs sind knallharte Jungs, keine zärtlichen Romantiker.«

»Ich *bin* ein knallharter Junge.« Er fletschte die Zähne. »Eine Bestie in Menschengestalt.«
»Und komplex. Wie unsere Beziehung auch, nicht wahr?«
»Ja.«
»Ich bin traurig, aber ich bin auch scharf auf dich.« Sie massierte die Innenseite seines Oberschenkels. »Wir Spätzünder sind eine echte Herausforderung. Wir haben zu viel nachzuholen.«
Er wurde augenblicklich hart. »Kann mir nur recht sein.«
»Ich sollte jetzt wohl nicht an Sex denken, oder?«
»Erwartest du ernsthaft, dass ich dir das bestätige?«
Sie legte den Kristall weg und rutschte zwischen seine Knie. »Bist du sicher, dass du heute Abend im Club nichts Neues erfahren hast?«
»Ganz sicher.« Er hatte Mühe, sich zu konzentrieren. »Parker Nash – einer der VIPs – hat sich bitter beschwert, dass er für sein Geld nicht genügend Gegenwert bekommt und hat mir dann in allen Einzelheiten erzählt, was er tut, wenn sich die Lage für ihn nicht bald bessert.«
»Den kenn ich nicht.«
»Und das ist auch gut so.« Er wollte sie nackt sehen. Und sich nackt an sie schmiegen.
Sie hob sich auf die Knie, stützte sich mit verschränkten Unterarmen auf seine Brust und betrachtete seinen Mund. »Weißt du … ich habe ziemlich viel gelesen.«
Roman zog die Brauen hoch. »Und was soll das heißen?«
Sie streckte sich und fuhr ihm mit der Zunge über die Unterlippe.
Roman schloss die Augen und ließ sich küssen – langsam, sinnlich und provozierend küssen. Er erlaubte sich nicht, sie anzufassen.

»Ich habe über das gelesen, was Männer mögen«, murmelte sie.
»Das ist aber ganz unterschiedlich.«
»Aber magst du …« Sie vergrub das Gesicht in seiner Halsbeuge.
»Mag ich was?« Solange sie etwas gegen den wachsenden Druck in seinen besten Teilen tat, würde er alles mögen.
»Ich kann es nicht sagen.«
»Natürlich kannst du es. Komm schon.«
Er spürte ihre tastenden Finger. »Bin ich unnormal?«
Das heiße Kribbeln in seinen Eingeweiden wurde zunehmend stärker. Es gefiel ihm. »Wieso unnormal?«
»Na ja, weil ich auf einmal so sexbesessen bin.«
Er lachte leise. »Falls ja, dann bin ich auch unnormal, Liebchen. Machen wir einfach weiter so.«
»Fellatio!«
Er schlug die Augen auf. »Hä?«
»Magst du das?« Ihr sommersprossiges Gesicht war tiefrot.
Roman brachte eine nichts sagende Miene zustande. »Kommt wahrscheinlich drauf an.«
»Worauf?«
Er zuckte die Achseln und schloss erneut die Augen.
Ihre Finger, die sich auf die Schwellung in seiner Hose legten, machten ihm das Atmen schwer. Zögernd öffnete sie seine Jeans, kämpfte mit den Knöpfen und arbeitete sich so langsam vor, dass Roman glaubte, einen ausgesprochen süßen Tod sterben zu müssen.
Als sie sich plötzlich zurückzog, verschlug es ihm komplett den Atem.
»Du magst es nicht, richtig?«, fragte sie mit ängstlichem Unterton.

»Wie kommst du denn darauf?«

»Dein Gesicht. Habe ich dir wehgetan?«

Er grinste. »Wenn ja, dann tu es bitte weiter. Denn wenn du jetzt aufhörst, wird das mein Untergang sein.«

Konzentriert die Stirn runzelnd, widmete sie sich wieder ihrem Vorhaben. Mit der Sorgfalt der Unerfahrenen befreite sie sein eingeengtes Geschlecht.

Er sah zu, wie ihr Haar über seinen Unterbauch fiel, spürte ihren heißen Atem an seiner Penisspitze und zuckte heftig zusammen, als ihre Zunge versuchsweise darüberstrich.

»Gott!« Unwillkürlich umklammerte er ihre Schultern. »Das fühlt sich so gut an.«

Falls sie etwas gehört hatte, ließ sie es sich nicht anmerken. Roman kam zu dem Schluss, dass sie verdammt gute Bücher gelesen hatte.

»Phoenix!«

Sie arbeitete hart und lernte schnell.

Roman beugte sich über ihren Rücken. Er zog ihr T-Shirt hoch und schob seine Hände um ihren Körper, um ihre Brüste zu fühlen. »So seidig«, murmelte er. »Du bist so schön. Ich will dich.« Im gleichen Moment kam er.

Als er sie behutsam von sich schob, legte Phoenix ihre Wange an seine Brust und schlang die Arme um ihn. Ihre Brüste ruhten ausgerechnet auf dem Körperteil, den sie nur allzu gut im Griff zu haben schien.

»Du magst es also doch«, sagte sie zufrieden. »Roman Wilde, es macht Spaß, dir etwas Gutes zu tun.«

»Und es macht Spaß, sich von dir etwas Gutes tun zu lassen. Gib mir eine Minute, dann machen wir mit deiner Ausbildung weiter.«

»Zu lang«, murmelte sie.
»Ich muss erst mal neue Kraft sammeln.«
»Weichei.«
»Bitte?« Er zog sie hoch, bis sie ihm ins Gesicht sehen konnte. »Du wagst es, diese Bestie Weichei zu nennen?«
»Tja –«
Was immer sie noch sagen wollte, wurde durch ihr scharfes Keuchen verschluckt, als er den Kopf neigte und sich einer Brustwarze zu widmen begann.
»Ins Bett«, sagte sie. »Los.«
Sie standen beide auf den Füßen, als das Telefon klingelte.
Roman hielt sie fest. »Wir müssen nicht drangehen, oder?«
»Ich weiß nicht. Müssen wir?«
»Doch. Mach schnell.«
Ohne seine Hand loszulassen, nahm sie ab. »Hallo?« Entgeistert sah sie Roman an. »Ja, er ist hier.«
Roman nahm den Hörer und meldete sich mit Namen.
»Vanessa hier, Darling. Tut mir Leid, dass ich euch zwei Turteltauben stören muss.«
»Was willst du?«
»Es gibt schlechte Neuigkeiten. Du hörst sie besser von mir als durch die Nachrichten.«
Er wartete schweigend. Phoenix machte sich los und setzte sich auf die Couch.
»Es geht um Parker Nash«, sagte Vanessa. »Weißt du, wen ich meine?«
Sie wusste verdammt genau, dass er es wusste. »Was ist mit ihm?«
Phoenix hob die Katze auf den Schoß und begann, sie zu geistesabwesend zu streicheln.

»Er ist tot. Es ist in seiner Garage passiert. Kohlenmonoxid. Augenscheinlich hat er etwas zu viel getrunken und ist eingeschlafen.«

Roman war mit einem Schlag hellwach. »Tot?« Er hatte den Mann noch vor ein paar Stunden gesehen. Und da war Parker in einem Zustand gewesen, in dem er nicht einmal selbst in seinen Wagen hätte steigen können – von selbst *fahren* ganz zu schweigen! »Im Club, sagst du?«

»In seiner Garage, sagte ich«, fauchte Vanessa. »Bei sich zu Hause. Ich wollte nur, dass du es weißt, falls die Polizei dir Fragen stellt.«

»Er war völlig besoffen und außerdem mit allem Möglichen vollgepumpt, als ich ihn das letzte Mal gesehen habe. Interessant, dass er noch nach Hause gekommen ist.«

Nach einem kurzen Schweigen sagte Vanessa: »Du hast ihn vorgestern Abend zuletzt gesehen, richtig?«

Er dachte nach, bevor er antwortete. »Vorgestern Abend?« So wollte sie es also handhaben. »Genau. Da habe ich ihn zum letzten Mal gesehen.«

»Wir verstehen uns also?«

»Ja«, sagte Roman und hängte ein.

Phoenix hatte Mel noch immer auf dem Schoß. »Was ist los?«

»Das werden wir noch sehen. Aber ich denke, ich habe gerade etwas in die Hand bekommen, was wir gegen unsere Freunde im Club verwenden können.«

»Wieso? Was hast du vor?«

»Mach dir jetzt keine Gedanken mehr darüber.«

Draußen ertönten schnelle Schritte. Jemand kam die Treppe hinaufgelaufen, dann klopfte es.

Roman knöpfte sich eilig die Hose zu und ließ Nasty rein.
»Hi.« Falls Nasty sich beim Anblick von Phoenix' und Romans derangiertem Äußeren seine Gedanken machte, so ließ er sich nichts anmerken. »Ich habe euch ein Präsent mitgebracht.«
Mel sprang von Phoenix' Arm und landete vor Nastys Füßen.
»Du hast mir die Liebe meiner Katze streitig gemacht«, sagte Phoenix anklagend.
Die Katze bestätigte das, indem sie laut schnurrend um Nastys Beine strich.
»Wenigstens einer, der meine Anwesenheit zu schätzen weiß.« Nasty hielt Phoenix einen Packen Postkarten hin. »Rose hat es nicht böse gemeint. Sie hatte Angst, dass du sie immer weiter nach April ausfragen und ihr schließlich klarzumachen versuchen würdest, dass sie nicht mehr zurückkommt. Und sie sagt, dass der Typ, der Evangeline entführt hat, die Karten haben wollte – keine Papiere. Jedenfalls glaubt sie das.«
Phoenix sah ihn verwirrt und besorgt an. »Das macht keinen Sinn. Wieso sollte Saxton überhaupt etwas davon wissen?«
Roman nahm die Karten und sah sie sich rasch an. »Nichts Besonderes. Hast du sie gelesen, Nasty?«
»Flüchtig. Aber sie sagen mir nichts.« Er sah Phoenix bedauernd an. »Leider scheinen sie uns nicht weiterzuhelfen. Übrigens müssen wir Evangeline dankbar sein, dass wir die Karten überhaupt haben. Sie hat Rose überredet.«
»All die großen Urlaubsziele«, bemerkte Roman mit sarkastischem Unterton. »Nebraska, Iowa … Kansas?«
Phoenix zog die Brauen zusammen. Sie streckte die

Hand nach den Karten aus und sah sie selbst durch. »Das Herzland«, sagte sie schließlich nachdenklich. Die Wurzeln dieses Landes. Die Heimat von Chester Duprees treuen Brüdern und Schwestern.

»Hab ich irgendwas nicht mitgekriegt?«

Roman sah Phoenix über die Schulter.

»Wir müssen die Daten überprüfen«, sagte sie. »Vielleicht lässt sich daraus ersehen, ob sie bei ihm war.«

Roman spürte, wie sie schwankte, und drehte sie zu sich um. »Irgendjemand wird wissen, ob sie auf diesen so genannten Kreuzzug gegangen ist«, sagte er leise.

»Oh, sie ist dabei gewesen«, erwiderte sie. »Da bin ich mir sicher. Und, ja, mindestens eine Person hat es gewusst.«

»Ilona?«

»Genau.« Sie verzog den Mund. »Hat sie nicht Zelda gesagt, sie solle mich warnen, mich keinesfalls auf irgendeine Reise schicken zu lassen?«

Er nickte. »Ich denke, wir kommen der Sache langsam näher.«

SECHSZUNDZWANZIG

Investment Banker«, las Dusty laut aus der Seattle Times vor. »Auf den ersten Blick ein Unfall, doch die Polizei hat herausgefunden, dass Nash in eine groß angelegte Betrugsgeschichte verwickelt war. Auf sein Anraten hin haben Investoren große Summen auf japanische Banken transferiert. Diese Banken existierten allerdings nur auf dem Papier.«

»Es war kein Unfall«, bemerkte Roman. »Jemand hat ihn gestern Abend vom Club nach Hause gefahren und ihn bei laufendem Motor in seiner Garage sitzen lassen.«

Phoenix verteilte trockene Cornflakes auf das Tischchen von Juniors Hochstuhl. »Aber warum?«

»Keine Ahnung. Aber ich finde es heraus.«

»Hört euch das an«, fuhr Dusty fort, ohne den Kopf von der Zeitung zu heben. »Ein Zeuge, der nicht genannt werden möchte, sagt, dass das Geld definitiv in Parkers Hände übergegangen sei. Doch es lässt sich nicht einmal eine annähernd so große Summe finden.«

»Wundert mich nicht«, sagte Roman.

Dusty räusperte sich und fuhr fort: »Nash und seine 22-jährige Frau haben sich letztes Jahr scheiden lassen. Mrs. Nash, die als Grund unüberbrückbare Differenzen angibt, behauptet, seit dieser Zeit keinen Kontakt mehr zu ihrem Ex-Mann gehabt zu haben.«

»Stellt euch das bloß vor«, sagte Roman trocken. »Die Lady wollte sich einfach nicht gefallen lassen, dass Parker mit seinen Filmhäschen herumpusselte. Frauen können manchmal so kleinlich sein!« Er nahm sich einen von Juniors Cornflakes und tat, als ob er ihn essen wollte. »Kann ich das haben? Du magst das doch gar nicht, oder?«

Junior gluckste vergnügt.

»Ärger sie nicht«, schimpfte Phoenix. »Daddy ist eine Nervensäge, nicht wahr, Süße?«

Juniors Augen wurden groß. »Oh-oh«, machte sie und zeigte auf ihren Vater. »Uh-oh.«

Phoenix lachte. »Es heißt übersetzt, dass du ein gemeiner Schuft bist.«

»Kein Respekt mehr, die Jugend.« Roman verrenkte sich, um einen Arm um Junior, den anderen um Phoenix legen zu können.

Phoenix hörte auf zu lachen. »Es wäre so schön, diesen ganzen Ärger hinter uns zu lassen.«

»Ja. Für eine Weile wenigstens.« Seine ernsthaften blauen Augen sagten ihr, was sie schon wusste. »Aber dann bekämst du ein schlechtes Gewissen, weil du glücklich bist.«

»Du aber auch«, sagte sie. »Du könntest es doch auch nicht ertragen, wenn sie damit davonkommen, oder?«

»Wohl nicht.« Sein Blick begegnete Dustys. »Aber wir können uns ohnehin nicht leisten, die Sache auf sich beruhen zu lassen. Sie wollen dich aus dem Weg räumen, Phoenix, und da ich eingeweiht bin, bin ich eine potenzielle Gefahr, die ebenfalls weg muss.«

»Wollen Sie nicht hier bleiben, Phoenix?«, fragte Dusty.
»Geht nicht«, antwortete Roman an ihrer Stelle. »Wir müssen so tun, als wüssten wir von nichts. Außerdem möchte ich nicht riskieren, jemanden zu Junior zu locken.«
Phoenix wünschte sich, sie hätte ihm nicht zustimmen müssen. »Ich gehe heute in den Club.«
»Nein. Ich tue mich mit Nasty zusammen. Wir wollen uns unter Chesters Gemeindemitgliedern umhören, denn ich bin sicher, dass es eine ganze Menge unzufriedener Schäfchen gibt. Du gehst erst in den Club, wenn ich mitkommen kann.«
Das Funkgerät, das Roman immer bei sich trug, piepte. Er zog es heraus und drückte einen Knopf. »Ja?«
»Volltreffer«, sagte Nasty. Seine Stimme klang unheimlich klar. »Mrs. Beatrice Delahide. Fühlt sich ausgenutzt.«
»Komm rüber und erzähl.«
»Nein, ich bleibe dran. Ich finde bestimmt noch mehr. Mrs. Delahide war eine so genannte rechte Hand des Reverends. Sie ist im letzten Jahr bei seinem Kreuzzug dabei gewesen. Zumindest die letzten fünf Monate.«
Phoenix hielt den Atem an.
»Sie hat dem Reverend eine beachtliche Summe Geld gegeben. Und natürlich eine Rückzahlung erwartet. Chester hat ihr gesagt, dass sie im Himmel entlohnt werden würde. Doch so lange möchte die Dame nicht warten.«
Dusty lachte, doch sein Lachen ging in ein Husten über.
»Irgendwas über April?«
»Eine süße Blondine«, fuhr Nasty fort. »Der Reverend hat erzählt, dass sie krank sei und sich von der Reise Heilung versprechen würde. Offenbar sollte das Medikament Dienst an Chester sein. Das Mädchen wurde Sun-

shine genannt und hatte kaum etwas mit der restlichen Gefolgschaft des Reverend zu tun. Mrs. Delahide ist der Meinung, dass zwischen Sunshine und Chester mehr war, als es den Anschein haben sollte.«

»April würde diesen Mann niemals anfassen«, protestierte Phoenix.

Roman hob die Hand, um sie zum Schweigen zu bringen. »Hast du ihr ein Bild gezeigt?«

»Natürlich. ›Ja, genau, das ist Sunshine‹, lauteten die Worte der Dame. Sie meinte, dass Sunshine die meiste Zeit irgendwie verwirrt oder vielleicht besorgt gewesen war. Was in Anbetracht ihres Zu… der Umstände sicherlich kein Wunder ist.«

»Und was, denkst du, verspricht sich die Frau davon, dass sie dir die Informationen gegeben hat?«

Nasty schniefte. »Sie will jedenfalls anonym bleiben. Wird alles abstreiten, wenn ich sie zitiere. Aber ich denke, sie will es diesem Reverend heimzahlen. Wenn nicht, hätte ich wohl kein Wort aus ihr herausgekriegt!«

Roman nickte. »Hat sie sonst noch was Brauchbares gesagt?«

»Jap. Das Beste kam zum Schluss. Sunshine ist eines Nachts aus dem Motel verschwunden. Und zwar nachdem Dupree beschlossen hatte, auf seinem Kreuzzug einen Umweg zu machen. Der Umweg war ziemlich drastisch – es sollte nämlich nach San Diego gehen!«

Vanessa stieg langsam den Pfad zwischen den Kiefern hinauf. Die Nachmittagssonne schien warm, kein Lüftchen regte sich. Für das, was sie Geoffrey zu sagen hatte, war es hier draußen ideal.

Sie sah ihn, bevor er sie sah. Er saß auf einem umgestürzten Baumstamm, die Knie seiner Hose sorgfältig hochgezogen. Misstrauisch blickte er über die Lichtung, zu der sie ihn zitiert hatte.
Sie hatte diesen Ort unter anderem deshalb ausgewählt, weil man von hier die Snoqualmie Falls hören konnte. Geoffrey hatte Angst vor den herabstürzenden Wassermassen und würde sich hier nicht richtig wohl fühlen. Was für Vanessa nur von Vorteil sein konnte.
»Geoffrey?«
Er sprang auf die Füße und wandte sich ihr zu.
Sie lächelte herzlich. »Danke, dass du meiner Bitte um ein Treffen so rasch nachgekommen bist.«
Geoffrey verzog schmollend den Mund. »Ich hatte ja keine Wahl.«
»Weil ich gesagt habe, dass wir alles verlieren könnten? Ich sagte nicht, dass wir alles verlieren *würden*. Mach kein Drama draus.«
Er schob die Hände in die Taschen seines maßgeschneiderten Jacketts und zog die Schultern hoch. »Selbst wenn wir in Schwierigkeiten steckten, wäre ich aus dem Schneider. Oder hast du etwa vergessen, dass ich das Geld habe?«
Dieser Dummkopf glaubte tatsächlich, dass er das Sagen hatte. »Das ist mir klar. Ich will ja auch nur das Beste für uns beide. Miles ist bereits in die Schweiz geflogen und wartet dort auf uns. Pierre wird uns hier bei dem, was ich vorhabe, unterstützen.«
»Was will Miles in der Schweiz?«
Sie ging an ihm vorbei und neigte den Kopf, als würde sie verzückt dem Rauschen der Fälle lauschen. »Wir werden

von hier weggehen müssen, denn die Risiken sind inzwischen zu groß geworden. Doch bevor wir die Brücken abbrechen, sollten wir uns darüber klar werden, wo wir einen Neuanfang starten. Und wir brauchen die nötigen Mittel. Was also wäre ein besserer Treffpunkt als die Schweiz? Übrigens ist Chester in Panik.«

Geoffrey runzelte die Stirn. »Was hat denn Chester damit zu tun?«

»Das mit Parker hast du gut gemacht. Die Presse hat genau die Geschichte gebracht, die wir für sie erfunden haben.«

»Das war kein Problem. Er schlief, als ich ihn aus dem Club wegbrachte. Aber ich habe nach Chester gefragt.«

Je weiter sie ihn verunsicherte, desto eher würde er in ihre Pläne einwilligen. »Jemand hat Fragen gestellt. Nach dem Kreuzzug vom letzten Jahr. Um es genau zu sagen, ist ein Foto von April herumgezeigt worden. Man wollte wissen, ob sie bei Chester war.«

Geoffrey ließ sich langsam wieder auf den Baumstamm sinken. »Wer?«, flüsterte er. »Wer hat nach ihr gefragt? Und wen?«

»Das weiß ich nicht.« Sie trat hinter ihn und massierte ihm leicht die Schläfen. »Mach dir keine Sorgen. Wir stehen das gemeinsam durch.«

»Woher willst du wissen, dass da nicht jemand einfach ins Blaue geschossen hat?«

»Nein. Chester hat einen anonymen Anruf bekommen. Alle Einzelheiten stimmten, der Umweg über San Diego eingeschlossen. Von Mexiko war allerdings keine Rede.«

»O mein Gott!«

»Von Mexiko war *keine* Rede!« Sie spürte, wie er schauderte, und beugte sich hinab, um ihm die Wange zu küssen. »Vertrau mir, Geoffrey. Ich habe alles unter Kontrolle. Du musst locker bleiben. Warum ziehst du nicht deine Sachen aus?«

»Gott, Vanessa! Wie kannst du in einem solchen Moment nur *daran* denken?«

Sie lachte leise und ging um ihn herum, bis sie vor ihm stand. »Weil ich die Erfahrung gemacht habe, dass es in Zeiten von Stress und hoher Anspannung sehr hilfreich sein kann.« Sie begann, ihr schwarzes Leinenjackett aufzuknöpfen. Dass sie darunter nichts trug, war sicherlich kein Zufall. »*Mir* hilft es jedenfalls immer.«

Wie vorauszusehen gewesen war, erregte der Anblick ihrer Brüste ihn sofort. Oh, nicht nur ihrer, dachte Vanessa mit zusammengebissenen Zähnen. Aber keine Frau würde jemals eine solche Macht über ihn besitzen wie sie.

Geoffrey wandte das Gesicht ab.

»Du wirst mir helfen müssen.« Vanessa zog ihren kurzen, engen Rock über die Hüften. Außer den Schuhen, die sie nun abstreifte, hatte sie nur noch schwarze, mit Spitze gesäumte halterlose Strümpfe an. »Tu genau, was ich dir sage.«

Geoffrey schwieg.

Sie nahm seine geballte Faust und drückte sie sich in ihre Scham. Sie bog die Finger auseinander und rieb sie in die Nässe.

Er starrte auf seine Hand, mit der sie sich befriedigte. »Du kriegst niemals genug, nicht wahr?«, sagte er, während sein Blick aufwärts zu ihren Brüsten glitt.

»Da sind wir uns ja sehr ähnlich«, keuchte sie. »Komm,

bring es zu Ende. Mach schon!« Ihre Knie drohten nachzugeben.

Als er nicht reagierte, schob sie ihm ihre Brüste ins Gesicht. Er rieb halbherzig ihre Scham, bis Vanessa genug hatte. Sie packte seine Finger und stieß sie in sich hinein. Der Höhepunkt kam augenblicklich.

Da kam Bewegung in Geoffrey. Wie sie es vermutet hatte, stand er auf, riss sich die Kleider herunter und stieß sie ins Gras. Einen Moment später saß er quer über ihren Schultern und zwang ihr seinen Schwanz in den Mund. Sie ertrug es lange genug, um ihn zufrieden zu stellen.

Als er selbst genug hatte, sprang er auf und drängte sich zwischen ihre Schenkel. Sie würde stets in der Lage sein, ihn zu manipulieren.

»Wir müssen zusammenarbeiten«, keuchte sie. »Und schnell handeln.«

»Ja.«

»Phoenix ist keine Masseuse, sondern Rechtsanwältin.« Als er in der Bewegung verharrte, erzählte sie ihm den Rest. Sie berichtete ihm von dem rachedurstigen Psychiater und schloss: »Er ist ein Geschenk Gottes. Wir können ihn für unsere Zwecke nutzen.«

Geoffrey stieß ein letztes Mal in sie hinein und sackte schließlich über ihr zusammen. »Wie? Hast du ihn ausfindig gemacht? Kann er die Drecksarbeit für uns machen?«

»Dreimal nein. Aber die Polizei wird glauben, dass er sie getötet hat.«

»Und wie willst du das anstellen?«

»Alles, was ich will, ist, dass du mir das Okay gibst, die Dinge mit Pierre zu regeln.«

»Was für Dinge?« Sex machte Geoffrey immer benommen – so benommen, als stünde er unter Drogen.
»Wenn du einwilligst – und mir die Nummer von dem Schweizer Konto gibst –, werde ich dafür sorgen, dass uns beiden nichts passieren kann.«
In seinen Augen lag eine Mischung aus Verwirrung und Misstrauen. »Ach ja?«
»Ja. Und wenn du es nicht tust, wird die ganze Welt erfahren, was mit April Clark passiert ist.«
»Aber –«
»Versuch nicht, mir zu drohen, Geoffrey. Chester Dupree steht auf meiner Seite, und mit seiner Hilfe bist du schneller am Boden, als du glaubst. Erspar uns beiden viel Ärger – und gib mir, was ich will.«
Er schüttelte den Kopf.
»Doch, du *wirst* mir die Nummer geben. Ich werde erledigen, was getan werden muss, und danach treffen wir uns mit Miles und Pierre in der Schweiz. Ich habe schon Pläne für unsere Zukunft.«
»Was ist mit Roman?«
Sie lächelte. »Du willigst also ein – gut. Roman wird nicht dabei sein. Ich bin inzwischen überzeugt, dass er keiner von uns ist. Phoenix hat ihn um den Finger gewickelt. Nein. Wenn wir in der Schweiz sind, wird Roman auf dem Grund der Elliott Bay liegen.«
Geoffreys Augen wurden plötzlich wieder klar. Sie sah, wie er sich die Lippen leckte. Allein der Gedanke, durch Wasser zu Tode zu kommen, entsetzte ihn.
»Roman wird sterben und Phoenix mit ihm. Wir müssen ihnen danken, dass sie mit der Geschichte von Rupert Saxton zu den Bullen gegangen sind. Wenn ihnen etwas

geschieht, wird man Saxton dafür verantwortlich machen.«

Rose lehnte sich gegen ihr weißes Klavier und blätterte geistesabwesend die Kataloge durch, die vor ihr lagen.
»Was halten Sie davon?«, fragte sie Phoenix, die ein paar Minuten zuvor hereingekommen war.
Phoenix betrachtete brav das Bild des Models, das für einen Abend in tropischen Gefilden gekleidet war. »Elegant.«
»Denken Sie, dass mir das Lachsfarbene steht? Es gibt diese Kombination auch in Aqua.«
»Nein, Lachs ist ganz wunderbar.« Phoenix konnte ihre Ungeduld kaum unterdrücken. »Sie wollten mit mir reden?«
»Und Sie finden nicht, dass Aqua vielleicht doch besser wäre?«
»Sie tragen das Lachsfarbene doch schon.« Bis zu diesem Augenblick war Phoenix tatsächlich nicht aufgefallen, dass Rose exakt das Modell – ein Top, eine transparente Bluse und eine Marlene-Hose – von der Katalogseite trug. »Sie haben es gekauft!«
»Wirklich?« Rose blickte an sich herab. »So was. Oje, ich denke, ich bin in letzter Zeit so in Gedanken, dass mir kaum mein eigener Name einfällt. Mein Ferry meint, dass ich mir zu viele Sorgen mache.«
Phoenix starrte ihr Gegenüber an. Vom wem sprach Rose? War sie jetzt doch übergeschnappt?
Rose bemerkte ihren Blick und kicherte plötzlich. »Entschuldigung. Nasty natürlich. Ich soll ihn Ferry nennen – von Ferrito. Sein Nachname.«

»Aha.« Phoenix fiel nichts Besseres ein. »Und worüber machen Sie sich Sorgen?«
Rose strich sich übers Haar. Es war offen und glänzte beneidenswert. »Oh, Evangeline.« Rose wandte sich erleichtert der Frau zu, die nun das Zimmer betrat. »Was würde ich nur ohne dich tun?«
»Sch«, machte Evangeline. Sie wandte sich mit ernster Miene an Phoenix. »Rose hat den ganzen Tag auf Sie gewartet. Hat Sie Ihnen ... Rose, hast du Phoenix gegeben, was du ihr geben solltest?«
Rose schlug den Katalog zu und begann, erregt auf und ab zu gehen.
»Also nicht, hm?« Evangeline schüttelte den Kopf. »Wirklich, Rose, du musst es tun. Es ist richtig.«
»Nein, ich glaube nicht. Es ist nicht notwendig. Im Übrigen habe ich nie gesagt, dass ich ihr etwas geben will.«
Evangeline trat zu Rose und nahm sie in ihre runden, starken Arme. »O doch. Und du weißt es. Du hast es praktisch zugegeben. Aber es wird alles gut. Ich bin hier und ich passe auf dich auf, wie ich es schon immer getan habe!«
Rose begann leise zu weinen.
»Tu es jetzt«, drängte Evangeline sie sanft. »Du weißt, dass es sein muss.«
Schnüffelnd machte Rose sich von Evangeline los und wandte sich an Phoenix. »Ich hab's ihr versprochen.«
Kälte lähmte Phoenix' Glieder. »Wem?«
»April. Ich habe es ihr versprochen. Wenn sie nicht innerhalb von sechs Monaten zurück wäre.«
Phoenix hatte Mühe, ihre Lippen zu bewegen. »Was haben Sie ihr versprochen?«

Rose griff in die Tasche ihrer weiten Hose und zog einen weißen Umschlag heraus. »Dass ich mit Ihnen in Oklahoma City Kontakt aufnehme und Ihnen dies hier schicke. April hat mir Ihre Nummer gegeben.«
»Sie wussten bereits, wer ich war, als ich herkam?« Sie starrte auf den Brief in Roses Hand.
»Aber ja.«
»Aber Sie haben mir nichts gesagt. Und Sie haben auch niemals versucht, mich anzurufen.« Nicht, dass sie in Oklahoma City erreichbar gewesen wäre.
»Nein.« Rose schüttelte nachdrücklich den Kopf. »Wenn sie mich nicht innerhalb eines halben Jahres anrufen würde, meinte April, dann würde das bedeuten, dass sie nicht könnte. Aber die Postkarten –«
»Sie hat aber nicht von Postkarten gesprochen«, mischte Evangeline sich ein. »Und davon kamen außerdem nach ein paar Wochen schon keine mehr. Sie meinte, dass du etwas unternehmen solltest, wenn sie dich nicht persönlich anrufen würde.«
»Mögen Sie die Ohrringe?« Rose hob ihr Haar an. »Perlmutt in einer Fassung aus vierzehn Karat Gold. Handgemacht.«
»Sehr schön«, sagte Phoenix.
»Und was ist mit den Sandalen? Mir gefiel das geflochtene Leder so gut!«
Phoenix rieb sich die Augen. »Einfach perfekt, Rose.«
»Vielleicht werde ich auch diesen Raum wie in dem Katalog umdekorieren.« Sie zeigte auf die Seite und lächelte. »Auch die Idee mit den Rosen stammt aus einem der Kataloge. Mein Vater hat immer gesagt, dass ich mich mit Rosen umgeben soll!«
»Hören Sie auf, *bitte!*« Es tat Phoenix Leid, mit dieser Frau

so grob umgehen zu müssen, aber sie konnte nicht mehr.
»Kann ich jetzt bitte haben, was April für mich hiergelassen hat?«
Rose senkte den Blick. »Es tut mir Leid.« Geknickt reichte sie den Brief weiter.
Phoenix schob den Finger unter die Lasche und riss den Umschlag auf. Dann zog sie einen handgeschriebenen Brief und ein offizielles Dokument heraus.
»Werden Sie mir sagen, was darin steht?«, fragte Rose flehend.
»Ja«, erwiderte Phoenix, obwohl sie wusste, dass sie es nicht tun würde. Noch nicht jedenfalls, und wenn, dann gewiss nicht vollständig.
»Ich warne dich, Billy«, begann der Brief, »du darfst auf keinen Fall weinen.«

SIEBENUNDZWANZIG

Etwas Dümmeres hätte sie nicht tun können!

Roman begann über die Broad Street auf das Ufer zuzurennen.

Laut Nasty war Phoenix durcheinander. Sie hatte allein sein – nachdenken – wollen. Auf einem anständigen Spaziergang am Wasser. Dieser Park an der Elliott Bay, hatte sie gesagt. Sie kannte Seattle nicht, aber sie hatte den Myrtle Edwards Park gesehen. Shit, er hoffte inständig, dass sie diesen Park gemeint hatte. Wenn sie sich in einem anderen Park beim Wasser befand, konnte er nur beten, dass man ihr nicht von Belle Rose gefolgt war.

Die Warnglocken des Bahnübergangs ertönten, ein rotes Licht begann zu blinken. Er sah, wie sich die rotweißen Schranken zu senken begannen und steigerte sein Tempo.

Zu spät. Er würde nicht mehr rechtzeitig hindurch kommen.

Verdammt, *verdammt!*

Roman bog nach rechts ab und sprintete los. Der Schotter des Gleisbetts knirschte unter seinen Schuhen.

Nasty hatte aus Belle Rose angerufen und ihm erzählt, dass Rose Phoenix einen Brief von April gegeben hatte. Phoenix wäre verschwunden, ohne jemandem den Brief zu zeigen, und sie hätte gleichzeitig sehr desorientiert und besorgt gewirkt. Warum Nasty nicht mit ihr gegangen war? Weil sie behauptet hätte, sie würde direkt zu Roman fahren, nachdem sie eine Weile allein gewesen war.

Allein bei Sonnenuntergang in einem menschenleeren Park, und mindestens zwei Menschen, die sie töten wollten.

Die Containerwagen ratterten an ihm vorbei. Roman joggte neben der Strecke, bis der letzte Wagen an ihm vorbeigefahren war. Sofort setzte er über die Gleise und sprintete über den Grasstreifen. Einen Moment später hatte er den Park erreicht.

Kein Radfahrer. Kein Fußgänger.

Niemand, wohin er auch blickte.

Er suchte das Gebiet ab, das bis zu den Piers reichte. Niemand. Er lief einen kleinen Hügel hinauf, der zu einem Joggerpfad am Wasser führte. Nichts und wieder nichts. Seine letzte Chance waren die Lagerhäuser ganz am anderen Ende des Parks.

Ein seltsamer Druck beherrschte seine Kehle. Er hatte Angst, verdammt noch mal! Er hatte Angst, dass ihr etwas passierte – oder dass ihr bereits etwas passiert war! Was, wenn sie von der Straße abgedrängt worden war wie Ilona?

Nasty war bereits unterwegs. Er fuhr die Strecke zwischen Past Peak und Seattle ab.

Wellen kräuselten sich oberhalb des Treibguts, das an den felsigen Strand zu seiner Linken gespült worden war. Das Wasser schimmerte im Licht der untergehenden Sonne.

Genau wie Phoenix' Haar.
Roman kam abrupt zum Stehen.
Sie saß zwischen zwei V-förmig angeschwemmten Baumstämmen, hatte den Kopf an den einen gelehnt und die Füße auf dem anderen gekreuzt. Die Arme um ihre Mitte geschlungen saß sie dort absolut still, wie erstarrt. Das Einzige, was sich bewegte, waren ein paar kleine Locken, mit denen der Wind spielte.
»Scheiße!« Roman verließ den Weg und sprintete stolpernd und rutschend den Abhang zum Ufer hinab. »Du verdammte Idiotin!«
Sie schaute nicht einmal auf.
Endlich hatte er sie erreicht. »Was zum Teufel ist eigentlich los mit dir?« Er packte sie an den Oberarmen und riss sie auf die Füße. »Du dummes kleines Ding! Schau dich doch um! Hier kann dich *jeder* attackieren!«
Sie senkte den Kopf.
Roman schüttelte sie. »Sieh mich an, verdammt! Wenn du ein Problem hast, dann kommst du damit zu mir, verstanden? Du haust nicht einfach an einen verlassenen Strand ab, wo dich jeder dahergelaufe Spinner umbringen kann.«
Phoenix reagierte nicht.
»*Sieh mich an!* Begreifst du denn nicht, in welcher Gefahr wir uns befinden? Ein falscher Schritt, und einer von uns ist sehr, sehr *tot!*«
»Hör auf!«
Er biss die Zähne so fest zusammen, dass es wehtat. »Hast du mir gerade wirklich gesagt, dass ich aufhören soll? Ja?«
»Ja, das habe ich.« Endlich sah sie ihn an. Sie packte sein T-Shirt, stellte sich auf Zehenspitzen und flüsterte nah an

seinem Kinn: »Hör auf. Geh weg und lass mich allein. Ich bin nicht dein Problem. Verschwinde!«

»Nicht mein Problem?« Bald würde er sich nicht mehr beherrschen können. »Wir zwei wollen heiraten. Ich denke, das macht dich zu meinem Problem.«

»Ein kluger Mann wird wohl kaum freiwillig ein Problem heiraten. Und du willst mich auch nicht wirklich heiraten.«

»Wie bitte? Was redest du da? O Mann, es gab eine Zeit, als ich mich davor gehütet habe, einer Frau zu nahe zu kommen. Damals *war* ich klug.«

»Stimmt.« Sie versuchte, ihn wegzudrücken, doch Roman packte sie fester und schüttelte sie wieder. »Besinn dich am besten wieder auf die Zeit.«

»Was ist passiert? Warum spielst du jetzt verrückt?«

Die Sonne verwandelte ihre Augen in klare grüne Kristalle. »Meine Freundin ist tot. Ich hätte bei ihr sein müssen, als sie mich brauchte. Ich hätte ihr helfen können. Wenn sie nicht so allein gewesen wäre, hätte sie nicht immer wieder die falschen Entscheidungen getroffen.«

»April?«

»Wer sonst!«

Diesmal ließ er zu, dass sie sich losmachte. Sie wäre beinahe gestolpert, doch er half ihr nicht. Sie wandte sich dem Wasser zu und starrte auf die finsteren Kolosse der Olympic Mountains.

Roman zog seine Beretta hervor und überprüfte sie. Dann steckte er sie wieder weg und sah sich unauffällig um. Sein Instinkt sagte ihm jedoch, dass sie allein waren.

Er ging langsam zu ihr, blieb neben ihr stehen und starrte

ebenfalls über das Wasser. »Tut mir Leid, wenn ich etwas heftig zu dir war.«
»Ich muss allein sein.«
»Du brauchst jemanden, der auf dich aufpasst.«
»Ich bin kein hilfloses kleines Dummchen.«
»Und ich kein durchgeknallter Macho. Ich bin realistisch, das ist alles. Du bist in Gefahr, Phoenix. Und du bist meine Verlobte.« Das Wort verursachte ein seltsames Ziehen in seinem Inneren. Er hatte diesen Begriff niemals in Zusammenhang mit »mein« gedacht – ganz zu schweigen davon, es laut auszusprechen. »Wir sind ein Team, Herzchen. Ich gehe dorthin, wo du hingehst, klar?«
»Vielleicht hast du aber keine Lust, dorthin zu gehen, wo ich hin muss. Mein Leben wird sich ändern. Vielleicht kann ich nirgendwo lange bleiben, bis ich getan habe, worum ich gebeten worden bin.«
Roman betrachtete ihr Profil. »Gebeten?«
»Ich muss jemanden suchen, Roman. Ich weiß nicht einmal, wo ich beginnen soll, aber ich muss es auf jeden Fall tun. Ich habe keine Wahl.«
Er streckte ihr die Hand entgegen. »Phoenix. Ich weiß, dass Rose dir einen Brief von April gegeben hat. Sie hat Nasty erzählt, wie sehr das Schreiben dich aufgewühlt hat und dass du deswegen hierher gekommen bist. Du hast behauptet, dass du zu mir kommen wolltest, wenn du ein wenig nachgedacht hast.«
Sie starrte auf seine Hand und packte sie dann mit ihren beiden. »Das habe ich gesagt, ja.«
»Ich bin zwar derjenige, der zu dir gekommen ist, aber es kommt aufs Gleiche heraus.« Er zog sie näher an sich. »Bitte, Phoenix, wir dürfen keine Geheimnisse haben. Sag

mir, was los ist. Was immer du tun musst – ich werde dir helfen!«
»April war verzweifelt.« Sie schaute zu ihm auf, und er sah die unendliche Traurigkeit in ihren Augen. »Sie hatte in San Francisco einen Mann kennen gelernt und sich in ihn verliebt. Er war einer der Partner im Peak Club. Er nahm sie mit nach Past Peak und gab ihr einen Job. Sie hatten eine Affäre. Sie wollte ihn heiraten.«
Roman schlang die Arme um sie und drückte ihr Gesicht an seine Brust. »Stand das alles in dem Brief?«
Sie nickte. »Als sie den Brief schrieb, war sie im vierten Monat schwanger.«
Sein Herz setzte einen Schlag aus und begann so laut zu hämmern, dass er befürchtete, sie könnte es hören. »Sie war sicher, dass er sie heiraten würde, wenn er sich erst einmal an den Gedanken gewöhnt hätte. Aber sie hatte Angst, dass er eine Abtreibung fordern würde, solange es noch erlaubt war, also beschloss sie, für eine Zeit wegzugehen.«
»Mit Dupree?«
»Ja. Auf diesen verdammten Kreuzzug. Der Mann, mit dem sie das Verhältnis hatte, war der Meinung, dass sie beide etwas Abstand voneinander brauchten. Also ließ sie sich überreden, mit Dupree zu gehen. Er plante einen langen Kreuzzug – über Monate! April meinte, er brauchte eine Menge Geld.«
»Er hat auch ziemlich teure Hobbys.«
Ihre Arme schlangen sich um seine Taille. »Sie hat geschrieben, dass ich nicht um sie weinen darf.«
Roman schloss die Augen. *Das sieht ihr ähnlich*.
»Sie sagte, dass sie dem Mann, den sie liebte, zum richti-

gen Zeitpunkt von dem Baby erzählen würde. Roman, sie war überzeugt – oder so gut wie überzeugt –, dass er sie dann heiraten würde. Trotzdem hat sie mir einen Brief hinterlassen, in dem steht, was ich tun soll, falls sie sich irren sollte.«

»Ich weiß nicht, ob ich das verstehe.«

»So geht es mir auch! April hat Rose angewiesen, mir diesen Brief zukommen zu lassen, falls sie nach sechs Monaten noch nichts von sich hat hören lassen.«

»Und wieso hat sie Rose solche Anweisungen gegeben?«

»Weil sie glaubte – und das hat sie wirklich geschrieben –, dass sie sich nur dann nicht melden würde, wenn sie inzwischen gestorben wäre.«

»Und genau das ist passiert.«

Phoenix hob das Gesicht und sah ihn an. »Du musst mir endlich erzählen, was geschehen ist, Roman.«

Er begegnete ihrem Blick, ohne mit der Wimper zu zucken.

»April wollte, dass ich ihr Baby suche – falls es ein Baby gibt.«

Romans Mund wurde trocken. »Und wie sollst du …« Nein. Keine Lügen mehr. Das konnte er ihr nicht mehr antun.

»Als sie starb … das Baby … hatte sie ein Baby bei sich? Roman?«

Er legte seine Stirn an ihre. »Ja. Ja, das Baby war bei ihr. Ein Mädchen.«

»Ein Mädchen.« Die Tränen, die sie nicht weinen sollte, quollen ihr in die Augen. »Wir müssen sie finden. April und ich hatten eine Abmachung getroffen. Wenn eine von uns jemals Kinder haben würde und ihr etwas zustieße, würde die andere alles tun, um für die Kinder zu sorgen.«

Roman brachte kein Wort hervor.

»April hat sogar ein Testament gemacht. Ich bekomme die Vase, die Bücher, alles, was sie hatte. Sogar ihre Ersparnisse. Und das Baby.«

»Das glückliche Baby.«

Phoenix hörte nicht zu. Ihre Augen waren verschleiert.

»Ich, April Clark, bestimme, dass im Falle meines Todes und falls sie dieser Verfügung zustimmt, Wilhelmina G. Phoenix zum rechtmäßigen Vormund für jedes meiner Kinder – auch jene Kinder, die nach Aussetzung dieses Testaments geboren werden – eingesetzt wird.«

»Phoenix –«

»Und wenn Wilhelmina G. Phoenix es wünscht, wird sie jeden Nachkommen von April Clark adoptieren.«

Zum ersten Mal in seinem Leben als erwachsener Mann erfuhr Roman, was unkontrollierbare Angst war. »Wilhelmina«, flüsterte er. Sie sprach von Junior. Er hatte kein Recht auf das Kind. Phoenix schon.

»Billy«, sagte Phoenix. »April hat mich immer Billy genannt. Ich hasse Wilhelmina. Für alle anderen war ich immer nur Phoenix.«

Billy. »April hat von dir gesprochen. Sie hat mich nach Past Peak geschickt … in den Club. Und sie sagte, dass ich … Man hat sie umgebracht.«

Phoenix erstarrte. »Wer?«

»Ich weiß nicht genau. Aber ich bin sicher, dass Geoffrey und Vanessa irgendetwas damit zu tun haben. Ich dachte, dass Miles mit Billy gemeint war. Auch er wird nämlich so genannt. Als April von Billy redete, bin ich davon ausgegangen, dass sie einen Mann meinte.«

»Nein, sie meinte mich.« Ihr Gesicht war aschfahl. »Erzähl mir, was passiert ist.«

Er konnte nicht mehr ausweichen. »Ich war auf einer Mission. Mit Nasty.« Er blickte zum Himmel. »Ein Nachteinsatz. Wir warteten auf jemand – auf einen Mann. Stattdessen lernte ich April kennen. Ein Wohnmobil brachte sie und man … man warf sie einfach hinaus.«

»Wo?«

»Nicht weit von der mexikanischen Grenze, wie ich dir gesagt habe.«

»Und das Baby war bei ihr?«

»Ja.«

»Aber du hast gesagt, April sei umgebracht worden. Vorher hast du mir erzählt, dass du bei ihr gewesen bist, als sie starb.«

Vor seinem inneren Auge spielte sich der Albtraum erneut ab. »Sie starb, als ich … ich *war* bei ihr!«

Phoenix sackte in seinen Armen zusammen. Er hob sie auf und trug sie zu einer geschützten Stelle unterhalb der Uferbefestigung. Er setzte sich und nahm sie auf den Schoß.

Sie schwiegen eine lange Weile. Schließlich fragte sie: »Was haben sie ihr angetan?«

Roman rieb sich mit Daumen und Zeigefinger die inneren Augenwinkel.

»Sag's mir bitte.«

»Sie hatten sie zusammengeschlagen. Und ihr Stichwunden zugefügt.«

Das Geräusch, das Phoenix von sich gab, drehte ihm den

Magen um. Sie packte ihn heftig und sah ihm ins Gesicht. »Und das Baby? Sie haben doch nicht das Baby erstochen, oder?«

»Phoenix, hör mir zu, bitte. Ich kann das nicht … ich kann es nicht ertragen, das alles noch einmal zu durchleben. April ist zusammengeschlagen und niedergestochen worden. Sie wurde in eine Plane eingerollt und in der Wüste in einen Graben geworfen. Sie war noch nicht tot. Ich habe versucht, sie zu retten, aber ich habe es nicht geschafft.« Seine Stimme brach. »Sie ist genau da niedergekommen. Aber ich konnte die Blutung nicht stoppen. Sie war unglaublich tapfer, Phoenix. Sie hat nur an das Baby gedacht.«

Die Frau in seinen Armen wollte nicht mehr tapfer sein. Ihr ganzer Körper schüttelte sich unter ihren entsetzlichen Schluchzern.

Roman selbst kämpfte gegen das ihm unvertraute Brennen in den Augen an. »Sie war ganz ruhig, als ihre Zeit kam. Sie ist friedlich gestorben, Liebes.«

»Zusammengeschlagen und niedergestochen?«, würgte Phoenix hervor und machte sich von ihm los. »Sie ist zusammengeschlagen und niedergestochen worden. Dann hat sie ihr Kind bekommen und ist verblutet. Und du sagst mir, dass sie friedlich gestorben ist? O mein Gott! Oh, bitte nicht! Nicht April! Und das Baby?«

»Ich habe es in mein Hemd geschoben und mitgenommen.«

Phoenix kam taumelnd auf die Füße und blickte auf ihn herab. »Und? Hat es überlebt? Wo ist es jetzt?« Im schwächer werdenden Licht sah er in ihr den Verdacht aufkeimen.

»Es lebt«, sagte er.
»Junior«, murmelte Phoenix.
»Junior«, bestätigte er. »Sie heißt nicht Zinnia. Sondern April. Wie ihre Mutter.«

April hatte gewollt, dass Roman Phoenix suchte.
Sie hörte, wie er sich hinter ihr bewegte. Er hatte sie überredet, die Nacht in seiner Wohnung zu verbringen, sodass sie überlegen konnten, wie sie weiter vorgehen sollten. Am nächsten Tag würden sie beide in den Club gehen, damit Vanessa und Geoffrey auch weiterhin glaubten, dass Roman auf ihrer Seite war.
Die Elliott Bay war in silbriges Mondlicht getaucht. Phoenix starrte auf das glitzernde Wasser. Sie hatte keine Chance, Romans Geschichte nachzuprüfen, doch ihr Instinkt sagte ihr, dass er sie nicht belogen hatte. Sie liebte ihn. Ihr Magen krampfte sich zusammen. Zweifel und Entsetzen waren zwei grausame Spielverderber. Roman konnte nicht der Mann sein, in den April sich verliebt hatte. Er konnte nicht Juniors wirklicher Vater sein.
»Lass gut sein, Liebling«, sagte Roman. »Komm. Wir beide müssen morgen fit sein.«
»Ja.«
Alles, was er gesagt hatte, war möglich. Unglaublich, aber möglich. Er war zufällig mitten in der Wüste gewesen und hatte auf jemanden gewartet, als April, hochschwanger und im Sterben liegend, in einen Graben geworfen worden war. Er hatte ihr Baby auf die Welt geholt, und April war gestorben. Anschließend war er ihren wenigen Hinweisen gefolgt, nach Past Peak gekommen und hatte sich dort für viel Geld eingekauft, um sich den Leuten

nähern zu können, die er für den Tod einer wunderbaren Frau verantwortlich hielt.
Er war Partner im Peak Club.
Phoenix wusste nicht genau, wie lange er bereits Partner war, aber sie würde es morgen herausfinden – und wenn es sie umbrachte. Sie fröstelte. Im Peak Club gab es Leute, die offenbar über Leichen gingen – wie kam sie nur darauf, dass sie, Phoenix, etwas gegen diese Leute unternehmen konnte?
Diese Leute.
Roman war einer von diesen Leuten.
»Phoenix?«
Wenn sich herausstellte, dass er sich erst nach Aprils Verschwinden in den Peak Club eingekauft hatte, dann musste seine Version der Ereignisse stimmen.
»Phoenix, Liebes?« Seine Hand legte sich auf ihre Taille. »Bitte entspann dich eine Weile.«
»Das kann ich nicht.«
Er wühlte sich mit dem Gesicht durch ihr Haar und küsste ihren Nacken. Phoenix ließ den Kopf nach vorne fallen. Sie wollte vergessen. Sie wollte ihm glauben. Sie wollte lieben und geliebt werden. Sie wollte diesen Mann.
»Du bist ganz kalt.«
»Mir ist auch kalt.«
»Wir können April nicht zurückbringen. Aber wir können uns um das Kind kümmern. Kann dich das nicht ein wenig trösten?«
»Etwas.« Ihre Kehle war plötzlich wie zugeschnürt, und sie schluckte ein paar Mal. »Die Kleine ist wunderschön.«
»Das schönste Kind der Welt.«
»Und du hast beschlossen, dich um es zu kümmern.«

»Zuerst nicht. Ich hatte eigentlich vorgehabt, sie bei der erstbesten Behörde abzugeben. Aber dann konnte ich es nicht.«

Ein großer, knallharter SEAL hatte es nicht übers Herz gebracht, ein Neugeborenes abzugeben. »Du hast mich belogen.«

Er drehte sie um und drückte sie an sich. Er war erregt.

»Du hast mich belogen«, wiederholte Phoenix. Trotz ihrer unmäßigen Trauer reagierte ihr Körper auf ihn.

»Ich habe dir die Wahrheit verschwiegen.«

»Wortklauberei. Auch Dusty hat gelogen. Und Nasty.«

Langsam und lasziv rieb er seinen harten Penis an ihrem Bauch. »Hauptsächlich durch Auslassungen.«

Sie konnte nicht anders, als ihn mit ihrer Hand zu umfassen. »Dass du anfänglich gelogen hast, kann ich ja verstehen. Aber nachher, nachdem wir … du hättest es mir doch sagen können.«

»Ich wusste nicht wie. Allein die Nachricht von ihrem Tod hat dich völlig fertig gemacht. Und die Einzelheiten … Liebling, ich muss mit dir schlafen.«

Phoenix nahm seine Hände und legte sie über ihre Brüste. »Bist du … oh, Mist!«

Er lachte leise. »Wenn du dich so schockierend ausdrückst, weiß ich immer, dass ich mich vorsehen muss.«

»Ist Junior dein Kind?«

Er erstarrte. Seine Fingerspitzen gruben sich in ihre Brüste. In die Leidenschaft in seinen Augen stahl sich ein fiebriger Glanz.

»Roman –«

»Sag nichts mehr.« Er begann heftig zu atmen. Sehr beherrscht umfasste er ihren Brustkasten und legte die

Daumen auf die Spitze ihrer Brüste. »Ob ich Juniors Vater bin? Ist es das, was du wissen willst?«
Sie brachte kein Wort hervor.
Er packte hart zu und bewegte sich so rasch, dass sie gefallen wäre, wenn er sie nicht hochgehoben hätte. Ihre Waden stießen gegen sein provisorisches Bett. Sie fielen gemeinsam auf die Liege.
»Nicht so«, flüsterte sie.
»Nicht wie? Was ist los?«
»Lass uns nicht im Zorn Liebe machen.«
»Liebe?« Sein Lachen klang hässlich und machte ihr Angst. »Geht es denn hier um Liebe?«
Nichts zählte mehr – außer der Wahrheit. »Warst du der Mann, in den April sich in San Francisco verliebt hat?«
Er ließ sich neben sie plumpsen und vergrub sein Gesicht in der Matratze. Der Laut, den er von sich gab, klang nicht menschlich.
»Roman?«
Er legte ihr eine Hand über den Mund und schnitt ihr damit das Wort ab. Sie hatte Mühe, durch die Nase zu atmen.
»Du traust mir zu, eine hilflose Schwangere umzubringen? Das ist es doch, was du denkst, nicht wahr? Ich liebe dich! Ja, spaßigerweise liebe ich dich immer noch. Und du? Denkst du, du hast dich in einen Mörder verliebt?«
Sie murmelte etwas unter seiner Hand.
»Kannst du denn ernsthaft glauben … Ich meine, warum? Warum hätte ich April umbringen sollen? Wegen des Babys? Dann ist doch die Frage, warum ich es bei mir habe, oder?«
Phoenix versuchte, ihn wegzudrücken.

»Was sollte das für einen Sinn ergeben? Und dann kommst du und willst herausfinden, was mit deiner Freundin geschehen ist, und ich beginne schnurstracks eine Affäre mit dir? Wieso sollte ich das tun?«

Endlich konnte sie seine Hand wegschieben. »Weil du von dem Brief wusstest. Weil du Junior wider Erwarten liebtest und Angst bekamst, dass ich sie dir wegnehmen würde.«

Er ließ sich mit seinem ganzen Gewicht auf ihr nieder. »Ich wusste nichts von einem Brief. Aber was zählt das schon? Wenn ich wirklich vor irgendwas Ähnlichem Angst gehabt hätte, dann hätte ich dich schon ein Dutzend Mal umbringen können!«

Phoenix brach unter der extremen Spannung zusammen. Ihr Körper begann, unkontrolliert zu zittern, ihre Zähne schlugen aufeinander. Alles, was er sagte, war schlüssig. Und doch hätte er ihr von Junior erzählen müssen. Er hätte sie nicht anlügen dürfen.

»Vertrauen lässt sich nicht auf Lügen aufbauen«, sagte sie leise.

»Ich halte das nicht mehr aus.« Er fing an, sich an ihr zu reiben, zerrte an ihrer Bluse und sprengte die Knöpfe. »Wenn ich nicht gleich in dich eindringen kann, werde ich wahnsinnig.«

Phoenix schrie auf. Sie stemmte sich gegen ihn. »Nein, Roman. Wir haben nie mehr eine Chance, wenn du mich …«

»Vergewaltigst? Ich will dich nicht vergewaltigen. Ich will dich spüren! Ich will spüren, dass wir am Leben sind. Ich will, dass du dich mir hingibst, weil du an mich glaubst!«

Die Bluse zerriss. Ihre Jeans schrammten über ihre Hüften. »Sag mir, dass du mich willst, Phoenix. Bitte sag mir, dass du mich willst!«

Ihr Spitzen-BH gab ihre Brüste frei. Er schloss seine Lippen um einen Nippel und begann zu saugen und zu lecken, bis sie sich ihm entgegenbog.

Sex. Hier ging es nur noch um Sex. Aber sie sehnte sich nach Sex mit Roman.

Er stand auf und blickte auf sie herab. »Sag mir, dass ich aufhören soll, und ich tue es.« Während er sprach, zog er den Pullover über den Kopf und öffnete seine Jeans. Sein behaarter Oberkörper war mit einem feinen Schweißfilm bedeckt. Seine Bauchmuskeln traten hart hervor.

»Phoenix, sag's mir.«

Sie konnte es nicht.

Er packte ihren Slip und riss ihn herunter.

»Sag's mir!«

Sie öffnete den Mund. Ihre Zunge glitt über die Lippen. Roman stöhnte auf und fiel auf die Knie. Er wühlte sein Gesicht zwischen ihre Schenkel und stieß mit seiner Zunge in ihre Scham. Phoenix schrie auf und griff in sein Haar. Seine Zunge leckte und stieß in sie, bis sie vor Lust verrückt zu werden glaubte.

»Hör auf! Nicht!« So durfte es nicht sein.

Er unterbrach sich gerade lang genug, um zu sagen: »Ganz bestimmt hast du davon auch gelesen, oder? Davon, was Frauen mögen.«

Sie wollte wieder protestieren, doch die Worte sollten nicht über ihre Lippen kommen. Ein alles verzehrender Orgasmus explodierte in ihrer Klitoris und sandte heiße Wogen in tiefere Gefilde, die noch lange nicht befriedigt waren.

Phoenix zog die Knie hoch.
Roman schob sie höher und legte sich ihre Füße über die Schultern, während seine geschickte Zunge tiefer in sie hineinstieß.
Phoenix versuchte, mit den Hüften auszuweichen.
»Was willst du?«, murmelte er.
»Dich!«
Seine Jeans fielen neben ihre zu Boden.
Dann kam er zu ihr.
Ihre Unterschenkel über seinen Schultern, packte er ihre Hüften und stieß seinen harten Schaft tief in sie hinein.
Ihr Körper schüttelte sich, als sie zu schreien begann – und Roman rief ihren Namen.
»Ich liebe dich!«
»Ja.« Ihr ganzer Körper schien sich aufzulösen.
Er straffte sich und packte sie fester. Es gelang ihm tatsächlich, noch tiefer in sie einzudringen. »Ich liebe dich, Phoenix!«
»Ich liebe dich«, schrie sie. »Und ich vertraue dir!«

Im ersten Licht der Dämmerung rollte sich Phoenix zur Seite, um Roman im Schlaf zu beobachten. Stundenlang waren sie übereinander hergefallen. Hatten sich geliebt und waren wieder übereinander hergefallen. Roman hatte jeden Zentimeter ihrer Haut gekostet, hatte Dinge getan, die sie selbst jetzt noch erröten ließen … und weswegen sie gerne noch öfter erröten würde. Er war auf Arten und Weisen in sie eingedrungen, die in keinem Buch erwähnt waren, und manchmal hatte er es beinahe gewalttätig getan, während er sie dann wieder so behutsam behandelt hatte, als wäre sie aus Glas.

Inmitten ihrer brodelnden Leidenschaft hatte es Augenblicke gegeben, in denen sie Pläne geschmiedet hatten. Später würden sie in den Club fahren. Roman würde sich Geoffrey vorknöpfen und ihn zum Reden bringen. Phoenix wollte nicht wissen, wie er es tun würde – wichtig war allein, dass es ihm gelang. Und während er sich mit Geoffrey unterhielt, würde sie dafür sorgen, dass sie nicht gestört wurden.

Behutsam streckte sie sich auf ihm aus und legte ihren Kopf an seine Schulter. Das Kitzeln seiner Brusthaare ließ ihre Nippel augenblicklich steif werden.

Seine Arme umschlangen sie, doch er wachte nicht auf.

Sie hatte ihm gesagt, dass sie ihm vertraute. Und heute würde sie ihr Leben in seine Hände legen.

Sie hatte keine andere Wahl, als ihm zu vertrauen.

»Wie ist dein Name?«

Phoenix fuhr zusammen und hob den Kopf. Er hatte die Augen einen Spaltbreit offen. »Hm?«

»Sag mir deinen Namen, W.G.«

»Das habe ich doch schon. Einmal reicht.«

»Das G. Wofür steht das?«

Phoenix ließ ihren Kopf wieder an seine Schulter sinken. »Das habe ich noch nie jemandem gesagt. Nicht einmal April. Gunhilda.«

»Oh.«

»Ja.« Wenigstens lachte er nicht. »›Oh‹ trifft es ziemlich gut.«

Ein tiefes Rumpeln brachte seine Brust zum Beben.

»Du lachst mich ja doch aus!«

»Nicht aus«, brach es aus ihm heraus. »Ich lache dich an, Wilhelmina Gunhilda.«

Sie *musste* ihm einfach trauen.

ACHTUNDZWANZIG

Als der Anrufbeantworter ansprang, ertönte Vanessas Stimme. »Roman? Bist du da?« Er begegnete Phoenix' Blick. Sie hatte sich wieder auf ihm ausgestreckt, und wenn es nach ihm gegangen wäre, hätte sie dort ewig bleiben können.

»Okay«, fuhr Vanessa fort. »Es ist dringend. Es geht um ein Mitglied unseres VIP-Clubs. Er droht, uns empfindlich auf die Zehen zu treten, wenn wir ihm nicht dazu verhelfen, seinen Lebenstraum zu erfüllen.«

Phoenix griff nach dem Hörer und reichte ihn Roman. Er seufzte. »Ich bin hier, Vanessa.«

»Warum nimmst du erst jetzt ab? Warst du gerade beschäftigt?«

Er schloss die Augen. »So kann man es nennen.« Phoenix legte ihre Hand über seinen Penis, der sich sofort wieder aufzurichten begann.

»Phoenix?«, fragte Vanessa.

»Ich bin ein Mensch, Gräfin. Wie jeder Mann muss ich von Zeit zu Zeit eine Stange Wasser wegbringen. Und genau das habe ich gerade getan.«

Phoenix Kopf schoss hoch und ihre Lippen formten ein erbostes »Ohh«.

»Schon gut«, bemerkte Vanessa indigniert.

»Um welches Mitglied geht es?«

»Otto Perkin. Hat was mit Software zu tun.«

»Software, ja?« Er sah Phoenix grinsen und fletschte im Spaß die Zähne. »Was will er?«

»Eine Tauchexpedition. Möchte sich einmal wie ein SEAL fühlen. Heute Nacht.«

In Roman begannen sämtliche Alarmsirenen zu schrillen. »Geht nicht. Ich muss den Typen erst sehen.«

»Warum?«

Sein Schnauben kam überzeugend. »Weil ich keinen tödlichen Unfall riskiere. Ich muss ihn mir erst mal ansehen. Außerdem braucht er ein einwandfreies Gesundheitszeugnis.«

»Das hat er. Geoffrey und ich haben uns so etwas gedacht. Er war heute Morgen beim Arzt.«

Verdammt. »Ich tauche nur mit Leuten, die sich mit der Ausrüstung auskennen.«

»Unsinn.« Vanessas Stimme klang samtig. »Du bist mit anderen tauchen gegangen und hast es ihnen im Boot erklärt. Was hast du gegen den armen Otto?«

Vanessa klang zu aufgeräumt. *Das* hatte er gegen den armen Otto.

»Roman? Ich habe dich etwas gefragt.«

»Heute Nacht?«

»Ja. Er will Sprengsätze an ein Schiff anbringen oder so was.«

Roman starrte zur Decke. »Das wollen sie alle. Die sind doch alle nicht ganz dicht.«

»Aber reich, Darling. Was kümmert uns ihre Psyche?«

Argumente würden sie nicht umstimmen. »Also gut. Ich bin in etwa einer Stunde da.«

»Nicht nötig. Geoffrey und ich sind schon auf dem Sprung. Wir geben dir telefonisch durch, wo du Otto treffen sollst. Du kennst ihn übrigens noch nicht. Er ist neu.«

Vielleicht konnte er mit Ehrlichkeit etwas erreichen. »Das gefällt mir nicht!«

Sie zögerte nur einen kurzen Augenblick. »Sei nicht albern, Darling. Ich würde dich wohl kaum um so etwas bitten, wenn ich nicht der Meinung wäre, dass es für uns alle gut ist, oder?«

Wer's glaubt … »Sicher nicht.«

»Übrigens ist Phoenix nicht auf Belle Rose.«

Warum nicht wieder ehrlich sein? »Sie ist hier.«

Dieses Mal schwieg sie länger. »Sei vorsichtig, Roman. Ich weiß, dass du deinen Spaß hast, aber sie ist gefährlich.«

»Keine Sorge. Ich werde schon mit ihr fertig.«

»Davon gehe ich aus. Hat sie auch auf den Brüsten Sommersprossen?«

Er biss die Zähne zusammen, antwortete aber schließlich. »Ja.«

»Hm. Rothaarige sind wirklich reizvoll. Wie sind die Nippel? Blass?«

Die Frau verursachte ihm Übelkeit. »Ja.«

»Schmeckt die Haut salzig?«

»Hm.«

»Wie geschickt ist sie mit dem Mund?«

»Vanessa, was soll das?«

Sie lachte. »Ich bin doch nur neugierig, Darling. Wie wäre es, wenn wir mal einen Abend zusammen verbringen, wir drei?«

Er verengte die Augen. »Klingt aufregend.« Und es klang,

als ob die Expedition in dieser Nacht doch kein abgekartetes Spiel war.

»Oh, es *wird* aufregend werden«, erwiderte Vanessa mit rauchiger Stimme. »Wie wär's mit morgen?«

Nicht, wenn er es verhindern konnte.

»Nimm sie mit heute Abend. Wir sorgen für eine zusätzliche Ausrüstung.«

»Keine gute Idee.«

»Unfug. Sag ihr, dass du alles mit ihr teilen willst. Sie wird gerührt sein. Je mehr Vertrauen sie hat, umso besser. Es wird es uns leichter machen, das Notwendige zu tun. Nachdem wir unseren Spaß gehabt haben.«

»Mir gefällt die Sache immer noch nicht.«

»Aber du tust es trotzdem, nicht wahr? Hast du schon mal eine Frau getötet, während du sie gevögelt hast?«

Er wandte das Gesicht ab.

»Roman?«

»Nein.«

Sie lachte leise. »Dann machen wir es genau so. Morgen Abend gönnen wir uns erst ein bisschen Spaß miteinander. Keiner wird leer ausgehen. Und dann will ich zusehen.«

Roman spürte, dass Phoenix ihn ansah. Doch er konnte den Blick nicht erwidern.

»Oder noch besser: Du tust es, während ich sie zum Orgasmus bringe!«

»Bis dann.« Roman hängte auf. Er packte Phoenix und rollte sich herum.

»Autsch!« Sie wand sich in seinem Griff. »Du tust mir weh.«

Er sah ihr in die Augen. »Traust du mir wirklich?«

»Ja.«
Er küsste sie. »Gut.«
Sie erwiderte seinen Kuss. Diesmal war sie es, die fest zupackte, als sie die Arme um seinen Hals schlang.
Er beschwerte sich nicht.

»UDT.« Otto Perkins lachte wie ein albernes Kind. »Kennen Sie doch bestimmt.«
Roman war dankbar für die Finsternis unter dem Pier. »Nein.« Das Schlauchboot schaukelte leicht. Er hatte Otto und Phoenix bereits das Wichtigste erklärt.
Otto stieß einen ungläubigen Laut aus. »Nicht? *Underwater Demolition Team* – ein Unterwasser-Zerstörungstrupp. Sind Sie sicher, dass Sie bei den SEALs waren?«
»Doch, ja.«
»Und sie?«
Roman blickte auf Phoenix in ihrem Taucheranzug. »Sie war nicht bei den SEALs.«
»Witzig, witzig. Und wozu ist sie hier? Um mir nachher abgekühlte Körperteile zu wärmen?«
»Zum Beispiel.« Roman leuchtete mit der Taschenlampe auf die Sauerstoffbehälter, um die Messinstrumente zu überprüfen. Pierre hatte Otto und die Ausrüstung abgeladen und war wieder verschwunden.
»Aber IBS!« Otto war sichtlich stolz auf sein Wissen.
»Und was ist das?«, konnte Roman nicht widerstehen zu fragen.
»Das gibt's doch nicht! Wissen Sie überhaupt was? Wir sitzen in einem – in diesem Schlauchboot nämlich. Na ja, wahrscheinlich sind Sie schon so lange raus, dass Sie alles vergessen haben.«

»Nein. Ich wollte Sie ja bloß testen. Haben Sie das aus Filmen?«

Otto feixte. »Nein, aus Büchern. Teufel, ihr seid ein kaltblütiger Haufen, nicht wahr? Ich weiß, was ihr in Vietnam gemacht habt. Lautlose Killer, die über Leichen gehen.«

Roman war nicht in Vietnam gewesen, aber er verzichtete auf die Klarstellung. »Alles, was getan worden ist, war dazu gedacht, einen langen Krieg zu beenden. Zumindest in der Theorie. Sind Sie bereit?«

»Ja.«

Phoenix schwieg. Als er ihr gesagt hatte, wohin sie gehen würden, hatte sie nicht protestiert, aber er spürte, dass sie immer wachsamer wurde.

Otto zog seine Atemmaske über das Gesicht, und Roman wies ihn nicht darauf hin, dass das noch warten konnte.

»Müssen wir *rudern*?«, fragte der untersetzte Mann, als er sah, wie Roman die Ruder positionierte.

»Jawoll«, erwiderte Roman. »Packen Sie an, Seemann. Und tun Sie, was ich Ihnen sage.«

Roman hielt Otto zugute, dass er nicht protestierte. Er schwang kräftig die Ruder, passte sich rasch an Romans Rhythmus an und befolgte dessen Anweisungen, ohne zu murren. Schnell glitten sie an den Containerschiffen vorbei, die in der Bucht beladen wurden. Durch sein Nachtglas konnte Roman die einzelnen Schiffe genau erkennen.

»Haben wir eine Taschenlampe?«, flüsterte Otto so laut, dass er ein paar schlafende Möwen aufschreckte.

»Wir brauchen keine«, murmelte Roman, der gerade die finsteren Umrisse eines ausrangierten Tankers ausge-

macht hatte. »Im Wasser benutzen Sie die Lampe an Ihrem Kopf. Ziel direkt voraus.«
Das Boot glitt an dem rostigen Rumpf eines gigantischen Tankers entlang. Ottos Erregung wuchs mit jedem Meter. Er gluckste und kicherte ohne Unterbrechung, legte seine Sauerstoffflasche jedoch genau so an, wie Roman es ihm gezeigt hatte. Auch Phoenix machte sich bereit. Roman wollte sie zwar nicht mit hinunternehmen, konnte sich aber auch nicht dazu durchringen, sie im Boot allein zurückzulassen. Wenn er nicht befürchtet hätte, dass Vanessa an seiner Loyalität zu zweifeln begann, hätte er darauf bestanden, dass Phoenix dieser »Mission« fernblieb.
»Also«, begann er. »Denken Sie an das, was ich Ihnen gesagt habe. Sehen Sie mir zu und bleiben Sie nah bei mir. Zunächst geht es darum, richtig ins Wasser zu gleiten.«
»Als ob ich das nicht wüsste«, johlte Otto. »Nehmen Sie das Zeug mit. Ich gehe schon mal vor.«
Roman hatte die Sprengstoffattrappen bereits in den Händen. Bevor er etwas unternehmen konnte, hatte Otto sich auf die Seite des Schlauchboots gehievt und sich rückwärts ins Wasser plumpsen lassen.
Diesmal war es Phoenix, die kicherte.
»Was?«, fragte Roman gereizt.
»Er ist unglaublich«, sagte sie. »Wir müssen aufpassen, dass er sich nicht selbst umbringt.« Und damit folgte sie Otto.
Roman rollte sich seitlich aus dem Boot und verspürte augenblicklich das Wohlgefühl, das ihn immer dann überkam, wenn er das tat, was er immer schon am besten gekonnt hatte. Er knipste die Lampe an. Unter ihm waren die Lichter der anderen beiden zu sehen. Der Rumpf des

Schiffes war ein gigantischer Schatten in der Schwärze der nächtlichen See.
Er bewegte die Flossen und schoss hinab, bis er zu Phoenix aufschloss, die tauchte, als hätte sie nie etwas anderes getan. Er musste sie fragen, ob sie es gelernt hatte oder ein Naturtalent war. Roman hatte Naturtalente kennen gelernt – wenn auch sehr wenige.
Zusammen holten sie Otto ein. Roman tippte dem Mann auf die Schulter und zeigte auf den Rumpf. Otto, dem man selbst im Wasser seine kindliche Begeisterung ansehen konnte, bedeutete Roman, dass er ihm die Dummy-Sprengladungen geben sollte.
Einen Moment lang zögerte Roman. Doch dann gab er Otto das Päckchen. Er hatte dem anderen bereits gezeigt, wie man die Magneten befestigte und den Kitt, der den Lärm schluckte und ein Verrutschen verhinderte, anbrachte.
Statt direkt auf den Punkt, den Roman ihm gezeigt hatte, zuzuschwimmen, bewegte sich Otto auf den Bug zu. Phoenix und Roman traten nebeneinander Wasser, als Otto um den Bug herum verschwand.
Roman wartete. Er sah im Licht seiner Lampe auf die Uhr und – wartete. Dieser debile Spinner brauchte zu lange. Phoenix' Hand legte sich auf seinen Arm und drückte ihn leicht. Auch sie machte sich Sorgen.
Roman nickte, bedeutete ihr, an die Oberfläche zu schwimmen, und tauchte hinter Otto her.
Er war noch nicht weit, als er die andere Gestalt wieder um den Bug kommen und auf sich zuschwimmen sah. Seine Erleichterung war größer, als es der Situation angemessen war. Doch er wünschte sich nichts mehr, als

zu Phoenix zurückzukehren und sie in seine sichere Wohnung zu bringen.
Er deutete mit dem Daumen aufwärts und wartete, dass Otto zu ihm aufschloss.
Auf den Hieb in seine Körpermitte war er nicht vorbereitet. Roman sackte vornüber, tastete aber gleichzeitig nach dem Messer, das an seinem Schenkel befestigt war.
Er hatte nicht einmal Zeit, den Griff zu packen. Der nächste betäubende Hieb traf seine Kehle. Roman bäumte sich auf. Blinzelnd erkannte er die Umrisse eines Mannes im Neoprenanzug. Das war nicht Otto. Der Mann hier war größer. Kräftiger.
Er bog die Beine zurück.
Sein Angreifer hatte die Bewegung erwartet und schwang sich auf Romans Rücken. Gleichzeitig spürte Roman einen glühend heißen Schmerz in seiner Schulter. Instinktiv rang er nach Luft – und bekam keine. Durch den Schleier des Schmerzes sah Roman den abgeschnittenen Luftschlauch vor seinem Gesicht umhertanzen.
Eine dunkle Wolke waberte an ihm vorbei. Blut. Sein Blut. Der unbekannte Taucher hatte ihm die Luftzufuhr durchgeschnitten und gleichzeitig ein Messer in den Rücken gejagt. Romans Arme wollten sich nicht bewegen.
Sein Körper sank. Drehte sich und sank. Kälte, Sauerstoffmangel und der Schock lähmten seinen Verstand und seine Reflexe.
Ein Licht flackerte über ihm. Er schaute benebelt auf und sah den Taucher auf die Oberfläche zuschwimmen. Dort war das Boot. Und Phoenix.
Der Schmerz in seinen Lungen wurde langsam übermächtig. Roman hob die bleiernen Arme über den Kopf

und zwang sich, die Füße zu bewegen. Jahrelange Übung erlaubte es ihm, mit beinahe instinktiven Handgriffen die Sauerstoffflasche abzugreifen. Ohne dieses Zusatzgewicht schoss er aufwärts.
Das Blut rauschte in seinen Ohren.
Er sah Bläschen vor seinen Augen aufsteigen. Luftbläschen.
Die letzte Luft, die in seinen Lungen geblieben war.
»Roman! Roman!« Er hörte seinen Namen und wusste, dass er an der Oberfläche war.
»Roman, hier! Hier drüben!«
Phoenix' Stimme klang nah. Sein Kopf stieß gegen das Boot, und er sah, dass Phoenix sich an die Seite klammerte.
»Du bist verletzt«, keuchte sie. »Ich habe gesehen, dass etwas passierte, aber ich konnte nicht schnell genug zurück.«
Ein paar Meter entfernt brach eine weitere Gestalt durch die Oberfläche.
»Mist«, murmelte Phoenix. »Wir werden angegriffen. Er war es, der dich erwischt hat, oder?«
Roman nahm seine restliche Kraft zusammen. »Sei still und lass dich ins Boot hieven.« Er stemmte sich gegen sie und wartete auf den Plumps. »Leg dich auf den Boden.«
Der Schwimmer kam immer näher.
»Von wegen«, fauchte sie und richtete sich auf. »Dem Mistkerl werde ich zeigen, was passiert, wenn man dich anfasst!«
»Phoenix, lass –« Weiter kam er nicht.
Ein Schuss zerriss die Stille. Dann noch einer.
Der Schwimmer fluchte und tauchte ab.

Roman starrte auf Phoenix, die seine Beretta in beiden Händen hielt. Er sah, wie die Waffe bebte – und wohin die Mündung zeigte.

»Heilige Scheiße«, sagte er genüsslich. »Du hast den Kerl verjagt. Ich hoffe nur, dass gerade kein Vogel über ihm schwebte.«

»W-wieso?« Ihre Zähne klapperten rhythmisch.

»Weil du den sonst abgeschossen hättest!«

NEUNUNDZWANZIG

Das macht dir Spaß, oder?«

Nasty bedachte Roman mit einem leidenschaftslosen Blick und wandte sich wieder dem Erste-Hilfe-Kasten zu, dem er Nähmaterial entnahm.

Roman, der bäuchlings auf Dustys viel zu kurzem Küchentisch lag, grub die nackten Zehen in die Lehne des Sessels, den sie aus dem Wohnzimmer geholt hatten.

»Tupf das noch einmal ab«, wies Nasty Phoenix an, die gehorsam mehr von der antiseptischen Lösung auf die tiefe, aber bereits gereinigte Schnittwunde zwischen Romans linker Schulter und dem Rückgrat gab. Nasty spreizte die Finger in den Gummihandschuhen und sagte: »Ich glaube eigentlich nicht, dass der Typ dich verwunden wollte – ich denke, dass er nur den Luftschlauch durchtrennen wollte. Er hätte dich nur lange genug unter Wasser halten müssen, dann hätte es wie ein Unfall aussehen können.«

»Mit *durchschnittenem* Schlauch?«, Roman schnaubte.

Phoenix strich ihm übers Haar. »Das ist doch jetzt egal. Entspann dich.«

»Entspannen?« Seine Stimme wurde schrill. »Du und ich wären beinahe in der Elliott Bay ersoffen. Elliott Bay! Meine Güte, das muss man sich mal vorstellen. Meine Ex-

Kumpels hätten sich totgelacht! Gott, das hätte ich nicht überlebt!«
Phoenix gab sich alle Mühe, ihr Lachen zu unterdrücken. Dusty besaß diesen Takt nicht. »Diese Schmach ist dir ja gerade noch erspart geblieben«, sagte er feixend. »Dank der Anwesenheit einer gewissen Lady, die selbstständig denken und handeln kann, bist du hier bei uns und kannst uns auf die Nerven gehen. Jetzt stopf dir 'ne Socke in den Mund und lass Nasty nähen.«
Roman zog die Brauen zusammen.
»Es war auf jeden Fall klug, das Boot dort zu lassen und zurückzuschwimmen«, fuhr Dusty fort. »Mit ein bisschen Glück glaubt der Kerl, der dich angegriffen hat, dass du untergegangen bist. Und dass Phoenix dir nachgetaucht ist. So haben wir wenigstens etwas Zeit gewonnen.«
Nasty hielt eine Spritze ins Licht und stach dann mehrfach in die Haut unter der Wunde. Roman sog bei jedem Pieks die Luft durch die Zähne.
»Es war allerdings kein Spaß, im Taucheranzug herzufahren«, bemerkte Phoenix in dem Versuch, die Spannung etwas zu lockern. Sie hatte ein schlechtes Gewissen, dass ihr angesichts Romans gar nicht so knallhartem Verhalten zum Lächeln zumute war.
»Verwundet im Taucheranzug«, murmelte Roman trotzig.
Nasty beugte sich mit der Nadel über die Wunde.
»Hör auf, dich dafür zu kasteien, dass du ein Mensch bist«, sagte Dusty zu Roman. »Ich weiß noch, wie du den ohnmächtigen Bill Compton aus einem brennenden Hangar geholt hast.«
»Ja«, fügte Nasty hinzu, der konzentriert seine Stiche setzte. »Und damals hattest du ein gebrochenes Bein. Ich

weiß nicht, was es jetzt zu lamentieren gibt. So bist du doch sonst nicht.«

»Ich war auch noch nie so unvorsichtig. Ich hätte mich vergewissern müssen, dass der Taucher wirklich Otto war. Phoenix hätte für diese Unterlassung übel bezahlen können.«

»Hat sie aber nicht«, sagte Phoenix. »Und diesmal können wir wohl sicher davon ausgehen, dass es sich um Geoffreys und Vanessas Werk handelt, oder? Otto sollte uns in die Falle locken. Er wirkte dämlich genug, um echt sein zu können, und wir sind beide darauf hereingefallen. Wahrscheinlich hat der andere auf der anderen Seite des Tankers gewartet, dass Otto kam und er seinen Platz einnehmen konnte.«

»Klingt logisch«, sagte Nasty, ohne von seiner Arbeit aufzublicken. »Hoffen wir nur, dass er euch beide nicht hat wegschwimmen sehen.«

»Wir haben die Lampen ausgemacht«, sagte Roman. »Und falls er wusste, dass ich einen Rover fahre, dann hat er ihn an den Docks entdeckt. Wir sind mit Phoenix' Chevy gekommen. Ich möchte nur wissen, wer das war.«

»Geoffrey?«, fragte Dusty.

Roman zuckte die Achseln und heulte prompt auf.

Phoenix griff nach seiner Hand. »Das glaube ich nicht. Geoffrey ist groß und kräftig, aber nicht auf die athletische Art, wenn Sie wissen, was ich meine.«

»Fertig«, verkündete Nasty. Er trat einen Schritt zurück und bewunderte sein Werk. »Darin bin ich verdammt gut.«

»Und bescheiden obendrein.« Roman hievte sich hoch und setzte sich auf die Tischkante. Er knuffte Nasty in den Arm. »Danke, Kumpel. Im Krankenhaus hätten sie mit Sicherheit zu viele Fragen gestellt.«

»Und was jetzt?« Dusty stellte einen Kessel auf den Herd und holte eine Schnapsflasche aus dem Regal. »Verstecken wir Phoenix' Auto und warten einfach ab, was passiert?«

»Ich will so schnell wie möglich zum Peak Club«, erwiderte Roman. »Und zwar bevor sie auf die Idee kommen, dass wir ihnen auf der Spur sind. Wenn sie die Chance bekommen zu verschwinden, erwischen wir sie vielleicht nie.«

»Elf-Uhr-Nachrichten.« Dusty schaltete den kleinen Fernseher auf der Küchentheke ein. Er bereitete vier Becher Instant-Kaffee zu und schüttete in jeden eine anständige Portion Rum. »Vom Arzt empfohlen«, sagte er, als er Phoenix einen Becher reichte.

Sie zog die Nase kraus, trank aber schließlich.

Roman trank seinen Becher in wenigen Schlucken aus und gab ihn Dusty zum Nachfüllen zurück. Dann ließ er sich ungelenk in seinem Sessel nieder.

Die Nachrichten begannen.

Phoenix spürte, wie sich der Alkohol als angenehme Wärme in ihren Innereien ausbreitete.

»Es wird keine Meldung geben«, sprach Nasty aus, was sie alle dachten. »Es wäre viel zu früh … und viel zu unspektakulär. Es sei denn, da ist etwas, von dem wir noch nichts wissen.«

Die Top-Story der lokalen Nachrichten handelte von drei Vermissten – vermutlich Ertrunkenen – in der Elliott Bay.

Roman setzte sich ruckartig auf.

»Heilige Scheiße«, murmelte Dusty.

»Nicht fluchen«, sagte Roman geistesabwesend, während er wie gebannt auf die Mattscheibe starrte.
»Die meinen andere«, sagte Nasty. »Geht gar nicht anders.«
»Nein, wir sind gemeint«, erwiderte Phoenix leise. Ohne hinzusehen, tastete sie nach einem Stuhl und ließ sich darauf fallen. »Ich spüre es.«
»Wie die Gräfin von Leiden aus dem exklusiven Peak Club in dem kleinen Ort Past Peak meldete, sind einer ihrer Partner, eine Angestellte und ein Clubmitglied bisher noch nicht von ihrer Tauchexpedition in der Elliott Bay zurückgekehrt.«
Das Bild zeigte die Stelle in der Bucht, an der sie ein paar Stunden zuvor das Boot zu Wasser gelassen hatten. Suchscheinwerfer glitten über das schwarze Wasser. Eine Reporterin mit vom Wind zerzaustem Haar stand im Vordergrund. Hinter ihr wimmelte es von Polizei und Helfern.
Die Szene wechselte, Vanessa kam ins Bild. Sie saß hinter ihrem Schreibtisch und sah furchtbar mitgenommen aus.
»Nun ja«, sagte sie zu dem Reporter. »In letzter Zeit sind ein paar schreckliche Dinge geschehen. Sie hingen alle mit einer bei uns angestellten Masseuse zusammen, deren Namen ich wirklich nicht nennen kann. Sie ist bereits einmal überfallen worden.«
»Und Sie denken, dass zwischen dem Überfall und ihrem Verschwinden heute ein Zusammenhang besteht?«
»Sie war heute Abend mit einem meiner Partner zusammen«, antwortete Vanessa. Sie hatte die Finger an die Schläfen gepresst. »Man hat das Boot leer im Wasser treibend gefunden. Die Polizei will ein Verbrechen nicht ausschließen. Insbesondere da man ein bestimmtes Indiz gefunden hat – denselben Gegenstand, den man auch

fand, nachdem Phoenix … oje! Ich bin furchtbar aufgewühlt!«
Der Reporter stieß einen mitfühlenden Laut aus. »Ein Indiz, Gräfin?«
»Mehr darf ich Ihnen leider wirklich nicht sagen. Nach dem ersten Überfall hat man einen Gegenstand gefunden – und später bei einem weiteren Vorfall mit einer Frau, die in dieser Gegend lebt, ebenfalls. Derselbe Gegenstand wurde heute Abend im Boot gefunden.«
Roman griff nach der Rumflasche und schenkte sich großzügig ein. Abschließend nahm er einen kräftigen Schluck direkt aus der Flasche und stellte sie dann zurück.
»Du kriegst einen Schwips«, sagte Phoenix besorgt. »Du stehst bestimmt noch unter Schock und –«
»Moment.« Roman hielt eine Hand hoch. Das Bild zeigte wieder das Nachrichtenstudio. »Seht euch das mal an. Fotos. Wer zum Teufel soll denn das sein?«
»Dies könnte der Mann sein, den wir suchen«, sagte ein Polizeisprecher und hielt zwei Fotos hoch, die einen blonden Mann von vorne und im Profil zeigten. »Wir haben Grund anzunehmen, dass er gefährlich ist. Bitte rufen Sie die Nummer an, die wir jetzt einblenden, falls Ihnen dieser Mann begegnet ist.«
Phoenix stellte ihren Becher behutsam auf dem Küchentisch ab. Sie hatte am ganzen Körper zu zittern begonnen.
»Wo haben die den denn her?«, knurrte Roman stirnrunzelnd. »Kannst du dich an so einen Kerl erinnern, Nasty?«
»Nö.«
»Möglicherweise benutzt er einen falschen Namen«, fuhr der Sprecher fort. »Sein wirklicher Name lautet Rupert

Saxton. Er war Psychiater in Oklahoma City, bis er vor zwei Jahren wegen Vergewaltigung von Patientinnen verurteilt wurde. Seit einigen Monaten ist er wieder auf freiem Fuß und verschwunden. Wir haben Gründe anzunehmen, dass er sich in der Umgebung von Seattle aufhält.«

»Ich muss hier raus«, sagte Phoenix. Sie stand auf. Die Ärmel des dunkelgrünen Sweatshirts, das Dusty gehörte, reichten ihr bis über die Handrücken, und die Hosenbeine warfen auf ihren Füßen Falten. »Sofort.«

»Beruhig dich«, sagte Roman. »Er kann dir nichts tun, solange du bei uns bist.«

»Wer –?«

Roman schnitt Nasty das Wort ab. »Später. Phoenix ist mit diesem Kerl mal aneinander geraten.«

Sie griff nach ihren Autoschlüsseln. »Er ist nicht mehr richtig im Kopf. Falls er uns gefolgt ist, könnte er etwas tun, mit dem wir nicht rechnen. Ich kann nicht einfach hierbleiben und Junior der Gefahr aussetzen. Roman, Aprils Sachen sind alle für Junior. Besonders die Vase der Träume. Wenn ich –«

»Ruhe«, befahl Dusty und deutete auf den Fernsehapparat. »Hört euch das an.«

»Wir haben eine Anruferin in der Leitung«, verkündete die Nachrichtensprecherin. »Sie sagt, sie habe wichtige Informationen zu dem Vorfall in der Elliott Bay, möchte diese aber nur live preisgeben.«

»Was ist bloß los mit dieser Welt«, brummelte Dusty. »Kratz dich am Hintern, und die ganze Welt erfährt es.«

»Wir können zwar nicht für die Authentizität dessen, was

diese Frau uns sagen will, bürgen, aber wir werden sie im Interesse einer raschen Aufklärung des Falles ins Studio schalten.«

»Im Interesse eurer Einschaltquoten, meinst du«, knurrte Dusty, ließ sich aber auf den Stuhl fallen, der dem Apparat am nächsten war.

Die Stimme, die zu hören war, klang nervös und beinahe schrill. »Hallo.«

Die Nachrichtensprecherin blickte ernst in die Kamera. »Hallo. Sie wissen also etwas, das der Polizei bei ihren Untersuchungen im Fall der drei verschwundenen Personen aus Past Peak helfen könnte?«

»Rupert Saxton kann damit nichts zu tun haben«, sagte die Frauenstimme atemlos. »Ich weiß von der Sache mit den Brillen, die an den Tatorten gefunden worden sind, aber sie stammten nicht von Dr. Saxton.«

Die Sprecherin beugte sich ermutigend vor und fragte: »Und wieso können Sie das so sicher behaupten?«

»Weil er mit mir zusammen war.«

»Heilige Scheiße«, sagte Dusty.

Roman schüttelte den Kopf. »Du sollst nicht fluchen.«

»Junior schläft oben!«

»Aber du könntest dich vergessen, wenn sie gerade wach ist.«

»Klappe, ihr beiden«, zischte Nasty.

»Mit Ihnen?«, wiederholte die Sprecherin. »Und wo genau waren Sie an diesem Abend?«

»In Past Peak.«

Phoenix wischte sich mit der Hand über die Stirn, die von kaltem Schweiß bedeckt war. »Was geht hier überhaupt vor?«

Roman griff nach ihrem Arm und zog sie auf seinen Schoß.

»Das wird dir bestimmt wehtun«, sagte sie.

»Es tut mir weh, wenn du dasitzt, als würdest du gleich in Ohnmacht fallen. Wir haben die Dinge hier unter Kontrolle.«

»Er hat mich heute Abend besucht«, fuhr die Frauenstimme fort. »Er wollte sich entschuldigen.«

Das Lächeln der Nachrichtensprecherin nahm etwas Wölfisches an. »Und würden Sie uns auch sagen, wofür er sich entschuldigen wollte?« Plötzlich hielt sie die Hand ans Ohr und wandte geistesabwesend den Blick ab. »Mein Produzent sagt mir soeben, dass wir nicht –«

Die Frau am Telefon sprach weiter. »Er wollte mir sagen, wie Leid es ihm tut, dass er mich entführt hat. Er meinte, er hätte so etwas niemals getan, wenn er nicht so aufgewühlt gewesen wäre. Er wollte nur seinen Namen reinwaschen, verstehen Sie.«

»Ma'am –«

»Er hat mich fast einen ganzen Tag lang festgehalten. Ich hatte Todesangst. Aber er hat sich die ganze Zeit wie ein Gentleman verhalten, und es tut ihm Leid. Er war bei mir –«

»Ma'am –«

»Den ganzen Abend war er bei mir. Und er ist gerade auch nur deshalb gegangen, weil wir diesen Bericht im Fernsehen gesehen haben.«

Die Nachrichtensprecherin hatte ein triumphierendes Glitzern in den Augen. »Sie haben Ihre Pflicht getan«, sagte sie. »Bitte bleiben Sie noch dran, damit die Polizei Ihre Aussage aufnehmen kann.«

Romans Hände hatten sich fest um Phoenix' Taille geschlossen. Sie sah ihn an und flüsterte: »Evangeline?«

Roman fuhr Phoenix in Dustys Peugeot-Kombi nach Belle Rose. Nasty daran zu hindern mitzufahren war nicht leicht gewesen. Erst Phoenix' inständiges Flehen, er möge auf Junior aufpassen, und Romans Versicherung, dass sie sich um Rose kümmern würden, hatten ihn schließlich umgestimmt.

»Wir müssen uns beeilen«, sagte Roman grimmig. »Wenn die Cops schon da sind, können wir nicht mehr rein.«

»Ich muss unbedingt mit Evangeline reden«, gab Phoenix zurück. »Da stimmt irgendwas nicht mit dem, was sie gesagt hat. Und dass sie es überhaupt gesagt hat! Evangeline ist nicht der Typ, der im Fernsehen über sein Leben plaudert!«

»Vielleicht wird sie bereits verhört.«

Saxton und Evangeline. Die beiden hatten der Sache eine Wendung gegeben, die sie nicht gebrauchen konnte.

Er bog auf die Mill Pond Road, sah herankommende Scheinwerfer und scherte auf die nächste Auffahrt, die er sah, ein. »Bleib da«, befahl er, sprang aus dem Peugeot und hastete geduckt zum Zaun, um hinüberzuspähen. Er sah einen Polizeiwagen, dann einen zweiten, der überholte, und kehrte zu Dustys Kombi zurück.

»Polizei«, sagte er zu Phoenix. »Wer weiß, wie viele sich in der Gegend noch rumtreiben. Wir fahren rein, parken an den Garagen und gehen zu Fuß weiter.«

»Wenn man dich so hört, klingt es wie ein militärisches Manöver.«

»Es *ist* wie ein militärisches Manöver.«

Belle Rose strahlte eine verschlafene Ruhe aus. Sie ließen den Peugeot stehen und gingen einen von Büschen und Bäumen gesäumten Pfad hinauf. Keine Polizei mehr, soweit sie sehen konnten. In einem Fenster schien Licht durch die zugezogenen Vorhänge.

»Roses Schlafzimmer«, flüsterte Phoenix. »Ich habe einen Schlüssel zum Haus. Soll ich?«

»Ja«, sagte er knapp. »Und von jetzt an bleibst du dicht bei mir, verstanden?«

Es gefiel ihm nicht, dass sie erst zögerte, bevor sie antwortete: »Wie du meinst.«

»Ja, ich meine es. Ich erwarte zwar nicht, dass Saxton aus einem Schrank gesprungen kommt, denn die Polizei wird das Haus sicher schon gründlich durchsucht haben. Aber irgendwas stimmt hier nicht. Schließlich treten wir an, um herauszufinden, warum Evangeline diese komische Geschichte erzählt hat.«

»Vielleicht war es ihr wirklich nur ein Bedürfnis, die Wahrheit zu sagen.«

»Ja, und vielleicht auch nicht. Wir werden erst hier ein paar Fragen stellen. Und dann versuche ich, von der Polizei Rückendeckung zu bekommen, wenn ich in den Club gehe.«

»Wenn *wir* in den Club gehen.«

Er verkniff sich eine Erwiderung. Wenn es sein musste, würde er sie nach Issaquah zurückbringen, wo zwei sehr fähige Babysitter auf sie aufpassen konnten. »Ich hätte dich gar nicht erst mitnehmen dürfen«, dachte er laut.

»Dir wird Evangeline aber sicher nichts erzählen. Mir vielleicht schon.«

Sie betraten leise das Haus und schlossen die Tür. Phoe-

nix bedeutete Roman zu bleiben, wo er war, und betrat die Treppe. Er war direkt hinter ihr.
»Du kannst nicht mit hochkommen.«
»Doch.«
Sie wollte etwas sagen, gab es aber auf. Leise murrend stieg sie die Treppe hinauf und betrat die Galerie oberhalb der Eingangshalle. Die Tür zu Roses Zimmer lag dem Eingang direkt gegenüber.
Phoenix klopfte. »Rose? Ich bin's, Phoenix!«
Ein Schrei drang aus dem Zimmer, und Phoenix riss die Tür auf. »Rose? Ist alles in Ordnung?«
»Phoenix! Oh, Phoenix! Im Fernsehen haben Sie gesagt, dass Sie ertrunken sind! Oh, lieber Gott, ich war so erschüttert!« Rose, die einen rosafarbenen Hausmantel trug, sprang aus einem Sessel hoch und flog Phoenix in die Arme.
Roman blieb im Türrahmen stehen. Evangeline war nicht anwesend, dafür aber Len Kelly. Len, dessen hageres Gesicht leicht gerötet war und der es vermied, Romans Blick zu begegnen.
»Kommen Sie, setzen Sie sich zu mir«, drängte Rose und nahm Phoenix am Arm. »Die Polizei hat Evangeline an irgendeinen furchtbaren Ort mitgenommen, um sie zu diesem Saxton zu befragen. Ich weiß nicht, was ich getan hätte, wenn Len nicht vorbeigekommen wäre. Mort und Zelda haben angerufen, aber ich habe ihnen gesagt, dass es mir gut geht. Ich will nicht, dass sie wegen mir ihr Lokal schließen.«
Len kam langsam auf Roman zu und blieb unschlüssig stehen. »Ich muss Ihnen etwas sagen«, sagte er leise und warf den beiden Frauen einen Blick zu. Rose redete und

redete und Phoenix schien ihr aufmerksam zuzuhören.
»Es ist alles meine Schuld. Ich brauchte Geld.«
Roman sah den Mann fragend an. »Und?«
»Saxton bot mir eine große Summe an«, flüsterte Len. »Jedenfalls weiß ich jetzt, dass es Saxton war. Er kam in meinen Laden, zeigte mir ein Foto von Phoenix und behauptete, er würde nach vermissten Personen suchen. Er bot mir Geld für die Information, und ich gab sie ihm. Phoenix war gerade erst hier eingezogen. Bis letzte Woche habe ich nie wieder was von ihm gehört!«
Roman wartete schweigend ab.
Lens Gesicht wurde tiefrot. »Es gibt keinen Deal mit einer Filmgesellschaft. Saxton hat mir noch mehr Geld geschickt – dafür, dass ich vergesse, ihn jemals getroffen zu haben. Ich sollte die Kohle nehmen und verschwinden – nur, dass ich das nicht machen kann. Ich kann die Leute hier nicht für Geld hintergehen – ich kann's einfach nicht. Am wenigstens Phoenix. Ihr bedeute ich zwar nichts, aber für mich ist sie etwas ganz Besonderes.«
»Für mich auch.« Roman dachte nach. »Ich will, dass Sie eine Weile abtauchen. Zu Ihrer eigenen Sicherheit. Verstanden?«
Len schluckte. »Ich denke schon.«
»Am besten gehen Sie zu Mort und Zelda und nisten sich dort ein. Okay?«
»Okay! Es war übrigens nicht Saxton, der Evangeline entführt hat.«
Roman packte den Mann und zog ihn näher heran. »Woher wissen Sie das?«
»Weil ich es gesehen habe. Sie wurde mitgenommen, ja – aber von Web. Ich weiß nicht, was mit Saxton passierte,

nachdem er eingebrochen ist und Evangeline und Rose bedroht hat ... wahrscheinlich ist er einfach abgehauen. Aber Evangeline ist durch den Hinterausgang raus und in Webs Truck gestiegen. Dann sind sie beide weggefahren.«

Roman hatte Mühe, sich zu beherrschen. »Und Sie haben kein Wort davon gesagt? Sie haben sie doch gesucht, verdammt noch mal! Sie haben so getan, als würden Sie mit Mort auf Verbrecherjagd gehen.«

»Deswegen hab ich ja die Flasche mitgenommen. Ich dachte, wenn ich Mort mit dem Schnaps ablenke, würde er nicht merken, dass ich keine Lust hatte, Web und Evangeline zu suchen.«

»Worüber redet ihr zwei Jungs eigentlich?«, ließ sich Rose vernehmen. »Auch wenn sie uns immer etwas anderes weismachen wollen – ich denke, Männer klatschen mehr als Frauen. Was denken Sie, Phoenix?«

Phoenix bedachte Roman mit einem intensiven Blick aus ihren klaren grünen Augen. »Ich denke, man darf das nicht verallgemeinern«, sagte sie. »Ich habe festgestellt, dass man viel Zeit mit einem Mann verbringen muss, um herauszufinden, wie er wirklich ist.«

Verdammt. Entweder er war ein Waschlappen oder ein vom Glück Begünstigter. Er kämpfte um sein Leben und das dieser Frau – und doch brauchte sie ihn nur anzusehen und ein paar sanfte Worte zu äußern, und er war stolzer Besitzer einer blitzartigen, spektakulären und potenziell peinlichen Erektion.

Phoenix schob sich vorsichtig auf der schmalen Steinbrüstung entlang, die unterhalb der Fenster im ersten

Stock entlangführte. Sie musste sich beeilen, wenn sie ihr Vorhaben durchführen wollte, bevor Roman auffiel, wie lange sie schon im Bad war.
Stur geradeaus blickend schob sie sich näher an den Balkon oberhalb des Haupteingangs von Belle Rose heran. Ihre linke Hand berührte die steinerne Balustrade. Und dann war sie auch schon auf dem Balkon, zog die Türen zum Haus auf und hastete hinein.
Es gab nur eine Person, die sich zu der Sachlage noch nicht geäußert hatte. Web war Evangelines Freund, und wenn sich Phoenix nicht täuschte, teilten sie so gut wie alles. Bei Roman würde der schüchterne Web bestimmt kein Wort hervorbringen. Aber Phoenix wusste, wie man schüchterne Menschen zum Reden brachte.
Len war gegangen, kurz nachdem Roman und Phoenix angekommen waren und sie hatten Rose nicht allein lassen können. Mit etwas Glück würde Web schnell die Tür aufmachen, sodass sie in Roses Zimmer zurückkehren konnte, bevor Roman zu wütend wurde.
Webs Wohnung hinter der Küche war leer. Sie trat hinaus ins Freie und lief den Weg, der ums Haus herumführte, entlang. Erst als sie sah, dass weder in der Werkstatt noch im Schuppen Licht brannte, machte sie kehrt.
In diesem Moment sah sie Licht im Gewächshaus.
Sie zögerte. Roman würde sie inzwischen vermissen.
Sie begann zu laufen und hielt erst an, als sie durch die Glasscheiben der weißen Holztür blicken konnte. Sie atmete erleichtert auf. Web saß mit dem Rücken zu ihr im Gewächshaus auf einem alten gusseisernen Gartenstuhl und sortierte Werkzeuge.
Sie trat ein und rannte zu ihm. »Hi, Web! Gut, Sie zu

sehen. Was ist los mit Evangeline? Hat die Polizei Sie auch befragt?«

Web gab keine Antwort, sondern legte weitere Werkzeuge in die Kiste vor seinen Füßen.

Phoenix verlangsamte ihr Tempo. »Tut mir Leid, dass ich einfach so reinplatze, aber mir fiel plötzlich ein, dass Sie der Einzige sind, der es wissen kann.«

Web hob nicht einmal den Kopf. »Was wissen kann?« Seine Stimme klang krächzend.

»Was mit Evangeline los ist«, sagte Phoenix, plötzlich seltsam befangen. Sie war nun nah genug bei ihm, um auf seinen Hinterkopf blicken zu können. Sie erstarrte.

»Was soll mit ihr sein?«

Wie gebannt sah sie auf sein Haar hinab. Sein rotes Haar. Am Scheitel waren hellere Strähnen zu sehen, die weder grau noch weiß, sondern aschblond waren. Das Rot war nicht echt.

Plötzlich wurde sie sich bewusst, dass auch er reglos dasaß.

Phoenix richtete ihre Aufmerksamkeit auf die Kiste am Boden. Es war keine Kiste. Eher eine Art Koffer. Und was er hineinlegte, gehörte zu einer teuren Kameraausrüstung.

»Ich habe Sie was gefragt!« Webs Stimme hatte die übliche Unsicherheit verloren. Sie klang nun fest und klar. »Was soll mit Evangeline sein?«

Er schloss ein Fach in dem Koffer, doch sie hatte gesehen, was sich darin befand. Dann drehte er sich um und blickte auf. »Sprachlos, *Phoenix*?«

Sie trat einen Schritt zurück.

»Bemüh dich nicht«, sagte er, während er sich erhob. »Du kommst erst hier raus, wenn ich dich lasse.«
Seine kleinen blauen Augen fixierten sie – kleine, blaue Scheiben ohne jegliche Schattierungen, in der Mitte ein schwarzer Punkt.
»Farbige Kontaktlinsen«, sagte Phoenix mit bebender Stimme. Sie warf einen Blick auf das Fach im Koffer, in dem sich die Brillen befanden. »Wieso ist es mir nicht früher aufgefallen? Gott, wie dumm ich war!«
»Es ist dir deswegen nicht aufgefallen, weil du es nicht erwartet hast«, sagte Rupert Saxton. »Wenn diese dumme Pute nicht gemeint hätte, mich öffentlich verteidigen zu müssen, dann hättest du auch jetzt nichts gemerkt. Aber was soll's. Ich freue mich schon lange auf diese Begegnung. Wir zwei werden jetzt eine Spritztour in meinem schwarzen Sportwagen unternehmen. Na, erinnerst du dich? Es wird bestimmt lustig!«
»Und wie«, meldetet sich eine bekannte Stimme zu Wort. »Otto hat also Recht gehabt, Vanessa. Unsere kleine Phoenix liegt keineswegs als Fischfutter auf dem Meeresboden.«
Sir Geoffrey Fullerton schlang seinen massigen Arm um Phoenix' Schultern und lächelte auf sie herab. Neben ihm stand die Gräfin von Leiden. Sie war wie immer in Schwarz gekleidet, doch von der gewohnten Eleganz war nichts übrig geblieben. Von ihrem Lippenstift waren nur noch am Rand Spuren zu sehen, ihr Gesicht wirkte hager, und ihr Haar war zu einem unordentlichen Pferdeschwanz zusammengefasst.
»Sie sind die Frau aus dem Club«, stellte Saxton fest. »Sie haben Evangeline dafür bezahlt, dass sie Ihnen Informa-

tionen über sie liefert.« Er deutete mit dem Kopf auf Phoenix.

»Bitte geben Sie doch nicht all unsere kleinen Geheimnisse preis, Rupert«, sagte Vanessa. »Ich liege doch richtig, wenn ich denke, dass Sie Rupert Saxton sind, oder?«

Geoffrey drückte Phoenix' Schultern. »Das trifft sich doch alles ganz hervorragend. Nun müssen wir nur noch warten, bis Roman hier auftaucht. Schade, dass Pierre die Sache nicht in der Elliott Bay erledigen konnte. Das wäre viel sauberer gewesen. Nur gut, dass Otto uns noch vor dem Start seines Flugzeugs kontaktiert hat, weil er nicht glauben konnte, das Pierre unsere beiden Schätzchen hat erledigen können.«

Vanessa wandte sich an Phoenix. »Evangeline hat mir von *Web* erzählt. Wir dachten uns schon, dass Sie hier auftauchen würden, falls Sie Pierre entkommen und das TV-Spektakel sehen würden.«

Mit einem Ruck machte Phoenix sich von Fullerton los. Ihr Herz schlug heftig und zu schnell. Hass wallte in ihr auf und drängte die Angst zurück. »Sie gehen tatsächlich über Leichen, nicht wahr?«, fauchte sie, während sie unwillkürlich die Hände zu Fäusten ballte. »Sie haben April umbringen lassen, richtig?«

Ein kurzes, spannungsgeladenes Schweigen folgte, dann begann Vanessa laut zu lachen.

»Hören Sie auf!« Fieberhaft überlegte Phoenix, wie sie entkommen konnte. Wie sie Roman warnen sollte. *»Hören Sie endlich auf!«*

»Wir kennen keine April, nicht wahr, Liebes?« Geoffrey

packte eins von Vanessas Handgelenken und zog sie beinahe brutal zu sich. »*Nicht wahr,* Liebes?«

»Wen interessiert das noch?« Vanessa wurde wieder ernst. »Wir werden Roman hierherlocken, und die drei werden sterben.«

Sie blickte von Phoenix zu Rupert Saxton, der keine äußerliche Regung zeigte.

Stattdessen beugte er sich seelenruhig über seinen Koffer.

»Geoffrey!«, brüllte Vanessa. »Pass auf.«

Geoffrey ließ beide Fäuste mit aller Kraft auf Saxtons Rücken niedersausen.

Phoenix nutzte die Ablenkung augenblicklich. Sie stürzte auf die Tür des Gewächhauses zu, die noch immer offen stand. Draußen hatte die Dämmerung eingesetzt.

Sie sah Chester Dupree eine Sekunde, bevor er ihr seine Faust in den Magen rammte. »Wohin so eilig, kleine Lady?«

Phoenix sackte zusammen.

Er packte sie vorne an Dustys Sweatshirt und riss sie zurück. »Wie gut, dass mir im Auto zu langweilig war.«

»Vorsicht«, rief Geoffrey. »Wir müssen –«

Das ohrenbetäubende Klirren von splitterndem Glas übertönte den Rest seiner Worte. Phoenix krachte in einen gläsernen Rahmen. Sie spürte, wie die Splitter sich durch ihre Kleider bohrten, dann schlug ihr Kopf gegen das Holz.

Roman. Sie musste Roman warnen.

Stöhnend rappelte sie sich auf. Weitere Splitter drangen in ihre Hände, als sie sich hochkämpfte und erneut auf die Tür zustolperte.

»Du bleibst, wo wir dich haben wollen«, sagte Chester Dupree. Sein Fuß rammte sich in ihre Lendenwirbelsäule. »Runter, Hure. Und bleib unten!«
Phoenix schlug mit der Stirn auf den gepflasterten Weg, der durch das Gewächshaus führte. Sie sah den Sand zwischen den Steinen und schmeckte ihn zwischen den Zähnen.
Dupree trat ein zweites Mal zu.
Phoenix übergab sich.
Dupree trat wieder zu.
Wie durch dichten Nebel hörte sie Fullerton sagen: »Das scheint mir etwas stark«, bevor alles um sie herum zu explodieren schien.
Dann hörte sie die einzige Stimme, die ihr etwas bedeutete. Sie rollte sich auf den Rücken, konnte aber nicht aufstehen.
»Sieh an. Eine kleine Party«, sagte Roman ohne jegliche Gefühlsregung. In der einen Hand hielt er seine Beretta, in der anderen ein langes Messer.
Vanessa beteuerte flehend, dass sie unschuldig war.
»Sie, Reverend«, sagte Roman, »sind ein fettes, widerliches Schwein. Ich werde Sie erschießen, und es wird mir richtig Spaß machen.«
»Roman«, flüsterte Phoenix. »Tu das nicht!«
Falls er etwas gehört hatte, ließ er sich nichts anmerken. Er riss den rechten Fuß hoch und rammte ihn mit der Ferse in Duprees Brustbein. Der Mann klappte augenblicklich zusammen, während aus seinem Mund ein ersticktes Gurgeln kam.
Der nächste Tritt brach Dupree die Nase. Phoenix sah, wie das Blut hervorschoss.

»Nicht!«, schrie Vanessa, als Geoffrey in einem Stapel umgedrehter Blumentöpfe landete. »*Bitte!* Wir können uns doch einigen!«
Saxton landete im hohen Bogen auf Geoffrey.
Roman hielt Saxton die lange spitze Klinge zwischen die Beine. »Irgendwelche Teile, an denen du besonders hängst?«, fragte er. »Das hier vielleicht? Ich hab gehört, dass du von dem hier gerne bei Frauen Gebrauch machst, die nicht bei Bewusstsein sind!«
Saxton fluchte und versuchte wegzukrabbeln.
»Ah ja, du hängst tatsächlich dran«, sagte Roman ruhig, während er ihm langsam nachging. »Noch jedenfalls.«
»Lassen Sie mich in Ruhe!« Etwas Silbriges blitzte in seiner Hand auf.
»Er hat eine Waffe.« Phoenix hustete jedes Wort heraus. »Eine Waffe!«
Saxton schaffte es nicht mal, richtig zu zielen. Romans Messer schoss durch die Luft, und Phoenix hörte Saxton aufschreien. Sie sah, wie er seine Hand mit der anderen umklammerte und sich darüber zusammenkrümmte, während die Pistole über den Boden schlitterte und zwischen hölzernen Kisten verschwand.
Plötzlich tauchten hellblaue Hosen mit scharfer Bügelfalte in Phoenix' Blickfeld auf. Ein Paar schwarze, polierte Schuhe. Noch ein Paar. Ein drittes. Phoenix spürte die Übelkeit erneut aufsteigen und schloss die Augen.
»Polizei«, verkündete eine Frauenstimme. »Keine Bewegung!«
Vanessa begann zu schluchzen und beteuerte, dass sie das eigentliche Opfer sei und mit den anderen nichts zu

tun habe. Phoenix richtete sich mühsam auf und wischte sich die Hände an der Sweathose ab.

»Ja, Ma'am«, sagte die Polizistin zu Vanessa. »Wir werden das schon alles klären.« Sie wandte sich zu einem ihrer Officer um. »Wir brauchen Verstärkung.«

Ihr Partner bückte sich neben Phoenix. »Sind Sie schwer verletzt?«

Sie versuchte zu lächeln. »Nein. Es sieht schlimmer aus, als es ist.«

»Sie haben kein Recht, sich hier einzumischen«, meldete sich nun Geoffrey zu Wort. »Das hier ist Privatsache!«

»Wir suchen die Besitzer des Peak Club«, sagte die Polizistin. »Das sind Sie doch, oder?«

Geoffrey blickte in den Lauf der Polizeiwaffe. »Ich bin Sir Geoffrey Fullerton. Dies ist meine Partnerin Gräfin von Leiden.« Er warf Roman einen hasserfüllten Blick zu, sagte aber nichts weiter.

»Und Ihnen gehört der Peak Club?«

»Ja.«

»Und Mr. Parker Nash war ein Mitglied Ihres Clubs?«

Phoenix senkte behutsam ihren Kopf zwischen die Knie und atmete ein paar Mal tief ein und aus.

»Mag sein«, sagte Geoffrey leichthin. »Wir haben sehr viele Mitglieder.«

»Natürlich, Sir«, fuhr die Frau fort. »Eine Helen McNair hat uns bei unseren Nachforschungen geholfen. Die Schauspielerin Helen McNair. Sie hat versucht, einen Scheck einzulösen, den angeblich Mr. Nash ausgestellt hat.«

»Lieber Gott«, murmelte Geoffrey.

»Sag nichts«, befahl Vanessa ihm. »Das hat nichts mit uns

zu tun, Officer. Wir hatten hier einen kleinen Streit mit unseren Angestellten, aber –«

Das wilde Gelächter Saxtons brachte sie zum Verstummen. Als er sich wieder etwas beruhigt hatte, fuhr der zweite Officer fort, als wäre nichts gewesen. »Miss McNair behauptet, sie sei noch wenige Stunden vor Mr. Nashs Tod mit ihm zusammen im Peak Club gewesen. Sie behauptet weiterhin, dass er unter erheblichem Drogen- und Alkoholeinfluss gestanden hätte und unmöglich noch selbst hätte fahren können.«

»Geoffrey, du sagst kein einziges Wort«, fauchte Vanessa. »Das ist bloß eine Falle.«

»Würdest du die Gräfin ins Haus begleiten?«, wandte die Polizistin sich an ihren Kollegen. Dann zeigte sie auf Chesters gekrümmte Gestalt. »Ihn am besten auch. Bring sie in die Küche und warte da, bis die Verstärkung hier ist.«

»Nein!«, schrie Vanessa. »Sie werden uns nicht trennen!«

Doch die Waffe des zweiten Officers, die sich nun auf sie richtete, brachte sie zum Schweigen.

Nach einigen vergeblichen Versuchen stand fest, dass Chester Dupree sich nicht erheben konnte. Vanessa wurde allein fortgebracht.

Dupree begann zu schluchzen. Die Tränen mischten sich mit dem Blut- und Schleimstrom, der ihm aus der deformierten Nase rann. »Was ich getan habe, war gottesfürchtig.« Seine geschwollenen Lippen machten ihm das Reden schwer. Sein Blick glitt zu Geoffrey. »Ich habe mich um dein kleines Problem gekümmert!«

»Halt die Klappe«, zischte Geoffrey. »Sei still!«

Roman stand immer noch über Saxton, was die Polizei keinesfalls zu stören schien.

»Wusste nicht mal, *dass* sie dein Problem war. Bis es nach einigen Wochen nicht mehr zu übersehen war!«

»Sei *still!*«, befahl Geoffrey.

Aber Dupree war nicht mehr zu bremsen. »Schwanger! Ich musste mir eine verdammt gute Geschichte einfallen lassen, das kann ich dir sagen. Eine Schwangere in meiner unmittelbaren Gefolgschaft. Und kein Vater weit und breit.«

»Ich war nicht der Vater!«, brach es aus Geoffrey heraus. »Das kann mir niemand beweisen.«

»Sie hat es aber behauptet«, sagte Dupree. »Und ich habe mich in deinem Namen um sie gekümmert. Ich habe alles getan, was du gewollt hast. Jetzt sorg dafür, dass ich aus dieser Sache rauskomme, Fullerton!«

»Ich wusste nicht, dass sie schwanger war.« Geoffrey winselte jetzt förmlich. »Sie hielt es für eine gute Idee, für eine Weile mit dir zu gehen. Wahrscheinlich damit ich von dem Kind nichts erfahren würde.«

April. Phoenix wandte ihren schmerzenden Kopf und sah zu Roman hinüber, der ihren Blick erwiderte. Eine tiefe Traurigkeit milderte die kalte Wut in seinem Gesicht.

»Ich denke, Sie sollten die Gräfin zurückholen«, sagte er zu der Polizistin. »Sie dürften jetzt alle nötigen Informationen bekommen.«

Sie nickte. »Wie Sie meinen, Commander.«

»Ich bin kein Commander mehr«, sagte Roman. »Ich nehme an, Sie haben mit Dusty Miller gesprochen?«

»Unter anderem.« Sie gab per Funkgerät Anweisungen, Vanessa zurückzubringen. »Sie haben eine ziemlich beeindruckende Akte, Sir.«

Roman schwieg, bis der Officer Vanessa hereinführte.

»Darf ich ihr eine Frage stellen?« Als die Polizisten nickten, fuhr Roman fort: »Laut Aussage von Sir Geoffrey warst du an dem Mord an Parker Nash beteiligt.«
Vanessa erbleichte. Sie deutete auf Geoffrey. »Er hat es getan! Er hat ihn getötet, weil Parker immer mehr wollte!«
Roman sah ruhig von Vanessa zu Geoffrey. »Hat er auch April Clark getötet?«
Vanessa trat den Rückzug an. Sie schlang die Arme um ihre Körpermitte und schwieg.
»Ich habe sie nach Mexiko gefahren«, stöhnte Chester Dupree. »Ich wollte es gar nicht. Aber Fullerton sagte, dass er das Mädchen dort heiraten wollte.«
»Sie hat mir gedroht!« Geoffreys Stimme wurde schrill. »Sie hat gesagt, wenn ich sie nicht heirate, dann würde sie den Zeitungen sagen, was im Club ... Ich habe eingewilligt. Es war alles Vanessas Schuld.«
»So?«, fragte Roman.
»Er hat sie umgebracht«, murmelte Vanessa. »Er hat sie von Chester über die Grenze bringen lassen und sie dort umgebracht.«
»Das ist nicht wahr«, protestierte Geoffrey. »Chester, sag ihnen, wie es wirklich war.«
Chester nickte gehorsam. »Ich bin gefahren. Mit Geoffrey. Aber sie hat das Mädchen gehasst. Weil Geoffrey Spaß mit ihr gehabt hat. Sie hat sie getötet. Zusammengeschlagen, während sie gefesselt war. Und dann wild auf sie eingestochen.« Sein ramponiertes Gesicht schien zu zerfallen. Wieder strömten die Tränen. Mit fahrigen Bewegungen zog er ein Fläschchen aus seiner Tasche, öffnete es und kippte sich den Inhalt in den Mund. Etwas Silbriges rann ihm über das Kinn.

»He«, rief einer der Polizisten. »Was ist das?«

Dupree hustete. »Ilona hat es mir gegeben. Sie hat gesagt, dass es mich retten würde.«

Der Officer ließ sich neben Dupree auf die Knie fallen. »Quecksilber«, stellte er, sichtlich erstaunt, fest. »Ruft einen Krankenwagen. Er hat Quecksilber geschluckt!«

Phoenix lächelte dünn. Ilona war offenbar doch nicht ganz fortgegangen.

»Sie.« Chester würgte und spuckte. »Sie hat auch das Baby umgebracht. Sie war es!«

Er zeigte auf die Gräfin von Leiden.

DREISSIG

Abschied nehmen.

Phoenix lehnte die Hilfe der Notärzte, die eine Weile später eintrafen, ab. »Der Reverend braucht Sie nötiger«, sagte sie. »Bei mir ist so weit alles in Ordnung.« Sie würde sich um ihre Hände kümmern müssen, aber nicht jetzt – und nicht hier.

Sie war es gewohnt, Abschied zu nehmen. Das Problem war nur, dass sie diesmal nicht gehen wollte.

»Sie werden noch eine Aussage machen müssen«, meinte einer der Polizisten. »Bitte lassen Sie uns wissen, wo wir Sie erreichen können.« Er war freundlich, aber sein Interesse – wie auch das der anderen – war ganz auf Roman gerichtet; Roman, der wie ein finsterer, selbstsicherer Eroberer inmitten dieses Trümmerhaufens stand.

Handschellen klickten. Die Bösen wurden dingfest gemacht.

Zeit, sich davonzustehlen.

An der Tür blieb sie noch einmal stehen und sah sich um. Roman stand vor Vanessa, der ihre Rechte vorgelesen wurden. Er merkte nicht, dass Phoenix das Gewächshaus verließ.

Selbstmitleid kostete zu viel Kraft, und sie konnte es sich nicht leisten, etwas davon zu verschwenden. Sie würde in ein Krankenhaus gehen müssen, aber erst musste sie eine Weile nachdenken.

Als Erstes brauchte sie ein Fahrzeug. Dann würde sie Mel und Aprils Sachen holen.

Rose trat aus der Küche. Als sie Phoenix sah, raffte sie den Saum ihres Morgenmantels und stürzte auf sie zu.

»Meine Liebe, oh, meine Liebe. Ich habe es gerade erfahren. April tot! Haben Sie es gewusst?«

Phoenix blickte zurück. »Erst seit kurzem.«

Niemand war ihr gefolgt.

»Sie bluten ja!«

»Nicht so schlimm«, log Phoenix. »Nur ein paar Splitter in den Händen. Wird schon wieder.«

»Lassen Sie uns über April sprechen.«

Phoenix Lippen bebten. »Später, Rose. Ich kann jetzt nicht. Ich brauche aber Ihre Hilfe!«

»Natürlich. Was kann ich tun? O April! Ich glaube, ich wusste es, aber ich wollte es einfach nicht wahrhaben! Ich –«

»Wir werden darüber reden, Rose, bestimmt. Ich werde Ihnen alles erzählen. Aber jetzt muss ich weg!«

»Nein!«

»*Bitte,* Rose!« Sie nahm Roses Hand und führte sie rasch in die Küche zurück. »Ich kann jetzt keine Gründe nennen, aber ich muss eine Weile allein sein. Und da mein Wagen nicht hier steht, brauche ich ein Taxi.«

»Aber warum? Warum wollen Sie denn weg? Ich dachte, Sie und dieser nette Roman wären –«

»Wir sind nicht. Nicht wirklich. Ich meine, wir hatten eine Art Abmachung getroffen, aber die hat nun keine Gültigkeit mehr.« Zumindest nicht für Roman. Oh, vielleicht glaubte er es sogar noch, aber sie wollte nicht, dass er sich selbst etwas vormachte. »Gibt es in Past Peak ein Taxi-Unternehmen?«

»Sie sind entschlossen, nicht wahr?«

Phoenix nickte.

»Wenn ich Ihnen helfe, versprechen Sie mir dann, sich wieder bei mir zu melden?«

»Bestimmt.«

»Und für Sie besteht nun keine Gefahr mehr?« Roses Besorgnis war echt. »Niemand mehr, der Ihnen etwas antun will?«

»Nein. Jetzt nicht mehr. Aber auch Sie müssen mir etwas versprechen. Ich muss der Polizei sagen, wo sie mich erreichen kann. Aber niemand anderes soll es erfahren. Verstehen Sie?«

»Niemand?«

»Niemand. Mit der Zeit werde ich mit Ihnen und den anderen hier sprechen können, aber jetzt noch nicht. Es geht nicht.«

Rose nickte. »Kommen Sie mit altmodischer Schaltung klar?«

Zuerst wusste Phoenix nicht, was Rose meinte. Dann begriff sie. »Ja. Ich habe auf einem handgeschalteten Wagen gelernt.«

Rose nahm zwei Schlüssel von einem Brett. »Und Sie sind sicher, dass Sie das tun wollen?«

»Ich muss – es ist für alle das Beste!«

»Kann ich Sie denn nicht überreden, zu warten und mit Roman zu sprechen?«

»Nein«, erwiderte Phoenix und wünschte, sie hätte ja sagen können.

»Der Aston Martin von meinem Vater ist fahrbereit.« Rose gab ihr den Schlüssel. »Er ist immer vollgetankt!«
»Aber –«
»Er gehört Ihnen, solange Sie ihn brauchen. Und jetzt gehen Sie, bevor ich schon wieder zu weinen anfange!«
»Danke, Rose.«
»Gehen Sie!«
Phoenix setzte sich in Bewegung und rannte durchs Haus zur Vordertür. Sie wollte kein Risiko eingehen, vom Gewächshaus aus gesehen zu werden.
»Passen Sie auf sich auf!«, rief Rose ihr hinterher.
»Bestimmt.« Ihre Kehle brannte.
»Und kommen Sie wieder, hören Sie?«
Sie schluchzte auf. »Ich höre Sie!«

Beinahe schon eine Woche war vergangen und kein Wort von ihr. Kein Hinweis darauf, wo sie hingegangen sein könnte. Dabei war der Aston Martin alles andere als unauffällig. »Nichts?«, fragte Roman.
Nastys Stimme am Telefon verneinte. »Die Dame ist untergetaucht. Und falls du es vergessen haben solltest – sie hat ein Recht darauf zu tun, was sie will.«
»Hat sie nicht«, fauchte Roman.
»Doch«, erwiderte Nasty sanft. »Hat sie doch, Kumpel. Ich weiß zwar nicht, was zwischen euch war, und ich will es auch gar nicht wissen, aber du solltest ein wenig Geduld haben. Ich habe gesehen, wie sie dich angeblickt hat. Von Gleichgültigkeit konnte keine Rede sein.«
Er war zu wütend, um sich besänftigen zu lassen. »Sie wird vor Gericht erscheinen müssen.«
»Sicher. Aber das kann noch eine Weile dauern. Bis dahin

kann sie der Polizei alle notwendigen Fragen beantworten, ohne dich jemals wissen zu lassen, wo sie sich aufhält.«

Roman gefiel die Wahrheit nicht. »Vielleicht hat sie den Aston Martin ja doch nicht genommen.«

»Du hörst mir nicht zu. Sie hat ihn genommen. Rose sagt nichts, weil sie es Phoenix offensichtlich versprochen hat. Aber sie hat erwähnt, dass sie den Aston einem Freund geliehen hat – *einem Freund*, ich bitte dich, Roman! Such den Wagen, und du hast die Frau. Vielleicht kommt sie ja auch von selbst!«

Roman sah sich in Phoenix' Wohnung um, in der vorher April gelebt hatte. Es fehlte nur wenig, aber es reichte, um ihn wissen zu lassen, dass sie noch einmal hiergewesen war, bevor sie untergetaucht war. »So oder so – ich *werde* sie finden! Ich werde nicht eher aufgeben, als bis ich sie gefunden habe!«

Roman wäre nie darauf gekommen, sich in der Nähe seiner eigenen Wohnung umzusehen.

Phoenix saß in einem Sitzsack in ihrer Behausung, die nur wenige Blocks von Romans entfernt war. Falls er noch dort wohnte.

Die Nachricht von Pierre Borges' Tod durch Ertrinken hatte sie zunächst schockiert, doch inzwischen war sie darüber hinweg. Er hatte sich den Kopf am Rumpf des Tankers gestoßen. Unfalltod war die offizielle Version des Gerichtsmediziners.

Phoenix stand auf, nahm sich Sonnenhut und Sonnenbrille und trat hinaus ins helle Licht des späten Julinachmittages. Wie immer mied sie den Markt und

wanderte über Umwege direkt zum Myrtle Edwards Park.
Sie nahm immer dieselbe Strecke. Roman hatte sie damals in dem Park nur gefunden, weil sie Nasty gesagt hatte, wo sie zu finden sein würde. Roman war kein Mensch, der in Parks umherspazierte – oder? Eigentlich wusste sie es nicht genau, aber es gab vieles, was sie über ihn nicht wusste – und niemals erfahren würde.
Chester Dupree war ebenfalls tot. Quecksilbervergiftung. Der Mann hatte einen qualvollen Tod gehabt. Und vielleicht hatte Ilona das tatsächlich bezweckt.
Phoenix hatte ihren Kristall behalten, doch nur um sich an die Frau zu erinnern, die ihn ihr gegeben hatte.
Phoenix ging schnell. Seit Wochen ging sie jeden Tag in den Park. Sie kam, weil an diesem Ort bittersüße Erinnerungen hingen.
Heute war der Park voller Touristen. Auf einer Wiese wimmelte es von Krishna-Jüngern in orangefarbenen Gewändern, die unter einem Dach aus Blumengirlanden eine Hochzeit feierten.
Phoenix zog den Hut tiefer in die Stirn und ging weiter.
Dann sah sie ihn.
Roman lehnte an einer Steinskulptur und starrte auf die Bucht hinaus. Er trug Jeans und ein weißes T-Shirt, und seine Haut war tiefbraun.
Er wandte den Kopf in die andere Richtung.
Phoenix machte einen Schritt auf ihn zu. Dann noch einen.
Sein Haar reichte bis auf den Ausschnitt seines T-Shirts herab, ein T-Shirt, das, wie sie jetzt sah, schon ziemlich

fadenscheinig aussah. Er war dünner geworden, was jedoch nur betonte, wie muskulös und geschmeidig sein Körper war.
Er stieß sich von den Steinen ab und begann, in Phoenix' Richtung zu gehen, doch sein Blick war auf seine Fußspitzen gerichtet. Er hatte die Hände in die Hosentaschen geschoben und schien in Gedanken versunken.
Phoenix machte den Mund auf, um ihn zu rufen, doch dann besann sie sich.
Plötzlich wirbelte sie herum und begann zu rennen.
Sie hielt erst an, als sie ihre Wohnungstür erreicht hatte.

Roman sah Phoenix' weißes Baumwollkleid durch eine Wohnungstür im dritten Stock eines Gebäudes verschwinden, das nur wenige Minuten von seiner Eigentumswohnung entfernt lag.
Unglaublich.
Er hätte sie ohne weiteres einholen können, doch dann hätte sie sich, falls sie es wollte, bei nächster Gelegenheit wieder absetzen können. So wusste er wenigstens, wo sie wohnte – falls dies der Ort war, den sie momentan ihr Zuhause nannte.
Ein paar Wochen nach dem Verschwinden des Aston Martin war der Wagen wieder in Roses Garage aufgetaucht. Rose – von der Nasty inzwischen als einem »tollen Kumpel« sprach – schaltete auf stur, wann immer Roman herauszufinden versuchte, wo er gewesen war. Der Chevy stand noch immer in Issaquah.
Dusty hatte vorgeschlagen, den Wagen über die Polizei entfernen zu lassen, um zu sehen, ob Phoenix dann auftauchen und den Chevy wieder für sich beanspruchen

würde, aber Roman hatte es nicht übers Herz gebracht, ihr noch mehr Ärger zu bereiten. Sie hatte genug gelitten. Aber auch er hatte genug gelitten, verdammt!

Er stand im Korridor des Gebäudes und starrte auf die schäbige, ramponierte Tür, hinter der Phoenix verschwunden war.

Hi, wie geht's?

Was konnte das schon schaden?

Sag mal, wie kannst du mir so was nur antun, Lady?

Das konnte schaden.

Und das sollte es auch! Wilhelmina Phoenix musste aufgerüttelt werden. Sie sollte gefälligst erfahren, was er die vergangenen Wochen wegen ihr durchgemacht hatte!

Roman klopfte an die Tür.

Er klopfte noch einmal, bevor er Schritte hörte.

Sie hatte die Kette vorgelegt und betrachtete ihn durch den Türspalt. Es war nicht zu übersehen, wie blass sie war. Oder dass sie bei seinem Anblick noch blasser wurde.

»Hi«, sagte er. Er spürte ein ungutes Gefühl in sich wachsen. »Wie ist es dir ergangen?«

Sie machte Anstalten, die Tür wieder zu schließen. Rasch schob er seinen Fuß in den Spalt. Ein Muskel in seinem Gesicht zuckte. »Meine Reflexe funktionieren noch recht gut«, knurrte er.

»Ich muss die Tür zumachen«, flüsterte sie.

»Ich muss mit dir reden.« Das ungute Gefühl wuchs weiter, gewann an Kraft. Wut. Sie hatte ihn im Stich gelassen, als alles gut zu werden begann, und er verstand nicht, warum!

»Nimm bitte deinen Fuß weg!«

»Geh zurück.« Ohne sich um ihre Bitte zu kümmern, packte er die Tür an der Kante und versetzte ihr mit dem Ballen der anderen einen kurzen, festen Schlag. Die Kette platzte, und die Tür schwang krachend nach innen.

»Verdammt … Warum?« Er erwartete keine einfache Antwort.

Als er eintrat, wich Phoenix zurück. Schließlich ließ sie sich in einen roten Sitzsack fallen, der das einzige Möbel außer dem Bett an der Wand und dem Bücherregal darstellte. Er sah Mel, ein schwarzer flauschiger Ball, der auf der Überdecke lag, und Aprils Vase, in der frische Weidenzweige standen.

Roman blieb vor Phoenix stehen. »Warum hast du mich einfach verlassen? Warum hast du dich die ganze Zeit versteckt?«

»Es war das Beste. Sobald ich kann, kehre ich nach Oklahoma City zurück.«

Er ließ sich auf die Fersen nieder. »Du bist blass. Blasser als gewöhnlich.«

»Ich war krank. Erkältungen, Grippe, all so was.«

»Erkältungen? Mehrzahl? Du meinst, du hast mehrere Erkältungen und die Grippe gehabt?«

»Das sagte ich.« Sie kreuzte die Arme vor der Brust und ließ seine Musterung über sich ergehen.

»Warst du beim Arzt?«

»Lass mich in Ruhe.«

Roman verspürte plötzlich eine tiefe Angst. Die Angst verdrängte fast den Zorn – aber nur fast. »Du machst mich wütend, Phoenix. Wütend und verzweifelt. Wann bist du beim Arzt gewesen?«

»Vor zwei oder drei Wochen.«

»Und du bist noch immer krank?«
»Es geht besser.«
Roman sah ihr konzentriert ins Gesicht. »Du hättest längst nach Oklahoma City gehen können, wenn du gewollt hättest.«
Sie senkte den Blick.
»Oder etwa nicht?«
»Ich wollte aber nicht.« Sie hob den Kopf und sah ihm direkt in die Augen. Die Sehnsucht drohte übermächtig zu werden. »Ich sollte nicht so denken, aber ich wollte in deiner Nähe bleiben.«
Roman hätte sie gerne in den Arm genommen, tat es aber nicht. Stattdessen stand er auf und hielt ihr eine Hand hin. Nach einem Augenblick ließ sie sich von ihm auf die Füße ziehen.
»Du hast mir gefehlt.« Seine Hand umklammerte ihre.
Phoenix drehte das Gesicht zur Seite, doch er hatte die einzelne Träne, die ihr über die Wange rann, gesehen.
»Was ist? Was ist passiert? Ich dachte, wir wären uns einig gewesen?«
Sie schüttelte den Kopf.
Roman wollte nach der anderen Hand greifen und verharrte plötzlich. Die Fenster befanden sich sehr hoch im Raum. Das Sonnenlicht, das eindrang, verwandelte ihr Haar in Feuer und ihr Baumwollkleid in ein beinahe durchsichtiges Etwas.
Sein Blick fixierte ihren Bauch, und sein Herz setzte aus. Sanft strich er ihr über die Mitte.
Sie senkte den Kopf.
»Du bist schwanger.«
»So was kommt vor.«

»So was *kommt* vor?« Er sah sie entgeistert an. »Für mich kommt so was nicht einfach vor. Das ist mein Kind.«
»Ich nehme an, dass du dir das auch nicht ausreden lassen würdest.«
»Warum solltest du das versuchen wollen?«
»Weil es aus den falschen Gründen geschehen ist!«
Er mochte seine Hand nicht von ihrem Bauch nehmen. »Erklär mir das bitte.« Als er den Arm um sie legte, lehnte sie sich gegen ihn. »Welche falschen Gründe?«
»Ich bin müde.«
»Mein Gott, du siehst auch müde aus. Du hättest die ganze Zeit bei mir sein sollen, nicht in diesem dunklen Loch. Komm, leg dich ein bisschen hin, während ich mich darum kümmere, dass du hier ausziehen kannst.«
»Ich muss mich nicht legen. Hör auf, dich um mich zu sorgen. Hör *einmal* damit auf, alles für mich arrangieren zu wollen. Du hast doch keine Schuld.«
Er ballte eine Faust. »Wer sonst, wenn nicht ich? Es ist mein Baby.« Sein Baby. Er wünschte sich nichts sehnlicher, als sie von hier wegzubringen, sie in den Armen zu halten und nie wieder gehen zu lassen.
»Ich hatte viel Zeit, um nachzudenken, Roman.« Sie hob das Kinn. »Du wusstest, dass ich Aprils Freundin war. Und ich denke, du wusstest auch, dass ich Billy war.«
»Nein –«
»Du hast niemals versucht, meinen Vornamen herauszufinden. Ich sagte, dass ich ihn nicht mögen würde, und du hast es dabei belassen. Wir hatten eine Affäre, und trotzdem hast du niemals meinen Namen wissen wollen.«
Lebenslange Gewohnheiten ließen sich nicht einfach ausschalten. Wie sollte er ihr in einem kurzen Moment er-

klären, was er in langen Jahren gelernt hatte? »Ich stand meine ganze Kindheit unter Beobachtung«, begann er. »Ich hatte nie einen Gedanken für mich. Ich meine, ständig wurde ich gefragt, was ich denke und warum. Mit wem ich gesprochen hatte und um was es ging. Phoenix, ich hasse es, Leute, die Dinge für sich behalten wollen, auszuquetschen. Ich dachte, dass du es mir schon sagen würdest, wenn du bereit dazu bist. Und das hast du ja auch getan.«

Sie legte den Kopf schief und musterte ihn so intensiv, dass es ihm unbehaglich wurde. »Ich habe nur dein Wort dafür.«

Schwangere Frauen sollten ja manchmal angeblich etwas schwierig sein. »Ja. Aber du kannst meinem Wort vertrauen.«

»Kann ich das?«

Roman fragte sich, wie viel Verständnis er noch würde aufbringen müssen. »Warum sollte ich irgendwelche Spielchen spielen?«

»Weil April dir gesagt hat, dass ich mich um Junior kümmern soll.«

Er holte tief Luft und stieß sie langsam wieder aus. »Das hat sie nicht. Und selbst wenn – was dann?«

»Vielleicht hat es dir am Anfang nichts bedeutet. Aber dann hast du dich an Junior gewöhnt und wolltest sie nicht aufgeben. Vielleicht hast du April geliebt. Vielleicht kanntest du sie schon, bevor –«

»Nein!«

Sie packte sein T-Shirt. »Vielleicht willst du mich nur wegen Junior!«

»Verd… Ja, ich will Junior. Ich liebe das kleine Mädchen

mehr, als ich es ausdrücken könnte. Aber ich habe April zum ersten Mal in diesem verdammten Graben gesehen. Ich wusste nicht mal, wie sie mit Nachnamen hieß, bis du bei Vanessa dein Einstellungsgespräch hattest. Ich habe euch über Monitor in einem Überwachungsraum beobachtet, nachdem ich monatelang nach irgendeiner Spur gesucht hatte. Du hast mir den ersten brauchbaren Hinweis gegeben.«

Sie sah ihn gequält an.

»Phoenix, ich will dich, weil du du bist! Ich wollte dich beinahe von dem Moment an, in dem ich dir begegnet bin.« Er rieb leicht über ihren Bauch. »Und nun will ich dich und wer immer hier drin ist!«

Sie legte ihre Hände flach auf seine Brust. »Du brauchst einen Haarschnitt.«

»Bleib beim Thema!«

»Und eine Rasur.«

»Na und?«

»Das T-Shirt gehört in den Müll.«

»Dusty will ein Putztuch draus machen.«

»Dann überlass es ihm endlich.«

Er streichelte ihre Wangen und küsste ihre Stirn. »Die letzten Wochen waren furchtbar für mich, Kleines!«

»Es tut mir Leid.«

»Muss es nicht.«

»Es war auch furchtbar für mich.«

»Versprich mir was. Versprich mir, dass du nicht noch einmal wegläufst, nur weil du dir nicht wirklich sicher bist, was ich fühle oder was du fühlst. Komm zu mir und sprich mit mir. Komm und sag mir einfach, wie unfähig du bist!«

»Unfähig?« Ihr Kopf schoss hoch.
Er musste einfach grinsen. »So bekommt man immer deine volle Aufmerksamkeit. Warum willst du bloß nicht glauben, dass man dich um deiner selbst willen lieben kann?«
Phoenix schlang die Arme um ihn. Er spürte das Hindernis zwischen ihren Bäuchen und grinste breit.
»Spar dir das Grinsen«, sagte sie. »Ich bin gespannt, ob dir noch zum Lachen ist, wenn du eine Zweijährige und einen Säugling hast.«
Er wollte etwas antworten, doch sie legte ihm einen Finger auf die Lippen. »Doch, ich will glauben, dass jemand mich um meiner selbst willen liebt. Du nämlich. Und jetzt küss mich!«